首都

不論人生如何，過去都形塑了未來。

DIE HAUPTSTADT

羅柏特·梅納瑟

Robert Menasse

夢想，即幸福；等待，即人生。

——維克多・雨果

歐洲除魅後，未完待續的是？

黃哲翰（udn《轉角國際》專欄作者）

《首都》是一部選材和筆法都非常特出的小說。

貫串這部作品的主軸，是在小說類中通常很罕見的硬骨頭題材：官僚運作，而且還是歐盟的官僚運作——這個遠比個別國家的運作更令大眾陌生冷感、且更加理不清道不明的超國家機器。

故事的情節以一條表面上看似很難具備戲劇張力的主軸開始鋪展：歐洲執委會之下，一個冷衙門的主管為了博得上意、爭取調職，於是委任下屬提出一項挽救執委會民調低靡的計畫，試圖要藉著紀念大屠殺的週年活動，將執委會宣傳成秉持超越國族的人道理念、防止重蹈國族狂熱導致大屠殺之覆轍的機構。

這項官僚風格老調重彈且注定徒勞無功的計畫、以及那已顯得過氣褪色之歐洲整合的超國族理念，透過作者既銳利又飽滿的筆觸，居然拐彎跳轉但又流暢得彷彿一切都理所當然地，從歐盟官僚勾心鬥角兼職場情慾的劇情線，奇異地串接到一則布魯塞爾市區突發的豬隻逃脫意外，又前言不對後語地鋪展出一起波蘭天主教聖戰士搞錯對象的暗殺事件，帶出一宗歐洲養豬公會的遊說案，一個奧斯維辛集中營倖存者初入養老院的生活，一名緝兇之地方刑警的祖父反抗納粹的游擊隊回憶，一個國族認同困惑婚姻失敗的希臘歐盟官員，一位父母都是納粹的奧地利教授在生涯的終末姿態滑稽卻又堅持奮力一擊地向歐盟智庫鼓吹超國族的歐洲理念，以及一群對警惕法西斯黑歷史的陳腔濫調興趣缺缺尷尬無奈的智庫專家……。

數十位來自歐洲各地各國、說著不同語言、屬於不同世代、踏著不同歷史記憶線的角色，在歐盟核心所在的布魯塞爾彼此推擠又錯開。而所有這些利害衝突與生命糾葛，都一同被歐債危機、難民潮、恐怖攻擊等事件硬是箍在一起。情節跌宕撩亂，讀者的視野不斷被迫重新對焦，最後只能精神疲乏地讓視線暫時放空——於是就在這一瞬間，讀者的眼睛彷彿誤打誤撞地對上了視覺錯解謎圖的正確視角，在一團錯綜無序的蒙太奇拼貼中，人名地名職稱事件都混在一起，但卻清晰地看見了歐洲驚人的立體全像投影，一齣圍繞在歐洲特有之憂鬱與因歷史而衰老的群像劇。

閱讀這部作品，需要在專注聚焦的同時學會疲乏、放棄和失焦，然後就能讀到歐洲的色調，那在多元拼貼中反覆聚焦又失焦的灰褐色的憂鬱。

憂鬱的成分來自無所不在的混搭，就像夏季下班後明亮街道上的咖啡座都混搭了奧斯維辛冬雪覆蓋著的「工作帶來自由」字樣，或像人道理念混搭醜惡自私，務實市儈與麻木的日常混搭反常的極端激情與憤恨，勞權性平混搭炸彈恐攻，幽默諷刺抗議混搭對命運的徹底屈服——也正像歐盟官僚運作混搭布魯塞爾街頭的飆豬事件以及網路爆紅隨即引發嘴砲風暴的豬隻命名嘉年華，作者將那歐式憂鬱的混搭，信手捻起，拼寫成歐盟與豬，然後把「眾人皆豬」訓讀成「老人皆默」。

對歐洲整合之理念的批判性探問是「表」，混搭著幽默與諷刺的憂鬱與疲憊則是「裡」，書中大量令人會心一笑的細節和隱喻，精準地再現了歐洲社會生活中那難以形容卻又再熟悉不過的氣味。這樣的作品能引發歐洲讀者的迴響、並在出版的當年獲得法蘭克福書展大獎，絲毫並不讓人意外。

但對臺灣讀者而言，本書的魅力可能就不是這麼理所當然了。

近年來臺灣的國際新聞閱聽大眾幾乎可說是經歷了一場徹底的「歐洲除魅」——歐債危機、難民潮、接二連三的恐攻事件、民主正當性危機、防疫失誤、乃至於烏俄戰爭爆發前的綏靖與爆發後的顢頇，讓大眾對歐洲「自由法治」、「先進開放」、「福利完備」的憧憬與幻想跌落神壇。而歐盟在美中對峙的局勢下與美國若即若離、與中國曖昧錯綜的依賴關係，更讓有些人在憧憬幻滅後變相轉為對歐洲價值的輕蔑，將其人權自由視作偽善的話術、平權開放變成了墮落的淵藪、社福勞權則不啻懶散的藉口——至於那跨國族的歐洲整合理念，彷彿也不過只是罔顧國際現實的痴人說夢。

彷彿本書作者大費周章、反覆煎熬地去探究那歐洲的終極理想，配上「奧斯維辛」、「倖存者」這些歷史悼念必提的關鍵字，似乎又成了一場惺惺作態以文學包裝而成的道德說教。

然而我們必須知道，歐盟這個超國家聯盟的濫觴、以及超國族主義的政治整合理念，當然並非來自道德說教或痴人說夢，而是源於二戰後的國際現實。

當時，德國雖然戰敗投降，但其重工業的根基大抵仍未被摧毀（遭戰毀的多是交通運輸而非生產設施）。西方同盟國（特別是法、盧、比、荷等鄰國）懼怕德國又像一戰後那樣快速復原，再次成為國族狂熱之下、報復性的侵略強權，於是英、法、美、盧、比、荷等六國在一九四九年四月針對德國的軍工重鎮魯爾工業區（Ruhrgebiet）成立「國際魯爾區管制局」（IAR），旨在控制煤與鋼這兩項重要戰略物資的生產與分配，以便將德國去軍事化。兩年後的四月，在法國的強力主導下，法、德、義、盧、比、荷六國進一步成立「歐洲煤鋼共同體」（ECSC），共同分配成員國煤與鋼的生產，並免除關稅，透過將各國工業命脈互相交織成共同體，以抑制各自的國族本位主義，在超國族的架構下實現對彼此的牽制。

歐洲煤鋼共同體即是當今歐盟最早的前身，其動機一言以蔽之，就是所謂的「別再重蹈奧斯維辛的覆轍」（Nie wieder Auschwitz）。而此一整合各國的超國族架構，其默而不宣的最初設想正是（法國所一手主導的）針對德國的緊箍咒。

但隨著時局的變化，此一關係很快就發生了意料之外的翻轉。如今歐盟的核心六國當年從煤鋼聯盟開始整合的同時，也正是韓戰爆發的期間。這場戰爭對遠在萬里外之西歐的影響，往往被我們所忽略，但其效應卻相當長遠：西歐各國對蘇聯滲透侵略的擔憂化為具體，逐漸加快經濟與安全整合的進程。一九五七年《羅馬條約》的簽訂帶來了「歐洲經濟共同體」（EEC）——其執行機構正是本作劇情所圍繞的歐洲執委會。隔年歐洲議會的另行成立及議員直選，則將歐洲整合從經濟與安全進一步延伸到民主政治的領域。

在這個過程中，轉變最大的莫過於西德。德意志地區在一八七一年統一建國之前，始終扮演歐洲東西強權間的緩衝地帶，但自從統一建國、快速崛起後，就成為衝擊歐洲地緣秩序最大的不穩定因素，歐洲也為此付出了兩次大戰浩劫的代價——此即長期糾纏著歐洲的「德意志問題」。然而進入冷戰時期的德國被一分為二，「德意志問題」頓時不復存在。反之，由於西德處於面對共產集團威脅的前線，三次柏林危機與蘇聯在東德大量的駐軍，讓西德為了追求國家安全，一改一八七一到一九四五年間與西方民主陣營對峙的立場，明確轉入西方陣營。另一方面，西德作為敗戰的被占領國，為了反省咎責、更為了取信盟國以恢復國際地位，在外交上於是刻意保持低姿態，在政治上捨棄國族本位主義，以世界公民式的歐洲認同來替代德意志國族認同。如此一來，德國反倒比任何一個國家（尤其是原本想藉歐洲整合來箝制德國的法國）都更加積極鼓吹超出經濟領域的政治整合、讓歐洲成為超國家聯邦的進程。

德國人設脫胎換骨的反客為主，隨後又吹皺了歐洲的一池春水——歐洲各國普遍不像德國人那樣熱衷於跳脫國族本位主義、讓渡國家主權、並共同形塑歐洲式的認同。這種執念就連共同主導歐洲整合的另一龍頭法國都並不十分買單：法國人的目標是「多個主權國家的歐洲」（Europe des États），但德國人心心念念的重點卻是「超主權聯邦的一個歐洲」。對歐洲整合的歧見與衝突，就在共產威脅隨著冷戰而消失、東歐各國陸續加入共同體後，重新伴隨著各國彼此剪不斷理還亂的歷史恩怨，開始快速檯面化。

兩德統一後再次國力大增的聯邦德國，讓周遭鄰邦重新回想起關於「德意志問題」的歷史疑慮——德國在歐洲靠著所向披靡的軟實力與經濟實力來推動政治整合，是否以另一種形式重現了一八七一到一九四五年的「霸權」？究竟是當年的「德意志問題」在現如今已「歐洲化的德國」的身上找到了 happy ending，抑或是顛倒過來：歐洲整合的結果最後將會成為「德意志化的歐洲」？這種深植於歷史創傷之中的疑慮，於九〇年代後又經過一連串事件的變形，終至《首都》這部小說所勾勒出的、伴隨著歐洲人彼此之間癥結的、對歐洲認同的反覆掙扎甚至陷入無路可出的荒誕滑稽。

一九九二年簽訂的《馬斯垂克條約》讓歐洲政治整合往前跨一大步，「歐洲共同體」蛻變為今日的「歐盟」，但在這之前卻沒有充分徵詢民意。此外，歐洲議會各國席次分配並不公平、民主代議的正當性多有爭議，再加上歐洲執委會之任命本身的菁英官僚色彩濃厚，連帶地讓歐盟各種治理協議與技術規範成為民眾詬病與諷刺的話柄。因此，從歐洲共同體到歐盟的轉變，也可說是各國民意對歐洲整合之態度的轉折點——自此以後，民眾對超國家組織的疑慮驟升，而歐盟前進的腳步亦在經濟整合與政治整合之間躊躇為難，政治整合做得太多或太少都被詬病：做得太多被批菁英官僚淘空主權國家的憲政民主，做得太少則又被酸只是一部製造各種瑣碎荒誕之民生規範的科層怪獸——本作故事中曾諷刺歐盟規定羊毛內衣需要符合防火標準之事，正是數不完的案例之一，而通篇故事的起點：執委會聲望年復一年跌破谷底的困境，也就不讓人意外。

雪上加霜的是從二〇一〇年代開始，接二連三的危機衝擊使得歐洲內部淵源已久之南與北、東與西、以及不同族群間的分歧與衝突白熱化，如此所引發的不滿又經常回頭訴諸二戰時的恩怨記憶，作為理解問題與宣洩抗議的憑藉，以致於讓當前的政治爭議往往東拉西扯滾雪球，終成一攤難解的爛賬。

二〇一二年起的歐債危機正是最典型的例子：以德國為首的北方債權國強勢主導了南方債務國的內政，迫其撙節支出、削減福利，隨即引發例如希臘反德的抗議潮，重新喚起納粹占領希臘的歷史創傷——抗議民眾理所當然地在抗議海報上把時任德國總理梅克爾畫成希特勒，而這看在德國人眼裡無疑是平行世界中不倫不類的類比。緊接著歐債危機之後，二〇一五年左右的移難民潮又引爆位處流亡路線的東南歐與享有「地理圍籬」的「蛋黃區」諸國之間分配收容的衝突。從前述二戰後歐洲整合的開端到二〇一六、一七年左右的衝突與糾結，就是本作故事上演的背景舞台。

而本作終章以「未完待續」做結，我們在此恰好可以繼續補上：二〇二〇年 COVID-19 疫情帶來各國紓困資源分配的問題，二〇二二年烏俄戰爭爆發後，東歐諸國對援烏制俄的焦慮急迫遭遇上西歐諸國的曖昧顢頇……。歐洲人似乎注定永遠要走得蹣蹣跚跚跌跌撞撞，這或許正是作者提筆寫作的理由。

如今，本作譯成中文出版，上述那幽微漫長道不盡的、關於歐洲的憂鬱與衰老的理由，終於能以貼近原貌的姿態，呈現在臺灣讀者面前。臺灣大眾觀看歐洲的誤差大抵有三：

首先是在「歐美」這個籠統的通稱下，拿看美國的濾鏡來理解歐洲，例如把憂鬱內縮的歐洲人想像成外顯又正向思考的美國人、或把美國本位主義的地緣政治觀點套用到對歐洲政治決策的評價上。其次則是近年來較為常見的，戴著觀看中國因素的濾鏡來理解歐洲，根據歐洲各項行動與中國關係的密切程度，並套用極其簡化的分類範疇，來回推歐洲人是否「親共」、是否「偽善」、是否為「左膠」（很諷刺地，歐洲人也經常透過同一個濾鏡來看臺灣——在中國問題的框架下來理解臺灣）。

第三個濾鏡則是臺灣人自己看待自己的濾鏡：如果要用文學形式來捕捉臺灣人的靈魂的話，那或許會是某種永遠處於青春期的、叨絮瑣碎的獨白劇。對於本作這種老年期、記憶盤根錯節的群像劇，我們也許比較陌生。但幸運的是，作者精確而奇異的筆觸、譯者流暢的文字、以及編輯細膩的用心，為臺灣讀者們填平了理解的鴻溝，去辨識歐洲特有的色調。（也希望不久後的將來，歐洲大眾也能放下中國因素的濾鏡來直視臺灣。）

但作為導論的結語，或許還得稍微跳脫本作內容，去探問這部作品的出版，是否又落入了某種歷史的諷刺：本作以德語寫成，引發德語讀者的廣泛迴響，又獲得德國法蘭克福書展大獎肯定，德國評審則意有所指地點評道：「本作清楚地為我們指出，只靠經濟（的整合）沒有辦法保證和平的未來。」——這一切是否又落入某種糾結的迴圈，繼續反映著歐洲整合之惱人問題裡的一個面向？

所幸作者的筆觸並非出於德國視角——羅柏．梅納瑟來自奧地利維也納。維也納離德國足夠近，能理解德式靈魂對歐盟的執著與癖性，也離德國足夠遠，遠到能深入歐洲權力的邊陲，以致於有餘裕去使用蒙太奇式的剪輯，混搭著東歐、西歐、南歐、北歐的日常情緒碎片，把那無處不在、無以把捉、無從名狀之物，如微縮攝影一樣，透過讓人恍惚疑惑的視野焦距，捕捉到歐洲灰鬱而奇異的、宛如一位過氣失敗的、處在被大眾遺忘邊緣的、老演員的神韻。

目次

Contents

人物簡介

大衛・德・符林德（David de Vriend）

比利時籍猶太人，納粹集中營倖存者。戰後擔任教師，退休後入住養老院，終生未婚，不敵歲月老化，病況日益嚴峻，往事與現實不斷交錯，終至出走迷路，誤入發生恐攻的地鐵站。

雷沙德・歐斯維基（Ryszard Oswiecki）

波蘭人，教廷祕密組織培養的殺手。戰時遺腹子，自小被教會訓練後獲得使徒之名「瑪竇伊茲」。身為極度虔誠之人，信仰和緘默是他的寫照。此次被賦予的任務對象輪廓模糊，連他也不禁疑惑，到底對付的是恐怖分子還是過往神祕組織的幽魂？

凱－烏魏・伏里格（Kai-Uwe Frigge）

德國漢堡人，歐盟貿易總署內閣幕僚長，在布魯塞爾住了十年。他隸屬於歐盟最權威的執行委員，是一名能呼風喚雨的辦公室主任；與菲妮雅・薛諾普羅有一段地下情。

阿諾斯・艾哈特（Alois Erhart）

德國人，退休經濟學教授，深具學者風範的喪妻之人，對家族曾協助納粹迫害猶太人的過去抱持深刻反思，因此當受邀參與「歐盟新協定」討論會，他把握機會，滿腹理想與熱情地打算好好提出檢討項目和改進建言……。

菲妮雅・薛諾普羅（Fenia Xenopoulou / Xeno）

持希臘護照的賽普勒斯人。從歐盟執行委員會經濟部門調升文化教育總署署長，在她眼裡卻有如降職，因此規劃歐盟執行委員會周年慶，希望能重獲重用；但另一方面賽普勒斯加入歐盟後，將可派遣代表進駐歐盟這意味只要她將護照換成賽普勒斯，將瞬間獨攬缺額。這個建議卻令她陷入她從未想到的抉擇困境：選擇她向來羞於承認的故鄉護照，還是為了權勢放棄讓她進入自由歐盟的希臘國籍？

艾米利・布侖孚特（Émile Brunfaut）

布魯塞爾警方督察，其祖父為反納粹地下分子，協助猶太人逃脫死亡列車，大衛即為其中之一。祖父曾是比利時抗爭運動的英雄，被人所記憶，但是連記得的人也日漸凋零。除了艾米利，還有誰會記得這段歷史，以及其中的意義？他追查布魯塞爾大飯店命案，卻受到上級施壓不得繼續追查。他尋求友人協助，最後連友人都警告他，命案背後有著極其黑暗又理不清的內情。

馬丁・蘇斯曼（Martin Susman）

奧地利人，歐盟執行委員會文化部門職員。傳統豬農世家出身的書呆子，心繫考古學與寫作。可說是擺脫國族主義影響力，新一代歐洲公民的代表：以個人身分申請歐盟委員會工作，而非占國家指派名額。

伏羅里安・蘇斯曼（Florian Susman）

馬丁的兄長，歐洲豬肉供應商聯合會會長，比大部分官員更早體認唯有歐洲經濟體內的一致合作，才能讓歐洲從全球化獲利。然後面臨歐盟內各種官僚制度的阻礙和一場意外車禍，使他在聯合會聲勢驟降。盼東山再起的他，該順應時勢附和錯誤政策？還是想法設法繼續逆風而行？

羅莫洛·斯托奇（Romolo Strozzi）

義大利貴族後代，歐盟執行委員會主席秘書長，家族黑白網絡勢力龐大，為了維護可說中古世紀以來的舊勢力，不惜在幕後煽動杯葛歐洲委員會的週年慶計畫。

葛蕾絲·阿金森（Grace Atkinson）

英國人，歐盟執行委員會通訊總署長，負責歐盟的企業形象。面對日漸下降的歐盟執行委員會民調滿意度，發現許多負面印象乃是出於對執委會角色的誤解，因為同事湧來祝賀她的生日，她靈光一現，設想為執委員會慶生或許是擦亮執委會招牌的好機會。

序幕

有頭豬在跑！大衛．德．符林德打開客廳窗戶，想在搬離這棟公寓前，再看廣場最後一眼，沒想到卻看見了豬。他不是多愁善感的人。他在這屋子住了六十年，看了六十年的廣場，現在決定結束了。就是這樣。那是他最愛掛在嘴邊的話。不管說什麼、報告什麼，還是在作證時講個兩三句話後，他就會冒出：「就是這樣。」在他生命的任一時刻、任何階段，這句話都是他唯一的合法結論。搬家公司已經取走他要帶到新住所的幾件家當。家當，奇怪的詞，不過對他沒有產生任何影響。清潔公司來了幾個人，清理掉剩下的東西，不僅能清的都清了，連鉚釘和釘子也拔得一根不剩。他們把一切連根拔除、拆解、清運，最後房子變得「乾乾淨淨」。符林德趁著爐子和咖啡機還在，給自己煮了杯咖啡。他看著人員來來去去，小心不要礙著他們。咖啡喝完了好一會兒，杯子仍舊拿著手裡，最後才終於丟進垃圾袋。清潔人員離開後，屋子空空蕩蕩的。就是這樣。再看窗外最後一眼，底下的景物他無一不熟悉。如今他得搬走了，因為另一個時代來臨了——但現在他看見……千真萬確看見：樓下竟然有頭豬！就出現在布魯塞爾市中心，就在聖凱薩琳教堂前！豬應該是從布雷街過來的，正沿著屋子前的工地圍欄跑著。符林德向窗外探出身子，看著豬在轉角向右轉入舊穀物市場街，閃過幾個路人，幾乎就要往一輛計程車衝去。

一陣緊急煞車，凱－烏魏．伏里格整個人猛地甩向前，後來又被拋回座椅。他痛得臉部扭曲。他來得太遲，已經十分焦慮。現在又是怎麼回事？他其實沒有真的遲到，與人約見面，他總會提早十分鐘抵達，尤其是下雨天，以便在對方來之前，先到廁所迅速整理一下儀容，擦乾淋濕的頭髮與眼鏡——

一頭豬！先生，您看見了嗎？計程車司機大喊。牠差點要撞到車頭了！司機上半身往前越過方向盤：那裡！在那裡！您看見了沒？

伏里格現在也看見了。他用手背擦了擦車窗玻璃，那頭豬從旁邊跑過去，濕漉漉的豬身在車燈下閃耀著髒汙的粉紅色。

我們到了，先生！沒有辦法再往前開了。竟然有這種事！有頭豬差點撞到我的車！我只能說豬從天降，真幸運唷！

梅涅拉斯餐廳裡，菲妮雅．薛諾普羅坐在眺望廣場的大窗前第一桌。她氣自己來得太早。先坐在這裡等著他，實在顯得毫無面子。她緊張不安。之前怕下雨會塞車，多估了行車時間。她已經喝了兩杯烏佐酒。服務生在她旁邊像隻胡蜂似地走來走去。她盯著酒杯，命令自己別碰。服務生端來玻璃水瓶，接著又送上一小盤橄欖，然後說了聲：豬！

什麼？菲妮雅抬起眼來，服務生正目不轉睛瞪著外頭廣場。她隨即也看見了：有頭豬正跑向餐廳，速度急促得可笑，四隻小短腿在圓滾滾的身軀下來回擺動。她一開始以為是狗，被寡婦養得肥滋滋的討厭畜生；但不是的，確實是豬沒錯！彷彿從繪本跑出來的，她看見豬鼻子、豬耳朵，簡略的線條與輪廓，就如同為孩子畫的豬。可是這一頭，卻像是從恐怖童書裡逃出來的。不是野豬，雖然全身髒兮兮，但明顯是頭紅色的寵物豬。牠顯得有點狂亂，有點危險。雨水沿著窗玻璃流下，菲妮雅·薛諾普羅依稀看見豬猛然在幾個行人前面煞住腳，小短腿伸得直挺挺，身體一滑，向旁跌去，腳折了一下後又站起，接著回頭快跑，奔向阿特拉斯旅館。就在此時，雷沙德·歐斯維基離開旅館。他一走出電梯，穿越旅館大廳時，就拉上夾克的兜帽蓋住頭。現在，他走出戶外，踏進雨裡，健步如飛，卻不匆忙，他不想引人注意。雨下得正是時候，兜帽、腳步迅捷，在雨天完全不顯得突兀，不會引人側目。事後，應該無人能明確說出自己看見有個人逃走，大概這般歲數、身高估計這樣，夾克的顏色——當然他也記得……雷沙德·歐斯維基迅速向右轉，這時他聽見了激動的叫聲、一聲尖叫，還有奇怪的嘎嘎喘氣聲。他暫停腳步，回頭一看。現在他注意到豬了。他簡直不敢相信眼前所見。旅館前面廣場圍著一排鍛鐵柱，有頭豬就站在其中兩根柱子之間，低垂著頭，姿態儼如蓄勢待發的鬥牛，看起來有點可笑，卻也有點威脅。眼前的景況令人困惑：豬從哪裡來的？為什麼站在那裡？雷沙德．歐斯維基感覺廣場上所有的人，至少就他視力所及，全部僵住不動。旅館外牆上的霓虹燈，映在那頭動物的小眼睛裡，一閃一閃的。這時，雷沙德．歐斯維基拔腿就跑！他向右轉，還回頭看了一眼。只見豬氣喘吁吁，猛一抬頭，往後退了幾小步，接著身子一轉，奔過廣場，朝法蘭德斯文化中心前的樹叢跑去。一直在旁觀看的路人全望著豬跑遠，而非那個戴著兜帽的男人。現在，馬丁．蘇斯曼瞧見那頭動物了。他就住在阿特拉斯旅館旁邊，正巧打開窗戶，想要通通風。他不敢相信自己的眼睛，那東西看起來像是豬！他才剛思索過自己的人生，思索形成了今日境遇的種種機緣：他，一個奧地利農家弟子，如今竟在布魯塞爾生活、工作。他情緒滿懷，感覺一切說瘋狂又陌生。但是，底下有頭亂跑的豬，卻瘋得太過荒謬了，一定是想像力在捉弄他，是他回憶的投射！他再瞧一眼，豬卻已經不見了。

豬正朝聖凱薩琳教堂跑去，橫越聖凱薩琳街，一直跑在左側，避開從教堂出來的遊客，經過教堂後跑到紅磚堤岸街上。旅客哈哈大笑，大概以為這頭緊張兮兮、快要虛脫的動物是什麼民俗活動，是當地某種特有現象。有些人事後可能還會查詢旅遊指南，看是否有相關說明。西班牙的潘普洛納，在某個節日不就有牛在街上狂奔嗎？或許在布魯塞爾跑的是豬？在壓根兒不期待能了解一切的地方，經歷到無法理解之事，這樣的生活是多愉快呀！

就在這一刻，高達・穆斯塔法正好轉彎，差點和豬相撞。差點？豬不是已碰到他，擦過了他的腿嗎？一頭豬？高達・穆斯塔法嚇得跳到旁邊，重心一個不穩，跌落在地。他倒在水窪裡，翻滾了幾圈，更加狼狽不堪。但是，高達・穆斯塔法不會因為倒臥在臭水溝的泥汙中而覺得自己變髒，而是碰到了那頭汙穢的動物，如果剛才真碰到的話。

這時，他看見了一隻手伸了過來，隨後出現一張老先生的臉，一張被雨淋得悽慘的臉，面露憂心。老先生看起來像在哭泣。這人是阿諾斯・艾哈特教授。高達・穆斯塔法不了解他說什麼，只聽懂了「ＯＫ」。

ＯＫ！ＯＫ！高達・穆斯塔法說。

艾哈特教授繼續講著英文，說自己今天也跌了一跤。不過他說得亂七八糟，把「fell」（跌倒）說成了「failed」（失敗）。高達・穆斯塔法聽不懂，於是又說了一次：ＯＫ！

藍色的光閃爍不停，救援來了，是警察。廣場在藍光中旋轉、閃耀、顫動。警車急鳴警笛，呼嘯駛到阿特拉斯旅館前。布魯塞爾的天空正盡責地履行義務：雨一波一波，彷彿落下藍光閃閃的雨珠。一陣狂風驟然颳來，把幾名路人的雨傘吹成了花。高達・穆斯塔法握住艾哈特教授的手，讓他把自己扶起來。他父親早就警告過他要小心歐洲了。

第一章

脈絡不一定要真的存在；但沒有脈絡，一切都會分崩離析。

芥末是誰發明的？這不是好的小說開頭。話說回來，不可能有什麼好的小說開頭，不管是好的或是沒那麼好的，因為根本沒有開頭。畢竟設想得到的第一句話，即使後面接續下去，本身也已經是結尾了。第一句話位於成千上百空白頁的尾端，這些沒被寫出的頁數是前傳。

事實上，一旦開始讀小說，看完第一句話就可以往回翻了。那是馬丁．蘇斯曼的夢想，他其實想當一個前傳說書人。他考古學系沒念完就輟學，然後才——隨便了，反正不重要，那些是屬於在小說開頭通常隱而不說的前傳故事，否則最後結尾時就沒辦法開始了。

馬丁．蘇斯曼坐在書桌前，把筆電推到一旁，在一個盤子上擠出兩種不同的芥末醬，一種是辣的英國醬，一種是甜的德國醬，然後納悶是誰發明了芥末？是誰有了奇怪的想法，製造出這種軟軟糊糊的東西，掩蓋掉食物的獨特風味，本身卻一點也不美味？這種東西到底為什麼能夠大量生產？他認為這產品就像可口可樂一樣，沒出現就不會想念。馬丁・蘇斯曼回家時在林蔭大道上的德爾海茲超市買了兩瓶紅酒、一束黃色鬱金香、一份煎香腸，為了配香腸，理所當然也買了芥末，但因為他在甜與辣之間猶豫不定，所以兩種都買了。

香腸在平底鍋裡滋滋跳動，火開得太大，油脂煎焦了，香腸黑成一團，不過馬丁完全不在意。他就坐在那裡，瞪著白色盤子上一坨淺亮黃的芥末和旁邊那坨深棕色的，兩坨看起來就像迷你版的狗大便。平底鍋子裡的香腸正煎得焦黑，他卻直楞楞瞪著盤子上的芥末。在專業文獻中，雖不至於把這種現象描述成明確且典型的憂鬱症症狀，但我們可以這樣詮釋。

盤子上的芥末。窗戶敞開，窗外一片雨幕，空氣中瀰漫著霉味、肉的焦味，爆開的香腸與燃燒的油脂正滋滋作響，瓷盤上的狗大便雕塑——這時，馬丁・蘇斯曼聽見了一聲槍響。

他沒有嚇一跳，聽起來只是像隔壁開了一瓶香檳。不過，在薄得奇特的牆壁另一邊，並不是其他公寓，而是旅館的房間。隔壁就是阿特拉斯旅館，雖然旅館冠上希臘大力神的名稱，實則是棟脆弱的房子，投宿者主要是拖著行李的佝僂政治說客。馬丁・蘇斯曼一而再透過牆壁聽見他不一定想聽的東西，但並沒有因此煩心。例如電視上的實境秀節目——誰知道呢，也許不是實境秀，而是真實場景——以及打鼾或是呻吟。

雨越下越大。馬丁想要離開公寓。他為布魯塞爾做好了萬全的準備。在維也納餞別會時，他收到許多精心挑選卻弄巧成拙的禮物，其中包括九把雨傘，有英國的「長傘」、德國的「紅點雨傘」、義大利班尼頓的三色「迷你傘」，此外還有兩件騎自行車穿的斗篷雨衣。

他動也不動坐在盤子前面盯著芥末。他後來能夠準確告訴警方槍響的時間，都要歸功於他以為那是開香檳的爆聲，促使他也去開了瓶酒。他每天儘量推遲喝酒的時間，無論如何，晚上七點前他絕不會喝酒。他看了一眼時鐘：七點三十五分。他走到冰箱，取出紅酒，關掉爐火，把香腸倒進垃圾桶，將平底鍋放進洗碗槽，打開水龍頭。水灑在炙熱的平底鍋上嘶嘶作響。別又再發呆了！他母親一看到他沒去豬圈餵豬、清理糞便，而是面前放本書，目光呆滯渾然出神時，就會齜牙咧嘴吼道。

馬丁．蘇斯曼博士坐在那兒，眼前的盤子上有芥末，給自己倒了杯酒，然後又一杯。窗戶開著，他偶爾起身走到窗前，往外張望幾眼，又回到桌旁。喝第三杯酒時，警車的藍色警示燈光照透窗戶，落在房間牆面。壁爐上，花瓶裡的鬱金香規律閃耀著淡藍色。電話響起。他沒有接起，故意讓電話多響幾次。馬丁．蘇斯曼望向螢幕，看是誰打來的。他沒有接電話。

前傳，意義深遠且如聖凱薩琳教堂的聖體燈一般曖曖閃耀。聖凱薩琳教堂位於舊穀物市場另一端，馬丁．蘇斯曼就住在廣場旁。

有幾名路人因為下雨而躲進教堂。他們游移不定，或四下站著，或在教堂中殿隨意漫走。觀光客則翻閱旅遊指南，依循著觀光景點的路線介紹參觀：「黑色聖母像，十四世紀」、「聖凱薩琳娜肖像」、「經典的法蘭德斯布道壇，推測產自梅赫倫」、「吉爾斯－蘭柏特．戈德查爾雕刻的墓碑」……。

偶爾閃過一道亮光。

那名獨自坐在教堂長凳上的男子似乎在祈禱，支著肘，下巴靠在交握的手上，背部拱起。他穿著有兜帽的黑外套，兜帽罩住頭。若非外套後面印有「健力士」啤酒字樣，乍看之下會以為他是穿著僧衣的修道士。

有兜帽的外套，或許要歸因於布魯塞爾的雨。不過，那身裝扮給人的印象，其實也透露出這個人一些基本情況。就他自己而言，他的確是修道士。他認為修道，或者他所想像的苦行、冥想和避靜祈禱，能夠拯救生活免於騷動和散亂的威脅，而那不需要拘泥於某個教會或修道院，也無須超塵出世。不分職業與職責，人人在自己的領域中都可以、甚至必須是修道士，是專注於履行任務的僕人，為更高的意志服務。

他喜歡注視十字架上受折磨的男子，思考死亡的問題。每看一次，情感便受到淨化，思緒因而集中，能量獲得強化。

他是瑪竇伊茲．歐斯維基。但他的受洗名、同時也是護照上的名字卻是雷沙德。歐斯維基小學就讀波茲南的魯布蘭斯基學院，學習神學課程時，獲得了瑪竇伊茲的名字。當時每個

「受到啟迪」的小學生，都會得到十一使徒其中一個的名字。他當時再度受洗、受膏，變成了「稅吏瑪竇」。後來雖然離開神學院，也仍舊保留這個化名。通過邊境必須出示護照時，他用的是雷沙德；根據一些聯絡人的供詞，情報單位知道他使用的是「瑪竇克」，亦即瑪竇伊茲的暱稱。他的戰友也這樣叫他。他以瑪竇伊茲之名執行任務，以瑪竇克之名遭到通緝，以雷沙德之名逃過天羅地網。

歐斯維基不是在禱告，沒有默念以「親愛的主」開頭且滿是願求的句子，例如「請給予我力量——」去完成這個、那個，「請賜與——」這個、那個……向一位始終默不作聲的絕對神靈，沒有什麼好祈求的。他注視被釘在十字架上的男人。此人的經歷為人類立下典範，最後宣揚於世。他的經歷，即是在面對絕對者時徹底遭到拋棄：就在他軀殼被劃開、撬開、切開、刺穿與撕裂的時候；在生命撕心裂肺的哀嚎逐漸變成呻吟，最終沒入沉默無聲的時候。唯有在緘默之中，才最接近萬能的神靈。萬能神靈莫名一時興起，將與祂的存在相對立的時間，驅逐於己身之外。人一出生，就能夠不斷回想，往回、再往回，永不止息地往回，但是絕不會抵達任何起點。他對於時間的幼稚概念，只讓他理解了一件事：在他存在之前，他永遠不存在。他可以超前思考，從他死亡那刻開始，到各種可能的未來；他將不會抵達任何終點，最終只能認知到自己將永遠不復存在。時間是永恆與永恆之間的插曲——吵鬧、喧囂、機器隆隆、馬達轟鳴、武器的撞擊與爆裂聲、痛苦的哀嚎與絕望的叫喊、憤怒群眾與開心受騙群眾合唱的聖歌、隆隆雷鳴，以及地球這個微型飼育箱中恐懼的喘息聲。

瑪賽伊茲・歐斯維基打量著那個飽受折磨的人。

他沒有雙手合十，而是兩手緊握，緊得指甲深深陷入手背，指節喀嚓作響，皮膚痛得灼熱。他感覺到一股比自己還要古老的痛楚。這種痛楚，他隨時可以緊急召喚出來。他的祖父在一九四〇年初從事地下活動，投入史蒂芬・羅維斯基將軍麾下，在波蘭抵抗運動中對戰德國人，但是同年四月遭人出賣，遭到逮捕、用刑，最後被定罪為游擊隊員，在魯布林公開槍斃。當時他的祖母已懷有八個月身孕，一九四〇年五月，孩子在凱爾采出生，繼承其父之名。為了避免可能受到株連，小孩被帶到波茲南的叔公家養育，後來在十六歲時經歷起義。這位年輕中學生加入法蘭扎克少校的組織，反抗共產黨。他被分派參加破壞行動，後來又參與綁架祕密警察的特務，卻在一九六四年被同伴以六千茲羅提波蘭幣給出賣。他在一棟安全屋遭逮捕，押送到國家安全部地下室，最後被刑求致死。當時他的新婚妻子瑪里亞已經懷孕，一九六五年二月於科奇策・戈爾村生下孩子，孩子一樣繼承了祖父與父親的名字。又是一個沒有見過父親一面的兒子。母親很少提到父親，只說過：「我們在曠野或樹林裡相遇的。我們約會時，他會帶著手槍和手榴彈。」

永遠沉默的祖父，永遠沉默的父親。波蘭人一直在為歐洲的自由奮戰，參與戰鬥的人，全在沉默中成長，最終也戰至沉默而亡。這是瑪賽克學到的教訓。

母親帶他去見不同的神父，尋找中間人，並花錢購買介紹信，她相信教會能夠提供保護。最後，她把他安置在波茲南的兄弟會。他在那兒親自體驗到人體的脆弱：血是穿透軀殼時的潤滑劑，皮膚只不過是能用刀劃出的濕潤羊皮紙，嘴巴與嘶吼的嗓子是不斷被塞住的黑洞，直到最後的聲音消失，只剩下無聲吸入能夠給予生命所需的東西。也是在那兒，他對於「地下」有了全新的概念。他們小學生在獲得使徒的名字後，被帶到波茲南一座雄偉華麗教堂的地下墓穴，進入隱密的穹頂地窖與墓室，再走下火光隱隱閃耀的石階，來到地底深處，經過最後的崎嶇坑道，踏入一處筒狀穹頂地下室。原來那竟是死亡與永恆生命的下陷禮拜堂，十世紀時，從波蘭染血的地底下百呎的石頭中鑿出的。地下室正面，有座巨大十字架，釘著嚇人的自然主義基督像，後方是各種天使雕像，或突出於石頭，或雕入石中，或穿石而出，火光閃爍中，活靈活現得駭人。十字架前面有座聖母像，一個全身包得嚴嚴實實的聖母！年少的雷沙德從來沒見過這樣的聖母像，沒在其他教堂、也沒在書本的圖畫中看過。聖母披著斗篷，遮住額頭、鼻子與嘴巴，只能透過布上一道狹窄的縫看見她的雙眼，眼窩深陷，雙眸死氣沉沉，彷彿千年來淚已流乾。包括祭壇在內，一切都是挖鑿此處地質層的石頭與泥灰岩雕塑建成。長凳也是冰冷的岩石製成，坐著十一位身穿黑色僧衣的修士，低垂的頭罩著兜帽，背對著雷沙德和其他走進來的小學生。

小學生穿越祈禱修士之間的中間過道，被領向前面的基督像，他們在胸前畫十字，然後聽從指令向後轉。雷沙德往後看，只見兜帽底下，死人的顱骨微微發亮，手中的念珠掛在指骨上——這些修士全是骷髏。

在地底下比在山頂上更接近神。

瑪竇伊茲．歐斯維基好幾次用指尖敲擊額頭。他感覺肉體沉重，腐味瀰漫，肚臍左下方一點的腹腔，傳來灼燒感。他知道那是死亡在燃燒。死亡沒讓他恐懼，而是帶走了他的恐懼。

穿著僧衣的骷髏，屬於約旦尼斯傳教主教與建立波茲南主教管區的委員會成員，他們在此維持了將近千年的無聲祈禱姿勢。在十一具骷髏面前，每個小學生獲得他的使徒姓名。十一位使徒？沒有猶達斯嗎？當然有。只是，若將上帝第一位俗世代表伯多祿之名賜給一個小學生，就顯得僭越了。凡被挑選者，即使是像若望和保祿，也會成為伯多祿。

瑪竇伊茲．歐斯維基雙手壓緊耳朵。腦子裡，眾多聲音雜沓紊亂。他閉上眼睛。眼前浮現太多畫面，那不是回憶，不是前傳故事，而是此時此刻，是坐在釘死十字架者面前的當下。腹部燒灼著。他並不恐懼，只是有種麻木感，就像面臨即將來到的重要大考或艱難任務。一輩子只能參加一次的考試最為困難。他睜開眼睛，往上看，打量被救贖者身側的傷痕。

瑪竇伊茲．歐斯維基其實很羨慕他的犧牲者，因為他們已經歷過了。

他起身，走出這座教堂墓碑，飛快看了一眼在阿特拉斯旅館前舞動的藍光，然後低垂著頭，兜帽往下遮住額頭，緩緩穿行在雨中，走向聖凱薩琳地鐵站。

阿諾斯．艾哈特回到阿特拉斯旅館，一開始被擋了下來，不得進入。至少旅館大門口那個警察伸出的手，照他的解讀是要求他停下的意思，至於警察說了什麼，他沒聽懂。他的法語沒那麼好。

他剛才遠遠就看見警車和救護車不停旋轉的藍色警示燈，心想大概有人自殺。他慢慢靠近旅館，中午那股感覺又立刻襲來，彷彿人早晚要跌落的空虛，乍然間在胸腔和腹腔擴散開來，像是種宣告，甚又像是要求。他感覺麻木，喘不過氣來：在有所局限的軀殼中，空虛竟能不斷蔓延擴展，真是奇蹟。靈魂是黑洞，將他累積畢生的經驗吸吮得無影無蹤，只剩下空虛無盡膨脹，絕對的空虛，闇黑深沉，卻缺乏暗無星月的夜空那樣的寬容。

他現站在旅館大門階梯前，筋骨痠痛，肌肉因為過勞而灼熱，後面有幾個好奇者探頭探腦。他用英語說著：他是旅館房客，在這裡有個房間——但無法說服那隻伸出的手。他覺得眼前的情況簡直超現實，就算現在被逮捕，他也不覺得奇怪。不過，他不但是身體已經不聽使喚的老人，還是半輩子享有權威的艾哈特榮譽退休博士。他明確解釋：觀光客，他是觀光客。住在這裡！這家旅館，他想要回房間。於是，警察陪他走進大廳，帶到一個身高約兩公尺的巨人面前，那人約莫五十五歲，身上的灰色西裝繃得很緊。對方要他出示證件。

教授為何低垂著頭杵在那兒？他看著眼前巨人圓滾滾的小腹，忽然心生一絲憐憫。總有些人，體格龐然看似身強體健，精力源源不絕，也從不生病，直到某天恍若被閃電擊中，倒地不起，在所謂英年早逝的年紀溘然而亡。這些人始終以自己的體格為傲，以為只要鍛鍊身體，向他人展現碩壯的體魄，就能長生不朽；他們無須面對等到老了慢性病纏身，在可預見的未來變成需要照顧的病人時，應該要怎麼辦的問題。這個男人的內在變質腐朽，即將衰落敗壞，他自己並不知情。

艾哈特教授把護照遞給他。

您何時抵達的？會講法文嗎？不會？英文呢？什麼時候離開旅館的？晚上七點到八點之間，您人在旅館嗎？

為何提出這些問題？

凶案調查。有個人在旅館房間裡遭到射殺。

他的右前臂很痛。艾哈特教授心想，他一直摸手、按手、揉手，或許已引人注意了。他拿出防雨外套側面口袋裡的數位相機，打開相機。他能夠出示他剛才去了哪些地方，因為拍攝的照片上都有顯示時間。

那男人微微一笑，瀏覽照片。下午在歐洲區、舒曼廣場。貝雷蒙特大樓、尤斯圖斯・利普修斯大樓，還有「約瑟夫二世街」的路牌。為什麼要拍攝路牌？

我可是奧地利人啊！

原來如此。

律法街上「歐洲之夢」的雕像，雕像是一名失明（還是夢遊？）男子，正要從基座上一步踏進虛空。觀光客什麼都拍！看這個。十九點十五分：布魯塞爾大廣場，十九點二十八分前在那邊拍了好幾張照片。最後一張照片拍攝於二十點四分，聖凱薩琳教堂，教堂中殿。那男子又往下按，但畫面回到第一張照片。他又往回按。基督像、聖壇，聖壇前一張長凳上有個男人，背上印著「健力士」。

他哼笑一聲，返還相機。

阿諾斯．艾哈特一回到房間，便走到窗邊，透過玻璃望著窗外的雨，一邊用手撩理濕潤的頭髮，一邊傾聽自己內心的聲音，但什麼也沒聽見。中午抵達這裡後，他立刻打開窗戶，還探出身子，想把廣場看清楚一點。但他探得太外面，整個人幾乎失去重心，腳底已經離地，眼看柏油路迎面靠近。千鈞一髮間，他猛然將身子往後拉，跌落時右前臂撞到電暖器，最後倒在窗旁地板上，姿勢扭曲可笑。雖然逃過一劫，但他仍覺得自己在往下墜。人大概只有在死前幾秒，才能體會到那種感受。他掙扎起身，氣喘吁吁坐到床上，忽然之間，那股狂喜出現了：他是自由的。仍舊自由。他可以自主做出決定，也將做出決定，但現在還不是時候，就等時機成熟。自我了斷——愚蠢的字眼！要做個有自主權的自由人！他知道他必須如此，而他也在忽然之間知道自己辦得到。現在他明白，死亡就像議程最後的「其他事項」，平庸乏味、微不足道，又不可避免。那一刻不會再有什麼事出現。他必須躍過死亡，必須跳過去。

他不想像妻子一樣死去：臨終時絕望無助，只能依靠他……。

他拿起遙控器，打開電視。脫掉襯衫後，看見右手臂有片瘀青。他按下遙控器：繼續按鍵！他脫掉褲子，繼續切換！襪子，繼續按！內褲，繼續！然後轉到德法公共電視台，電視上正開始播放經典劇情片《亂世忠魂》。他幾十年前看過這部片。他在床上躺下，聽見有個聲音說：「本節目由愛侶網贊助播出，卓越領先的合作夥伴。」

菲妮雅．薛諾普羅在救護車轉進廣場、響起警笛聲時冒出「拯救」二字，絕非偶然。好幾天來，她腦裡只有這個想法，成了揮之不去的念頭，因此她現在也想著：救救我！他一定要救我！

她在梅涅拉斯餐廳和凱－烏魏．伏里格共進晚餐，餐廳就位在阿特拉斯旅館正對面。自從兩年前和伏里格短暫外遇後，她私下就叫他伏里智（Fridsch）。不清楚她揶揄他是德國人，所以把他的名字念成近似德式發音的「伏里茲」（Fritz），還是影射他實事求是的冰冷態度，故意叫成「冰箱」（Fridge）的諧音。伏里格四十歲中旬，身材瘦長不太靈活，腦袋卻十分靈光，漢堡人，在布魯塞爾住了十年，幸運（或者他靠的不是運氣）挺過歐盟執委會成立新內閣之前會出現的壕溝戰、陰謀詭計與各種交易後，飛黃騰達，直上青雲。他現任歐盟貿易總署的內閣幕僚長，隸屬於歐盟最權威的執行委員，因此是一名能呼風喚雨的辦公室主任。

在這座舉目皆是高級餐廳的城市，他們偏偏挑了一家相對普通的希臘餐館。想吃希臘餐廳的不是菲妮雅．薛諾普羅，她沒有鄉愁，也不會想念家鄉菜的味道與香氣。是凱－烏魏．伏里格建議的。他希望在希臘瀕臨破產、進行昂貴無比的第四次紓困計畫，同事和大眾對「希臘人」普遍觀感不佳的此刻，給他的希臘同事一點休戚與共的感受。他發電子郵件建議見面地點：「梅涅拉斯如何？在舊穀物市場街，鄰近聖凱薩琳教堂，據說是家相當不錯的希臘餐廳！」而她回覆OK時，他確定自己因此大大加了分。菲妮雅．薛諾普羅其實不在乎碰面地點。她在布魯塞爾居住太久、工作太多年，早已不會糾結什麼愛國心。她想要的只有救贖。她自身的救贖。

伏里格說，防止希臘破產的資金叫做救援傘，無意中令人覺得滑稽。在我們辦公室啊，會出現什麼樣的比喻，靠的全是運氣！

菲妮雅．薛諾普羅絲毫不覺得好笑，她完全聽不懂他的意思，但是臉上仍舊堆滿笑容。她笑得很假，不確定別人是否察覺出她的做作，或者她以前常用的技巧是否仍舊奏效：嫻熟控制面部肌肉、懂得掌握時機、露出光潔皓齒、溫暖的眼神等等，營造出魅力無窮的自然形象。要想矯揉造作，也需要天生才賦。不過，菲妮雅由於職場生涯受挫而心煩意亂——因為年紀！她已邁入四十了！所以無法確定自己招人喜愛的天生才能是否還有用。她感覺內心的自我懷疑像牛皮癬似地遮住了她的外表。

凱－烏魏只點了農夫沙拉，菲妮雅差點也衝動說：我也要一樣的，卻聽到自己點了傳統燜羊肉米麵！這是道溫食，而且十分油膩。她為什麼克制不了自己？她已經開始發胖，必須要多多注意了。服務生幫他們斟酒。她注視著酒杯，心想：八十卡路里。她啜了一口水，兩手拿著水杯抵在下唇，鼓起所有力氣凝望著凱－烏魏，努力裝出既是同謀又充滿誘惑的表情，但是內心卻在咒罵自己。她究竟怎麼回事？

救援傘！凱－烏魏說。德語可以造出這類新詞，只要在《法蘭克福廣訊報》出現三次，就會深植在受過教育的人腦海裡，變成正常的詞彙。我們總理對著每個攝影機說這個詞，害譯者全身直冒冷汗。英語和法語裡有救生圈和雨傘。但我們被問到「救援傘」究竟是什麼東西？法國人一開始翻譯成「降落傘」，法國總統官邸艾麗榭宮隨即發出抗議：降落傘無法阻止墜落，只是延緩墜落的時間，這是錯誤的訊號，請德國人要——

他吃掉一顆橄欖，把橄欖核放在盤子上，菲妮雅感覺他彷彿只是嘗了橄欖的味道，又把卡路里送回廚房。

這時，警笛怒聲狂鳴，接著亮起藍色燈光，藍光、藍光、藍光、藍光……伏里智？

嗯？

你一定要——「救我」兩個字差點脫口而出。但那是不可能的。她修正後想改說：幫幫我！這也不行。她必須表現精明幹練的樣子，而不是一副需要幫助的姿態。

嗯？他又問，然後從餐廳玻璃窗望向阿特拉斯旅館，看見救護車上下來一具擔架，救護人員抬著擔架迅速進入旅館。梅涅拉斯餐廳雖然距離旅館很近，卻又遠到不會讓他思及死亡。對他來說，眼前只是眾人隨著燈光和聲音編排的舞蹈。

你一定要——這話已經說出口，真希望沒說，但已經不可能了。你一定要……了解……

但是你是了解的！我知道你了解，我——

嗯？他看著她。

警車的笛聲嗚咿嗚咿響。

菲妮雅．薛諾普羅最初是在競爭總署工作，執行委員是名西班牙人，對業務一無所知。不過每個執委都像在自己的辦公室一樣得體，而她在運作完美的辦公室裡出類拔萃。她離了婚。因為她沒時間、更沒興趣讓一個男人每兩個週末，日後變成三或四個週末上家裡來；或者她到雅典去，看他一邊叨絮雅典社交界的私密，一邊像漫畫裡的暴發戶似地吞雲吐霧。她嫁給一位名律師，但後來把這眼界狹窄的地方律師趕出家門！接著，她努力往上爬，進入貿易執行委員的小內閣。在貿易委員會，只要能粉碎各種貿易障礙，就可獲得功績。她從此再也沒有私人生活、沒有牽掛，只有自由的世界貿易。她真心相信，自己未來的事業成就，將來自於她參與改善世界的回報。她認為公平貿易是贅述，畢竟全球平等的前提本就是貿易。執委是名心懷顧忌的荷蘭人，一絲不苟得令人詫異。菲妮雅賣力工作，想要算出他的顧忌價值多少荷蘭盾。這個人還真的一直以荷蘭盾進行計算！每次只要菲妮雅說服他採納自己的意見，他獲得的成就殊榮可是價值連城！接下來，該往前邁進了。她期待歐洲議會選舉結束後，能在執行委員會進行改組時有機會升遷。事實上，她的確升官了，成為部門主管。那問題是什麼呢？雖然名為升官，她卻感覺實則降職，是職業生涯的挫敗，是驅逐。她成為文化總署下轄的通訊署署長！

文化！

她學的是經濟，倫敦政經學院畢業，在史丹福大學念完碩士，通過歐盟競試，現在卻被困坐在文化總署裡——還不如玩大富翁來得有意義！文化總署是個微不足道的部門，沒有預算，在執委會裡毫無影響力與權力。同事戲稱文化總署是「不在場」部門——要真是這樣至少也好！不在場證明非常重要，任何犯罪都需要不在場證明！但是，文化總署甚至連欺人眼目的騙局都沾不上邊，因為沒有眼睛在看文化做什麼。當貿易或能源執行委員，甚至是負責漁業的執行委員，在會議期間去上廁所，就得暫停討論，等待他們回到座位。要是文化執行委員離開，協商也依然照常進行，完全不會受到干擾，甚至沒人注意她是坐在談判桌旁，還是去上廁所了。

菲妮雅・薛諾普羅踏進了一部電梯，電梯雖然往上升，卻卡在兩個樓層之間沒人察覺。

我得離開一下！她說。等她從洗手間回來，卻看見他在打電話。他根本沒在等她。

伏里智與菲妮雅望著窗外的旅館，像一對沉默無言的老夫老妻，看見有事情發生而開心，因為至少可以因此聊上幾句。

那邊發生什麼事了？

不清楚！也許旅館裡有人心肌梗塞？伏里智說。

但是警方不會因為有人心肌梗塞就立刻出現呀！

沒錯，他說。短暫沉默後——他差點脫口說：提到心，妳的性生活怎麼樣？不過他忍住沒問。

妳心裡有事！他說。

沒錯！

妳什麼都能告訴我的！

他傾聽她的話，頻頻點頭，偶爾拉長音調回答「ＯＫ」，表示他聽進去了。最後，他說：「我能幫妳什麼？」

你一定得聘用我。你可以——聘用我嗎？我想回貿易總署。也許你可以和奎諾談談？你們交情很好，他會聽你的。或許他幫得上忙。我必須離開文化總署，否則會悶死在那裡！

好，他說。但忽然之間，心裡升起一絲恐懼。說恐懼或許言過其實，他感覺到憂慮鬱悶，說不上來為什麼。他不思考自己的人生。他曾經思考過人生，在很久、很久以前，當時他還沒什麼人生經驗。那些思考是幻想、是做夢，他把做夢和沉思混為一談。不能說他追求了夢想。就像旅客會走到某個特定月台，他也只是踏上一處地方，開啟前往某個特定終點的旅程。從此以後，他就一直在軌道上。內心深處，他知道自己沒有出軌純屬運氣。但是，只要在軌道上，就沒有什麼事情需要繼續思索。生命，無論有沒有正常運轉都一樣。若是正常運轉，「生命」就被「人」取代，變成了人有用，人正常運轉。這些不是思索來的，他就是知道。他把這種清晰明瞭誤以為是腳底下穩當的地面，不需要步步為營。但現在，腳底下卻輕微晃動。為什麼？他沒有思索這個問題，只是感受到淡淡的擔憂。我去一下廁所！

他邊洗手，邊打量鏡中的自己。他對自己並不陌生，但是不陌生並不代表熟悉。他從皮夾裡拿出隨身備用的威而剛，咬碎藥丸，喝口水吞下去，然後又洗了一次手。

他知道菲妮雅和自己一樣，明天一大早必須出門，所以他們得盡快上床。他們必須正常運轉才行。

他們搭計程車前往伊克塞爾，來到他的公寓。他假裝飢渴迫切，她假裝高潮迭起。兩人的化學反應十分契合。對街藍鹿酒吧霓虹燈的藍光，透過窗戶在屋內閃爍。凱－烏魏．伏里格起身把窗簾拉上。

窗邊站了個人嗎？黑色復仇者蘇洛，魅影，黑影人。看起來像塗鴉在那棟廢棄房子牆壁上的漫畫人物。房子原是商店，位於阿特拉斯旅館斜對面，就在布雷街轉角，窗戶昏暗漆黑，櫥窗釘著木板，老舊半垂的破海報在木板上方隨風擺盪，一旁外牆上噴滿模糊難辨的塗鴉文字——是裝飾、神祕文字，還是某種象徵符號？屋前有道工地圍籬，掛著一面德米特拆遷公司的招牌。布侖孚特督察當然知道，死氣沉沉的房子二樓窗框裡的黑影並非塗鴉，只是給人這樣的印象。城市裡各個角落，從屋牆、防火牆到屋脊，全都畫滿漫畫，有仿效、改變艾爾吉（Hergé）或莫里斯（Morris）的畫，也有猩人（Bonom）筆下的動物，或自認是這些藝術家後繼者的年輕人所畫的作品。如果布魯塞爾是本敞開的書，一定是本漫畫。

布侖孚特督察走出阿特拉斯旅館，指示警車裡的同事在附近展開地毯式搜索，詢問是否有人在可疑的時間恰好從窗戶往外看見了什麼。

這一年真是好的開始啊，督察！

每一天都是好的開始，布侖孚特督察說。雨慢慢停了。督察叉開兩腳站著，把褲腰往上拉，一邊和同事講話，一邊掃視對面那排房子的外牆，接著就看見了那個被窗戶框著的黑影。

確實有個人站在窗邊，在一棟拆遷屋的窗戶旁。督察目光往上直瞪著他。那個人動也不動。真的是個人嗎？還是人偶？為什麼窗戶後面會有人偶？或者只是道影子，他被輪廓給騙了？難道真的是塗鴉？督察笑了笑，卻是笑在心裡，並未真的表露在臉上。不對，那是個人！他正往下張望嗎？有沒有看見督察正往上盯著他？他看見了什麼？

開始吧，布命孚特督察說。上工了！你去這棟房子，你這棟！還有你——

那間破屋也要？裡面是空的啊！

沒錯，那間也要——你看上面！

就在這時候，黑影人不見了。

他退離窗邊。他的香菸放在哪兒了？可能在外套裡。外套掛在廚房椅子上，那是屋子裡僅剩的唯一家具。大衛．德．符林德走進廚房，拿起外套。他要什麼？外套。為什麼？他猶豫不定呆站著，盯著外套。該離開了。是的，這裡什麼都沒有了，也沒有什麼要做的。屋子已全部清空。他望向牆上一個長方形痕跡。之前那裡掛了一幅畫。〈博爾特梅爾貝克的森林〉，一幅詩情畫意的風景畫。他還記得當時掛上去的情景。這幅畫一輩子都在他眼前，如今再也看不見畫，只剩下空白。只看得出這裡以前掛過東西，而今不復存在。生命故事無非如此：是壁紙上的一方空白輪廓，而這壁紙也曾被貼在一篇前傳上。下方可看見曾經立在這裡的櫃子痕跡。他在櫃子裡放了些什麼了？擺放著一輩子積累的東西。底下那些髒汙！全部跑出來了。灰塵黏成一團又一團，油膩膩、黑糊糊的霉汙一條又一條。你可以一輩子都在打掃，辛苦打掃一生，但等到最後一切清空，剩下的卻只是髒汙！出現在你清潔過的每一個表面底下、在你擦亮的每一個地方後面。如果你年紀輕輕，人生忽然被清空時，不要以為沒有東西會腐敗、發霉、朽爛。或許你還年輕，認為自己的人生仍一無所有，或者東西還不夠多。然而，那背後的髒汙，永遠是整個人生的髒汙。最後只剩下髒汙，因為你就是髒汙，而且陷在汙穢裡。如果你變老了，算你幸運！但是，即使你窮盡一生打掃，也只是自欺欺人。因為最後一切被清光時，會看見什麼？髒汙。髒汙就藏在所有東西底下、在背後，是你所清掃的一切的基礎。髒汙露出之前，你曾經擁有過一個乾淨的人生。那裡，以前是洗碗槽的位置。他始終洗個不停。他從來沒有買過洗碗機。每個盤子、每個杯子，一用完立刻清洗。他一個人喝咖啡時——他確實是一個人，幾乎只有自己一個——會站著喝，就站在洗碗槽旁，才能夠馬上洗杯子，一喝下最後一口，便同時打開水龍頭。永遠是清洗、晾乾、把杯子擦得發亮，最後放回原處，以保持乾淨。有個乾淨的人生對他來說很重要。但是，他在曾經是洗碗槽的地方看見了什麼？黴菌斑斑、油垢、髒汙，甚至在黑暗中或昏黃中也看得見。那個地方什麼東西都沒有了，全部清走，卻仍然看得見東西，看見了潔淨人生背後的汙痕。

他又把外套丟回椅子上。他想要——什麼？他四下張望。為什麼他還不走？應該要走了，走得遠遠的。這裡不再是他住過的公寓，只是一些曾經擁有故事的空間。再巡一圈看看。為什麼？呆瞪著空蕩蕩的房間？他走進臥室。之前放床的地方，地板顏色比較淡，框出了一個長方形，昏暗中宛如一個巨大的地板活門。他繞過長方型輪廓走向窗邊。為什麼不直接走過去，為什麼要在空無一物的房間繞路，難道真害怕那個長方形忽然打開，一口將他吞噬？他並不害怕。這裡以前是床，從房門口走到窗邊，自然而然會繞過床，他一輩子都這樣走。他往外看，隔壁建築的逃生梯幾乎伸手可及，那是一座學校。學校每年舉行一次消防演習，警報大作時，學生練習迅速且井然有序從逃生梯下樓。大衛·德·符林德曾經許多次站在窗邊觀看，看他們逃生，看他們練習，就在伸手可及的地方——那時是這樣的。搬進來時，逃生梯對他來說確實伸手可及，那是促使他買下這裡的一個理由。公寓位於很好的地段，售屋人員說。符林德望向窗外的逃生梯，同意道：沒錯，位置很好！當時他想，一旦出現緊急狀況，在大門的敲擊聲尚未結束前，他就可以從窗戶一個箭步跳到逃生梯上，逃之夭夭。他相信自己辦得到，他當時毫無疑問能做到。但是今天，想都別想。逃生梯已顯得遙不可及，他跳不過去了。五十年來，在這裡練習逃生的孩子，年齡始終沒變，一直都是孩子，只有他變老了，變得老態龍鍾，虛弱不堪，而且疏於練習。他往窗外看，沒有什麼是伸手可及了。他記起自己想抽菸。應該要走了，消失不見——他穿過走廊，但沒有走入放著外套和香菸的廚房，而是進了客廳。他躊躇不前，東張西望，好像在找什麼。光禿禿的房間。他想要——他來這裡想做什麼？他走到窗邊，對了，再看一眼廣場，他一生在此度過，並試圖找到自己「生命中的位置」。

他往下看向警車藍光，腦子一片空白。他凍住了。理由他心知肚明。他從來沒想過自己知道理由，也沒想過不值得對此多傷腦筋。古早的知識，就深埋在他心裡，不需要在腦子裡構想。他動也不動看著警車，心臟慢慢揪縮，然後又擴張。那是靈魂在聳肩。

他還是老師的時候，總想把「嘰哩呱啦－逗點－他想」這樣的句型逐出學生的作文。但是他糾正不過來。孩子真的認為人在獨處的時候，腦袋裡充滿「他想或她想」句型。然後，這些他想與她想的腦袋湊在一起，製造出了「他說與她說」句子。但事實是，在無神的穹蒼之下，連腦袋裡也安靜得不可思議，我們的喋喋不休不過是這股安靜的回音。他的心臟冷冷地縮在一起，然後又擴張開來。他吸氣、呼氣，節奏和藍光同步。

他聽見鈴聲響起，接著是拳頭敲擊大門的聲音。他走進廚房，穿上外套，接著又進入臥室。外面一直有人敲著大門。符林德從房門走向窗邊時，又稍微繞了一下。他往外看。逃生梯已不在伸手可及的範圍。他坐在地板上，點起一支菸。捶打聲，重擊聲，一聲又一聲。

第二章

思想會干擾那些沒有思想就不存在的事物。

人必須容許自己憂鬱一次。馬丁・蘇斯曼撐得過去的。他在「諾亞方舟」工作，是歐盟執委會的職員，隸屬於「文化與教育」總署，分配到「通訊」署，領導「文化計畫與措施」組。

在內部，同事稱呼他們部門為「諾亞方舟」，或者就叫「方舟」。為什麼？方舟是漫無方向的，只隨波逐流，在波濤洶湧中顛簸搖晃，抵抗狂風暴雨。方舟想要的只有一件事：拯救自己以及所載之物。

馬丁・蘇斯曼沒花多久時間就認知到這一點。剛開始，他非常滿意，十分自豪能弄到這個工作，尤其他不是被奧地利政黨或當局以「國家派遣專家」身分派到布魯塞爾，而是直接向委員會求職，通過歐盟資格競試。因此，他是真正的歐盟職員，而且無需肩負國家義務！後來，他終於發現「文化與教育」總署在執委會中不具威望，多少受到嘲弄。在組織中提到這個總署，只說「文化」，即使在教育領域取得矚目的成果，例如歐盟交換學生「伊拉斯摩斯計畫」的推動與執行，「教育」兩個字仍舊隱而不提。每每說到「文化」，總帶有弦外之音，就像華爾街交易員提到古怪親戚愛好的「錢幣學」那樣。不過，在特別關注文化的民眾心中，「歐洲文化」的形象非常糟糕。馬丁·蘇斯曼上任才不久，還在閱讀自己國家的報紙——這是典型的新手錯誤。新聞報導，奧地利爆發強烈不滿，認為奧地利人受到文化的「威脅」：歐盟成員國有權要求一個執行委員的職位，各政府自行提名人選，最後由執委會主席指派部門。當時歐洲議會選舉完畢後，重新分配部會時，就傳聞奧地利提名的執委將接管「文化」。由於奧地利被選定的執委，其所屬政黨嗅到執政聯盟夥伴在搞陰謀，因而導致聯合政府關係破裂。奧地利出現抗議聲浪，報紙製造輿論氣氛，以「我們受到文化威脅！」或「奧地利被硬塞了文化！」等內容，意圖激起讀者憤慨。

那樣的反應令人驚訝，畢竟這個國家或許不「認為」自己真是「文化大國」，卻很喜歡以此自稱。不過，奧地利的反應完全符合「文化」在歐洲權力結構中的意義與形象。意義與形象，取決於一個部會得到的預算金額，以及對於政治菁英與傑出經濟人士的影響力。「文化」在這兩方面都不行。最後奧地利執委並沒有拿到文化總署，而是「區域政策」，這個文化之國歡天喜地，報紙這樣寫道：「我們拿到三千三百七十億的預算！」

「文化」最後落到希臘身上。一想到古希臘時期是歐洲文化的根基，就會覺得這個決定順理成章；但是，將歐洲民主解體與古希臘時期的奴隸社會相提並論，又會覺得是深思熟慮卻不恰當的嘲弄。希臘拿到文化的理由很簡單：希臘因為深不見底的金融危機與預算危機，聲望一落千丈，因此毫無抵抗能力，只能逆來順受，接收一個被看扁的部會。那不是使命，而是懲罰：不懂得理財，手裡最好不要有錢，所以只拿得到沒有預算的部門。希臘派駐歐盟的執委事業心旺盛，積極打造信賴的強力團隊，讓她在執委會中多少取得政治影響力。她延攬幾位在執委會中經驗豐富、與其他總署往來密切且聲譽卓著的同胞，將他們安插在她總署裡的關鍵位置。因此，菲妮雅．薛諾普羅調離「貿易」總署，拔擢至馬丁．蘇斯曼工作的「方舟」，成為該處署長。

菲妮雅無法拒絕這次拔擢。想在歐盟執委會出人頭地，就必須證明自己靈活有彈性。若沒有表明自己已做好相關準備，拒絕調派任務，就會被打入冷宮。於是她調到方舟，計畫先在此處證明自己應變靈活。她立刻著手進行下一次的調任，尤其注意提高自己的曝光度。想在組織升遷，曝光度同樣至關重要：要工作得引人注意，讓人看見自己。

菲妮雅深知何謂不幸，很早便已識得其中滋味。她擁有炙熱的能量，這種能量經常出現在靈魂飽受悲慘出身燒灼的人身上，他們無論走多遠，也擺脫不了燒灼感，因為靈魂始終帶在自己身上。菲妮雅從第一次面臨生存機會開始，便不斷證明自己已做好把握機會的準備。如果有人指著一道門說，只要找到鑰匙，就能走過門獲得自由，她就會仔細尋找鑰匙。她也會耐著性子長時間打磨所有可能的鑰匙，直到最後有一把合適。不過，在某些時刻，她會乾脆拿起斧頭，直接把門劈了。斧頭最後變成了她的萬能鑰匙。

馬丁・蘇斯曼受不了菲妮雅。她調來方舟之後，工作氣氛變得更糟。她顯然鄙視這裡須完成的業務，同時又施加令人難以承受的壓力，確保自己能被清楚看見。

菲妮雅・薛諾普羅一夜好眠。她認為睡眠是身體控制力與自律的一部分。睡眠對她有如充電器。她蜷縮四肢，拱起背，下巴抵在胸口上，便能蓄積力量，迎接第二天的戰鬥。只有睡著時，她才不會做夢。

我打鼾了嗎？伏里智一大早醒來後問她。

不清楚。我睡得很沉！

就像個孩子。

是的。

不對，其實像胚胎。

胚胎？

沒錯，妳睡著的姿勢，讓我想起胚胎的照片！妳要喝咖啡嗎？

不用，謝了。我馬上得走了！離開時，她本想親他一下說：「要想我唷！」但是她沒有，只點了個頭說：我必須……。

馬丁．蘇斯曼在上班途中收到最新訊息。只要天氣許可，也就是不下雨時，他會騎自行車上班，藉此鍛鍊一下身體。不過那並非主要原因，重點還是搭地鐵讓他情緒低落，因為一大清早就要看見灰白疲憊的臉龐。拉著行李箱、拿著公事包的人，假裝對工作充滿熱情，總愛展現意氣風發、能力卓越、競爭力強的樣子，戴著不合適的面具，真實的嘴臉卻在面具底下腐朽。若有乞丐攜帶手風琴上車表演歌曲，拿著優格杯子要人打賞幾枚硬幣，那些人頓時又顯得目光呆滯。那些是什麼歌？馬丁說不上來，或許是上世紀二、三〇年代戰前的流行歌曲吧。下車時，機械式移動的人潮踩踏著停止運行的手扶梯，繼續擠過圍著三夾板、永遠在施工的髒汙地下道，經過賣披薩和土耳其烤肉串的攤子，身體分泌物和腐爛的氣味撲鼻而來，最後穿越風道往上到地面街道，踏進再也無法灑入陰鬱靈魂裡的陽光裡。馬丁寧願騎車，他也很快成為歐盟騎行小組的成員。一開始，小組提供個人教練，教導入會的歐盟職員基本騎車技能，例如騎著自行車安然無恙穿越蒙哥馬利區。教練還會探勘從家裡到工作場所最安全的路，陪同練習騎行幾天。他們也學會騎著自行車時，把「你擋路了！」貼紙啪地黏在停放自行車道的汽車上。貼紙不會傷害車身，很容易剝掉。歐盟騎行小組成效卓著，不到幾年，布魯塞爾的自行車用路人就因為歐盟職員加入而數量翻倍。

不過，馬丁最喜歡的部分，還是從住家到工作場所，沿路自動形成的自行車隊。他每天早上從自家出發，最遲在林蔭大道就會遇到第一個同事，然後是第二個，最後往往聚集成八到十個人的車隊。德國的歐盟職員騎著競賽自行車，從車隊旁呼嘯而過，穿著機能服趕去上班，好似必須要贏得自行車環繞賽似的，因此也只有德國人上班前會在辦公大樓地下室的淋浴間沖澡。騎著自家生產的「祖母自行車」的荷蘭人，或者來自羅曼語系國家的同事，則是一身西裝，悠悠閒閒踩著自行車，汗一滴也不冒。大家並肩騎車，一邊聊天，得到的消息比員工餐廳聽來的還多，包括新的傳聞、陰謀、升遷等等。若要掌握最新動態，自行車道會談比閱讀《歐洲之聲》還重要，至少和研讀《金融時報》不相上下。

馬丁的朋友兼同事柏胡米．策梅卡在艾克耶街加入車隊，策梅卡工作單位是「文化政策與跨文化對話」。往前不到兩百公尺，在阿倫貝格街就聽到菲妮雅辦公室主任卡珊德拉．梅爾庫里的呼喊。柏胡米和馬丁煞住車，讓車隊先過去，等到卡珊德拉趕上，三個人才一道繼續往前。

你有什麼想法了嗎？柏胡米問道，旋而又驚呼：小心！手指著前面一輛停在自行車道的汽車。他飛速從側肩包裡拿出貼紙，雙手放開車把，撕開背膠，在繞過汽車時，猛然啪一聲將貼紙拍在車窗上。此舉引來對方一陣氣憤的喇叭聲。

碰！貼得真牢！他志得意滿說。

你黏那些貼紙的行為比汽車還要危險，卡珊德拉說。她三十五歲左右，身材圓滾滾的，目光時而擔憂，時而和善。柏胡米雖然年長她幾歲，但身形矮小單薄，在她身邊就像個不良少年。他賊賊笑了笑。快說啊，你想出解決方法了嗎？整個署的工作完全停頓，因為還沒有人——

什麼想法？我聽不懂你的意思！

週年大慶計畫啊！你還沒有回覆群組信。話說回來，我也沒有就是了。

週年大慶計畫？我以為不一定需要發表意見。

是啊，大家都在裝死，誰也沒有回，沒人認為有什麼重要的。也難怪我會想起五年前那次失敗！

那時候我還沒來。

怎麼會失敗？在歐洲議會舉辦的兒童大使典禮，非常感人呢！來自歐洲各國的兒童齊聚一堂，表達對於未來、對於和平的期望……。

卡珊德拉，拜託！什麼兒童大使！那是虐待兒童好嘛！幸好大眾沒有注意到這點！我的想法是——當心！他猛地扭轉車把，把馬丁逼到了路中間，轉瞬間手裡便多了一張貼紙，但沒拿好滑掉了。馬丁再把他擠回自行車道上，大吼：你瘋了嗎?!

好了，我的看法是，學習以史為鑑的意思就是：永遠不要舉辦！不要重蹈覆轍！別再舉行什麼慶典！花費一大筆錢，到頭來只落得令人難堪！我不懂為什麼薛諾普羅把這件事看得特別重要！

這場慶典牽涉到各個總署。她若是積極籌辦，可以彰顯自己，卡珊德拉說。她現在真的很積極。今天十一點要開會，她想聽聽我們的看法。

我的想法不同，馬丁說，我認為——

會議或許會延後！雖然還沒確定，不過她希望今天有機會能臨時和執委會主席開會。對了，你們知道她最近在讀什麼嗎？

我完全沒興趣了解！

妳是說看一本書嗎？薛諾普羅會讀書？少來了，卡珊德拉，別胡扯了！

沒錯，就是一本書。我沒有胡扯。我還得特地盡快幫她弄來。你們肯定不會相信的！說吧！

當心！

注意啊！

是這樣的。署長連日一直研擬作戰，準備她與主席的談話。她想要知道他所有的事情，從人脈到最喜歡的餐點，所有一切，甚至是愛不釋手的書也要。她覺得或許聊天時派得上用場。她這方面特別吹毛求疵。

主席有愛不釋手的書？

大概是《沒有個性的人》那本吧！馬丁說。

《沒有個性的人》？倒是很適合做為他自傳的書名！

孩子們，拜託別胡扯了！聽我說啦！她透過私人管道打聽到，主席還果真有本書愛不釋手！一本小說！這點沒什麼人知道！而且他顯然有好幾本，因為他一有時間就翻閱。一本放在床邊，一本放在辦公室桌上，八成還有一本在他女朋友公寓裡！卡珊德拉的臉龐閃耀著光芒。或許是一層薄薄的細汗？還是覺得很有趣？總之，她說，我得把書弄來，而她現在正在閱讀！

薛諾普羅在讀文學作品？馬丁驚訝想著，而且是小說！她為了出人頭地，甚至不惜讀小說。

菲妮雅．薛諾普羅坐在辦公桌旁讀著，讀到的內容讓她困惑不已。她閱讀的速度飛快，學過一目十行，能在腦中立刻將資訊分門別類，有需要時即可飛快叫出資料。可是，這是一部小說。她完全沒有概念書裡在講什麼。到底哪些資訊可為她用？她究竟該記住什麼？故事講述一個男人的一生，感人肺腑。但是，這個完全陌生的男人與她有何關係？遑論他活在另一個截然不同的時代，如今已無人有他那樣的思維與行動。此外，主角是真有其人，或者純粹杜撰？根據搜尋谷歌的結果，這個人確實存在，甚至在他那個時代地位十分重要，對歐洲乃至全世界的政治秩序產生影響。可是，他也可能沒那麼舉足輕重，否則她在學校會聽過這號人物了。他比較像是學者研究的對象，不過即使是專家學者，對於他這個角色的評價最終也莫衷一是。

她跳過一個章節，心浮氣躁往下翻，越讀越糊塗，起碼到現在為止，書中完全沒有提到任何政治決策，反而講述愛情。整本書是從一個深愛這男人的女子視角寫成。可是女子的名字並沒有出現在這男人的維基百科欄目中，也不清楚她是否真的愛他；應該說，讀到目前為止仍不明朗。總之，她覺得要吸引對方注意、對他有所影響，是一種挑戰。如果這個女子真是作者杜撰，那麼閱讀一名純屬虛構的女子，試圖掌控確實在歷史上握有大權的男子，意義究竟何在？作者若想呈現女人如何贏得位高權重的男人，何不寫一本實用書就好？這部小說有詭計、嘲弄的把戲、與政敵競爭等，但是最後——菲妮雅繼續瀏覽、閱讀，越來越心浮氣躁，讀一頁、跳十頁——從頭到尾講的只有愛情；換句話說，與愛的力量相比，政治權力不過微不足道。這樣說可以嗎？簡直瘋了！小說全都不合常理！

菲妮雅躺回椅背上。這是主席最喜歡的書？主席不太正常吧！書裡角色的想法也太多了！作者如何得知她的想法或他的思緒呢？如果歷史上真有這個男人，無疑會留下檔案、文件、合約與證書等資料，但是思緒呢？無論過去或現在，思緒絕不會出現在文件裡。頭腦清晰的人，一定會避免留下能夠讓人看穿他思緒的一切。

她閉上雙眼，忽然想起昨晚，想起和伏里智度過的那一夜。她真以為他——他曾經想過她——？

她僵硬地坐著，恍然中卻感覺自己在搖晃。她倏地睜開雙眼，要自己打起精神。就在此時，她的目光落在電腦螢幕上，卡珊德拉．梅爾庫里傳來新訊息。「很遺憾今天無法與主席開會，主席辦公室建議再延遲幾天。」

她闔上書，推到旁邊。

收件人：柏胡米．策梅卡（「跨文化對話」）、馬丁．蘇斯曼（「文化政策」）、海蓮娜．阿塔納西亞迪斯（「增值研究」）、C．皮涅羅．達．席爾瓦（「語言多樣性」）、A．克萊（「媒體素養」）

——菲妮雅停頓一下，然後刪掉海蓮娜．阿塔納西亞迪斯——

主旨：五十週年大慶計畫

日期確認：十一點，會議室。我期待各位的建議。

手機鈴聲響起，馬丁．蘇斯曼看著螢幕，是他沒見過的布魯塞爾當地號碼。他接起電話，立刻就後悔了。是他哥哥。

是我！

嗯，哈囉，伏羅里安！

你知道我要到布魯塞爾吧。

知道。

我找你好幾天了，可是你都沒接電話。

——

昨晚我起碼打了十次電話。你為什麼不接？或者回電給我？

昨天晚上？我有麻煩要解決。

你永遠有麻煩。我也有問題要處理，所以——

那是——

總之，我到了，已經入住旅館，在萬豪酒店。我等下就有個約，晚上見面吃個飯怎麼樣？你工作到幾點？

大概七點、七點半。

好，八點半來接我。

去旅館？

當然是來旅館啊，然後找一家可以抽菸的餐廳。

這裡全面禁菸。

不可能。就這麼說定八點半了。記得要準時啊，老弟！

週年大慶計畫最早其實是阿金森女士的主意。她是通訊總署新任總署長，也負責歐盟的企業形象。根據歐盟晴雨計的民調顯示，歐盟的形象已跌落歷年谷底。她此刻很清楚，自己必須展現出與前幾任總署長不同的領導方式。中規中矩的媒體工作、例行的發言人服務、協調各成員國沉悶的新聞辦公室，光執行這些並不夠。自一九七三年在歐盟國家進行民意調查以來，這次最新民調不僅是歷來評價最糟的，甚至還應該視為「超級核災」等級的事故。半年前，尚有百分之四十九的歐盟公民，對於執委會的工作表現，給予基本的正面評價，而這一結果已被視為「歷史新低」，沒想到竟然還能再創低點。即使運用各種可能手段美化數字，仍舊低於百分之四十，是歐盟晴雨計有史以來最大跌幅，比一九九九年因為一樁貪汙醜聞，導致執委會全體辭職下台時的滿意度還要低。當時滿意度從百分之六十七掉到百分之五十九，被視為一場災難。可是現在怎麼回事？何以至此？

阿金森女士研究文件、表格、百分比計算、圖解、統計數字等等，詢問自己，民眾對這個組織的信任度何以重挫至此？歐洲主流媒體事先對執委會新任主席讚譽有加，但從中獲益的卻非執委會，反而是歐洲議會，議會的聲望幾乎提高五個百分點。執委會主席有史以來首次履行婦女保障名額，不僅適用於執委會成員——二十八人中，女性占了十二位——在各個總署管理階層中，女性占比也將近百分之四十。她本身就是此項政策的受益者，但能力與資格並未因此受到質疑，這點她直言不諱。正因為堅持執行婦女保障名額，阿金森女士才不用屈居在不合格的喬治．莫蘭底下。那頭汲汲鑽營的豬，剛開始是這個職位考慮的對象，現在則是四處奔走，拿著以她畫成的漫畫，做為這個愚蠢保障名額的經典實例。據聞他逢人就說她冷若冰霜，冷得連她自己都飽受手冰之苦，所以坐在辦公桌前常常套著大手籠——哎呀，女人家嘛！

諸如此類的想像，透露出這個心懷不軌者的心態：他把她和巨大的手籠聯想在一起，明顯透露出他典型的英國男性上流階層對陰道的恐懼。

阿金森女士在倫敦歐洲商學院研讀行銷與企業管理，論文〈論反誘導的市場行銷〉得到優異成績。她思索著，若要挫敗莫蘭的陰謀，是否不要採取攻勢，反而該把手籠變成自己的商標，誇大巨型手籠，這樣一來，莫蘭的漫畫就會顯得愚蠢，令人心生厭倦，但同時又能強化她的標誌。不過，她現在關注的不是這件事。她心生納悶，為什麼執委會婦女保障名額這項成就，明顯保障了歐洲婦女的機會，仍舊無法提升執委會的形象。女性在歐洲議會中僅占百分之三十五，議會的聲望卻提升了，在各年齡層的女性選民之間亦然。這也無可厚非。可是，執委會的聲望反而下跌，實在匪夷所思。這就是問題所在，她的職責正是要阻擋這股趨勢並加以扭轉。受人批評的癥結是什麼？執委會形象不佳的理由何在？老套、偏見、舊調重彈、缺乏民主合法性、官僚主義盛行、沉迷監管。她特別發現，沒有一項批評是真正針對執委會的表現，顯然大眾不清楚執委會的任務。百分之五十九的人認為，執委會「涉入應由國家層級處理的事務」；但是，不到百分之五的受訪者又覺得執委會「業務執行不佳」或者「糟糕透頂」。這之間的矛盾關係，應該要設法釐清。她很困惑，為什麼前幾任總署長全盤接受歐盟晴雨計的民調方法，沒想到應該改變？若是民調選項中有「涉入應由國家層級處理的事務」，就會有一定比例的人圈選：那些「沒錯，就是那樣」的傢伙，那些「我早就說過了」的白痴！但是，若是換一種表達方式，改成「執委會保護歐盟公民免於因各國法律制度不同而形成的不公」，結果肯定不一樣。

她現在明白，她的任務不會是改善「歐盟形象」，而是明確提升歐盟執委會的形象。一個小時後，在查理曼香檳的振奮下，她終於想出達成任務的方法。因為就在此時，辦公室的門忽然被推開，祕書凱瑟琳娜端著插上仙女棒的蛋糕走進來。在煙霧與火花後，她明確看見了執委會主席，他後面還擠進來更多人，有她的專員、署長、顧問，全辦公室的人都來了，齊聲祝賀她：「生日快樂。」

她今天剛好過大壽。哦，是的。她沒有把這日子放在心上。她先生在倫敦，女兒在紐約，兩個人都打了電話來祝賀。至於能夠一起慶生的朋友，在布魯塞爾沒有半個。現在她成了眾人矚目的焦點，令她十分驚喜。主席開口講了幾句，不是正式致詞，而是很私人的內容，也小小影射了她的形象，引發哄堂大笑。平時只是打過招呼、在三、四、五樓辦公的人，全對她綻放笑容；香檳杯浮著泡泡，杯觥交錯，叮噹作響；有人親吻她的臉頰，碰碰她的手臂，拍拍她的肩膀；對她毫無所知或者所知甚少的人，也展現出好感，或者願意表現出好感。主席舉高酒杯說，他很高興團隊裡有這麼一位能力出色的優秀同事，這個重要職務有保障婦女名額，實在很棒，他個人贊成女性名額提高到百分之九十九，當然，他並不想丟了工作，不過他會感到很開心，如果只有女性……男人口哨聲此起彼落，女生則高喊「大男人、大男人」，最後大家笑成一片。阿金森女士切起辦公桌上置於歐盟晴雨計檔案夾上面的蛋糕，蛋糕屑和奶油塗糊了統計數字，仙女棒的灰燼也掉落在歐洲輿論的墳塚上。

然後，她又獨自一人了，大家回到工作崗位上。她依靠在辦公室的偌大窗戶旁，望著底下的律法街，俯瞰一長串緩慢爬行的深色汽車，車身在細雨中瑩瑩閃亮。她揉揉雙手，兩手輪流撫摸另一手的手背，手指頭又按又捏。她的手指纖長柔嫩，很容易失了血色，變得蒼白麻木。接著，她走回辦公桌後坐下。腦海裡正在醞釀著什麼，她靜候思緒清澈明朗。桌上還有半杯香檳，她啜飲一口，深思細想，最後將酒一飲而盡。她捏捏指頭，開始在谷歌搜尋

「歐盟執委會成立」。執委會究竟何時生日呢？有執委會生日這種東西嗎？成立的那一天？她的想法是：光是把執委會的日常工作宣傳到極致還不夠，還要受人讚揚；必須鼓勵大眾慶賀執委會的存在，而非只是乞求人民接納、改掉陳腔濫調、駁斥不實的謠言與傳聞。執委會應該是重心，而不是抽象、廣泛的「歐盟」。歐盟又是什麼？純粹是眾多各自為政、代表不同利益的組織罷了。歐盟之所以有意義，無非是因為執委會存在。這就是她的觀點。必須要創造一種情境，讓執委會無憂無慮處於中心地位，成為眾人祝賀的壽星。所以，執委會有沒有生日呢？這點還真不容易確定。是歐洲經濟共同體成立那天，抑或是歐盟執委會根據合併條約，改制成現今形式的日期呢？若是前者，那麼執委會再過三年就六十歲了；後者的話，兩年後則是五十歲。她比較喜歡五十歲，整整半個世紀，更能切入行銷賣點。若換算成人類年紀，正是經歷充沛、閱歷豐富、尚未老得變廢物之時。此外，兩年剛好是完美籌備的理想時間，三年則顯得太長，期間可能出現太多變數。

她繼續往下查。以前舉行過週年紀念活動嗎？有的，笨拙、敷衍的例行演說，讚揚前任官員的功績，致敬歐盟的初期階段，提及《羅馬條約》訂定五十年、煤鋼聯營成立六十年等等，這些誰會感興趣？沒有人。向歐盟懷疑論者與反對者吹捧成立煤鋼聯營是多麼棒的事，是期望得到什麼？那猶如向患了失智症的老人道賀，恭喜他曾經擁有神智清明的時光；反觀他的兒孫，早就無動於衷去做完全不同的事了。

葛蕾絲·阿金森看見沙發前的玻璃茶几上有一瓶打開的香檳，瓶裡還剩下一些，她倒出酒，獨自啜飲。趁著酒興，決定發電子郵件給幾個可能對她的計畫感興趣的部門，期待獲得他們支持與建議。她必須先私下拉攏一些同伴，再展開正式程序。她在信中寫道：歐盟執委會成立即將屆滿五十週年，逢此時機，舉辦一場盛大隆重的慶生會，正是讓大眾聚焦本組織工作內容與成績的機會，以強化執委會的企業識別、提升形象，使大眾歡慶執委會的存在，進而促使執委會突破守勢。

她刪掉「歡慶」兩字，然後又重新鍵入，點點頭，本就該是如此。她搓揉雙手，放手一搏。她在主旨寫道：「週年大慶計畫——終結哀鳴」。

所以，週年大慶計畫原先就是阿金森女士的主意。當時菲妮雅·薛諾普羅第一個回覆，很快把計畫納為己有。菲妮雅認為那毫無疑問屬於文化部門的權責，是她等待多時提高能見度的機會。她把馬丁·蘇斯曼變成自己的雪巴人，打算把計畫的重任全交由他承擔。

葛蕾絲·阿金森很高興這麼快就找到熱情的戰友，後來更是暗自心花怒放，因為拜倒楣的文化總署高調投入所賜，讓人忘記了她才是這個可怕計畫的始作俑者。

我在等待各位的建議，菲妮雅·薛諾普羅語氣焦躁地說，這件事非常重要，我知道你們——她環顧一圈，接著慷慨陳詞了一番，音量大得有點誇張。她以為這樣能夠鼓舞人心，就像軍官激勵士兵一樣。馬丁垂下眼睛，想要避開她的目光，因此菲妮雅頭部以下的部分映入他眼簾。她穿著緊身無袖上衣，緊繃的貼身裙，雙腿裹在不透明的褲襪裡。他心想：這個女人塞在馬甲裡，塞在把她束縛著的盔甲中。裙子是上等質料製成的，不過馬丁感覺若有人往上一拍，裙子就會分崩離析，破成碎片。這件衣服脫不下來，只能撕開，而且……。

所以我們要做什麼？

柏胡米又是一貫搗亂的嘲諷口氣。首先，他說，我們不該做的是什麼？一定是避免至今做過的各種週年紀念活動，例如因廣泛排除大眾參與才得以緩解的尷尬場面、被丟進回收箱的精美亮面小冊子、工作日發表的膚淺演說等等。

馬丁呢？

他沒有看見菲妮雅對於柏胡米那番話的反應，只是盯著她的腳，盯著她很緊的鞋口擠出的肉。

馬丁？

我對這件事毫無興趣，馬丁真想這麼說。但他最後決定乾脆附和大家的想法，免得給自己找麻煩。

他朝菲妮雅的方向說，考慮到這件事的重要性，顯而易見的是——現在轉向柏胡米那邊——不要重蹈覆轍。柏胡米說得沒錯，他提醒了我們——不過，菲妮雅期待成功辦好週年大慶當然也有道理。至今為止，週年大慶犯了哪些錯誤？普遍的想法是，舉辦週年紀念活動的動機，不外乎適逢週年。但這個動機並非中心思想。若是想凸顯組織屹立不搖許多年——這是個很好、很棒的出發點，但中心思想是什麼？什麼樣的中心思想是重點？中心思想必須取信於人，必須能激勵人真心想趁這時機慶祝。

馬丁・蘇斯曼就這樣一步步踏入陷阱。幾次來回討論後，菲妮雅・薛諾普羅說：討論到此結束，顯然只有馬丁深入思考過。他說得頭頭是道，有條有理。最重要的關鍵就是中心思想。於是她交代馬丁繼續擴展這個想法，寫成一篇報告。他估計需要多少時間？

兩個月吧?!這事必須周密思索，也需要和其他總署的同事討論。

你有一個星期的時間，菲妮雅說。

不可能。他下星期要出差，出發前也需要準備，況且——

好吧，給你兩個星期，列出幾個重點，這你應該辦得到！等我們拿到你的報告後，再和同事討論。清楚嗎？我們要拿出報告！

馬丁・蘇斯曼處理完日常重要事務後，六點下班騎車回家，氣憤難耐。半路下起雨來，他把雨衣放在馬鞍袋裡，但袋子忘在辦公室了。他又濕又冷回到家，立刻去沖個澡，但是水不夠熱，浴簾像磁吸似地黏在背上，冷颼颼的。他火大一把撥開，卻把浴簾從桿子上扯下一半。他明天要立刻找人把愚蠢的浴簾換成淋浴門。不過，他也心知肚明那只不過只是個想法罷了，不會真的付諸行動。他快速穿上浴袍，從冰箱拿了瓶朱皮樂啤酒，在開放式壁爐前的扶手椅坐下。他得冷靜下來，吸氣、呼氣，放鬆自己。他盯著擺在壁爐裡的書。

馬丁・蘇斯曼搬進來的時候，一開始簡直不敢相信自己的眼睛。自從房子配備中央空調後，壁爐廢棄不用，房東便在壁爐裡安裝兩片木板，把書放在上面。他大概覺得這樣比較舒適愜意。馬丁後來在朋友和熟人的布魯塞爾老房子裡，也同樣看見書放在不再使用的壁爐裡。

馬丁的壁爐裡，放著各種布魯塞爾旅遊指南，都是些老舊磨損的版本，可能是以前的房客留下的；還有幾本一九一四年出版的百科全書，以及三本分別出版於一九一〇年、一九四三年和一九五五年的地圖集；十幾本法蘭德斯讀書俱樂部的「世界文學經典系列」，於上個世紀六〇年代出版，書上標註著：「每本收錄四部經典作品，為符合時代，經過編刪」。馬丁搬進來後，有天晚上把書瀏覽了一遍，他頓時感到震驚，不對，這種說法太誇張，應該說他覺得很不舒服：雖然不再焚書，但「為符合時代，經過編刪」後將書放進冰冷的壁爐裡，該說是進步嗎？

他盯著書背，啜飲啤酒，抽了幾支菸。要求他撰寫週年計畫報告，實在是無理的要求，彷彿他是廣告撰稿人，必須銷售歐盟執委會這個產品。他的目光飄向書桌，桌子上還放著盤子，盤上的芥末已經乾掉變硬。芥末的中心思想是什麼？我們把芥末加進去，真棒！洗腦的電視廣告都這麼演：青春洋溢的美麗人兒，燦爛笑著把芥末擠在盤子上，興高采烈唱道：喲呵、喲呵，我們把芥末加上去唷！他們喜不自禁，歡樂亢奮。擠成小圈圈的芥末隨著節奏盤旋而舞，彷彿配合著吹笛人的笛聲裊裊舞動似的：喲呵、喲呵，我們都是一家人唷！那真是……他振作精神，穿好衣服，前往萬豪酒店。他帶上經典「英式長傘」，這把傘在雨天可供兩人使用。

雨停了。濕潤的柏油路面、房屋立面與行人，在路燈與薯條攤的霓虹燈映照下瑩瑩發亮，彷彿某位法蘭德斯繪畫大師在眼前景象塗上一層清漆。馬丁好幾次浸淫在布魯塞爾這種雨後的傍晚風情，對這裡萌生出家的情感。是的，這裡就是他的家。他在聖凱薩琳街轉角的二十四小時的商店向印度人買了包菸。每次付完錢，如果馬丁講法語，印度人就用荷蘭文向他道謝；馬丁若用法蘭德斯語說要買菸，對方就回以法語。這可以有詮釋空間，不過或許也沒有什麼好詮釋的，事情就是這樣。如同其他瑣事一樣，這件事慢慢就成了馬丁一部分的感受。總之，感覺在許多世界與生活之間，這裡就是家。

風雖然不大，但是冷颼颼的。馬丁走得很快，所以比約定時間提早許多抵達萬豪酒店，但是他哥哥已經在酒店大廳等候了。他哥哥臉上透出嚴厲又自以為是的表情，那張面孔彷彿在說：我始終遵循上帝旨意，我當然可以期望……。

馬丁太熟悉這張臉了。每次與他哥哥見面，總能在他身上看見父親的影子。

他們彼此擁抱，不過伏羅里安拿了個檔案夾，所以抱得有點礙手礙腳。

我們搭計程車嗎？

不用，我預約貝爾加女王了，走路五分鐘就到。

他們沉默不語走著。最後馬丁開口問道：

芮娜塔好嗎？

還不錯。

孩子們呢？

他們很用功，謝天謝地！

馬丁並非以自己的出身為恥。他只是不清楚，究竟是對自己的出身感到陌生，所以覺得困擾，還是即使出身變得陌生而他卻仍舊擺脫不掉？父親死於十八年前的十一月二日，那天是萬靈節。他英年早逝，令人悲慟欲絕。馬丁只要還在奧地利，就必須在十一月二日反覆經歷喪父的創傷。在十一月二日前幾天，無論是看報紙、看電視，抑或只是出個門，都會不斷被提醒萬靈節即將來臨。換句話說，也就是父親忌日即將到來。他沒有藉口不回家，因為萬靈節是國定假日，一個普遍病態的紀念日。但在布魯塞爾，十一月二日不是假日，自己的私事得以或者可能就此掩埋。然而，只要他兄長一出現，當下儼然又是萬靈節。避而不談。父親是被捲入機器裡的。相傳他被是捲入機器裡的，說得好像他們家只有一台機器似的。那是台造粒機。無論發生的原因是什麼，總之他的手臂被捲進了機器，最後整個人被吞入，大量出血而死。他像被宰的豬一樣慘叫。話就是這樣說的：他像被宰的豬一樣慘叫。事後有些人說，沒錯，他們好像聽見了。但為什麼沒人趕去搶救呢？因為豬的慘叫在養殖場最自然不過，是最普通、最尋常的聲音。養殖場裡有一千兩百頭豬，每天都要進行屠宰，沒有辦法分辨出單一聲音。這話是屠宰師費爾博說的。他說的就是「沒有辦法分辨」。為什麼後來知道他像豬一樣慘叫？他一定發出了慘叫——眾人全部意見一致。他一定叫得悲慘悽厲，但時間十分短促。遭遇那種慘事，想必很快會失去知覺。過程就是這樣，發生得迅雷不及掩耳。豬隻當然也察覺到有事發生，在牠們被……但一瞬之間，牠們就沒知覺了。機器轉眼吞噬了牠們。父親生前勤奮努力，工作閒暇還想磨碎散落在地的動物糞便。當時養殖場的規模雖然發展迅速，出人意外，但物流管理仍不如今日完備。意外發生時，母親立刻打電話給醫生，但她當下驚慌失措，結果打給了楊查爾醫生，他們的獸醫。不過，反正一切都太遲了。幾天後，十六歲的馬丁在學校說起這件事時，大笑說母親打給了楊查爾醫生，發現沒人跟著笑後，又說了一次：打電話叫楊查爾到養豬場來——找羊到豬場來。後來，他好幾天不發一語，最後到神父那邊告解，請求寬恕他把父親死亡當成笑話的罪過。

年長他四歲的哥哥繼承了養殖場。哥哥是家裡的王儲，本來便計畫由他接班，只是沒料到這麼快。而他馬丁排行老二，「傻裡傻氣」、「笨手笨腳」（他長年埋首在書堆裡，也難怪了！）則可以繼續求學，想念什麼就念什麼。而這個「想念什麼就念什麼」意思是，只要別提出什麼要求、不要給家裡添麻煩，他想做什麼，家人都無所謂，這點大家心照不宣。他後來念的是考古學。

蘇斯曼兄弟走進貝爾加女王餐廳，伏羅里安無視迎面想擋下他的服務生，慢慢走到大廳中間，喊說：嘿！這究竟是什麼地方？教堂嗎？

馬丁告訴服務生，他們預約了座位，預約名字是蘇斯曼博士，然後對伏羅里安說：不是，這裡前身是銀行，所以有精美的裝飾藝術風格。我們先在以前的櫃檯大廳用餐，之後再去改成抽菸雅座的地下室金庫。

伏羅里安完全接管養殖場。母親住進養老院後，馬丁也分得了一點財產，但是成年之前交由信託管理。他從未質疑過數目，也不曾斤斤計較。這筆錢讓他能夠安心求學，畢業後也能高枕無憂尋找自己未來的志業。雖然衡量家族企業的價值，馬丁拿到的財產數目的確有失公允，但是他毫不在意。只要能為他打開機會的大門，讓他得以善用機會就夠了。但是，現在情況卻彷彿變成家裡人供他念書、幫他謀得歐盟執委會的超級工作，目的是要他在這個職位上廣結人脈，促進兄長的經濟利益。這是他為什麼害怕伏羅里安說要來布魯塞爾的理由。父親在世便將養殖場經營得有聲有色，規模可觀；到了伏羅里安手中，更擴充成奧地利最大養豬場，也是歐洲最大養殖場之一。他早就不像父親以前一樣說「養殖場」，而是改口稱

「企業」了。此外，他認為歐盟在豬隻生產與貿易方面的政策荒謬至極，主事者不折不扣是蠢蛋或瘋子，被宣稱保護動物的流氓和素食團體賄賂、勒索、蒙蔽理智。和伏羅里安討論這些毫無意義，他認為自己親身經歷其中，了解運作過程而有諸多體會，所以始終堅持自己是對的。他於是開始涉入政治，在利益團體中位居要職，經常到布魯塞爾進行磋商。不久前，他被推選為「歐洲養豬業者協會」主席。擔任這個職務，且身為奧地利豬隻養殖業者協會會長，他今天已經與歐洲議會議員以及歐盟執委會多位官員進行會談。

伏羅里安研讀了一陣菜單後，說道：你看這個！櫻桃啤酒燉豬肉。真有意思！如果味道可口，我就請他們提供食譜，放在官網首頁上。

馬丁點了淡菜薯條，還有一瓶葡萄酒，說：你今天過得怎麼樣？這是句愚蠢的廢話。提問時，他甚至沒有露出真心關切的樣子。他知道話一說出口，將引來一連串麻煩，但是他們見面的目的不外乎這個，所以他希望早點結束。

我今天過得怎麼樣？你認為呢？我見了一群蠢蛋，這就是我的一天！他們什麼都不懂，沒有能力改變自己的政策，卻要求我改名！

改名？為什麼要你改名？

不是我。我說給你聽，首先你要了解，養豬業者個個想進入中國市場。中國是最大豬肉進口國，需求十分巨大，是正在成長的市場。

那不是很好嗎？

是的，照理不錯。但是，歐盟卻沒有能力與中國就此磋商相關貿易協定。中國人不和歐盟協商，只與個別成員國討論。成員國皆認為自己能與中國締結超值的雙邊貿易協定，排除其他國家，為自己爭取最大利益。但是，中國實際上卻是聲東擊西，玩弄各國。沒有一個國家能獨自撐起中國市場的龐大數量，就算花費數年也消化不了。我舉個例子：不久前，我在協會接到一通電話，問我奧地利能提供多少豬耳朵？

豬耳朵？

是的，豬耳朵。那是中國商務部打來的電話。我說：我們奧地利一年宰殺五百萬頭豬，也就是有一千萬個耳朵。結果對方說數量太少了，然後客客氣氣道別後掛掉電話。你要知道，中國若需要一億個豬耳朵，而歐盟和中國簽有相關協定的話，我們奧地利就能提供百分之十的數量了。但是實際情況如何？奧地利仍未與中國簽訂雙邊貿易協定，歐盟國家也沒有磋商出一個共同協議，我只能扔掉我的豬耳朵。在奧地利，那是屠宰垃圾；在中國，豬耳朵是特色菜，需求量相當驚人。可是我們只能丟掉，或者有貓飼料工廠願意免費取走就深感慶幸。

不過，即使簽訂了協議，也不可能只生產豬耳朵，必須養整頭豬才行。不能就因為中國對豬耳朵有需求，就養殖數量這麼龐大的豬，否則怎麼處理剩下的部分？

你是傻了，還是怎麼了？根本沒有剩下的部分。而現在我們有了剩下的部分，變成了屠宰垃圾。豬耳朵只是個例子，中國人不只要火腿、里脊肉、肥肉、前腿肉，這些他們本來就要，還有耳朵、豬頭、豬尾巴，他們什麼都吃、什麼都拿。我們視為屠宰垃圾的東西，他們可是會以里脊肉的價格購買。換句話說，與中國締結豬肉貿易協定，表示每頭豬的營業額能增加百分之二十以上。而且根據中國的需求量來看，中期的成長率能達到百分之百，也就是說歐洲的豬隻產量將會翻倍。你要知道，這樣一來市場就會不斷增長。沒有其他產業的展望能如此樂觀。

我懂，馬丁說。但是這句耐著性子、勉強禮貌說出的無聊「我懂」，其實說得一點也不好。他哥哥看著他的表情令他大吃一驚，於是他趕緊改口：我不懂，既然有這樣的機會，中國又有龐大需求，為什麼——

因為你的同事瘋了，完全在狀況外。他們並非把權責交給執委會，由歐盟與中國締結貿易協定，同時投入資金，擴建豬肉生產，反而眼睜睜看著中國將歐盟分而對付。他們甚至還採取措施，減少歐洲的豬肉產量。執委會認為歐洲的豬隻數量過剩，結果導致豬價崩跌等等。所以他們做了什麼？降低資助力道，甚至是停止補助。因此我們在歐洲面臨了一個情況：內需市場生產過剩，豬價崩跌；卻同時又因產量不足，無法進入中國市場。他們不斷採取措施限制產量，卻又未擬定策略，幫助我們進入能讓銷售倍增的市場。

這期間，餐點送上桌來。

你的櫻桃啤酒燒豬肉好吃嗎？

什麼？喔，這個啊，味道還可以。總而言之，現在當務之急是投資，這種鉅額投資沒有單一企業能夠獨力負擔。應該增加補助，而非縮減。歐盟必須提高補助、制定強勁的增長政策，你了解嗎？但是，我們反而被要求限額，須保護動物權益，禁止使用分娩欄，通風箱必須配備擴散器。還有ＨＤＴ系統——

我問都不想問那是什麼。

這個系統要價不菲，會吞噬利潤。你看看這個。他打開檔案夾，翻閱文件，最後抽出一張紙。

這個，去年下半年歐盟豬肉價格的統計數字：七月十五日：歐洲豬價下跌百分之十八。七月二十二日：價格觸底。你以為就這樣嗎?!八月十九日：市場幾乎沒什麼波動。九月九日：豬肉價格下跌百分之二十一。九月十六日：行情劇烈滑降。十月二十一日：豬肉價格萎縮百分之十四。還要我繼續念嗎？

不用了。

滑落、價格崩跌、觸底，然後又是價格暴跌，而歐盟方面完全沒有作為。從年初開始——你看這個！這裡！就寫在這裡！——從年初開始，全歐每天平均有四十八家養豬業者永久關閉自家養殖場；數千家勉強撐住的養豬戶，也面臨破產程序。全豬的收購價格提高百分二十，我們的產量就能增加一倍。而這只需要協調一下，投資基礎建設，並與中國對話就行了。不過，我有次向伏里格先生解釋相關內容，他卻對我說：很遺憾歐盟對於豬隻生產另有不同的議程。歐盟甚至禁止成員國提供本國養豬業者津貼，說那會破壞公平競爭。你認識這個伏里格嗎？

不認識。

怎麼可能，他可是你的同事。我看不透他的把戲。你聽著，你必須想辦法和他談一談，私下讓他了解——

伏羅里安！執委會的運作和奧地利農民聯盟不一樣啊！

少來這一套！我們把你送進歐盟是為了什麼？

我現在有一點搞不懂：你剛才說什麼改名？伏里格先生要什麼？你要改什麼名？

不是，和伏里格無關，而是歐洲議會的議員先生們。沒有女性議員，否則我還可以施展一下魅力；可惜只有男性，而且全蠢得冥頑不靈。他們都是歐洲人民黨團的成員。你懂嗎？

不懂。

歐洲人民黨。我本來還期待自己有主場優勢，因為我是奧地利人民黨的黨員。在歐洲議會，他們就叫做歐洲人民黨，簡稱ＥＰＰ。

那又如何？

哎呀，我是以歐洲養豬業者協會主席的身分來這裡，協會名稱縮寫也一樣是ＥＰＰ，你懂嗎？我身負重任，前來商討兩點：提供津貼，以擴大豬隻生產；協調歐洲豬肉出口。但我們根本沒時間談到正題。那些議員說，我們必須先更改名稱與標誌；如果想搜尋歐洲人民黨，在網路上鍵入ＥＰＰ，卻跳出一群豬來，那成何體統。你別笑！我說這很困難，因為我們是跨國組織，在各個成員國中都正式註冊了。若要改名，勢必要耗費許多金錢。你知道他們建議什麼嗎？他們認為，我們既然叫做 The European Pig Producers，也應該把定冠詞「The」放進縮寫裡，變成ＴＥＰＰ。這些冷嘲熱諷的分子，真是莫名其妙。

你們協商時講德文嗎？

不是，在場沒有德國人。

那麼不能說冷嘲熱諷了，因為他們不知道ＴＥＰＰ的德文就是蠢蛋的意思。

伏羅里安拿麵包刮乾淨最後的燉肉汁，這是他從小的習慣。母親總是說，伏羅里安用過的餐盤，完全不需要再清洗。

櫻桃啤酒醬有點甜。你不是說可以在金庫裡抽菸嗎？帶我去吧！我現在迫切需要來一支。

他們宛如感情和睦的兄弟般手挽著手回家，腳步踉蹌，搖搖晃晃走在布魯塞爾的石磚路。他們方才在金庫裡多喝了幾杯琴湯尼，因為促銷關係，也吞雲吐霧了好幾支雪茄。兩人在雪茄和酒的作用下，從俱樂部椅子上起身時，已經有點醺醺然，走到戶外呼吸到新鮮空氣，菸酒的後勁更強了。馬丁送哥哥到旅館後，雨又開始落下，他發現自己把雨傘遺忘在貝爾加女王餐廳，回到家時，全身已經濕透。他脫掉夾克和長褲，打開冰箱，猶豫了一下，還是拿出一瓶朱皮樂啤酒，坐到壁爐前。他哥哥給他帶來一本雜誌（「看，我給你帶來什麼：我上了雜誌封面人物！」），他盯著雜誌，但不是在閱讀，雜誌上寫著：「想想豬！《歐洲養豬業者協會》公報」。

第三章

死亡，終究也不過是後果的濫觴。

從中央火車站到煤炭市場街警察總局的路上，艾米利．布侖孚特不時停下腳步，環顧四周，目光掃過兩旁房屋立面，觀察著身負任務或要前往某一目的地的路人，熙來攘往的行人讓城市彷彿也忙碌了起來。他愛清晨剛甦醒時的布魯塞爾。深深吸入幾口空氣後，他嘆了口氣，悶悶不樂察覺到那不是喜悅的嘆息。他橫越布魯塞爾大廣場時，又停下腳步，看這廣場多麼壯麗恢宏！在遊客尚未湧現的清晨，廣場才真正顯現雍容華美。他討厭觀光客，他們腦子裡帶著既定想法，像獵人來此驗證真確與否；用平板電腦與相機取代自己的雙眼，凝手礙腳造成困擾，把生機盎然的城市變成了博物館，把在這裡工作的人變成市街上的演員、博物館員和奴僕。來自世界各地的人群在此不受歡迎，在他們大量蜂擁至布魯塞爾之前，這裡本就是多語言的多元文化城市了。他又做了個深呼吸，把公事包壓在腹部，試圖盡可能擴張胸腔。他像個觀光客，眼睛直直望著眼前景致：真漂亮！這座廣場真美！然而他心裡並不開心，反而泛起令人擔憂的哀傷，一種悲痛的感受。祖父曾說，一九一四年的布魯塞爾是世上最美麗、最富有的城市——接著，他們來了三次，兩次腳穿軍靴、手執步槍，後一次腳穿運動鞋、手拿相機。我們被扔入監獄，出獄時，身分是僕人。艾米利·布侖孚特不喜歡祖父，但尊敬他，到頭來甚至欽佩他，但在他活著時候從未愛過他，沒有愛過這個憤世嫉俗的老人。如今他自己也老了。老得太早。他喜歡清晨中的布魯塞爾，這個念頭以前從未浮現過，以前就只是走過這座廣場去上班。現在他望著廣場，就像個要告別的人一樣。為什麼？他並沒有打算要……他邁開步伐，腳步急促，希望趕在八點簡報會議之前喝杯咖啡，做點準備。他不知道是否真的有預感這回事。他是個督察，不屑直覺、推測、幻想。他祖父總說：光幻想啤酒，是解不了渴的。他身為督察，原則也是如此，即使從事另一個行業，也不會改變。

這天應該真會變成他不得不告別的日子。他覺得是肚子作祟的關係。他的大肚腩壓迫到肺部，感覺肺全被擠在一起，或許因此造成他呼吸困難，導致呼吸聲聽起來就像嘆息。

這是寒氣逼人的一月天，青灰色的天空低垂陰沉。掘墓工人今天要挖的地，一定像這座壯麗廣場上的石磚一樣堅硬。

八點的簡報會議上，布侖孚特不得不報告他們手中的「阿特拉斯凶案」尚未掌握任何證據，一點蛛絲馬跡也沒有。匯報時，他不時用手擦拭肚子，因為之前喝咖啡時，他吃了一個可頌麵包，油膩的麵包屑黏到了襯衫上。他邊說邊擦，繼續說、繼續擦，彷彿那是他的怪癖似的。他們發現一具男性屍體，目前身分不詳。死者使用假名入住旅館，據說是布達佩斯來的匈牙利人，但護照也是偽造的。接待小姐作證說，他講英文時口音很重，不過她無法判斷是否為匈牙利口音。實驗室的化驗人員迅速進行縝密分析，但不論指紋鑑定、法醫牙科或血清檢驗，聯邦警察資料庫裡都找不到相符的訊息。那顆致命子彈的彈道分析，同樣毫無斬獲。或許歐洲刑警組織那邊會有消息。驗屍報告僅證實這是一樁行刑處決，近距離開槍，子彈射入脖子。所有跡象顯示，凶手沒有在房間裡翻箱倒櫃，也沒有奪走什麼。從被害者遺留的個人物品，無法推斷出他的真實身分或可能的犯案動機。沒有任何引人注意的異常狀況，只除了一頭豬。是的，一頭豬。詢問多名案發時曾出現在阿特拉斯旅館附近的人，包括幾位周遭居民後，他們都注意到一頭在旅館前暴衝的豬。令人摸不著頭緒，布侖孚特督察說，截至目前為止，針對本案進行的一切調查與取證，唯一掌握到的具體線索是頭豬，而我們甚至不清楚這頭豬與本案是否有關。他又擦拭了一次胸口，然後兩手擺在肚子上，往下壓，深吸一口氣。各位先生，以上是匯報內容！

在場沒有半個警官開口。艾米利·布侖孚特不認為他們可能隱瞞什麼他還不知道的事，或者有意不提他仍沒想到的想法。他起身，請自己的調查班底進入小會議室。

他說，對於案情進展，我們目前無力可施；現在只能做的事情，第一是等待，看之前提交給歐洲刑警組織的資料是否有回覆；第二是那頭豬。我們雖無法掌握死者身分，但或許可以查出那頭豬的來歷。他努力擠出笑容。這頭豬絕不會是搭飛機來的觀光客，就這麼在市中心愜意漫步。牠一定有飼主，若非偷跑出來，就是遭飼主放生。所以，我們要調查布魯塞爾周邊所有養豬戶。最重要的是第三點，我想要知道，案發當時站在拆遷屋窗邊的那個人是誰，他很可能目擊了什麼。他或許是那間公寓的屋主，也可能是整棟房子的所有人。這點很容易查清。下午一點我回來時，我要知道結果。現在我要去墓園了。

只有墓園仍舊一派芊芊。

屋裡溫度很高，大衛．德．符林德立刻走到窗邊，想打開窗通風。但他發現窗戶只能推斜幾許，縫隙很小，連手都伸不出去。他望著窗外排得井然有序的墓碑，詢問能否更動窗戶定位鎖，或者能移除更好。

約瑟芬女士明白表示，符林德不該稱呼她「護理師」，因為這裡是養老院，而非醫院。好嗎，符林德先生？

她嗓門很大，說話簡直像吼叫，那是長年累月和多半耳背的老人家講話所養成的習慣。符林德閉上眼睛，彷彿能就此關閉耳朵似的。「窗戶……是為了您的安全著想……」他聽見她大喊，或該說嘶吼，真心希望這個女人趕快消失。他受不了她那唱名似的語調，也無法忍受她咧嘴擠出笑容的虛假友善。他知道自己這樣不公平。但現實中若有公平正義，他也不致於流落到此。她正站在他旁邊，朝他耳朵大吼：窗外綠意盎然，多美啊，好嗎？他轉過身，脫掉外套，扔在床上。她說，她和她的團隊隨時隨地為他服務，好嗎？若他需要協助或有任何問題，只要打室內電話，或者按下床邊的電鈴，好嗎，符林德先生？她環顧四周，表情亢奮，彷彿這個狹小的公寓是豪華套房似的，只見她張開雙手喊道：現在這是您的小帝國了！您在這裡會過得很舒適的！

這是個命令。他看見她伸過手來，十分詫異。遲疑了一會兒後，就在她要收回手時，他才終於伸出手，但仍舊來來回回猶豫了一陣子，最後才真正握住。她看見他手腕上的刺青號碼，輕聲說，祝您一切順利，好嗎？便離開了房間。符林德環顧自己的狹小帝國，瞠目結舌。在參觀過各家養老院，最後決定這一家時，竟沒有發現套房裡的一切全是鎖死的，沒有一件家具可以調整、挪動。不僅是床與床頭桌，以及半是白色清漆門衣櫃、半是玻璃門展示櫃的櫥櫃，就連茶几與圍繞茶几擺放的L型長椅，也全是嵌入式家具，電視也鎖在牆面，甚至床上方那幅雨中威尼斯的偽印象派風格畫作，也掛得拿不下來。為什麼是威尼斯？為什麼在雨中？難道正值暮年的布魯塞爾人，知道即使是世間最美的地方也照樣下雨後，會因此感到撫慰？小型系統廚房也是嵌入式的。沒有東西可以移動、改變、轉換位置，就連椅子也不行。一切不容更動，已成定局。他走到櫥櫃前，玻璃門後面擺著幾本他帶來的書，夾在兩片陶瓷書擋之間，書擋的造型是正在閱讀的豬。書擋是他教的最後一屆高中畢業班學生，在他退休前贈送的禮物。他打算把書抽出來，這裡、那裡隨意放置，或是桌子上、或是床鋪上，這樣一來，書就是房間裡唯一可以移動的物品。他打開櫥櫃門，目光掃過書背，然後又掃視一遍，忽然猶豫了起來——他要做什麼？看書嗎？他剛才想看書？不，不對。他杵在那兒，盯著書背發愣，最後關上了櫥櫃門。他想要——做什麼？出門嗎？他想要出門。他走到窗邊，眼前是布魯塞爾市立墓園。他伸手可及之處什麼也沒有，但有令他期待的景致。他穿上暖和的衣服。

從奇樹街上的漢森之家養老院，走到墓園的鍛鐵大門，不過短短幾步。寒氣迫人，天空灰濛濛一片，那道鍛鐵大門。看見烏鶇和麻雀，他感到安心。墓地之間，隆起許多土撥鼠堆，他想不起來在哪個墓園看過這麼多的土撥鼠堆，也不記得曾經注意過墓園裡有土撥鼠堆。在蔓生的常春藤間，到處長滿蘑菇，滿地遍野的蘑菇，那些是……那些是……他想不起名字了。他知道的，但也無所謂了，反正那些不能吃。就是這樣了。有個墳墓上下顛倒，被一株參天巨樹的粗根扎扎實實給掀翻。傾倒的樹或者掉落的樹幹砸壞了旁邊一些墓碑板，殘破的石頭上爬滿青苔。剛栽種的嫩樹，挨著倒落或被砍伐的老樹，老樹躺在墳墓之間，逐漸腐朽。在這處死亡之地，連樹也凋亡，沉入土裡。古老的墓碑上，掛著石膏花圈，有的掛了兩個或三個，有些花圈放在墓碑前方或墳墓旁，彷彿被有毛病的小孩拿來玩套圈圈似的。

他時不時在墳墓前停下腳步，閱讀墓碑上的名字，仔細打量搪瓷照片。他很喜歡到墓園走走，覺得人能擁有記載著自己名字的墳墓，是件美好的事，可讓人來此緬懷逝者。他看見孩子的墳墓，看見英年早逝者的墳墓，他們死於疾病、意外或遭人謀殺，命運多舛悲慘。不過，他們有墳墓。只要墓園存在，文明就不會消失。他的父母、兄弟與祖父母的墳墓在虛空之中，他無法為他們掃墓，無法在他們墓碑上擺放石頭哀悼。他們沒有安眠之所，只有尋找不到安息之地的永久不安。終將要與他一起埋葬的回憶中，只存在一幕家人最後的影像，那是透過最後一瞥攝入腦海裡的。但那一瞥也不過是一種自我認定罷了。他沒看見母親的臉孔，只看見她緊拽著他衣袖的手，最後被他掙脫甩開；他腦海中沒有父親最後的影像，只記得父親大喊：「站住！」那句「站住！你會害慘我們的！」而他的弟弟，沒有臉龐，只有緊偎著母親的孩子的背。還有什麼？還有彷彿從他人記憶庫中偷來的回憶：父親－母親－孩子間的回憶，最幸福的平凡回憶，黝黑得猶如照片燒毀後的灰燼。

他父親喜歡吃米布丁塔。這是一種回憶，同時又不能算是。他沒有印象全家人圍坐在桌旁，父親容光煥發開心說：「嗯，今天終於又有米布丁塔可吃了！」沒有印象母親將米布丁塔端上桌，父親訓誡孩子說：「住手！別這麼粗野！」母親說：「先給父親一大塊！」然後

——大錯特錯！他的記憶裡沒有這些印象，也沒有影像，他沒有看見自己與家人圍坐在餐桌旁享用米布丁塔，只記得這句「父親喜歡吃米布丁塔！」但是為什麼？為什麼是這句話？這句話是哪裡來的？為何偏偏是這句？是對生命的記憶嗎？這話同時也是句沒有生命的死話，深埋在他的腦中。這時，他看見一塊墓碑上面刻著：

一切皆成過眼雲煙
一切終將消匿無蹤
唯有回憶長存

他停下腳步，久久注視著墓誌銘，然後彎下腰，拾起一塊卵石，放在墳墓上。

拜大自然破壞所賜，許多墳墓損毀不堪。樹根掀翻墓板，折斷的樹幹與傾倒的樹砸壞墓室，蔓盤的樹根吞噬了墓碑。逐漸腐朽的紀念碑，見證人類的你爭我奪，以及追求表現的貪欲：年久失修、發霉腐爛的陵墓，本應紀念一個家族的權力與財富，如今卻衰頹解體，最終只證明了一點：一切不過是過眼雲煙。墓園管理處在陵墓前立了一面告示牌：本墓地租約年底到期。

沒有了錢，連墳墓也終將消逝。

他有點疲倦，想了想是否該回去了。不，他還想探索自己將展開新生活的周遭環境。他往左轉，沒有留意路標，「德國軍人公墓」、「英聯邦戰爭公墓」、「荷蘭戰爭公墓」，眼前展開一模一樣的墓碑，行列井井有條。經過墓園一般市民區的喧囂甚或是紊亂之後，軍人公墓一望無際的整齊劃一，透出扣人心弦的安寧與美感，藉由莊嚴的美學，完美挽救被掠奪的生命。

為國犧牲奉獻，得年二十四歲
為國犧牲奉獻，得年二十歲
為國犧牲奉獻，得年二十六歲
為國犧牲奉獻，得年十九歲
為國犧牲奉獻，得年二十三歲
為國犧牲奉獻，得年二十三歲
為國犧牲奉獻，得年二十二歲
為國犧牲奉獻，享年三十一歲
為國犧牲奉獻，得年二十四歲
為國犧牲奉獻，享年三十九歲

為國犧牲奉獻，得年二十一歲

這裡分別以法文、英文與荷蘭文寫著：為國捐軀，為國爭光，履行義務的受害者。

沿路走去，宛如將軍檢閱陣亡將士，宛如總統在陰間冥府進行國是訪問時校閱軍隊。他閉上眼睛。就在這一刻，有人向他攀談。一位先生詢問他是否會講德語或英語。

會講一點德語。

他是否知道無條件之愛的陵墓在哪裡？

什麼？

這人說他在旅遊指南裡面看到介紹，他聽得懂他說什麼嗎？是嗎？太好了。總之，旅遊指南裡面寫道，無條件之愛的陵墓應該就在附近。您知不知道——？

不知道，符林德回答。

艾哈特教授道過謝後，繼續往前走。他看見林蔭大道盡頭有棟建築物，前面站了幾個人，或許他們可以為他指路。他還有點時間。歐盟檢討小組「歐洲新協定」的與會者，多半今天上午才抵達，因此首次會議在下午一點召開。不過，他提前兩天就到了，既然受邀來布魯塞爾，他想看看這座城市，不希望整段時間都關在有空調的密閉會議室裡。他在維也納無需擔任什麼職責，也沒有家庭負擔。就這方面而言，他正遭遇他這個年紀所能面臨的可怕狀況：自由無拘。他偶爾還能收到這類邀請，全要歸功於他傑出的學術聲望。對於邀請，他一律來者不拒。雖然——或說正因為——他逐漸感覺無力再參與討論，只能朗讀基本上像是遺囑的論文，但他總會做好萬全準備。如今他的責任是通知後繼者有份遺產脫離了時代精神，而接受這筆遺產，是他們的挑戰。

阿諾斯．艾哈特先去看了阿曼德．莫恩斯的墓。阿曼德．莫恩斯是名經濟學家，曾經備受討論而今已遭遺忘。他生前在魯汶大學擔任教授，上世紀六〇年代便提出後國家國民經濟理論，進而推導出成立一個歐洲聯合共和國的必要性。各國經濟交流日漸頻繁，彼此依存緊密，跨國集團的權力日益壯大，國際金融市場越發重要，導致民主國家無法履行基本職責：亦即參與決定國民的生活條件，並根據趨勢發展，保障分配正義。「關閉各國國會！」這是一位真正民主人士的吶喊，期望參考歷史情勢，重新發明民主制度。阿曼德．莫恩斯認為國家民主制度必然滅亡的論述，在當時並未遭人視為醜聞或瘋狂烏托邦而嗤之以鼻，原因在於那個時代古怪的自由精神。但他最後無法成功對抗他稱之為「反芻動物」的國民經濟學家，也是出於同樣理由。他在回憶錄中寫道：「學院古怪的自由精神一開始幫助了我們，最終卻鞏固了真正荒謬者的力量。」

四十五年前，稚嫩的艾哈特聽過阿曼德．莫恩斯在阿爾帕赫的客座演講後，從此自詡為他的學生，忠誠拜讀莫恩斯所有作品。當他首次出版著作，並將論文寄給他的老師莫恩斯時，莫恩斯已經病入膏肓。不過，莫恩斯仍舊回了信，但並未持續往來，因為幾天後，莫恩斯便與世長辭。如今艾哈特站在他的墳前哀傷憑弔：

阿曼德・約瑟夫・莫恩斯，一九一〇至一九七二年

墓碑旁，有一小塊琺瑯瓷牌子寫著：

我們最需要他的時候，他卻被遺忘了。
「莫恩斯誓言」學生會
魯汶天主教大學

墓前放著鮮花和一瓶燒酒，還有幸運豬，大小不同與材質不一，有塑膠、絨毛、木頭、陶瓷等，艾哈特無法解釋為什麼要放上這些豬。他拍了張照片，然後又拍了一張沒有豬的墓碑和牌子。

他在尋查莫恩斯教授的墓地時，發現布魯塞爾市立墓園裡，還有一處旅遊名勝：無條件之愛的陵墓。他正在找這處陵墓。據說當年布魯塞爾有位男爵——他記不起名字了——參

與開採比屬剛果的礦山，賺了一大筆財富。在殖民地旅遊時，愛上一名女子，把她帶回比利時，打算與她成婚。然而，對方是「黑人」！男爵不僅受到布魯塞爾社會唾棄，更引發法律問題。但是，經過長期奮鬥，藉助優秀律師幫助，並付出可觀的金錢後，他終於克服一切。男爵的愛，抵擋了一切狂風暴雨。「我寧可因這位女子遭人唾棄，也不願為了受人敬重而失去她！」婚禮終於獲得許可，但除了年邁癡癲的女伯爵阿道芬妮・瑪拉特，受邀賓客幾乎無一出席。婚禮結束後，女伯爵甚至邀請新人到宅邸喝茶。證婚人是兩位在戶籍登記處前面修理水溝蓋的工人，為了賺取五十法郎，他們願意暫停工作十五分鐘。瑪拉特伯爵由於接待新人而受到攻訐，她自我辯護的話語成了傳奇：「既然他願意讓她冠上自己的姓氏，我為何不能賜給她一杯茶呢！」

這位名為麗貝露勒（她的名字發音像「蜻蜓」，於是艾哈特將她記成「小蜻蜓」）的新婚妻子，不久在產褥期間過世了，那是一九一〇年，她產下被臍帶纏住脖子而夭折的男嬰。男爵，啊，對了，他叫做卡斯柏斯，維克多・卡斯柏斯，男爵悲痛欲絕，委託一名法國建築師，在市立墓園為摯愛建造華美陵墓，一座禮拜堂，屋頂經過精心計算開了一個洞，每年忌日在她死去的那一刻，會有光線穿透洞口，落在他摯愛之人的石棺上形成一顆心。

艾哈特教授想要看一看陵墓。他預期應有各種路標指引他到這處名勝古蹟，但是完全沒看到。難道布魯塞爾有好幾處公墓？他來錯了地方？

他走到剛才遠遠看見的建築物，現在前面已聚集了一大群人。

他忽然大吃一驚，那群人中竟然有他。沒有看錯，正是在旅館問過他話的警察，毫無疑問就是那個大塊頭督察。他停下腳步，直直望著對方，就在此時，兩人目光交會。艾哈特不確定督察是否認出他。不過對方的注意力這時也被引開，有兩個男人正快步走向他，打過招呼，交換了幾句話後，他們一起走入建築。艾哈這才看清楚那裡原來是火葬場。

出席遇害者的火化現場，並不是布侖孚特督察的職責，也沒有調查技術方面的理由需要他在場。命案發生後，屍體立刻被扣押，交付法醫進行解剖，完成後便安排下葬。若是遇害者身分得到確認且家屬仍在，就由他們處理；倘若身分不明，解剖後四十八小時內，則由市政府委託火化。屆時會有一名市府官員到場，檢查文件，確認屍體的登記號碼與文件相符，接著宣讀生命易逝、永恆安息等內容的五分鐘經文，以符合歐盟對於莊嚴葬禮的最低規範。結束後，棺木即往下降，進入火化室。骨灰撒在火葬場旁邊的綠地，基本上是如此。最後將註明死者姓名的牌子安裝在墓碑上。如果死者身分不明，則以死者在警局的登記號碼取代。嫌犯甚或是凶手不可能來參加喪禮，除了受託的官員，沒人知道安葬的時間與地點。不過，儀式現場總是會有一些群眾，有固定來墓園散步的人、附近的退休老人、寡婦、推著娃娃車的母親等等，他們或表達敬意或出於好奇，會停下腳步致意。

布侖孚特督察不是因為這件案子來的，這天是祖父的忌日。他祖父是比利時抵抗運動的英雄，許多年前還有為數可觀的人到墳前致哀，但後來悼念的人日漸稀少。聚會上，大家講述往日事蹟、喝燒酒、歌唱，最後齊聲高唱比利時國歌〈布拉班人之歌〉。唱到「自由民族皆朋友！」時，這群唱得起勁、甚而高聲咆哮的老人，和瘋子簡直沒有兩樣；唱至「君王、法律、自由」，又總會有個人像指揮似地忽然比個手勢要大家住口，然後喊道：我們不可能擁有一切！我們可以放棄的是什麼？這時，所有人異口同聲答：君王！而我們無法放棄的又是什麼？眾人又答說：法律與自由！

艾米利．布侖孚特年少時被這些儀式嚇到，那些人在墳前的激動亢奮讓他感到難堪，老人家西裝散發出來的樟腦丸味道就像是火藥。後來，雙親過世後，他慢慢對小時候讓他恐懼的祖父心生敬意與欽佩，甚至是驕傲！再後來，等到淚水能從他越來越大的淚囊流下，等他想要擁抱那些年復一年聚集在墳前的人時，卻已經沒人再來了，沒有能夠懷念他的祖父與其英雄事蹟的生者了。儘管如此，每年這一天，他還是會過來，獨自在墳前默哀一個鐘頭。今天剛好「他的案主」要進行火化，才會在悼念完祖父後過來火葬場。他完全沒料到這樣做，可能導致案件調查有所突破；更讓他吃驚的是，竟會遇見在案發現場初步審問過的人。一開始他只覺得這個人依稀有點眼熟，足足過了十分鐘，才想起在哪裡見過。他立刻跑出火葬場大廳，但是那人已經走掉。布侖孚特在墓園裡又跑遍了幾條林蔭路，卻已完全找不到那人了。

他於是離開墓園。墓園大門正對面，有一家名為「鄉村」的餐館，每次掃墓結束後，他都會過來光顧。布侖孚特心裡納悶，為什麼餐館樓上的窗戶全用磚頭砌住？難以想像有人能住在這裡，卻無法忍受看見墓園。不會有人只因為看見墓園而心情低落，就把窗戶砌死，這樣的人當初就不會搬過來。這些砌死的窗戶後面隱藏著什麼祕密？

布侖孚特一如往常點了香腸蔬菜薯泥，那是祖父最愛的餐點，也是令他傷懷的童年味道。香腸蔬菜薯泥就是香腸蔬菜薯泥，這話祖父經常掛在嘴邊，關鍵當然就是香腸的品質：叉子刺下去時，香腸一定要爆開來。腸衣必須是真正腸子製成，而非使用逐漸普遍的人工腸衣。使用人工腸衣是比利時勞工文化消亡的悲慘徵兆。在鄉村餐館裡，香腸蔬菜薯泥始終原汁原味，簡單、實在、完美。再搭配一杯桶裝的時代啤酒，最後以一小杯荷蘭琴酒結尾。艾米利·布侖孚特滿足地嘆了口氣，然後啟程回警察局。

艾米利·布侖孚特回到「礦坑」，值班警員通知他，警察局長在等他，請他立刻到局長辦公室去。

布侖孚特先前說過他要去墓園，下午一點回來，大家都點頭表示知道。現在才一點五分，主管難道又要耍官威了嗎？布侖孚特預期會被刮一頓，因為他沒有正當理由到墓園閒晃，還回來得有點晚。他聳了聳肩，當然不是真的聳肩，只是在腦海裡動作罷了。他耐心等待電梯上樓，從容不迫沿著走廊來到主管辦公室，敲了敲門後，直接推門進去。

詭異的世界，他不由得冒出這個念頭。明明他才從墓園回來，卻感覺這裡才是舉行葬禮的地方。警察局長馬戈左手邊坐著偵查法官，右邊是檢察官，三個人全都一臉嚴肅陰沉。

請坐，布侖孚特同事！

偵查法官總是對局長施壓，所以布侖孚特看見他並不覺得特別驚訝，畢竟他才是背地裡不斷下指令並要求定期回報調查進度的老大。不過，檢察官也在場，讓布侖孚特心裡拉起警報，那表示政治力量介入了。

等到危險的後果已經成為不可逆轉的事實，才響起尖銳刺耳的警報有什麼用？

沒錯，這間辦公室裡正在舉行葬禮，「阿特拉斯案」的葬禮。

那麼，馬戈局長講完這兩個字後便不再作聲。布侖孚特堅信，這個白癡能夠飛黃騰達，全拜他偶然擁有那個姓氏所賜，一個對這座城市而言極度不幸的偶然*。布侖孚特一語不發，無動於衷看著這個馬戈搜索枯腸，尋找恰當的字詞。布侖孚特耐心等候，馬戈望著偵查法官求助，偵查法官又看向檢察官，最後檢察官說：督察，謝謝您撥空前來。我們正在研究阿特拉斯旅館命案，若我得到的訊息沒錯，那是由您——

是的，布侖孚特說。

＊譯註：馬戈為法國作家喬治．西默農筆下的著名探長。

那麼，馬戈局長說。

案情如今有了新的進展，偵查法官羅翰先生說。布侖孚特對這位自視甚高的羅翰先生唯一感興趣的是他妻子。他在一次聖誕餐會上結識她，年輕又纖細溫柔，大眼睛四周布滿黑眼圈。每次她想開口說話，羅翰總會笑著阻止她說：「我的小鹿，妳現在應該要安靜！」布侖孚特當下立刻有股衝動想與她上床。他不知道自己是真的對她興起渴望，或者單純只是一股想要羞辱她先生的貪欲。他借著酒意壯膽，俯在她耳邊表白，說得非常直接、非常愚蠢。她瞪大眼睛看著他，他當場無地自容，卻聽到她回答：今天不行，明天打電話給我！

羅翰故作姿態，自戀地碰了碰精心吹整的完美髮型，然後請馬戈局長為布侖孚特督察說明案件最新發展。布侖孚特感覺得到，檢察官對於在場警察的束手無策萬分厭煩，現在就等說明清楚進展後，能離開去處理更重要的事情。

那麼，馬戈局長說，事情是這樣的：有充分的理由顯示，不需要再繼續調查此案。

您了解嗎？

不，布侖孚特說，我不了解。意思是：我們不要再繼續調查，或者是我不要繼續調查，還是不再繼續調查這起案件？

他被召到發現屍體的犯罪現場，隔天屍體卻不知去向，這種情況在最近五年內已經發生第三次。那是充分的理由嗎？布魯塞爾難道是最後審判的城市嗎？逝者會死而復生？遇害者的靈魂又與肉體結合？沒有死者，所以就沒有案件？法醫確認了嗎？

那麼，馬戈說，我明白——

布侖孚特怒目瞪視這個白痴。馬戈用髮膠捏出愚蠢的刺蝟髮型，彷彿是繫得死牢的領結把頭髮豎成了山似的。

我明白您……呃，您現在不了解情況，但是——

事情很簡單，羅翰忽然插嘴說，很容易理解。我們和這起案件不再有任何關係，您沒有，我們沒有，誰都沒有。我現在向您解釋的事情極為機密，您聽了之後，請勿對外洩漏，清楚嗎？好的，事情是這樣：有一個特殊組織，他們有權撤掉我們手中這類案件，使其無聲無息消失，再以他們的方式對外說明。這個組織之所以擁有無比權力，在於它實際上並不存在，我指的是官方紀錄方面。它捉摸不定，您懂的，它干涉這類案件，本身卻令人捉摸不定。這背後牽涉到利益——

利益的關係，布侖孚特說。

沒錯。我們理解彼此了。

檢察官默默將目光從一人移向另一人身上，點點頭。

這是我們之間的祕密，布侖孚特說。檢察官又點點頭。好的，布侖孚特說，這件事不能洩漏出去，就像犯罪影集演的那樣。

什麼？

布侖孚特說，由最高權力下達指示，政治干預調查工作的進行，神祕莫測的暗示，除此之外還要保持沉默。這些全都是令人厭惡的陳腐套路。不過，這種老套戲碼自然要有人來圓滿：由一個被迫獨自採取行動的督察——

您一定不——

而他最後將成為英雄——

您一定不可以獨自採取行動，檢察官說，這是命令。而我剛才恰好得知，您的休假已經批准了。

我根本沒有申請休假！

呃，這是個小小的誤會，馬戈說，我之前說的是，布侖孚特督察還有許多假期沒有休完。

布侖孚特感覺胸膛特別鬱悶，用力深深呼吸。

那很好啊，羅翰說，您現在就放假去，好好放鬆，我知道您承受太多壓力，而且——

檢察官站起來，馬戈與羅翰連忙從椅子上彈起，布侖孚特則是緩緩起身。他身高兩公尺，鶴立雞群。這時，他忽感胸膛一陣刺痛，又跌坐回椅子。檢察官俯瞰著他，說：各位，那就這樣了。

艾米利・布侖孚特回到辦公室，發現「阿特拉斯旅館」檔案夾不翼而飛，檔案夾裡收著行動報告、初次審問紀錄、犯罪現場照片與驗屍結果。不過他反正把資料全都儲存在電腦裡了。他在電腦上輸入密碼，可是存放在桌面的相關文件夾也不見了。他又開啟垃圾桶，刪除的檔案裡也一樣沒有蹤影。行動紀錄、案件相關的一切，全被消除。派員前往阿特拉斯旅館的時間紀錄、投入哪些車輛設備、執勤員警是哪些、法醫鑑定的初步報告，所有資料都不見了，整起案件就這樣憑空消失。

他呼吸粗重，手往下壓著肚子，想要解除肺部負擔，然後深吸一口氣，解開皮帶與褲腰鈕扣。他呆視著電腦螢幕，不知道過了多久？一分鐘？十分鐘？他發現自己不再緊盯螢幕，而是觀察著自己：他會如何反應？但他毫無頭緒。他看見自己癱在椅子上，宛如一具屍體。這時，他開始在鍵盤上飛快打字，好奇媒體如何報導阿特拉斯旅館命案。可是一無所獲。不管鍵入什麼關鍵字，都毫無結果，沒有一份報紙刊載相關文章。這起命案從來沒有發生過。

他抬頭往上看，這才發現就連活動白板也被清理乾淨，最後一次會議用粗體字寫上「**阿特拉斯旅館↓豬？？？？？**」的紙張，已經被撕掉。

他腦中浮現一個奇怪的念頭：他該變身為子孫的時刻到了嗎？

變身為知名反抗鬥士的子孫。

他拿起話筒，召集組員過來。他確確實實感覺到自己心意已堅。

警長、助理督察、三位警官走進辦公室。布侖孚特督察關掉電腦，抬起頭，打量眼前幾位男士的臉龐，頓時明白他們全知道這件事。一切早就已經安排好，沒有轉圜的餘地了。他站了起來說，自己要向大家道別，因為他要——褲子忽然往下滑，他倏地抓好——因為他要休假。他不想當著組員面前繫好鈕扣與皮帶，於是轉口喊說：你們出去吧！

這些投機取巧的牆頭草，現在一定會在背地裡大肆嘲諷他是個笑話了。他眼睛一熱，走到活動白板前，拿起白板筆，以法語寫下：法律與自由！他想起今天墓園裡那段粗體字墓誌銘：

一切皆成過眼雲煙
一切終將消匿無蹤
唯有回憶長存

接著，他拿起空無一物的公事包，走出了辦公室。

演算法過濾掉了可能的一切，但也將至今為止的敘事內容分門別類。這樣的演算法自然是不合邏輯，但是，卻特別令人安心。因為世間萬物是繽紛彩紙，透過演算法，我們所經歷的世界就成了一幅馬賽克鑲嵌畫。

是否因為布侖孚特去了火葬場，所以引發後續一連串效應呢？

新郵件主旨：奧斯威辛——關於您的參訪

馬丁．蘇斯曼渾身凍僵。因為下雨，所以他沒有騎自行車上班，而是改搭地鐵。地下通風井和隧道裡的風，有別於騎自行車時迎面而來的風，更為嚴厲、更加強勁。擁擠車廂裡，人身上蒸騰的熱氣，讓他輕鬆不起來，反而擔心被傳染什麼疾病。不過他最怕的，還是感染到瀰漫在車廂中的冷漠無感與屈服順從。

「敬愛的蘇斯曼先生，我期待不久後在奧斯威辛恭候您的光臨！」

他在員工餐廳拿了杯茶，坐在電腦前查看郵件。

「當然，我將在克拉科夫機場迎接您，親自送您至營區。我會高舉一面寫有您姓名的牌子，讓您有所辨認。」

蘇斯曼放下茶杯，一臉嫌惡。他生怕害病，所以喝了這茶，現在反而感覺自己生病了。

他要出公差，基本上一切已準備就緒。這次參訪奧斯威辛－比克瑙德國滅絕營研究中心與博物館的費用，全由歐盟贊助。每年一月二十七日，歐盟執委會都要派代表出席解放滅絕營的慶祝活動。文化總署今年派馬丁．蘇斯曼參加並委託他檢覈資助狀況，控管資金運用。

「若您不介意，在您臨行前，我想提供一個有用的建議：請您千萬要攜帶保暖的內衣。這個季節的奧斯威辛－比克瑙天寒地凍，我們絕不希望您在奧斯威辛感染風寒！

「我上次到柏林，在一家百貨公司購買了內衣，是我買過品質最好的。我不知道那是什麼牌子，不過，您到商店時請特別指名購買德國的內衣！我總說德國內衣，因為我是在柏林買的，所以確定是德國製造。德國製造的內衣在布魯塞爾很有名！我建議您購買。德國內衣最適合奧斯威辛的氣候了！」

馬丁．蘇斯曼點擊回覆，寫了三句友好的話後，開啟下一封信，然後起身，走出辦公室，晃到柏胡米．策梅卡辦公室，看見他正飛快敲著鍵盤。馬丁揚了揚手中的香菸，柏胡米點點頭，隨後兩人一起往逃生梯走去，打算抽支菸。

「Mrzne jak v ruským filmu.*」柏胡米用捷克語說了一句。馬丁自然聽不懂，但仍然贊同他說：「沒錯，我們需要德國內衣。」

符林德離開墓園。他手腳都凍僵了，但他還受得了，他經歷過比這更嚴峻的寒冷，還沒有穿著現在身上這樣的大衣。他決定先到對面的鄉村餐館吃點簡單的東西，喝杯紅酒暖暖身子。他走進餐館，挑了左邊靠窗的位置。服務生送來菜單，問道：您是漢森之家養老院的人嗎？若是的話，結帳前麻煩先出示您的名牌。

名牌？

可以享有折扣！

沒有、沒有，符林德說——他完全不知道有這類名牌，至少今天約瑟芬女士沒有說過——我很一般，我是說，我只是一般客人。

好的，她說，把菜單遞給他。他點了杯自釀的紅葡萄酒，問道：我想吃點簡單的東西，您有什麼推薦的嗎？

這裡有一般餐點，她輕輕敲著菜單說，每日還推出「抗危機特餐」。

抗危機套餐？

是的，先享用重口味的食物，接著再送上甜味的餐點，是我們的人氣套餐。今天的特餐是古老風味的酸菜料理與巧克力慕斯。沒有名牌的話，價格是十八歐元。如果您前菜想先來份起司與蝦的火鍋雙拼，那一共是二十五歐元。

他看著眼前生氣勃勃的服務生，不禁好奇她每天面對哀傷的客人，不是死者，而是死者親友，對她會產生什麼樣的影響？

那就來一份今日特餐，不要火鍋，他說。

＊譯註：冷得像俄羅斯電影裡一樣。

而且沒有名牌。好的！

等待餐點期間，他望向窗外，凝視墓園大門。從遠處這裡看去，他才發現墓園大門與比克瑙的大門有點類似。

這時，紅酒送了上來。

一道鍛鐵大門與另一道鍛鐵大門始終有著相似性。那麼大門左右兩邊的塔樓呢？鍛鐵大門的兩側除了塔樓，還會是什麼？就像滅絕營裡的人——他們當然是人，否則還會是什麼？儘管如此，認為兩者是類似的，仍舊是荒誕不經。這種相似性並不存在。事情就是這樣。

第四章

若是能夠到未來旅行，我們會有更多的距離。

馬丁．蘇斯曼希望盡量在無損身心的情況下，完成波蘭的出差工作。但是，他怎麼也料想不到，此行偏偏激發出他的靈感，「週年大慶計畫」的想法尤其在他腦海盤踞不去，最後幾乎把他的生活搞得一團亂。

不過，他必須先忍受行前準備的種種麻煩。

他結結巴巴話還沒講完，就被店員打斷，不由得大吃一驚。店員說她當然知道德國內衣，還連珠炮似地舉出一堆品牌。他們當然引進了——她露出微笑——這種高品質的德國商品。

馬丁之前向卡珊德拉．梅爾庫里打聽哪裡有內衣專賣店，她推薦他前往郊區伊克塞爾的金羊毛購物中心，裡頭有家店，商品一應俱全，店名叫做「怒吼」，不對，是「叛逆」，沒錯，確定叫做「叛逆」。總而言之，招牌上大大寫著英文「內衣」兩個字，她說他也能從櫥窗陳列上立刻認出那家店，店裡應有盡有。她自己只在那裡買內衣。

馬丁找到那家「叛逆內衣專賣店」，往櫥窗一看，頓時對母親一般的卡珊德拉另眼相看。她在這裡買內衣？卡珊德拉耶？他覺得自己顯然沒有表達清楚，無疑造成了誤會。一眼看去，全是名貴的精美內衣，性感撩人。但是，給他穿？呃——適合奧斯威辛嗎？

他東張西望，看見對面有一家「探險用品社」，販賣攀登聖母峰需要的一切裝備……或許應該到那兒找他的禦寒裝備。他腦子裡真的冒出禦寒裝備這四個字？真可笑。他不確定現在是拖著臃腫鬆弛的身軀，走向那些小麥色肌膚的冒險猛男比較強人所難，還是——不，卡珊德拉推薦的是「叛逆內衣專賣店」，因此他果斷踏進店裡。

他試著向店員解釋想要的內衣時，感覺就像十七歲的鄉巴佬第一次在大都會的舞廳向女孩搭訕。提到「德國內衣」時，他說：「我的意思是，有一種特別保暖的內衣，我想應該是德國廠商製作的，我不知道您是否明白我的意思，總之要特別保暖的——」他閉上眼睛，彷彿害怕店員能夠從他眼睛裡，讀出他腦海裡的她正穿著櫥窗模特兒身上的性感內衣。

當然有！店員用法文回道。後方有座抽屜櫃，就像藥局裡的那種，她打開一個抽屜，然後又關上，再打開另外一個，拿出幾包玻璃袋，在他面前的展示桌上攤開，說：請看，您說的是這些嗎？內衣、衛生褲、襪子，這邊是保暖袖套，百分之百安哥拉兔毛製成。您看這裡，上面標註：德國品質。我告訴您，這些東西比地獄還要熱。

她笑了起來。或者，我們會說：比蒸汽浴還要熱！您要出門旅行嗎？

是的，他說，去……波蘭。

喔，我對波蘭不熟。不過，我想這些東西應該派得上用場，那兒快靠近西伯利亞了。她又笑了，撕開一包玻璃袋，在他面前攤開衛生褲，摸了摸質料說：請您摸摸看！是不是感覺到很柔軟、很溫暖了呢？這是兔毛製成的，安哥拉兔，您明白嗎？原料來自德國，也就是保證沒有虐待動物喔。還有，您看這裡，合格證書：本長褲也符合歐盟最新的貼身衣物規範。

什麼？

是的，先生，我也很意外。前不久歐盟代表還來向我們解釋呢，說該準則攸關貼身衣物的燃燒特性，是目前的新規範。

您的意思是——馬丁假意笑了一下——貼身衣物的保暖程度高到有自燃的危險？

店員微微一笑。不是這樣的，總之這不是易燃品。我也不清楚原因是什麼。安哥拉是兔毛，當然特別易燃。但現在不會了，一定經過了某種浸漬處裡。歐盟，您懂嗎？或許買這種內衣的主要是吸菸者，因為他們得在寒冷的室外抽菸。所以現在出現這種歐盟規範，以免吸菸者把自己給燒了！她大笑，或者在床上。

在床上？

是的，如果吸菸者在床上抽菸，然後睡著了——床就會燒起來。

沒錯，但這種內衣不會，因為符合規範！您看這裡：「內衣燃燒特性遵照歐盟規範……」

我不相信，小姐。

我也不信，她說。

凱—烏魏．伏里格這天上午做的第一件事是瀏覽「杜哈旅遊行李清單」，那是祕書瑪德蓮放在辦公桌上要給他簽名的。伏里格規定瑪德蓮每週一上午，根據當日行程與工作安排，從週二到下週一，把每日的著裝規則列成清單。一般而言，伏里格在清單上簽完名後，瑪德蓮接著透過電子郵件，把清單傳給他的女管家杜布拉芙卡。杜布拉芙卡再根據清單，每日一大早把服裝準備好，或者在旅行前將衣物打包在行李裡。

部門裡，他這個習慣人盡皆知，有些人付之一笑，也有人挖苦奚落，但都無損伏里格的聲望。他的怪癖反而顯示他是個硬派的實用主義者，凡事鉅細靡遺，擁有創意獨特的解決能力，能讓自己少流點汗、少花點力氣。在官僚體制裡，這樣的聲譽等同於最崇高的貴族身分。

能源總署的芙勞克．狄斯特，講過伏里格在大學時期的一個奇聞。她是伏里格漢堡大學的同學，有段時間還是他的室友，同住在合租公寓。她說，伏里格有天將有顏色和圖案的襯衫全部送人，趁著漢堡邁樂購物中心促銷時，買了十件一模一樣的便宜白襯衫。他當時的解釋是：他每天清晨省下了時間，不需要再傷腦筋為某件襯衫搭配夾克或者毛衣，不管外面穿什麼，白襯衫永遠是百搭款。他一早無需思考太久，只要拿出衣櫃裡一疊襯衫最上面那件穿好，等到拿出第八件時，就知道必須把髒襯衫送洗；穿上第十件襯衫時，衣服也洗好可以拿回來了，隔天再從第一件襯衫開始。芙勞克說，聽起來有點荒謬，卻合情合理。他之所能以便宜價格入手白襯衫，因為那些是滯銷的過季商品，衣領裡還必須塞入領撐，但是他醉心不已，說那就是文化。襯衫袖口過長，他也在跳蚤市場找到舊式袖箍，圈在上臂，調整袖子長度。對他來說，那也是「舊文化」的一環。他喜歡男人飾品。當年流行美國黑幫或黑手黨電影，電影裡的男人全都戴著這類袖箍，一時蔚為流行。伏里格的風格古怪但實用，對時髦流行毫不關心，卻在一夜之間，搖身一變成了時尚達人！芙勞克說，雖然伏里格受人誤解，但可以認為那樣反而提升了他的聲望。

伏里格檢查完清單後，怒火中燒。瑪德蓮又忘了他交代多次的事情：前往炎熱國家，他不需要透氣的薄衣物。正因為是在炎熱國家，反而需要攜帶保暖衣服，要輕便，但一定要保暖，例如質料精緻的喀什米爾背心。而且絕對不能遺漏汗衫，因為不論是磋商、開會，或者用餐，全都在溫度低得要命的冷氣房裡進行。沒有其他地方比和這些沙漠酋長在一起還要凍人，他們認為寒冷是種奢華，而奢華是生存的理由。在杜哈，若不是正好在路上散步——但誰會這麼做，又有什麼理由這麼做？——就會覺得身在那裡，比坐在芬蘭北部的公園長凳上還要冷。

他把瑪德蓮叫進辦公室，吩咐她重擬清單。請刪掉亞麻、絲綢這類衣物，那適合史特拉斯堡的夏天，而非杜哈的夏天。要羊毛、喀什米爾，清楚嗎？背心、汗衫，還有領巾、圍巾。除此之外，也請在清單列上手機和平板電腦的充電線，別忘了鞋油。這樣杜布拉芙卡才能全部打包。

瑪德蓮點點頭，走到門口。

瑪德蓮！

是的，先生？

還有，請把藍色頭巾也寫在清單上。

不用吧？

要帶著，以防萬一。我們很有可能——他咳了幾聲——要到戶外。

伏里格看了一眼手錶。接下來還必須處理他稱為「豬瘟」的煩人事。

起飛前，瑪竇伊茲．歐斯維基想再祈禱一遍。他必須集中心神，鎮定下來。處決錯了人，讓他萬分煎熬。

通向安檢門的過道前，有一堆人正在發送傳單，十幾個年輕男女穿著同款黃色T恤，胸前印著標語，不過他看不懂寫了什麼。三名警察猶豫不決站在一旁，另一名警察正在和一個抗議者說話，還有一名警察講著對講機。

歐斯維基放緩腳步，以便掌握大概狀況，接著又加快步伐，彷彿是名不想錯過航班的趕路旅客，故意露出不耐煩的神情繞過人群。就在快抵達安檢處時，一個抗議人士攔住他去路。先生，不好意思，我可以——他沒有回應，試圖避開對方。先生，您說英語嗎？先生？他沒有看她一眼，巧妙拉著行李箱繞了過去。對方改用法語問道：您說法語嗎？您要去波蘭嗎？同樣問題又用英語、荷蘭語問了一遍。這個問題很重要，先生——他垂下頭，眼角餘光看見有名警察朝他望來，感覺心裡踏實了點。旅客一旦受到騷擾，警方就會介入。所以他可能要借助警方才能擺脫糾纏，這情形幾乎有點滑稽。不過歐斯維基不希望情況發展至此，不想捲入需要出動警方的麻煩裡。那位女子遞給他一張傳單，他看了一眼，上面印著一個男人肖像，看起來像是通緝犯照片。這是通緝令嗎？歐斯維基把機票放在入口閘門的感應器上，沒想到卻亮起紅燈。怎麼回事？先生，不好意思，您要搭乘波蘭航空嗎？LO236 班機？我們有個重要的訊息——他知道自己現在若回答：「抱歉，我趕時間！」完全沒有意義，甚至會把事情搞得更複雜，因為這樣一來就會展開對話，她會說只要打擾他幾分鐘，而他又得回點什麼——不行，他不發一語，再一次把票放在閘門感應器上。依然又亮起紅燈。他把票前後刷移了幾下，該死，為什麼沒有作用？就在這時，綠燈亮起，閘門開啟，他終於通過入口。他排在朝安檢門緩慢移動的隊伍裡，看見有幾位旅客正在閱讀手中的傳單。他一通過安檢掃描，就開始尋找祈禱室的指示牌。

距離登機還有一個多小時。他拉著行李箱快步經過免稅商店，越走越快，眼前出現了登機門。但是機場祈禱室在哪裡？他回頭疾步快走，仍沒有找到指示牌。他想要禱告，因為他射殺了不該死的人。接到最後指令後，才發現了這個錯誤。他終於發現了一個指示牌，上頭有個應該是跪地祈禱的人形，旁邊一個箭頭指向側邊走道。在側邊走道又發現小人形與箭頭，指著一道階梯往上。

他循著箭頭前進，不由得想起被箭頭射穿胸膛的聖賽巴斯提安，聖賽巴斯提安守護著對抗教會敵人的士兵與戰士。不過幾天前，就在一月二十日聖賽巴斯提安紀念日這天，他祈求聖賽巴斯提安的庇護，祈願能圓滿達成布魯塞爾的任務。可是，任務卻失敗了，他無法解釋何以致此。箭頭指向一條設有監視器的走道。他繼續往前走，頭低垂著，邊用手帕擦拭額頭，假裝抹去汗水，以免監視器拍到他的臉。他也知道自己謹慎過了頭，畢竟監視器已十分老舊，儲存的影像畫質粗糙，四十八小時內只能看見一個模糊的人影正走在飄飄雪花之中。走道裡下雪嗎？當然沒有。走道兩旁擺放著塑膠假盆栽。是大麻。毫無疑問，是塑膠大麻盆栽。是誰想到在通往祈禱室的走道兩旁擺上塑膠大麻盆栽？這個人腦子裡在想什麼？他終於來到了祈禱室。每種大型宗教都有自己的專屬祈禱室，天主教、基督新教、東正教、猶太教、伊斯蘭教。所有祈禱室都是空的，空盪盪得彷彿從未有人踏進過。

歐斯維基踏進天主教祈禱室時，身體忽然傳來一陣劇痛。這個空間醜得令人無法置信——在一個宗教信仰的場所，這個詞又顯得荒誕怪異。他感覺肚臍下方有股灼熱的刺痛，額頭冷汗直流。他往前走幾步，放開行李箱，從褲子口袋拿出手帕擦汗，另一手壓著肚子。歐斯維基手裡捏著擦過汗的手帕，站在基督像前，這時，行李箱忽然碰地一聲翻倒在地。祈禱室正前面方鑲著幾片木板，掛著那位被釘上十字架的人，但是卻不見十字架，好似上帝之子並非釘在十字架，而是一道籬笆上。天花板垂掛下一盞燈，刺眼的白色光束照在耶穌基督臉上，彷彿祂被釘上籬笆之後，還必須接受最後一次審問。前方有一座小型木祭壇，看起來像上世紀七〇年代後期，許多波蘭人到西方旅遊時帶回來的收音電唱機。在民主化運動之前，這種電唱機矗立在波蘭人的客廳裡，永久紀念著他們所渴望的現代性。側邊牆上掛著一幅三聯畫，是油畫，畫風罕見搖擺於抽象與具體之間。左邊那幅看得出是夕陽西下，至少有一顆紅球，或往人群墜落，或說飄浮在人群之上。那些人可能是身披朱衣的紅衣主教，但也可能不是紅衣主教，而是落日餘暉的映照，或者是火焰、植物。中間那幅畫的東西看起來像被刺穿的飛碟，也可能是座垃圾焚化爐。右邊的圖畫最為清楚：刺眼白光照耀著一大灘血，白光裡浮現出一座白色十字架。十字架旁畫上了一句話：「UBI LUX IBI BLUT.」他懂拉丁文，當然是在神學院學的，不過他看不懂「BLUT」*？那是什麼樣的詞彙？「有光的地方，就有——」他走近一點，想確認自己是否看走眼，並試圖破譯他不認識的神祕「BLUT」。這時，他才發現，那很可能……不對，沒錯，是「DEUS」†才對，這個字畫得蒼白無力又模糊不清，彷彿想隱沒在底色陰影裡。三聯畫一旁，豎立著兩座高大的木雕，令人想起耶穌誕生馬槽裡的牧童，不過他感覺更像是穿著睡衣的神學院學生。

歐斯維基穿著睡衣，光腳站在冰冷的石板地，正在進行「凝思」的儀式。晚禱後，若接獲指令前往迴廊，筆直站立在指派給他的聖人雕像旁靜心思索，這種儀式叫做「凝思」。站在這裡，可以時而眺望中庭，時而仰望星空，思索那「三個問題」，直到神學院院長兩、三個小時後，甚至是隔天晨禱之前召喚後說出答案。那三個問題是：你有多懷疑自己信仰的堅定度？你有多少把握能戰勝這種疑慮？你希望展現什麼樣的行為，證明自己信仰堅定不移？

歐斯維基感受到腳底石板的光滑與冰冷，忽然一陣奇特的亢奮竄過全身，不只是一般的興奮或者緊張，而是真正的亢奮，像是性衝動或者情欲。那股冰冷從腳底往上蔓延，全身的肌肉與組織因而僵硬、緊繃。平滑的石頭表面宛如人體肌膚，他正觸摸著這大理石般的肌膚、聖徒的肌膚、聖母的肌膚，緊緊依偎，與其融為一體。他受命站在聖賽巴斯提安的雕像旁，不知道院長指示他站在此處「凝思」是純屬偶然，抑或深思熟慮後的決定。

歐斯維基希望和院長相談，並非他對自己的信仰產生懷疑，而是疑惑該如何實踐信仰。他已做好戰鬥準備。但他希望有個兒子，就像父親與祖父投身戰鬥之前一樣。

——你希望讓你的姓氏繼續流傳？你的血脈？你的某個部分？你死亡時將能獲得永生，而你卻想要在世間繼續活著？

瑪竇伊茲·歐斯維基此刻又成了雷沙德·歐斯維基，他無法回答這些問題。

凝思。大家在晨禱前找到他，他在迴廊石板躺了很久，四肢大開，彷彿想盡可能讓肌膚多多接觸石板。他嚴重失溫，好幾天高燒不退。痊癒後，他回答了那三個問題，徹底說服了院長，令他深為滿意。但是，他已無法在神學院待下去了。

火燒般的痛楚。歐斯維基目光從馬槽雕像移開，左右張望。他想要祈禱，但是這裡不行。他一手壓著橫膈膜，呻吟一聲，拭去額頭上的汗水。他的時間所剩不多了。

他深深吸氣、吐氣，接著離開機場祈禱室，走向登機門。

完成任務後，他原本應該飛回華沙。但是前一晚有人在旅館留了封信，今天上午櫃檯把

＊譯註：德語的「血」。

†譯註：拉丁語的「神」。

信交給他。信封裡，有張飛往伊斯坦堡的機票與伊斯坦堡旅館的訂房證明。歐斯維基知道自己並非接到新任務，那不可能是任務。新任務總是開始於一份明載著目標人物的文件，列出周詳計畫與準備程序。戰士也不會在完成任務後隔天立刻接到新任務。為確保每一次行動安全，任務完成後如何撤退回後方，重要性不亞於事前的詳細計畫。他只能解釋為：目標人物轉往伊斯坦堡，但那也表示他射殺錯了對象。不過，這也可能是陷阱。若有心除掉他，這是最簡單的方式，因為他曾發誓無條件忠貞服從。一頭野獸，需要想辦法將牠誘入陷阱中；一名戰士，只須下達行軍令，就能誘使他步入陷阱。

事情不太對勁。申根地區以外的行動，他們有自己的高手負責。歐斯維基雖然相信他的護照偽造得十分完美，不過申根邊界的海關卻更為嚴格，他不太指望他的護照能通過檢查。

他稍早就已抵達機場，以原先飛往華沙的機票辦理登機，但是地勤人員說他的機位已經取消了。

沒有取消。

已經取消了，先生，您不在旅客名單上，是昨天晚上取消的。

這是誤會！我要搭乘這班飛機。

很抱歉，我無法給您登機證，這航班沒有您的機位。

但我付過錢了！

地勤人員在電腦裡輸入訊息、查看、打字、查看，然後說：機票費用扣掉手續費後，已經退回到您的信用卡了。

我的信用卡？我沒有——好吧！那重新開票，我買張新的機票。

非常抱歉，先生，機位全部客滿，已經沒有空位。

但我必須前往波蘭，今天就要去。

先生，您是波蘭人嗎？是嗎？我們可以說波蘭文，尊敬的先生。我父親是波蘭人。他來布魯塞爾當水電工，在這裡認識我母親。波蘭話說：「淹水的時候，就要更換水管。」我們會找到解決方法的。

兩個小時後即將飛往克拉科夫的航班還有空位，或者一個小時後飛往法蘭克福，再轉機到華沙。他挑了克拉科夫的航班。他希望盡快回到波蘭。

就這樣，他和馬丁．蘇斯曼搭乘同一架飛機。不過，當事人如果毫無所悉，那麼彼此間的各式關聯、交織與糾纏，有什麼樣的意義呢？

馬丁．蘇斯曼對於自己怕抵達克拉科夫時感染風寒，旅途開始前就穿上保暖衛生衣的荒謬想法十分生氣。在前往機場的計程車上，他已經像頭豬似的大汗淋漓。計程車裡當然有暖氣，溫度甚至開太高了，他穿著兔毛衛生衣，感覺就像發高燒。為什麼德語裡會有「像頭豬似的大汗淋漓」的說法？身為豬農之子，他當然知道豬不會流汗，豬無法透過皮膚排汗。小時候他講過一次這個俗語。為什麼會講？因為大家都這麼說。父親為此指責過他，豬不會流汗，不需要人云亦云，別人胡說八道時，你不需要跟著胡言亂語！

但是，為什麼大家都這麼說？

因為許多人害怕血。在過去，家裡殺豬時，因為看見豬隻大量流血的恐怖景象，所以用汗水稱呼血液。這是種委婉的說法，你懂嗎？聽起來沒那麼可怕。現代的獵人仍舊用汗水指稱動物的血，那種搜尋並逮住被射殺的流血動物的獵狗，就叫做汗犬。

但是我們會說血腸，而不是汗腸。

沒錯，父親說，去屋裡幫忙你媽！

從此以後，他不再使用這句俗語。此時在前往機場的計程車上，腦海裡忽然冒出這句話，想起汗其實指的是血，血流如注、血流成河、腥風血雨。

馬丁．蘇斯曼到達機場時，已經用掉一整包面紙，下計程車時，手裡捏著一團濕漉漉的面紙。現在他已沒有面紙可用，只能拿袖子擦臉，但是根本沒用。他一直冒汗，冒個不停。那是血。他東奔西走想買新的面紙，結果汗流得更厲害。最後乾脆決定去登機門，盡可能慢慢走過去找地方坐下，只要不再走動，也許就不會冒汗了。他非常氣自己，他應該清楚自己絕對沒有機會受寒，竟還先穿上衛生衣，真是莫名其妙。抵達克拉科夫後，會有人到機場接他，一起搭乘開著暖氣的計程車到有暖氣的旅館。他有的是機會在旅館換衣服，只要在啟程前往集中營之前換上保暖衛生衣就行了。而現在被汗濕透的衛生衣能否及時在旅館裡晾乾還是個問題。他很有可能在沒有穿著衛生衣的情況下，頂著刺骨寒冷參觀集中營，因為衛生衣還掛在旅館房間裡晾乾。

他怒火中燒，痛恨自己。他已經三十八歲，竟還沒有辦法根據情況與相關要求，添加適當的衣物。「生活能力」一詞忽然掠過他腦海，他經常聽見人說：這孩子沒有生活能力！沒有生活能力！但幸好我們還有伏羅里安！

「生活能力」與「生活意志」相去不遠。他知道或自以為知道兩者關係有多密切。「生活能力」與「生活意志」密不可分，彼此鞭策或互扯後腿，在個人、家庭、群體，乃至整體社會都一樣。他運氣好，缺乏生活能力並未因而英年早逝；他的生命意志或許崩潰斷裂，但即使坑坑巴巴，他仍久久生存於世。不過，一旦所謂的人生導師接連出現在媒體上傳達思想廢話：「人要懂得放手。」「必須學習讓自己倒下。」馬丁就心生害怕……這些人不知道自己在講什麼。那可以從挖掘過程的四個考古層面來研究：精準確定起始的時間、放手、倒下、人生導師宣揚的死亡。第三層。

快抵達安檢通道前，眼前出現令人困惑的奇特景象，感覺人流當中有兩個隊伍正相互對峙，一隊穿著黃衣，一隊是藍衣。在玩遊戲還是在競爭？肯定不是玩遊戲，多少有點像是競爭。有位年輕的黃衣女子向他攀談：抱歉，打擾一下，先生，請問您要飛波蘭嗎？

是的，他說。她盯著他，看得他很不好意思。她看見他滿頭大汗、雙眼發紅，會有什麼想法？她露出微笑，繼而說她是人權組織「停止驅逐」的人——

什麼？

停止驅逐，她指著自己T恤上的標語說：

沒有國界

沒有國家

停止驅逐

事情是這樣的，有個男人要被驅逐出境，他——

這時藍色隊伍來了一個人，是警察。他說：先生，您受到騷擾嗎？以下訊息給您參考：這裡正在舉行一場經過登記、取得許可的示威集會。不過，一旦旅客感覺受到騷擾，我們有權解散集會。

沒有、沒有，馬丁·蘇斯曼說，沒有問題、沒有問題。我沒有受到騷擾。

他好幾次把額頭上的汗往後抹到頭髮裡。警察點了個頭便走開，向另一個被示威人士攔下的旅客說話。

蘇斯曼因而得知，一名在家鄉受到政治迫害與刑求的車臣人將被驅逐出境。他經由波蘭入境歐盟，現在卻要被遣返波蘭，再引渡到俄國。歐盟當局認定俄國這個國家對車臣人而言是安全的。那完全是厚顏無恥！經過多次證明，被送到俄國的車臣人，最後都消失在刑求室裡。女子給了他一張傳單，說：就是這個人，叫做阿斯蘭·阿赫馬托夫。他身心受創，現在又要面臨新的刑求與死亡威脅。先生，這是人權醜聞。您同意我的話嗎？如果您在飛機上看見這個人，傳單上已列出您身為乘客可以採取的措施，以阻止他遭驅逐出境。請您要求與機長談話，敦促他出於人道理由與飛航安全，中斷遣返行動。在飛機上，他有權力拒絕載送非自願搭乘班機的乘客。

他閱讀傳單的時候，只聽她說話越來越快。所有事項都寫在這裡！請您拒絕就座且繫上安全帶，並請引起其他乘客注意，這不是一次普通的乘客載送，而是涉及一樁暴行——

不好意思，馬丁說，這裡寫的是飛往華沙的LO236班機，但我要去的是克拉科夫！

喔！很抱歉！我應該——當然。謝謝，謝謝您的耐心與體諒。還是請您留下這份傳單！上頭有一般性的資訊。畢竟驅逐出境的案例越來越多——謝謝！祝您有個美好的一天！

她轉身走開。他注視她背影一會兒，看著她向另一名乘客說話。她的T恤後面用英文印著：「反抗是可行的」。

登機結束，乘客全部就座，這時有個女人站起來往前走，邊走邊朝左右兩旁的座位看。她在進入商務艙前被一名空姐攔下。

女士，您在找化妝室嗎？化妝室在機艙後面，不過您現在不能使用。請您回座位坐下，繫好安全帶。

我不是想找廁所，她說，接著話聲一揚：我要和機長談談！據說飛機上有位非自願搭乘的乘客。我想要知道——

麻煩您！請您必須——

我們必須知道，他是否真的在違背自身意願下搭乘了這班飛機。請您找機長來！

她轉過身，沿著中間走道往回走。各位女士、先生，這架飛機上有個要被驅逐遣返的人。請你們協助我，讓這個人——

女士，麻煩您回座！請您坐好，並且——

女子不為所動繼續往前，經過蘇斯曼的座位。

——我們必須幫助他下機。

馬丁・蘇斯曼旁邊的乘客直直盯著手中報紙，坐在走道旁的女人閉著眼睛，她旁邊靠窗的男子一直在滑手機。

蘇斯曼站起來，想要看清楚狀況。一名空姐馬上出現，要求他立刻坐下，繫好安全帶。

好的，他說，等一下！我只是想要——他打開行李艙，想拿出尼古丁口香糖。現在那名女子停下腳步，轉向一位乘客，問道：您是阿赫馬托夫先生嗎？

那名男子沒有反應。他衣服上的兜帽蓋住頭，下巴抵著胸膛。

您說英語嗎，先生？您是阿赫馬托夫先生嗎？

瑪竇伊茲．歐斯維基抬眼往上看，搖了搖頭。女子猶豫了一會兒，無法確定他是否認會講英語，還是否認自己並非她要找的人。他們彼此對視。歐斯維基不確定究竟怎麼回事，但是他知道這個女人耽誤了班機起飛，因此非常討厭她。所以他直視她的臉，兩人目光相會，接著——

就在這一刻，他體內發生了某種變化。在疼痛不已的橫膈膜那兒，彷彿有條血管爆開，又甜又暖的血液在肚子蔓延開來。他腦子一片空白，造不出半句話。忽然間，他感覺眼皮沉重。他努力想撐開眼睛，看看這名女子注視著他的模樣；想要停留在這樣的目光裡，盡情享受前所未有的渴望與曾經熟悉卻遭遺忘的安全感。那個記憶回來了：小時候，他發著高燒，母親在他病榻旁彎下身子，露出微笑，他彷彿透過霧一般，看見了母親的臉龐。母親宛如顯現在霧中的影像，驅散了他所有的恐懼，就算他屈服於病魔而閉上眼睛，也不再害怕死亡。真俗氣的傷懷啊。他不是小孩了，他必須堅毅強硬，鄙棄多愁善感。他現在的感受，曖昧模糊，像記憶中的影像一般朦朧不清。恐怖分子也好，和平主義者也罷，無論是曾經擁有安心幸福的童年，抑或從未有過，人人都渴望能有這樣一個童年。他只是想……她的目光……這時，女子又走開了。她懇請乘客體諒她耽誤班機起飛，請求大家協助她阻止驅逐一事。馬丁．蘇斯曼望著她的背影。其他乘客鴉雀無聲，文風不動坐著，他從一些乘客的眼神看得出來，他們贊同女子的作法；其他人或閉著眼或垂下頭。忽然，他旁邊冒出一位空姐，對他說：請您立刻坐下，繫好安全帶！空姐一手輕輕放在蘇斯曼的肩上，默默加強力道。蘇斯曼不情不願坐下，一個男性聲音傳來：閉嘴好嗎？趕緊坐下！

另一個聲音說：拜託您別再耽誤班機起飛！您上錯飛機了！那個人在飛往華沙的班機上啊！傳單不就這麼寫的嘛！

女子說：他的航班被改到這架飛機了，因為受到我們抗議將他驅逐出境的關係。我收到簡訊，他就在這班飛機上，他們打算悄悄將他送到波蘭。

這時，馬丁．蘇斯曼正前方一個年輕男子站起來，大喊：拒絕驅逐！其他地方也響起一個女聲以法語附和著：團結一致、休戚與共！

蘇斯曼從座位探出身子，往後望向中間走道。那名女子現站在最後一排，正彎下身子對一個乘客說話。由於向後轉的關係，他感覺背部傳來劇烈的拉痛，從腰椎一路往上痛到脖子。必須站起來，他心想。但他又不想冒險。到底是冒什麼險呢？他於是起身，伸展四肢，雙手按一按背部。他前方的年輕男子又坐回座位，空姐與空少全不見人影。他聽見那名女子對最後一排一個乘客說：阿赫馬托夫先生嗎？您是阿赫馬托夫先生嗎？

是的！

那名乘客隨後站起。真的是他嗎？他並未被上銬，也沒有警察押送。但是他神情有點恍惚，像服用了某種鎮定劑似的。

保險起見，女子指給他看傳單上的照片。他說，沒錯！

結束了，女子說。別擔心，您留在原地，站著就好，我們會帶您離開飛機的。

男子開始哭泣，雙手舉高到臉龐拭淚，兩手腕緊貼，彷彿被綁在了一起。

警察登機，帶走兩人。乘客大力鼓掌。為什麼？因為這名女子的公民勇氣？還是因為國家權力介入了？或者飛機終於可以起飛？每個人都有自己的理由，終而彙集成一陣掌聲！

伏里格的飛機四個小時後起飛。杜布拉芙卡正在整理他的行李。他和農業總署的同事喬治・莫蘭還有個約。農業總署與貿易總署之間糾紛不斷，權限牽扯不清，傳統由來已久，事實上可以說是老把戲了。然而，現在衝突逐漸惡化，已無法在談笑間化解。一般他們會根據個案達成協議，然後一起喝杯啤酒；若是進行協議時與有機農同事不對盤，就表示沒有時間，禮貌婉拒飲酒。如今，戰爭已經開打，必須全副武裝，尋求仲裁。導致衝突惡化的爭議焦點正是豬。這就是伏里格所說的「豬瘟」。執委會裡甚至把貿易總署和農業總署之間的衝突說成「豬隻戰爭」。農業總署希望藉由縮減補助，減少豬隻生產，以阻止歐洲市場的豬肉價格暴跌；但是貿易總署卻希望擴大豬隻生產，因為他們從對外貿易，尤其是對中國的貿易中看見巨額成長的可能。因此，貿易總署希望取得授權，代表歐洲向非成員國協商豬肉產品出口事宜，以便針對全球市場需求，相對調整歐洲豬隻生產；反觀農業總署，只希望整治歐陸市場，實施共同標準，例如獸醫標準不再屬於衛生暨消費者保護總署的職責範圍。這兩個總署皆希望將對外貿易協議的權限保留給各個國家。

總之，權限紛爭的結果，造成歐盟國家單獨與中國進行協商，求取自身國家利益。歐洲因而被切分。歐洲國家之間的競爭導致豬價跌幅擴大，在歐洲內部市場與對外貿易上都是如此，沒有國家能夠單獨滿足國際需求，因為豬農在此同時被迫放棄增加豬隻生產。伏里格認為這種發展荒謬失常。這個莫蘭叫他火大。伏里格自問，為什麼？為什麼他會火冒三丈？執委會目前並未取得授權，無法代表全體成員國進行協商，所以成員國無不歡欣鼓舞，因為他們能趁機利用時勢，為自己創造最大利益。當然，他們早晚會注意到這是種謬見，但是他目前無力改變現況。他可以就這樣經手例行事務，情緒不興旁觀一切，避免惹惱別人，日後等待機會再往上升遷——但是不行！這種情況毫不合理，他無法放任不管。因此，他盡己所能阻擋這些日常業務的進行，逼迫組織做出決定。

權限之爭的源頭在於豬是跨部門的：豬圈的活豬「屬於」農業總署；但經過屠宰，製成火腿、豬腳、豬排、香腸或隨便什麼「加工農產品」之後，權責單位則轉為成長總署；只有豬離開了歐洲土地，也就是裝上貨輪或是卡車運走，才由貿易總署管轄。問題在於，如果對豬圈裡的豬沒有決定權，也就沒有權限磋商貨櫃裡的豬。成長總署在這個問題上相對溫和。他們主要制定內容物清單的規則、定義藥物與化學品的最高使用限度，以及品質標準等。豬對他們而言就只是香腸，內容標示正確即可。這場競爭唯有在農業總署與貿易總署之間見真章。

喬治．莫蘭已經好幾個星期迴避和伏里格談話。回電子郵件時，也總是敷衍了事寫道：我們盡快找時間談談，把所有事實攤在檯面上。伏格里建議開會時間時，他卻又陳腔濫調，制式回覆說目前行程排得很滿。而各執委退縮不前，他們表示剛接手不久，希望先熟悉業務再說。但是時間緊迫。荷蘭、德國、奧地利等政府最為積極與中國展開協商。德國總理去年一整年已出訪中國八次。下個星期，據說奧地利總理將帶著一整個班機的各部會首長，以及工商界與農業等利益代表飛往北京，此行首要之務就是協商豬隻交易。緊接沒多久，荷蘭人也預告將再次出訪北京。若是其中一個國家與中國締結實質的雙邊協議，那麼從政治上來看，歐盟幾乎沒有機會拿到協商授權。如此一來，各國將會展開激烈競賽，透過血淋淋的削價競爭，想方設法擠掉鄰國。成員國若不攜手前進，將會自相殘殺，貪得無厭追求國家成長，為歐洲帶來危機。套句凱－烏魏．伏里格的話：那情勢一清二楚得像清羹湯一樣。莫蘭當然知道伏里格今天要出差。他最後建議在伏里格登機前三個小時見面，實在狡猾。

伏里格冷靜接受了對方提議。現在他就坐在那頭豬面前。這個聯想實在蹩腳，但是他沒有辦法。他受不了莫蘭，這人詭計多端、愛嘲諷挖苦，而且沒有責任感。所以那種強烈的表達是非常恰當的。況且再加上他的外表：紅潤臉龐圓呼呼的，正中央小而寬的鼻子，就像個插座。莫蘭年約三十五，但外表看起來年輕許多。他出身英國上流階層，彷彿不久前才剛開始刮鬍子的孩子，臉頰總是生澀得紅通通的，還將一頭濃密的紅髮剪成三分頭。伏里格心想，那簡直像豬鬃。

伏里格出身漢堡教師家庭。漢薩同盟國際主義、對於歷史德國罪惡的深刻認識、對世界和平與正義的偉大主張、勤奮向學、彬彬有禮、不相信時尚與主流，這些都是他父母為他打樁釘出的成長環境。他知道自己對於莫蘭的看法有失公允，但他也明白自己有他媽的好理由。

莫蘭一邊打量著指甲，一邊說明自己的看法。伏里格閉上眼睛，不想看見這種傲慢態度。莫蘭的觀點都沒有錯。是的，事實就是這樣，情勢就是如此。但是，區別不在於伏里格對於事態的看法與他不同，而是伏里格想要擺脫這種狀況，但莫蘭認為一切合情合理，而且為之辯駁。

好的，喬治，伏里格說，請你想像一下：假設你是個農奴！

為什麼我要這麼做？

只是個聯想遊戲！所以——

我不想參與這類聯想遊戲！

好吧。歷史上曾經出現過農奴制度，對吧？這你應該知道。現在你想像一下：有個農奴去見領主，要求和他談話。

一個奴隸可以隨隨便便和領主談話嗎？

我不知道，無所謂，現在重點是農奴說了什麼。他是農奴，不是奴隸；不過就我的觀點，他也是個奴隸，但這也無所謂。總之，他說：領主啊，我認為農奴制度毫無道理，侵犯人的尊嚴，違背了《聖經》——

《聖經》裡有這個故事嗎？我沒聽說過。

《聖經》裡寫道，上帝之前，人人平等，這就是農奴論點，所以——

他認得字嗎？還是拉丁文？就我所知，中世紀的《聖經》都是拉丁文寫成的，而大部分的人都是文盲。

好吧，不管《聖經》了。總之，這個農奴不贊成農奴制度。他向領主提出了幾點合乎情理的理由，請領主給予他自由。領主會怎麼回答他？

你會告訴我的。

他向農奴解釋，他之所以成為農奴，是因為他的父親是農奴，祖父也是領主祖父的農奴，世代相傳，有史以來即如此，世界就是這樣，而這一定有其意義存在。

我得說這個論點合情合理。你不認為嗎？

好的，喬治，現在告訴我：當今還有農奴制度嗎？

這我不清楚。某個地方還存在？

喬治！再一次！歐洲某地有個農奴，他抱怨——

我想，如果他身處中世紀，應該會被五馬分屍，而不是獲得自由。

沒錯。領主說這就是慣例。但是，現在我再問你一次：如今還有農奴制度嗎？你看吧！

我想說的是：你說的都沒錯，完美無瑕——不過，卻沒有跳脫框架。客觀來看，這情況詭譎荒謬，各方面也站不住腳。我們以為永恆不朽的東西總是不斷消失……

你是說歐盟嗎？

不是，我指的是國家利益。歐洲國家合力建立一個共同市場，但對外貿易上卻沒有共同合作，這不是很荒謬嗎？離開歐洲的豬，只能使用自己出產國的簽證進入世界市場。好吧，現狀就是如此，但總有一天會有所不同，因為情勢不斷變化。而我們可以現在就把事情組織得更加合理。

我會好好思考農奴制度的故事，雖然我不能肯定這是個有意義的例子。

凱－烏魏．伏里格當然明白莫蘭為什麼阻擋進一步發展共同政策，因為他不是歐洲人，主要算是英國人。在執委會中，他不是歐盟官員，而是一名在歐盟擔任公職的英國人。禁止將國家主權轉移到布魯塞爾，是英國不容動搖的政策，哪怕再微不足道也一樣。他們拿了歐盟的錢，整修破爛不堪的曼徹斯特，卻不思感激，反而認為曼徹斯特煥然一新的市容，證明曼徹斯特的資本主義戰勝了其他的競爭模式。這個全身灑滿香水的臃腫豬玀，或許在今天喝早茶時，還哼著愛國歌曲〈統治吧，不列顛！〉開啟了這一天呢！伏里格深吸了口氣，接著站起來，說：

好的，我得去機場了。我們下個星期再談吧！

隨時恭候，莫蘭說。

伏里格準備了一個令人印象深刻的離場方式。他一邊穿上大衣，一邊說：對了，我想你應該知道這件事了，德國政府下星期要與中國簽訂雙邊貿易協議。好吧，只是豬隻交易而已。這項貿易對英國利益影響不大。

確定嗎？

是的，確定了。

伏里格扣好大衣鈕扣，把文件塞入公事包。

而且還是獨占喔。事實上，那成為德國經濟進入中國市場的門戶，而牽動的還不只是出口統計數字罷了。

他把手伸向莫蘭。

厲害的投資家懂得如何詮釋這一交易，金融市場也會有所反應。倫敦將失去金融中心的重要性，法蘭克福股市將會是大贏家。

伏里格拍拍莫蘭的肩膀。

只因為德國豬，就導致英國陷入困境，這不是很奇怪嗎？好了，我必須出發了。下星期打電話給我，我們一定要深入詳談。我相信我們會找方法，把事情安排得更合理、更公平。不過，執委會也必須有一致的想法才行。

伏里格打開門，又回頭望了莫蘭一眼，搖搖頭說：豬啊！說完放聲大笑。在前往機場的計程車上，他依舊忍俊不禁。

四十一，四十二，四十三、四、五、六、七、八、九，五十！深呼吸！五十一，五十二，五十三、四。他走在路中間，每走一步，就蹎一下腳；每數一下，就喘一次。五十七、八，五十九、六十！深呼吸！六十一、二、三——為什麼要算步數？因為他想知道從入口大門到盡頭，也就是從入口到盡頭終點一直到終點的出口有幾步，他想了解這個地方的規模。這條營區大道長得彷彿永無止境，一條通往無窮盡的路。雪白純淨的路在他眼前展開，巨大的營區白得純潔無瑕。為什麼白色總與純潔聯想在一起？即使在這裡，在這個冬陽死白光線照耀下呈現一片凶殘冷色的地方也一樣。每數一次，呼吸的氣息就在嘴邊形成霧氣，六十七、八，六十九，七——十！刺骨的寒風打在他的臉上。

馬丁・蘇斯曼感覺肩膀有股輕輕的壓力，七十一、七十二、七十三——有隻手按在他肩膀上：請您繫好安全帶！

他嚇了一跳，睜開眼睛。好，他說，沒問題！

他坐在克拉科夫返回布魯塞爾的班機上。他在喘氣嗎？呼吸沉重粗濁。他繫上安全帶，手伸向上方，關掉空調。接著，又閉上眼睛，感覺額頭冷汗直冒，全身冷得發抖。他當然是感冒了。他之前很害怕這趟參訪紀念館與博物館之旅，行前準備時心裡萬般抗拒。他害怕看見無法描寫之物時，會驚駭得無法自持。但是，博物館化抹殺了死亡，看見熟悉的事物，妨礙了他確認時的衝擊。只要花波蘭幣十茲羅提，就能在集中營的自動販賣機買到熱飲或巧克力棒，這件事比經常在紀錄片中看到的成堆頭髮、鞋子或眼鏡，還要令他震驚。而寒冷，最是恐怖駭人。寒冷從四面八方襲來，鑽入他的皮膚、他的骨髓，在歷史的長廊裡，刺骨的寒風隱隱吹流。奧斯威辛的活動大帳棚裡，氣溫勉強可以忍受，但是比克瑙就凍得嚴苛無情了，他這輩子還沒這麼樣挨凍過。祖母永遠層層疊疊穿上好幾件外衣與背心，她總是說：「懂得保暖，就不會凍死！」所以她往往穿著好幾層衣服在豬圈裡工作，籠罩在豬圈的熱氣裡。天寒地凍時，她嘴邊經常掛著：「會凍死人的！」在返回暖氣充足的布魯塞爾的班機上，這段回憶讓他難堪，彷彿他對鄰座女乘客大聲說：在比克瑙，我差點兒冷死。我告訴妳，真的冷得要命！我該怎麼說呢？我在那裡差點死掉！

他喘著粗氣，鼻子塞住了。他打了個哈欠，其實算是貪婪吸著氣。隨後，他又打起盹來。他坐在三人座位的走道位置，鄰座兩位女性的交談聲，彷彿來自遠方，來自他的記憶深處。她們講的是德語，聲音輕快興奮。

他又看見自己走在營區大道上，氣喘吁吁，彷彿走火入魔似地算著步數。他頂著寒風，彎著身往前走。烏雲宛如沉重的眼皮般遮蔽了天空，白茫茫的營區變得一片死灰。他感覺身心全已屈服，並未試圖抗拒這種感受，任憑頭低垂抵著胸。這時，他感覺到一股上升氣流，自己彷彿被高高托起，腳底脫離了平地。他飛了起來。他訝異自己竟能飛翔，同時又奇妙認為能夠輕盈飛升，不知怎的也是合情合理、理所當然。有人往這裡看嗎？他希望所有人都望過來，看見他高飛，在氣流中翻旋、擺動，直達雲端。他聽見講德語的聲音，如此靠近，又如此遙遠，聲音講的是截然不同的事情，談藝術與文學、談著書籍。他看見翻開的書猶如鳥兒展翅翱翔，鳥鳴響徹青天。他又鳥瞰遼闊的田野。從高空俯瞰——這是考古學第一學期教的——能看透地表，看見平時走在陸地上察覺不到的地底深處。走在地面上，環顧四周，看見的是覆蓋白雪的大地。但如果飛越上空，映入眼簾的則是結構、界線明確的地面、切割成網格狀的遼闊田野。根據地底下所埋之物，例如純土壤或遭到掩埋的文明遺跡、屍體、陷落的建築物殘石、水脈，或者古舊的地窖與地下道系統，或是被填平的化糞池和糞坑等，地表也會出現不同的反應，植被的生長或茂密或貧瘠；歷史越豐富，從空中鳥瞰的差異也就越大。在消逝文明的廢石上的薄薄土層，植被就不如萬人塚上方的茂密。萬人塚上，草生長的情況完全符合人對草的期望：蔓生得飛快！不過，即使是廣袤的雪地上，也清晰可見地貌差異：純淨土壤上的溫度，不同於覆蓋在石頭或朽木或萬人塚的薄土層，屍體的腐化作用數十年後仍舊加熱著土壤。因此，那兒的雪凍成了冰，這兒卻晶瑩剔透，已經開始融化。飛在上空，就能看這樣的網格，看出要從何處著手挖掘。

他眼前浮現克林欽格教授的影像，他以前的老師。克林欽格教授總把一句話掛在嘴邊：現代考古學並非始於挖掘，而是飛翔！

忽然間，教授飛在他旁邊，朝著他大喊些什麼——什麼？空中的轟鳴聲震耳欲聾，蘇斯曼無法馬上聽懂他的話。他看見教授的大拇指一直往下比，同時嘴巴喊著什麼。

什麼？

下去！下去！

他現在聽懂了：飛下去！我們還有其他任務。我們考古學家必須挖掘文明，而非挖掘犯罪。

但是——

即使地面危險不穩，我們也步履堅定；用靴子夯實地面的腳步雖然輕盈，一步仍是一次踏擊。重點是，雙腳會變暖。馬丁．蘇斯曼看見了靴子，到處都是暖和的靴子——一直在他耳邊縈繞不去的女人交談聲，現在更加清晰了。

我覺得這部小說很棒，但是裡頭的夢境讓我煩躁。

這部小說是經典作品。

沒錯，所以我才想讀一下這本書。可是我不喜歡小說裡的夢。她一直在做夢，夢境被描述得鉅細靡遺，非常超現實，但其實應該充滿詩意的。對我來說，我可以理解角色的所見所聞，但是那些夢——

不過小說發生的背景是法西斯主義橫行的時代，那時候的人很可能經歷著夢魘。

不，我要說的是：如果小說裡出現夢境的話，我寧可自己睡著。

蘇斯曼看見很多靴子，暖和又舒服，那是一班德國學生來奧斯威辛校外教學。一名女老師說：托斯騰！你怎麼了？在做夢嗎？快跟上隊伍！

兩個少年說著土耳其語。有位老師要求他們不要在這裡講土耳其話，其中一個學生回答說：正因為在這裡，我們才不講德語！

蘇斯曼頭暈目眩，彷彿在轉圓圈，越轉越快，身邊一切變得模糊不清，偶爾閃現一個畫面。他聽到了一句話，某個人說到了煤炭，一名學生問道：請問什麼是煤炭？

這時，飛機上響起廣播：我是機長，我們正經過一道亂流，請您繫好安全帶。馬丁．蘇斯曼站在奧斯威辛集中營的火葬場前。他看過毒氣室和焚化爐，一切就和他熟悉的照片一樣，黑白照片。而他現在真正親眼所見，也確實是黑白的。他感覺——感覺如何？他說不上來，找不到恰當詞語，因為「震驚」不再是德語詞了，而是一種撫慰德國人心靈的創傷膠布。這只是個想法，但在夢裡，他卻親眼看見這個想法。他站在建築物前，點燃一支菸。這時，忽然出現兩位制服人員，快步朝他走來，一個拍打他拿著香菸的手，另一個說了幾句波蘭語，最後用英語說：這裡禁止吸菸！

蘇斯曼胸前的證章晃動著，上面用英文、波蘭文與德文寫著：「奧斯威辛貴賓」。他拿起證章給制服人員看，這時策羅姆斯基先生跑過來，喊說：「博士先生、博士先生，我們必須進帳棚，活動要開始了。」

他忽地醒了過來，因為飛機正顛簸、搖晃、震動著。有個孩子大聲尖叫。

隔天他請了病假，在家裡待了五天，其中三天都在發燒。第五天，他記下腦子裡的想法，設計出週年大慶的第一個方案。

第五章

記憶，比我們想像的其他一切還要牢靠。

愛是虛構的。菲妮雅．薛諾普羅從來就不了解因愛而生的紛亂焦慮。她認為這種感情是另一個世界未經證實的現象，猶如火星上的水。《金心》或《洛依朋》等希臘彩色畫刊，專門報導好萊塢藝人與流行歌手的緋聞韻事，以及公主們的夢幻婚禮，可以在其中讀到愛情的種種。有些人認為愛情是可能的，因為他們感受到愛的渴望。不過，菲妮雅認識的人當中，或早或晚全都投降了。她母親有次在美髮院聊到不幸的黛安娜王妃時說：「她從未得到的東西，就算再怎麼便宜，我也還是永遠得不到！」

記憶所及，菲妮雅家裡沒有人真正愛過。嚴格來說，感情豐沛會是結婚的動機，或者，對感情失望會造成悲劇。唯一例外是她父親的兄長，寇斯塔司伯伯。她沒有實際見過他，他活在家人的講述中。家人口中的他，是個愛得至死不泯、精神失常而走上絕路的瘋子。至死不泯，這種在死亡中永恆不朽的矛盾，讓小時候的菲妮雅惶惶不安。現在想想，或許以前家人並沒有常常提到他，只是她聽到的內容，特別激發想像力，讓她深感畏懼。據說寇斯塔司伯伯曾經瘋狂陷入愛情，由於無法贏得崇敬對象的芳心，於是離家出走，加入反抗組織。「崇敬的對象」，讓小菲妮雅想起聖母瑪利亞、想起宗教狂熱，或許也相去不遠了。不過，當時在她腦中糾纏不去的，反而是「反抗」一詞。她不知道當年爆發了什麼樣的戰爭或內戰，那是她出生之前的事。即使是發生在她出生前不久，也遙遠得像當時聽過或是之後在學校教的伯羅奔尼撒戰爭。聽說寇斯塔司伯伯「再也沒有回來」。在她的想像中，「反抗中的伯伯」身處冥界；在此處，死者同時也是永恆不死的戀人，對抗著名為愛與崇敬的厄運。她想像冥界幽暗、潮濕、悶熱，有一種混沌不清的危險。儘管她一心想要離開陽光炙晒的賽普勒斯村莊，也絕不樂意前往冥界那個地方。賽普勒斯村子，石頭遍布，土地乾涸，橄欖樹稀疏貧瘠，無法再仰賴橄欖維生，樹梢閃爍的銀光只是種假象。然而那對於別人、對於能給村子帶來收益的癡迷遊客，卻是美麗的景致。旅客的目的地是「愛芙羅黛蒂之泉」，愛神與阿多尼斯尋歡作樂之處，據說泉水能賜人青春永駐。事實上，這處名勝古蹟只不過是不起眼的天然水池，位於村子高處的岩石之間，幾乎終年乾涸。水池旁有個木牌寫著：

非飲用水

請勿游泳

遊客拍下乾涸的水池與木牌後，放聲大笑。他們是愛之女神的追隨者。放學後，菲妮雅把礦泉水放在兩個保冷袋裡扛上山，賣給遊客。她要存錢，她要離開這裡。

多年以後，她才明白伯伯真的去世很久了，死的時候是游擊隊員，被草草埋在某處。她覺得所謂游擊隊員，不過是無法認同現實的人，就這點而言，他們與戀人有很大的共通之處。她覺得希臘游擊隊員竟攻打希臘將領，而非對抗占領半島的土耳其人，實在不合情理，荒謬至極。

菲妮雅對於幸福與爭取幸福的抗爭有不同的看法。她想要離開，往北走。身為擁有相當文憑的賽普勒斯希臘人，她獲得進入希臘大學研讀的機會。她想去雅典。母親雖然存款微薄，仍舊支持菲妮雅的計畫。菲妮雅愛她母親嗎？她其實明白，最後一切都是為了利息以及利上加利：為了她順利完成學業後可能寄回家的錢。全家人都在為她的求學之路奔走。這是菲妮雅所理解的對於愛的定義。父親動用人脈，送點小禮，執拗不懈，終於為她在利馬索爾開往拉夫里歐港的船上安排了一個位置。那是艘貨船，沒有載送乘客。船長同意帶上菲妮雅，似乎把她當成一名尚可容忍的偷渡者。渡輪要價太高，飛機他們負擔不起。抵達拉夫里歐港後，她得獨力前往雅典。不過這段路不困難，往來貨車絡繹不絕。有個女性友人曾預言說：妳會被迫以性代償車費的。但是菲妮雅並未以身體支付車資。司機以為上車的是年輕貌美的小姐，最後卻發現副駕駛座上坐的是令人敬畏的冷漠女士。她在雅典投靠遠房親戚。隨著親疏遠近，家族間休戚與共的價格也越高。親戚要求她貢獻更多「生活費」，比之前書信往來談定的還要高出許多。她的預算、她和母親的積蓄很快耗盡。即使付過「生活費」，她也不能從冰箱取用非自己購買的食品。親戚家晚餐若是吃羊肉，她能吃的就只有蔬菜和馬鈴薯，羊腿上最後若還剩點肉的話，她可以啃一點殘肉。她感覺受到侮辱，但自尊心不容她向家人訴苦。她的背包隨時都打包好，準備伺機而動。後來，有個同學帶她去「柏拉圖洞穴」，那是雅典炙手可熱的酒吧「金色青春」。

那裡不貴嗎？

貴啊。但我們只要花一杯飲料的錢，之後就會有男人請客了！出入洞穴的人往往都很有意思！

她在那裡認識喬葛斯．保貝普羅斯律師，沒多久她就叫他「保貝」。沒人清楚那單純是保貝普羅斯的暱稱，抑或影射當年被烙印為「德國珍寶」的納粹戰利品：喬葛斯．保貝普羅斯繼承的律師事務所，是納粹占領期間，他祖父在事務所原來老闆——一名猶太律師——遭到驅逐之後接手的。不過菲妮雅對此一無所知。她高估了喬葛斯。她背起行囊，搬進他的住所。對她來說，他是第一個見多識廣的人，比她年長十五歲，又慷慨大方，能在昂貴的法國餐廳和服務生談論美酒。她幾乎要相信世界上真有童話公主般的愛情。他們結婚了。婚禮上，保貝向賓客致詞談到「永恆的愛」時，她差點笑出來，聽起來就是《金心》畫刊中一則多愁善感的故事。他也確實把婚禮照片賣給畫刊，但最後只刊出半頁篇幅的文章搭配兩張照片。後來發現，說「販賣」也不太正確，因為根本是他自掏腰包要求刊登的！

結婚時，雙親無不驕傲，但後來得知菲妮雅不幸福，又變得憂心忡忡。他們不是擔心菲妮雅，而是擔憂這門婚姻。婚姻的魔力褪得太快。她在保貝家中的按摩浴缸委身於他時，忽然切切實實感受到一切乏味至極：他非常自豪自家的按摩浴缸，但他享受的不是按摩浴缸帶來奢華，而是引人驚豔的感覺；他享受特權生活的象徵，而非生活本身；擁有年輕貌美妻子的人是**他**，所以他開心亢奮，他愛上的其實是自己。她不久就感覺自己是可替代品。他自以為是在「做愛」——她覺得這種說法比任何一種粗俗的言詞更加蠢劣——其實與他做愛的是他自己。

她藉由他進入其他社交圈，看見他在那些圈子裡並非什麼大人物，不像他在「柏拉圖的洞穴」那樣意氣風發，而是一個神經兮兮的庸俗市儈，奉承拍馬，巴結真正的有錢人。說穿了，他不過是訟棍，拿著釣上岸的爛魚賺到豐厚收入，便以為一腳跨進金錢與權力的核心。

菲妮雅慢慢疏遠他，越發堅定走自己的路，保貝卻忽然認為自己是愛她的。而他所謂的愛，是情緒化的指責，是惟恐失去她的神經質恐懼卻以為是愛的證明，是讓人覺得殘忍嗜血的劇烈情感風暴。菲妮雅尤其憤慨的是，他竟要求她懂得感恩。滿足的是自己，卻要求別人心懷感激，簡直是非顛倒！

他的確減輕她求學時的經濟負擔，但即使沒有他，她一樣辦得到。可是如果沒有她，他會少了許多樂趣。沒有她讓他精心打扮、帶出門炫耀，他在自己圈子裡的聲望也不會那麼高。她學的是經濟，這種資產決算明顯是她吃虧。她憑本事取得了英國留學獎學金，終於得以離開。她想出走，想往北走。

於是他們成了週末夫妻，越來越疏離，先是在倫敦見面，後來到了布魯塞爾。上次，她醒來看見他躺在床上，注視著他被汗濕透的灰色捲髮、因酒精而浮腫的臉龐時，不由得想：他比我第一次見到時還要陌生。

她發現，這為結束兩人關係下了很好的定義。

這個想法讓她歡欣雀躍。吃早餐時，她心情很久沒有這麼輕鬆了，因為一切有如撥雲見日。而在這一刻，保貝也展現偉大氣度。他了解彼此關係，並未誤解情況，自己其實也如釋重負。他拉著行李箱走出她公寓時，幽默說了一句：愛情是虛構的。

是的。

保重！

嗯，你也一樣。

而現在真是太荒唐了，完全毫無道理，她坐在辦公桌前，竟然靜不下心工作，像陷入戀愛的人一樣朝思暮想，殷殷期盼伏里智來電。他應該昨天從杜哈出差回來了，今天上午和奎諾開會，會議中將隨口提起菲妮雅的願望，打探一下有什麼機會讓她調離文化總署。他答應談完後立刻打電話給她。她乾坐著，緊盯著電話，忍不住拿起話筒，又放下。不，她不要打電話給他，應該由他打來才對。她又拿起智慧手機，查看是否漏接來電或他發了訊息，但是什麼也沒有。她把手機放在電腦鍵盤旁，檢查電子郵件。有四十七封未讀郵件，沒有一封是他寄的。她又看了一下手機，訊號良好，當然不會有問題，然後再把手機放回桌上。她困惑的是，自己完全不在乎伏里智會告訴她什麼樣的內容，無所謂奎諾是否做出暗示，可讓人解讀成他基於流動原則，支持她轉調部門的願望。她只想聽聽伏里智的聲音，他說什麼都可以，只要聽見他的聲音就好。她感覺自己——嗯，什麼呢？真的太荒謬了，她竟然渴望聽到他的聲音。

馬丁．蘇斯曼八點就到了方舟。員工餐廳剛出爐的可頌麵包香氣四溢，飄散到門廳。平時無法抗拒的香味，今天卻讓他想起化學工廠。他覺得那大概是自己尚未完全恢復健康的徵兆。在電梯前面，他遇到烏克蘭兩位專案小組成員，他們的辦公室設在七樓。柏胡米．策梅卡私下叫他們「蠑螈」，後來在方舟只要提到該「專案小組」的成員，普遍都改口「蠑螈」。這樣一來，即使員工餐廳裡這些「蠑螈」就坐在隔壁桌，也可以任意蔑視或嘲弄。有次柏胡米解釋：這些成員是新生代，他們不是歐洲人，而是歐盟組織裡汲汲營營的野心家。就像蠑螈丟進火裡也不會燒焦，無法摧毀就是他們主要的特徵。

那兩個年輕人穿著時髦的貼身西裝，打著大領結，抹了一頭髮蠟，外表與文化總署的員工形成強烈對比。他們世故圓滑、腦筋靈活，禮貌周到得有點迂腐。卡珊德拉覺得他們那個樣子「令人感到沮喪」，她說和蠑螈聊個五分鐘，就會覺得鬱悶消沉！

烏克蘭專案小組進駐他們樓上後，有次柏胡米問蠑螈：你們的任務是什麼？才得知他們負責研擬烏克蘭援助計畫，在廣場革命爆發後支持烏克蘭民主運動。但他們的挑戰在於手中沒有資金可以分配。由於拿不到新的預算，他們只好採用典型的「新瓶舊酒」手法：沒有新的，就把舊的重新包裝。於是他們在早已存在的援助計畫安上新的名稱、新的條件，重新組合成新的援助計畫。結果，舊有的預算出現新的分配競爭，進而產生新的統計數據，其中全新的百分比與圖形曲線因而呈現出新的動能與活力。對於這些年輕野心家來說，此項任務是理想的戰火洗禮，因為他們除了保障自己在既定條件下得以生存，或者在改善未來前景的情況下延續舊有條件之外，最終什麼也沒得到。

馬丁．蘇斯曼必須和這兩個蠑螈一起等電梯，心情沒有因此好一點。

對方問他最近過得怎麼樣？「很好！」當然是最正確的回答，但是蘇斯曼中了邪似地脫口而出：「爛透了！」看見蠑螈露出的表情，他暗自幸災樂禍了一番。隨後他又補充說：我得了重感冒！——

我很遺憾！

真遺憾！另一個蠑螈也說。

這時，蘇斯曼乾脆豁出去了：烏克蘭他媽的冷死人了！

噢！您去烏克蘭了？

是的，先生！難怪我的免疫系統會徹底崩潰！烏克蘭人對我們歐盟失望透頂，心灰意冷。他們感覺被拋棄了，而且——

那兩隻蠑螈聽得兩眼發亮：沒錯！我們了解這個問題，您說得完全正確！我們——完全正確！

我們知道自己必須——

這時電梯來了，電梯門打開。

四樓，對嗎？

是的，蘇斯曼說。

蠑螈按下四和七，接著又說：我們必須改善溝通。您說得完全沒錯！這就是為什麼我們現在集中精神強化溝通！

執委會必須加強自身的行銷，我們——

電梯停住，門打開。行銷自己！這些人知不知道自己在說什麼？蘇斯曼心想。再見！祝您有個美好的一天。

您也是！早日康復！

電梯門在蘇斯曼背後關上，他張嘴用力呼吸著，因為他鼻子塞住了。他又太早來上班，不過話說回來，他得盡快完成週年大慶計畫，把內容傳給菲妮雅。雖說他也可以在家處理，但是他了解菲妮雅。她收到信後，會立刻把他叫進會議室，和他以及部門其他同事討論內容。所以他必須到辦公室待命。

他經過菲妮雅的辦公室，門關著；又經過柏胡米辦公室，門開著。柏胡米站在辦公室中央一道梯子上，一看見蘇斯曼，便喊道：嘿唷！

嘿唷！

蘇斯曼腦筋沒轉過來，走進辦公室才想起剛剛應該停下來，問柏胡米站在梯子上做什麼。算了，無所謂。他花一個小時修潤計畫要點，感覺卻像做了一輩子。將信傳送給菲妮雅後，又慢慢處理累積多日的電子郵件。多數郵件都已自動回覆，或在他臥病期間由同事代為解決。有一封信是伏羅里安寄來的。「親愛的弟弟，你這個來歷不明的小孩！下星期我要飛往北京，參加我們那個尊貴的總統和聯邦工商會主席率領的經濟代表團。根據奧地利駐北京的貿易代表提供的訊息，目前看來，即將進行的協商將會取得成果——只不過，這個成果最後可能是場災難。這個主席對業務一竅不通，即將簽署的協定讓我們淪為被勒索的對象。我問自己，這裡的豬到底是誰……你務必要——」蘇斯曼站起來，伸伸懶腰。他想要抽支菸，無論如何一定要來一支。他的病好多了。菲妮雅還沒回覆消息。他望向柏胡米辦公室，但沒看見他的身影，連梯子也不見了。蘇斯曼走到逃生梯，打著哆嗦抽了兩支菸後，回到辦公室撰寫出差報告、核算差旅費，再解決幾件行政瑣事，也就是填寫幾個表格，接著處理學生的詢問，又有兩名學生想要來實習。他把詢問信轉給相關部門。帕紹大學歐洲研究系一個學生要撰寫博士論文，主題是歐洲文化政策，源於法國經濟學家尚．莫內（Jean Monnet）的一句話：「若我能夠重新開始，將會從文化著手。」蘇斯曼不知道為什麼，這類郵件一星期平均總會出現兩封。這位學生請求歐盟執委會文化總署對這句話表態。要回覆的答案很簡單：無法證明尚．莫內曾經說過或曾在某處發表過這句話，即使真的出自他口，若沒有進一步說明，也不清楚「從文化著手」具體而言是什麼意思。先歌頌一番〈歡樂頌〉，然後建立歐洲煤鋼共同體嗎？文化原本就具有普遍性，能夠在人與人之間建立共同性與聯繫，而這最終也必須在政治上實現。區域文化間的交流，對於歐洲和諧共生至關重要；唯有取得歐洲共同計畫的政治成就，例如撤除藩界、保障旅遊與居住自由、在共同市場上自由貿易等，才能深化文化交流。

他停了下來。這些是陳腔濫調嗎？話說回來，有沒有即使重複上百遍，也不會變成空話的真理呢？鼻塞讓他很難受，他擔心感冒演變成鼻竇炎，額頭裡咚咚敲得令人害怕。他為什麼要花這麼多時間回覆學生的信件？他擬定的週年大慶計畫才不是陳腔濫調。仍舊沒有收到菲妮雅的回信。他覺得不太尋常，看了一下時間，一點了，菲妮雅竟沒有回應。她為什麼沒消沒息？

他站起來，走出辦公室，走出狹小的工作間。在走廊上，遇見了柏胡米。

你生病了嗎？

是的。

相思病？

怎麼說？

看起來就是那個樣子，失魂落魄的。

符林德站在房間中央，納悶自己為什麼杵在這裡。他剛才打算做件事——是什麼事呢？算了，不去深究了。他環顧四周，彷彿要找什麼或在等待什麼。他目光落到電話上，好像是等人打電話來。他在扶手椅上坐下，眼睛一直盯著電話。遺忘！他感覺被遺忘了，被所有人徹底遺忘，甚至也被死神忘得一乾二淨。不過，現在還有誰記得他呢？

一月的陽光，在窗框上投下銀白色的灰影，彷彿儲物櫃或保險箱的門，但鑰匙不見了，也忘記了鎖頭的號碼。或者，是一道地下碉堡的鐵門，門後是通往死亡的黑暗地道。

他又站起身，走到窗邊，下方躺著墓園。還有誰該記得他？所有人都躺在那兒了，躺在灰霧籠罩的石頭底下。

不，並非是所有人。

親近的人一一離世之後，他變成一個孤僻的人。孩子們早已各奔前程，遠走他方，到一個更幸福或者遭遇另一種不幸的世界。在聖凱薩琳最後那段日子，走在路上仍偶爾有人和他打招呼──那個人是誰？是他以前的學生，如今也已白髮蒼蒼！驚訝之餘，他也向對方打招呼。但也僅止於此了。現在他獨自一人待在漢森之家養老院，要和他這個時代的人共用公共區域。但那些人不是他輩中人，因為他們不必分享他的經驗。他們的不幸是老化，他的不幸是人生。不，他和他們沒有什麼好分享的，除了西裝和衣服上的樟腦丸、尿味、汗味，以及腐朽的身體細胞散發出來的老人味。只有眼淚是沒有味道的。他想要遺忘，卻反而讓自己被遺忘。

他在桌邊坐下，桌上躺了枝原子筆。他又站起來，四下張望。他的筆記本應該在某個地方。在哪裡呢？政府部門前幾天派了一名醫師過來，是負責老人諮商的心理醫師，來和他進行所謂的適應性會談。進行什麼？進行諮商。她帶來一本大筆記本。她說自己是來協助他順利進入晚年、規畫晚年生活的，尤其是幫他減緩對晚年的可能恐懼。她開口閉口就是晚年，符林德最後打斷她說，聽起來也許像在說謊，不過如果她能把「晚年」換成「人生階段」，會讓他好過一點。他雖知道這是人生最後的階段，但即使如此，總也有陽光普照的日子，不會只有無限的黃昏。醫師努力展現出同理心。最叫符林德無法忍受的是，這位單薄的女醫師竟然剃了光頭。為什麼？難道是流行？最近總在街上看見光頭和紋身的年輕人。他們知道自己在做什麼？想要藉此表達什麼？喚起什麼樣的聯想嗎？他想要忘掉那些剃光的頭和骷髏，他們偏偏派了這個女人給他。他氣急攻心，忽然變得很有攻擊性。請您離開！您侮辱了我——接著他又激動說：您侮辱了世人的記憶！

醫師深表理解。她耐心追問原因，最後她解釋自己的光頭是化療造成，是乳癌。雖然生病，但她仍然看重繼續工作的價值，因為——符林德羞愧不堪。他不說話了，不發一語讓她講，免得又說錯話，偶爾只是點個頭。聽到她從袋子拿出筆記本放在桌上時，也一樣點了頭。她說：這是我帶給您的。一個小小的建議，請您把想法和願望寫下來。請相信我，人腦子裡出現想法後，很容易又會忘記，這點我很清楚。但馬上記錄下來的話，就可以查看做了什麼、計畫了什麼，考慮的事情是否處理了？習慣記錄事情，對於健忘是很好的訓練。

筆記本放到哪裡了呢？那裡，就在床邊。

他在桌旁坐下，拿起原子筆。筆記本是大開本，上面有一條厚紙邊框，可以沿著邊線撕下紙張。厚紙邊框上有布魯塞爾首都區的徽章，旁邊以法語和荷蘭語印著：「布魯塞爾不會忘記您！」

他想要列張清單，寫下人名。那些人和他一樣健在，或者可能健在，因為他沒有接獲他們的死訊。寫這個做什麼？他還是有回憶的，仍舊爭先恐後要冒出頭來。在他的記憶中，人名不斷閃現發光。他看見不同的臉龐，聽見各種聲調，望進黝黑的瞳孔，看見千姿百態。他感覺肚子餓。飢餓是生命絞肉機，先是吞食體脂肪，接著消滅肌肉，然後粉碎靈魂；當飢餓成為「生命的飢渴」這一隱喻時，才會發現靈魂的存在，如果有的話。他現在感到飢餓，雖然沒有那麼強烈，但仍然感覺得到。他想要列出一起挨餓過的人名清單——這時他抬起頭。飢餓這個說法不對，飢餓是形容飽食者少吃了一餐的感覺，與他忍受過的飢餓毫無干係。生者與倖存者只是偶然說同一種語言，卻因為使用同一個說法，產生了永恆的誤解。

他準備動筆寫：「倖存者」，他想要這樣命名清單。他的想法是：還健在的人，說的就是他的語言。這時，電話響起。他停下筆，接著又開始寫「倖存者」。電話始終響個不停，令人煩躁。他把筆放在桌上，接起電話。

是約瑟芬女士，問他為什麼沒去用餐？他該不會忘了午餐吧？符林德先生，我們總要吃點東西，不是嗎？她在電話裡大吼。我們不會想挨餓的，不是嗎？

他是行動自如的老人中，唯一沒有下來用餐的——

唯一——什麼？

今天主餐是魚，搭配米飯和蔬菜，容易消化又有益健康，而且——

好的、好的。我忘了時間，馬上就下去了。

符林德打好領帶，穿上休閒西裝，搭電梯下樓到餐廳。他左右張望，看看有沒有他可以一個人坐的空桌。沒有。約瑟芬女士快步衝來，把他領向一張桌子，一邊說很開心他來了，剛才她還在擔心呢。我們不希望有人忽然昏倒，符林德先生，不是嗎？

桌邊坐著兩位男士、一位女士，約瑟芬女士介紹他們的身分：男士分別是退休法官和大學歷史系榮譽退休教授，女士以前則是戶政事務所職員，三人全都喪偶。他們人都很和善，符林德卻突然一陣反感。他們是這麼——符林德思索該怎麼說——這種狀況一般是如何形容的？他們來此已久，了解體制、結構與習慣，與管理部門和工作人員都有接觸，熟悉環境，也融入當地；更甚者，他們既能向新來者提供協助，卻也能讓他日子難過。不過幾分鐘，情況就明朗了。他們問：您以前都做了什麼呢？

符林德當然明白他們只是想了解他以前的職業，但他喝湯時嗆了一口，連咳好幾下無法說話。這時他的魚送了上來，同桌其他人已經在享用鮮奶油甜點。符林德把湯盤推到一旁，開始飛快吃起魚來。他並非要趕上其他人進度，而是想盡快結束用餐，然後離開。他狼吞虎嚥，忽然感覺有根魚刺鯁在氣管裡，於是大力吐了幾口氣，想要把魚刺弄出來。但是魚刺反而卡得更緊，像橫在氣管裡。他頓時驚慌失措，呼吸急促，不停用力清著喉嚨，大口吸氣，然後又猛烈吐氣。他倏地從椅子上彈起，身體往前傾，一下想把魚刺吞下去，一下又想咳出來。不管怎麼弄，魚刺仍舊死死卡住氣管，讓他喘不過氣。他不斷搥胸，使盡力氣呼氣，感覺視線一片血紅。他放聲大叫，先是一陣嘶啞的啊啊啊，音量越叫越大，繼而爆出高聲咒罵。教授與戶政員嚇得跳起，其他桌的人紛紛驚恐朝這邊看，約瑟芬女士急忙趕過來。教授拍打符林德背部說，呼吸！不斷重複：呼吸！呼吸！戶政員試著把水遞給他，約瑟芬女士站到他背後，兩手從他腋下穿過抱住胸膛，用力擠壓、搖晃。他用手肘把她撞開，不住地喘氣。

戶政員嘗試要把手指伸進他嘴裡，也被他推開，踉踉嗆蹌往後跌在椅子上。

他歇斯底里狂吼，這不是真的，他都挺過了集中營，如今卻要死在一根魚刺上……他驟然停住，因為感覺只剩下輕微的疼痛，甚至說不上來魚刺是否真的還卡在咽喉中。他嘴邊淌著唾沫，坐了下來，喘著氣說：沒事了，沒事了。

您還好嗎？

是的。

確定嗎？

是的。

要不要找醫師來？

不需要。

符林德深呼吸了幾次，表達歉意後，便回房去了。

回到房間後，他在床上躺下，心頭卻湧現強烈不安，沒有辦法好好躺著，於是又起床坐到桌邊。桌上放著筆記本，上面有他的筆跡，寫著「倖存」。午餐前他想要寫下「倖存者」，並列出一份名單，卻被電話打斷。現在上面只有「倖存」，那是他寫的。為什麼寫？他點起一支菸，閉上眼睛。

知道怎麼前往無條件之愛陵墓的，偏偏是位掘墓人。艾哈特教授找到最後，也開口向他打聽無條件之愛的陵墓。這一次終於有人清楚路怎麼走。掘墓人倚靠著鏟子說，陵墓叫做永恆之愛，不是無條件之愛，我根本不知道是否真有無條件之愛，但的確有永恆之愛。您問的是石棺上會有光線映照出心形的陵墓，對嗎？果然吶。您來錯墓園了。永恆之愛的陵墓在拉肯墓園。

在哪裡？

拉肯墓園。布魯塞爾北區。

他搭上計程車，途中打起盹來，路程比他預期得還遠。抵達拉肯時，他整個人處在奇怪的恍惚狀態中。手臂瘀青的地方發疼，但在宛如夢遊的狀態下，疼痛僅僅像是一種細微卻舒服的輕壓，彷彿過世的妻子仍挽著他，感覺她就走在身旁。每走一步，他就更適應她的步伐以及走路的節奏。當然，那是荒謬不可能的。他搖搖頭，是真的搖了頭，要自己清醒一點。他感覺手臂的痛楚加劇，腫脹的腳部也變得麻木不適，所以他小心翼翼一步步移動雙腳，彷彿像套著還沒習慣的義肢。

一走進大門，就看見墓園管理室，他在這裡拿到墓園平面圖，圖上標註著名人之墓、具有歷史意義的紀念館和紀念碑。管理人員特地在平面圖上一處畫上X，也就是永恆之愛的陵墓所在。教授覺得很奇怪，管理人員回覆他的詢問時，一臉哀傷欲絕；遞給他平面圖時，又一臉驚慌失措。這座陵墓有何特別，為何他的問題竟得到如此的反應？但他繼而一想，也許是種職業傷害吧。這個人在墓園工作，臉龐久而久之變成了哀悼的面具，即使是永恆之愛——以陵墓的形式呈現——對他也不過是件喪事罷了。

艾哈特尚未從喪妻之痛中恢復。據說時間能夠治療一切傷口，他納悶自己是否還擁有這樣的時間。若有，是否仍值得期待？妻子可怖的臨終過程與最後死亡帶來的痛苦，仍然提醒他：是的，與她擁有的遲來幸福如此鮮活生動，即使傷口真的癒合了，他確信回憶最後也不過是陳腔濫調。

他手拿平面圖，走過碎石路，驚訝自己竟然沒聽見腳下的嘎擦嘎擦聲。電影和小說裡，碎石路總會發出嘎擦嘎擦的聲音。他停下腳步。萬籟俱寂，枝椏靜靜迎風搖曳，烏鴉悄無聲息撲著翅膀。遠處有幾個人在林蔭路交會而過，彷彿悄悄滑過的陰影，又如天空飄過的灰雲。他繼續前行。不，還是有聲音。他聽到腳底傳來的輕微聲，彷彿碎石上鋪了一層棉花。

沒多久，他已站在紀念碑前。經過多次確認，這裡毫無疑問就是他要找的永恆之愛的陵墓。眼前景象令人心傷。他期待什麼？自然不是泰姬瑪哈陵般的建築，但多少也要是能引以為傲的東西，透過人類最優美的尺度，以建築表達永恆之愛的理念與經驗，以石塊這種永恆的材質創造永恆。但是，這裡不過是廢墟。那座開口經過精確測量、能在棺木上映出心形亮光的著名天花板，已經凹折；陵墓左側下陷，方石之間出現錯位，裂痕斑斑，雜草從中竄出頭來；裝飾著兩顆烈焰愛心的鐵門鏽跡點點，門上鎖著鐵鍊，一道門扉斜掛在合葉上，拉出一道縫，得以一窺室內景象。不過，沒有看見棺木。只見髒汙一片，甚至還有塑膠垃圾，怎麼進去的？

左邊地面上歪歪斜斜插著一面簡陋的木牌，斑駁腐朽，爬滿青苔。牌子上載明此墓地已於一九九〇年八月到期，敬請其後人聯絡墓園管理室。旁邊還有一面琺瑯材質的牌子，四周飾有鍛鐵框，上面說明此座陵墓是文物古蹟。

永恆之愛的概念，嚴格遵循「永恆」的意義，因而得以萬世流芳，這點令艾哈特深深著迷。然而，永恆如果有一點是人為產物，亦即並非絕對的純粹，而只是表現人與人之間的關係，成為一種協議的話，就會像其他的人為產物一樣，早晚快速且無情地邁向終點。

這點他應該知道才對。他花了點時間，一直到六十歲，結婚四十年後，才第一次深深感受到永恆的愛。那時他說：我永遠愛妳！

說得太矯情了！說出那句話時，他確實也被自己嚇一跳。當時，他覺得自己就處於那種狀態。事後想起，他十分意外當下竟未即時明白世間根本沒有永恆；所謂永恆，只是歷史旅程中一次短暫休息。他那時候說，我知道自己將永遠愛妳——而兩年後，他妻子過世了。死後無論生命是否繼續，是否有永恆的生命，那句永恆的愛，就像說出話時的感覺，如今也不過是回憶，不過是歷史罷了。

矯情！實情是這樣的：阿諾斯．艾哈特要到了六十歲，才知道「美好的性愛」真正存在。

他一輩子都不了解那些針對「美好性愛」日漸激增的流言與議論。他腦子裡真的冒出了「一輩子」這個詞？應該是從他父親那邊學來的，父親經常使用這種說法。總之，他認為「美好的性愛」是無稽之談，是將人類的本能衝動意識化，而這種意識化毫不可靠，不像與人類食欲有關的「良好廚藝」問題，有合理的根據與解釋。阿諾斯．艾哈特是那種「有什麼、吃什麼」的人，認為要對面前的食物心存感激，進食前先在胸前畫十字架。他是戰後出生、在戰後重建中成長的小孩，知道什麼是需求，也很快明白隨著生活日漸富裕，各種要求也會逐漸增加。但他不解的是，為什麼美好與自由的性愛也是一種要求，必須進行政治討論與抗爭，彷彿那是人人應該享有的社會成就，如同免費接受高等教育或者退休權利一樣。上世紀六〇和七〇年代就是如此，大聲疾呼「性革命」的，是他這個世代的人，但他不是其中一分子。

他父親經營一家運動用品店，就在維也納最大一條購物街瑪利亞希爾夫大街上，地段非常好。但是，在一個沒有購買力的時代，地段好有什麼用？年輕時的父親熱情洋溢、勇於冒險，受到當時「新時代」氛圍的激勵，在一九三七年開了店，正好在兩次大戰之間。為什麼是運動用品？父親是狂熱的體操運動員，身為維也納楊氏體操之父協會的成員，他自稱「體操兄弟」。此外，他也是足球選手，效力維也納華卡隊，在約瑟夫・馬哈被交易到奧地利維也納隊後，取代他的位置，很早就在一線球隊占有一席之地。「那個猶太人馬哈因為貪心，反而為我帶來一大筆錢。」他的父親說，「他為了踢一場能拿到十先令的球，交易到奧地利隊，我才得以進入這支隊伍，五先令我就覺得心滿意足了！」

用品店開張了，但是生意冷清。在大量失業、惡性通貨膨脹的年代，連買普通鞋子都沒錢，誰會買足球鞋？當年許多孩子都是光腳上學。父親把店裡的腳踏車擦得晶亮，偶爾賣出一件俗稱「舵背心」——不管什麼原因——的「楊氏運動背心」，在破產的路上跌跌撞撞。一九三九年，他透過人脈，將一大批帳篷與「軍用便當盒」，賣給「少年團」與「維也納希特勒青年團」後，又燃起了希望，但是隔年他便把店收了。一九四四年，父母在佐勒街上的房子被炸毀，他們躲在防空洞逃過一劫，隨後遷入瑪利亞希爾夫大街運動用品店的庫房裡。阿諾斯・艾哈特就在此誕生，所以他母親總喜歡說：「你是在庫房生的小孩。」他覺得這句話就和「當時日子艱困」一樣尋常。念了大學後，他才明白那話嘲諷挖苦得不可思議，他高吼著禁止她再這樣說。又過了許多年，他才明白母親太天真，天真得不該承擔罪過；或者說，她錯在太天真，因此可逃脫各種指責。她把在店裡庫房出生的「小諾斯兒」叫成「庫房小孩」*，對她來說不過是玩熟悉的文字遊戲，那些文字不知怎地四處流傳著。講那句話，是她經歷無助苦難時開的一個束手無策的玩笑。她是「德國母親」，對待身邊人寬厚大方，同理心強，但她自己從未理解這樣的優點遭到了濫用。納粹將他們對女人與母親的想像詮釋成一種理想，那是她認識的唯一理想典範，不可能因為一場戰爭失敗而消失。在艱困時代，這種理想永恆不變；在承平時代，更是越發有效。「樂於犧牲」也是這樣一個詞彙，在兒子上大學後，她更甘於犧牲奉獻。所以當她了不起的大學生兒子回來，罵她是納粹女巫時，她難過得哭了。現在她一開口，常喜歡說：「如果我不在了……你會想念我的。」如果她不在了，屆時他會明白，她為他付出多少；屆時他會遺憾自己對待她多不公平；屆時他會明白這些，明白發生了什麼，明白是如何發生的。在兒子眼裡，她困在往日裡，期待死後能在後人的記憶中取得公平正義。永恆的過去與死後的永生，這兩種永恆，在她的靈魂裡相互碰撞。但艾哈特越來越疏離母親，在餐桌上讀書時，迴避她的目光，迴避和她交談、與她爭執，迴

* 譯註：德文的「Lager」具有「集中營」、「倉庫」、「儲藏室」等意思。

避她的眼淚，他跑到瑪利亞希爾夫大街的店裡，坐在庫房裡讀講義。不過，這不是一種退化，不是回歸「庫房小孩」，而是一種奔向前方的逃亡，逃向這裡呈現的未來。社會上，經濟起飛的跡象顯而易見，父親的生意也逐漸步上軌道。一九五四年舉辦世界盃後，擁有一雙最新型的足球釘鞋，是踢足球的小孩最大的願望。在六〇年代初期的現在，多數父親都有能力幫兒子滿足這個心願。真正的皮球、真正的運動服，一切都要是「真的」，不要替代品，不要有「彷彿像是」的東西，不要再滿足於「手邊現有的東西」，因為不管再怎麼樣，那些東西在貧困時期也能弄到手。如今，店內所有的商品，全都陳列在商店櫥窗和超市貨架上，可以自由購買，也都負擔得起。例如母親直接採買水果優格，而非像以前一樣，把自製果醬拌入酸奶裡。自製的東西是替代品，買來的才是真的。父親的運動用品店生意興隆，所以雇用體操協會時期的舊識徐拉梅克先生當店員，後來還收了一位女學徒，特魯德。

小特魯德十六歲，精瘦結實，穿梭在貨架之間靈活自如。她有如一頭優雅的動物，阿諾斯．艾哈特心想，但不確定這種聯想是否很蠢。她剪了「鮑伯頭」，類似男孩的短髮，當時在年輕女孩中蔚為流行，阿諾斯也覺得這種髮型很時髦。當她穿越窗戶灑落下來的光束時，磨損的藍色工作大衣幾乎變得透明，看得見她身形輪廓，彷彿他的目光具有透視力。她本性非常嚴肅，但是有時候他說了一些事，她也會笑得天真爛漫，把他迷得神魂顛倒。他讀不下書，滿心想著下次如何能再讓她嫣然一笑。他發現，她隨便找個藉口到後面庫房的頻率越來越高，但他事先準備好的笑話並未讓她開懷大笑。

一年後，他們結婚了。結婚時，阿諾斯需要父親的同意聲明，說明戰爭孤兒小特魯德已達法定年齡。

奔向前方的逃亡：那就是搬出家裡。阿諾斯・艾哈特的父親，以前就認識一名黨員同志，那人能夠左右維也納鄉鎮社會住宅的分配。這對年輕夫妻於是搬進弗里德里希・恩格斯大院一間廉價公寓。大院位於第十一區，那一年正在更新公寓外牆的紅色名稱，刪掉了「弗里德里希」與恩格斯的「斯」。在納粹時期，這個社區就只能叫做「恩格大院」。

在經過整修的恩格斯大院，在他們狹小的公寓裡，阿諾斯距離當時熱烈討論性革命的合租公寓和公社非常遙遠。

四十年後，他明白了何謂「美好的性愛」，明白了這種感受真的存在。

愛情和欲望早已各奔東西後，他們仍在一起；在愛情和欲望兩者皆已搬離後，他們仍在一起。尊敬與休戚與共搬入了他們的公寓。在親友圈中，阿諾斯・艾哈特是唯一沒有離婚的人。他總說自己的婚姻很美滿。

那天是星期日，他們睡了懶覺，但不知為何，卻不像平日一樣立刻起床。陽光燦爛，光線從兩扇窗戶照進來，灑落在床上。他凝望著她，忽然背部一陣疼痛，她便把手放在他背上。陽光照得他不住眨眼，接著——他為什麼突然有此舉動？他猛然起身，掀開棉被，撩起她的睡衣。這時，他驀然感覺腰椎一陣短暫刺痛，彷彿被雷打到，於是呻吟了一聲。她褪去衣服，露出微笑。因為驚訝嗎？還是疑惑？他凝視她的身軀，像研究地圖般，仔細端詳每一條皺紋、或紅或藍的小血管、每一處鬆軟的脂肪。在這張地圖上，描繪著兩人共同生活的路徑，一條有起有伏的人生之路。他激動地壓著她，一邊哭泣，一邊推進。滿床的陽光，以及他那透視的目光。忽然之間，狂喜亢奮中，他感覺到兩人靈魂交融成一體。

她笑了。小特魯德。他們靈魂相觸交融。這是個祕密，阿諾斯・艾哈特心想，所以這就是「美好的性愛」了。那給予他至今意想不到的滿足，且一再燃起他的欲望與貪婪：愛撫對方的身軀，直到兩人靈魂交融。

兩年後，小特魯德走了。永恆的愛。但永恆卻如此短暫。

休息一下，抽支菸？

好！

等一下，別去逃生梯，柏胡米說，太冷了，畢竟你已生病，到我辦公室吧！

但是——馬丁・蘇斯曼食指指向上方，他不知道煙霧偵測器的英文怎麼說。柏胡米立刻了解他的意思。

我拔掉了電池，現在不會響了。

柏胡米坐到辦公桌後面，在嘴裡塞進一支菸，像個頑皮少年露出一臉賊笑。馬丁．蘇斯曼在柏胡米對面的訪客椅坐了下來，看向天花板。

安全起見，我還拿膠帶把偵測器封住了。要打火機嗎？

馬丁給自己點了菸。

我是名官員，柏胡米說，習慣做事情一絲不苟。把沒有作用的警報器再用膠帶封住——那不就像在隱喻我們的工作嘛！至少我們不會受凍了。不過，說說看，你在烏克蘭做了什麼？

我？在烏克蘭？你怎麼冒出這個想法？

我聽說的。有個蠑螈說你到烏克蘭去了，他認為你說的話很有價值——

胡說八道！他們哪來的想法？我在波蘭，去了奧斯威辛，你又不是不知道！

所以我才驚訝啊。關於總署大樓內的專案小組，這件事告訴了我們什麼呢？難道那些蠑螈認為奧斯威辛在烏克蘭？

如果他們沒錯呢？奧斯威辛無所不在。

你發燒了。

是的。

你幹麼不回家，好好躺在床上休息？

我在等薛諾普羅的回覆。我必須和她談談。

馬丁要掏出智慧手機時，手指被放在西裝口袋中的奧斯威辛貴賓證繩子纏住。他拿出手機，查看有沒有薛諾普羅的訊息。同一時間，隔著兩間辦公室的菲妮雅・薛諾普羅繼續盯著黑莓機，確認伏里智是否傳來消息。這種同時性不是特意造成，但也絕非巧合，純粹是高或然率的問題，因為菲妮雅每隔一分鐘就盯著手機看。

馬丁拿出口袋裡的貴賓證，把手機放進同一個口袋。

奧斯威辛之行如何？

你看！馬丁邊說，邊把貴賓證遞給柏胡米。

奧斯威辛貴賓，柏胡米念道。太酷了。

把證件翻過來，念一下後面的文字。

請勿遺失此證。一旦遺失，將取消您停留在集中營的資格。——這也……這是——柏胡米把手中的貴賓證翻來覆去——真的嗎？你真的在奧斯威辛拿到的？還掛在脖子上？認真嗎？

當然，十分認真。在奧斯威辛解放紀念日當天，營區不對外開放。參與活動的，全是來自相關國家的領袖、高階代表與外交官，自然會採取安全措施。我的意思是，這點我理解，但是——

但是，這個貴賓證就像個惡劣的玩笑，像滑稽嘲諷的諧仿——

是的，一切都是。我在營區大道上點菸時，就是火葬場廢墟前面，冷不防出現一位制服人員，告訴我奧斯威辛禁止吸菸。

柏胡米搖搖頭，吐出一口菸說，希特勒不抽菸——很荒謬吧。集中營裡可以買到熱飲的自動販賣機也一樣，生產販賣機的公司就叫做「享受吧」！奧斯威辛冷得要命，我很開心能買到熱咖啡。但是，我們之所以瞠目結舌或受到驚嚇，也許在於沒有預期會在那兒看見這種正常狀態。我的意思，這個貴賓證不是什麼挖苦嘲諷的諧仿作品，反而十分正常。是因為我們身處那個地方，才會覺得異常荒謬，覺得應該換種措詞、換種設計。我們會認為必須多少不一樣，是因為身歷其境。但是，如果現在反過來，把普遍之事、習慣之事，放在這道光下審視……你懂我的意思嗎？所以我剛剛才說：奧斯威辛無所不在。只是我們沒有看見而已。若是看得見，我們就會理解正常狀態中的異常與惡意嘲諷；而在歐洲，那種正常狀態本應是對奧斯威辛集中營的回應，是從歷史中汲取的教訓。你別誤會我的意思，那無關乎貴賓證的遣詞用字應該更敏銳，或者應把咖啡販賣機設計得更肅穆，基本上我的意思是——

好的，可以了。柏胡米捻熄香菸。他覺得這段對話太哲學了。他生性開朗，認為要成為具有批判性的當代人，只要一點點嘲諷就夠了。他對事業雖然沒有野心，卻也沒興趣拿既有的東西或可能得到的東西冒險。他喜歡馬丁，可是有時候又受不了他的多愁善感。他若有所思注視著眼前的菸灰缸。菸灰缸是由黑色生鐵製成的非洲人卡通塑像，突出的厚嘴唇、頭髮捲曲、圍著樹皮短裙，手掌比成一個碗型承接菸灰；他坐的基座上，以法語寫著：「剛果接受比利時文明。」菸灰缸是他幾年前在布魯塞爾球戲廣場的跳蚤市場買的。

你知道——馬丁又開口說。

什麼？柏胡米說。

這時，卡珊德拉走進來，一看見滿室煙霧，隨即楞住了。馬丁現在才發現眼前有菸灰缸，立刻在裡頭捻熄香菸。柏胡米忽然大喊：失火了！救命啊！文件！文件被燒了，快叫消防車啊！他放聲大笑，站起來打開窗戶。別擔心，他說，我幹掉煙霧偵測器了。

你們真像小孩子，卡珊德拉說。馬丁！有人找你！薛諾普羅要找你談談！

豬在一夜之間成了媒體寵兒。起初只是免費報紙《都市日報》上的一篇短文，報導幾個人在聖凱薩琳看見一頭到處亂竄的豬。筆調極盡嘲弄，彷彿那些人聲稱看到的是飛碟；文章還配上可愛豬仔的檔案照片，圖說寫著：「誰認識這頭豬？」接下來，越來越多人打電話到編輯部，電子郵件也大量湧入，都說自己遇見了豬，並且抱怨向警方報案，警方卻沒有認真看待。他們還埋怨文章筆調和配圖不夠嚴謹，淡化問題的嚴重性，欺騙了大眾，因為那是頭有攻擊性的大豬，或許是野豬；總而言之，會造成公眾危險。

《都市日報》看出了這個故事的潛力，做成頭條追蹤報導。他們採訪聖凱薩琳區域的居民，「憂心忡忡的居民」感覺自己遭到政府當局遺棄，有頭瘋野豬在大街上橫衝直撞，他們不知道是否該讓小孩在無人陪伴下去上學，或者讓婦女獨自外出。名叫愛諾絲．福里爾的女士詢問《都市日報》編輯部，是否推薦拿胡椒噴霧罐來對抗野豬。《都市日報》請教布魯塞爾自由大學庫特．范德寇特教授，得到了否定的答覆。范德寇特教授認為，胡椒噴霧罐只會讓學名為「*Sus Scrofa*」的野豬行為更加不可預期，胡椒就和鹽與芹菜一樣，只推薦烤豬肉時使用。後來才發現，這位原本沒有名氣的范德寇特教授，是專門研究狼行為的專家。他的蹩腳笑話在社群媒體引發了一場屎尿橫飛的風暴，星星之火從此燎燒到其他報紙。《晚訊報》採訪了中央警察局局長，他是法蘭德斯人，早就名列報紙的狙擊清單，報紙希望藉機利用這人切腹自殺式的幼稚愚蠢來處決他。（「您採取了何種預防措施？」「我已指示市立捕犬隊，一旦看見那頭豬，立刻捕獲。」「為什麼找捕犬隊？」「我們有許多流浪狗，因此成立了捕犬隊，但我們沒有捕豬隊。」報紙最後對此次採訪下了註腳：「該計畫完美得如同他的法語一樣。」）越來越多目擊者通報消息。《早報》每日刊出布魯塞爾首都區的地圖，用小旗子圖示出目擊到野豬的時間與地點。最後發現，豬根本無所不在，例如有一天在安德萊赫特被人看見，沒多久卻出現在烏克拉，然後又有人在莫倫比克目擊。

范德寇特教授竭力想恢復名聲，所以在《早報》刊出一篇力圖客觀的評論。他把一頭豬全力狂奔時的最高時速，與牠跑過的距離進行比較，純粹從實證上來看，最後只有兩種可能：論述一，不是只有一頭豬，而是有好幾頭。因為根據路線與時間圖表來看，一頭豬不可能無所不在，跑遍被人目擊到的所有地方。論述二，根本沒有什麼豬，而是不負責任的緊張民眾腦中虛構出來的，也就是歇斯底里的集體投射。雖然歷史中不乏這類集體歇斯底里的案例，例如紐倫堡的城市史就記載，一二二一年有人看過獨角獸。不過他懷疑布魯塞爾的豬真的可與此相比，畢竟所有歷史案例都與神話生物有關，而非馴化後的真正動物。此外，自中世紀末期以降，再也沒有人見到或描述過這類具備「無所不在」超自然特性的神話動物。他由此歸納出，在這個案例中，既不是虛構的豬，也不是單一的豬，而是一群豬在布魯塞爾不同地方被人目擊到。

一群豬！那警察局長在做什麼？

第六章

可以計畫未來回歸嗎？

不論人生如何，過去都形塑了未來。

很難說得清楚，為什麼這句話讓菲妮雅．薛諾普羅感到幸福；或者，「幸福」兩字若是太誇張，至少她是心情愉快的。伏里智打電話了，終於來電告訴她，近期沒有什麼機會調到其他總署。執委會不久前才重新改組，主席期待各個官員，尤其是領導階層，先在各自職位上證明自己的能力。現在談調職或更動主管為時過早。**不過**（But），伏里智特地在「不過」兩個字上加強語氣，停頓了一下，強調這消息接下來令人安慰的一面。但是，菲妮雅腦子裡先想到了電影《巴黎最後探戈》中的奶油（Butter），然後是蝴蝶（Butterflies），她感覺到胃裡彷彿有蝴蝶翩翩飛舞。總之，她產生了這樣的聯想。伏里智又說了一次「不過」，她在奎諾和其他位高權重者的雷達範圍內，工作表現至今大受肯定。現在問題不在於她的期望，而是她應該持續受人關注，隨時展現自己。菲妮雅仔細傾聽，她沒有感到失望，這樣不錯，是的、是的，這樣子很好——她不記得他接下來說了什麼，中間如何話鋒一轉，總之，他忽然說出：「不論人生如何，過去都形塑了未來。」這句話不時迴盪在她腦海裡。掛掉電話後，她花了點時間思索這句話的含意，又把句子翻譯成自己的母語。她發現，不僅國際條約與法律在翻譯時講究字斟句酌，精細入裡，翻譯這種個性十足的東西也一樣——個性十足的什麼？句子。簡單的句子。關於人生，她的人生。但她訝然發現，有如法律條文一樣精確的人生金句，翻譯成希臘文時，卻需要不同的詮釋，導致這句話混亂不堪……應該把「the past」翻譯成哪個詞呢？希臘語裡，「parelthón」（過去）和「istória」（歷史）都無法與「the past」廣泛相符，「the past」多少也涵蓋了「history」。是指發生的一切嗎？發生在誰身上呢？個人歷史嗎？所以是經歷，例如傳記？或者是普遍共有的所謂的世界史？在英語中，雖然一切都是開放的，卻感覺十分精確。翻譯成希臘語時，必須釐清這些問題，因此多少受到局限，沒有那麼明確。這都是詮釋不同所造成的問題。過去，有定義明確的起點與終點嗎？或者，始於何時、是否終結，始終毫不清晰呢？過去，會重複？抑或只發生一次？這些問題都會左右希臘語的時態句型。英語中使用現在式，翻譯成希臘語時，根據如何定義「過去」在做什麼或曾經做了什麼，而必須選擇不定過去式或過去式或完成式。她覺得開心的是，這句英語貼切表達出：她的出身與人生相互牴觸——這種認知，或許可說翻譯或至少有效詮釋了「不論人生如何，過去都形塑了未來」這句英文。

她請人叫馬丁．蘇斯曼過來。他終於走進她辦公室，猶豫了一會兒才站定。菲妮雅．薛諾普羅露出微笑。他心生納悶，這不是他認識的她。他沒見過她面露笑容迎接他，不熟悉她竟也有和善的表情。他有可能只是會錯意。她那麼欣賞他的提案嗎？這點倒是出乎意料。他本來後悔自己在發燒狀態下完成提案，沒有多加檢查就寄出了，但話說回來——

是西裝的關係，馬丁身上那件皺巴巴的廉價灰色西裝。菲妮雅心想，稍有一點點優雅品味的人，絕不會買那樣的西裝；不過，完全不在乎優雅理念與要求的人，也一樣不會買。這種人或許會隨意穿上實用但舒服的衣服，卻絕不可能穿上這類灰撲撲的老鼠裝。菲妮雅注視著馬丁，想像他走進服裝店，站在與他風格迥異的男士專櫃前，在衣架上好幾套西裝之間翻來挑去，忽然看到這套灰色西裝，說：我想要試穿這件。

馬丁，請坐。

想像他在試衣間套上這件西裝，端詳鏡子裡的自己，心想：嗯，非常合身！接著在鏡子前面稍微走動，左右打量一番，最後對店員說：我就穿著了！她就覺得很滑稽。

她費力壓下大笑的衝動。

馬丁覺得開心，同時又隱隱感到不安，一時間不知所措。

妳看過我的提案了嗎？他問道。

當然看過了，她說。她無法不去注意他的外表，笑意滿盈的目光像扎入巫毒娃娃身上的針。他永遠穿著這麼一套灰色西裝，沒見他穿過別的。她想像他需要一套新西裝。但唯一能讓他認出鏡子裡那個自己的新西裝，也同樣會是灰西裝。若穿上其他顏色，他會認為那個人不是他。習慣並無法給人安全感，只會讓人覺得不安全。任何事都一樣。細條紋西裝，太正式；藍色西裝，夜晚穿或許可以，但不適合白天；淺色亮面西裝，太像花花公子了。任何圖案與時髦的剪裁，都不適合工作場所，辦公室畢竟不是伸展舞台。菲妮雅想像店員如何挖空心思拿出不同的選擇。不、不，馬丁開始冒汗，慌張得不知所措。他可能會說，灰色西裝就好了，我就買灰色的，那就是我的風格。就是那件灰色西裝。

菲妮雅．薛諾普羅垂下頭。她事先列印了馬丁的提案，放在面前辦公桌上。她中指輕輕滑過紙張，滑過去又滑過來，滑過來又滑過去。接著，她抬起頭，看著馬丁說：奧斯威辛！你在想什麼？我必須承認，看到這兒時，我嚇了一跳。我覺得你——等等！這段：奧斯威辛是歐盟執委會的誕生地。就是這裡！我覺得這太荒謬了。怎麼回事，馬丁？你生病了嗎？

他滿頭大汗，用手把額頭上的汗往後抹到頭髮裡，說：沒錯，我病了幾天，是在——在旅途中著涼的，不過現在好多了。

好吧。但你可以解釋一下嗎？我們需要的理念要能夠，不，是必須成為週年大慶的核心。我們都同意：週年大慶只是個動機，而非理念。所以，該如何讓公眾注意到執委會的存在有其必要，甚至是，我該怎麼說呢？甚至是認為執委會性感誘人、有點能耐——她清清嗓子——嗯，讓大眾喜歡我們的存在，對我們滿懷期待，與我們有所連結。你懂嗎？這就是理念。而你卻寫了奧斯威辛。

半小時前，他在柏胡米辦公室吞雲吐霧時，若是聽到薛諾普羅說他的提案完全是無稽之談，必須予以摒棄並且從此忘掉，他會覺得鬆了口氣。他雖害怕出現這樣的結果，卻也不無期待。他那時想，寧可遭受一時的羞辱，也不要再花心思處理這件無疑會在總署處處碰壁、最後變得棘手的案子。但是現在，她的態度令他無法接受。他汗流浹背坐在這個銅牆鐵壁般的女人對面，她臉上起初令他意外但其實宛如經過修圖的笑容，現在顯得矯揉造作、愚蠢空洞。他已經——

我已經在提案中解釋為什麼要以奧斯威辛為出發點。好吧，雖然只有幾個關鍵字，但我以為——

那就再解釋一次給我聽吧，馬丁。

她站起來，下半身穿了條黑裙，紅色拉鍊斜過裙面。馬丁心想，她的裙子好像被劃了一刀！不過，拉鍊設計得瞬間就能夠拉開！

喝咖啡嗎？她有張小邊桌，放了自己專用的雀巢膠囊咖啡機。要牛奶嗎？糖呢？馬丁搖頭。她又回到辦公桌後坐下，兩手抱著咖啡杯，馬丁不由得想到，他在奧斯威辛也是這樣端著咖啡杯暖和凍僵的手指。

馬丁咳了幾下。抱歉，他說，但那正是執委會的創立理念，明文記錄在創建文件中，就在當時的意向說明與附帶協議中！好，那看起來或許有點抽象，但其實也非常清楚：執委會並非國際組織，而是超越國家的機構。它不協調國與國之間的事務，而是位於國家之上，代表歐盟與其人民的共同利益；也不尋求國家之間的妥協，而是透過後國家主義的發展，亦即尋求集體共同發展，消弭傳統的國家衝突與矛盾；其核心重點在於結合歐洲大陸的人民，而非分離他們。莫內曾經寫道——

誰？

尚．莫內。他曾經寫道：國家利益是抽象的，歐洲人的共通性才是具體的。

菲妮雅看見有封電子郵件進來。她說：好，然後呢？國家、超國家——對她來說全是詭辯，她出身賽普勒斯，但國籍上屬於希臘人。她看見發郵件的人是伏里智。她開啟郵件，又說：那和奧斯威辛有什麼關係？

馬丁說，何謂執委會，或者執委會應該是什麼樣貌，唯有走一趟奧斯威辛，才有辦法切入思考。一個能夠讓各國逐漸放棄國家主權的組織，且——

幾點？在哪裡？菲妮雅在鍵盤上打著字。（伏里智問她是否有時間？想不想和他共進晚餐？）

奧斯威辛！馬丁說。奧斯威辛集中營的受害者來自歐洲各國，全部穿上同樣的條紋囚衣，全都生活在同樣的死亡陰影中。一旦倖存，倖存者的願望也只有一個，那就是未來要永遠能夠有效承認人權。在歷史上，沒有一處地方像奧斯威辛這樣，集結了歐洲不同的身分、精神與文化、宗教、所謂的不同種族、曾經敵對的世界觀；沒有一處能像這裡，創造出全人類的基本共通性。國家、國家認同，在此全部作廢；不管是西班牙人或波蘭人、義大利人或捷克人、奧地利人、德國人或匈牙利人，全都失效；宗教、出身，一切都匯融成一種共同渴望，那就是活下來、活得有尊嚴、活得自由自在。

義大利菜？（伏里智）

好！（菲妮雅）

正因為有這種經驗以及不允許再犯下這類犯罪的共識，團結歐洲的計畫才得以實現。我們也才會在此！所以，奧斯威辛是——

菲妮雅頭看著馬丁，用英語說：**但是**——

這就是理念！克服國族意識。我們就是這個理念的守護者！奧斯威辛的倖存者就是我們的證人！他們不僅是集中營犯罪行為的目擊證人，也見證了從那場犯罪行為中產生的理念，那理念就是：經過驗證，某種共通性確實存在，而——

蒂菲尼雅義大利餐廳，蒙塔格尼街十六號，晚上八點？（伏里智）

好的！（菲妮雅）

馬丁感覺薛諾普羅若有所思，於是又補充：保障生命尊嚴、生活幸福與人權，全是自奧斯威辛慘劇以來永恆不變的要求，不是嗎？這點人人了然於心。我們必須清楚闡述，我們就是提出這種要求的機構，決意要守護這份永遠有效的協定，絕不再重蹈歷史的悲劇——這就是歐洲！我們就是歷史的道德良心！

菲妮雅目瞪口呆看著他。沒想到這個大汗淋漓的灰西裝男竟然如此激動亢奮。

有人為此付出生命，他們的死亡是種犯罪。單一個體的死亡是毫無意義的，但是結果卻影響深遠：他們最終付出了生命，而這將永留青史！

那聽起來就像從她過往歷史的黑暗深窟傳來的回音，彷彿像在說：在死亡中永恆不朽。不過，薛諾普羅此刻尚未真正意識到這點。

她注視馬丁，表情凝重，專注思索著。馬丁納悶自己是否說服了她，但他其實還沒把他的論點講完。

菲妮雅．薛諾普羅很少想到自己的事。即使有，思考的也多半是機會與目標，而非想到自己的感受與情緒。廣義而言，幸福對她來說，是那種沒有情緒起伏的理想狀態，也就是不受各種心情糾纏。而她認為情緒就是心情。

你有菸嗎？

有，當然有，馬丁驚訝說道。

薛諾普羅起身，打開窗戶，說：可以給我一支嗎？

我不知道妳也抽菸。

偶爾抽，抽得不多。一支就好。

窗戶開了一道縫，他們緊靠著彼此，擠在窗旁角落吞雲吐霧。馬丁等著她開口，感覺她有話想說。但她只是使勁吸著，亂吐一通，像是不太會抽菸似地繃著臉。天寒地凍，冷風刺骨。最後馬丁說：這是最後的機會！

她詫異地看著他。窗戶開著，天氣嚴寒，馬丁本來還想，他們應該要再靠近點好取暖，但她臉上的表情卻讓他嚇得微微拉開兩人距離。她說：你說什麼？

活下來的人越來越少了，馬丁說，再過不久，從集中營倖存的人將會一一離世。週年大慶的焦點必須是他們。所以週年大慶的理念是：他們見證了民族主義在以前歐洲造成什麼樣可怖的罪行，同時也證明了因為集中營的存在而顯得清晰透徹的共通性，那就是⋯⋯

窗邊真是他媽的冷。

⋯⋯執委會就是代表尊嚴與法律狀況的共通性，因此⋯⋯

馬丁把菸蒂丟出窗外，往後退一步。薛諾普羅一樣把菸蒂往外彈，關上窗戶。

知道還有多少人活著嗎？

我不清楚，只知道參加上屆奧斯威辛解放週年紀念的人不到二十個，年紀估計大概介於八十五到九十五歲。幾年前，參加的人數還超過兩百。

好，那就調查清楚有多少人還活著，接下來我們必須討論具體執行事項，要怎麼讓他們成為週年大慶的焦點。所有人，或者——你知道我現在腦海浮現什麼嗎？有數千人——

不可能還有這麼多人活著！

不是，等一下！我們把他們和家人都邀請來，他們的孩子、孫子、曾孫，這樣或許就有上千人。然後，該怎麼說——她大手一揮——然後，我們象徵性把自己比喻成他們的孩子，把我們的孩子比喻成他們的孫子——

我不是很清楚具體狀況，不過我想奧斯威辛倖存者的後代大部分都不住在歐洲。

是啊，但又如何？會有不同嗎？好吧，也許有。那麼——

她思索了一會兒，接著說：你提案中的其他要點都沒有問題，就維持原樣。那些都是舉辦這類活動必須考量的一般事項。不過，我們現在急需的是事實和數字，例如還有多少人仍在世，尤其是住在歐洲？

她又陷入思考。馬丁心想要不要回去坐下。但薛諾普羅沒打算坐下，反而站在窗邊往外看。最後她說：或許一個就夠了。基本上我們只需要一個象徵人物，象徵統一的歐洲、象徵共通性，以及我們的工作所具備的抱負與權利。

她一開始希望有上千人出席，現在又只要一個，舉棋不定，到底要他怎麼規畫？他注視著她。她則往下看，拍掉襯衫上的菸灰。

艾哈特教授參加「歐洲新協定」檢討小組第一次會議，是唯一拿著公事包的人。情況真的很古怪。他自己立刻察覺到了，感覺別人也注意到了這一點。不管他們覺得好笑或只是感到驚訝，總之他們注意到了。

他最後一個到達會場的人，因為剛才迷路了。會議在律法街上歐盟理事會大樓後側的皇宮飯店舉行，這個地方不太可能會錯過。從舒曼地鐵站一出來，飯店其實就在眼前。可是，理事會大樓旁邊正在施工，人行道封了起來，圍著鐵欄杆與水泥擋柱。他以為必須繞過工地，才能走到理事會大樓後面，於是沿著律法街繼續往前。但他始終找不到機會左轉，沒辦法走到一條與律法街平行的路，讓他能抵達理事會大樓。這時，馬爾貝克地鐵站入口映入眼簾，他已經從舒曼地鐵站走到了另一個地鐵站。不可能要繞這麼遠的路！但話說回來，他看不到其他可能性，只好猶猶豫豫再走一段，終於出現一條可以左轉的小巷子。他左轉，走進特雷韋路；又繼續左轉，進入雅各．德．拉萊茵街。他讀著路名，看見讓自己迷失方向的街道有名字，彷彿安心了一點。他停下腳步，從公事包拿出布魯塞爾地圖查看，如果從雅各．

德．拉萊茵街再往下，會走到埃特爾貝克街。埃特爾貝克街在律法街南邊，沒有機會從這條路回到理事會大樓後面，至少從地圖上看不出來。他只好原路折返。終於走回工地時，他發現鐵欄杆和黃色擋板之間，有道不起眼的開口，通往皇宮飯店。

他走進飯店，自然不知道接下來該往哪兒走。大廳中央有個詢問台，坐著兩位女孩，親切回覆艾哈特教授的詢問。她們不知道歐洲政策中心位於建築物何處，也沒聽過「歐洲新協定」智庫小組，能否提供人名呢？艾哈特教授報上自己的姓名，女孩把名字鍵入電腦查詢，笑容可掬說：不好意思，真的很抱歉，但這裡找不到您提供的名字。那是我的名字啊，教授說，我以為妳的意思是……好的，我想……請等一下！他打開公事包，拿出事先列印的第一次會議細節的電子郵件，說：這裡，品托先生，歐洲政策中心，歐洲新協定第一次檢討小組會議。妳看！馬克斯．康斯塔姆廳，五樓——

噢，女孩說，沒有問題，在五樓！請由後方右邊電梯上樓。

因此，他最後一個進入會場。不過他也不算遲到太久，如果沒有迷路，反而來得太早。由於擔心遲到，他總是最早一個到。

由於右手臂發疼，他一路將公事包拿在左手，後來連左手也陣陣抽痛。他把公事包抱在胸前，希望藉此舒緩雙手負擔，但看起來反而像把公事包當作盾牌，彷彿害怕得必須武裝自己。這就是他走進會場時給人的印象。

有個笑容燦爛的人迎面而來。

艾哈特先生嗎？

是的。

奧地利來的教授！

從維也納來的，是的。

那名男子說：我是安東尼奧．奧利維亞．品托，這次檢討小組的組長，非常歡迎您前來參加會議。他的德語十分流利。

很抱歉，我遲到了，因為工地——

沒錯，男子開懷大笑，歐洲就是個亂七八糟的工地。這正是我們聚集在此的原因，我們的工作便是討論究竟要在歐洲建造什麼。

我不是建築師——

哈哈，典型維也納的客套，是吧？很好。好的，我建議您先喘口氣，休息一下，二十分鐘後，我們將在會議室開始介紹與會者。不是建築師，哈哈哈，很棒！

阿諾斯．艾哈特抱著公事包，環顧四周。一張長桌上，擺著自助餐點，男男女女圍著一排高腳桌站著。他們全是智庫成員，正使用塑膠叉子享用紙盤上的食物，一邊聊天，一邊看向這兒；或者，他們沒有交談，而是面露笑容，望向這兒。

阿諾斯．艾哈特這時又把公事包拿在左手，想騰出右手拿紙盤。但是，該怎麼把冷麵沙拉或烤牛肉放在紙盤上？他把公事包夾在左脅下，左手拿著紙盤，右手從沙拉碗裡吃力舀著冷麵沙拉……忽然，公事包掉到地板上。他蹲下身撿起包，已舀到紙盤上的冷麵沙拉卻滑落地面。他只好再放下公事包，但一個沒放好，反而翻倒在地。說也奇怪，公事包不過是躺在地上，而非立著，竟讓他緊張了起來。他把公事包拿到牆邊靠著，但又莫名覺得不安，因為那道牆離自助餐點太遠了。於是他放下盤子，又拿起公事包帶著，夾菜時就放在兩腳之間。好了，現在只要走到某張高腳桌旁就行了。他右手努力拿好紙盤，左手端著蘋果汁，兩腳間夾著公事包，小碎步往前移動，但途中差點絆倒，最後乾脆輕輕踢一下公事包，往前走一步，然後再踢一下，一步步把公事包移向高腳桌。他或者該說他的包，就這樣成了眾人注目的焦點。艾哈特教授發現，在場沒人的包像他的一樣。有些人背著背包，背似駝峰，自信滿滿，兩手空空站著；有些人身旁擺著登機箱，漫不經心地把手搭在上面。只有他這個老人拿著書包。

那個確實是他上學用過的書包，在他中學高年級年紀很大時才拿到的。之前家裡沒錢給他買書包。應該說，父親認為買書包是非必要支出，畢竟他店裡有很多的運動袋。那些運動袋由帆布製成，有點像水手包，袋子以細繩束口，繩子綁成環後當把手使用。基本上，那算是大一點的運動束口包。他的父親好歹也是老闆，也就是企業家，竟強迫他拿這種沒有其他學生拎的奇特袋子，走去阿莫寧街上的中學上課，讓他覺得很丟臉。後來終於收到真正的書包時，他簡直開心得上了天。手工縫製的皮革新書包，是父親在魏貝格商店以漂亮的優惠價格買來的。那是一家「精緻皮物製造商」，位於瑪麗亞希爾夫大街上，距離運動用品店不遠。先前魏貝格皮包匠幫自家兒子買滑雪用具時，父親給了他不錯的折扣。

阿諾斯對這個皮書包感到無比驕傲，連睡覺也要放在床邊，就為了一覺醒來立刻能看見。整理隔天上課書包時，他喜歡晶亮的鎳製扣環扣合時發出的清脆喀嚓聲。他時不時拿油脂膏保養書包，免得皮革裂開。如果想把書包背在身後，有條皮帶可以穿過書包後面的套圈，不過阿諾斯從未用過皮帶，寧願像個成人一樣拿在手中。不知何時，皮帶也不見了。

後來出現了時髦的書包，五顏六色，圖案花俏，由某種人工材料製成，其實那不過就是經過塑膠加工的厚紙板。阿諾斯看見孩子背著可笑的史努比和蝙蝠俠箱型書包上學，心情混雜著厭惡與同情。皮書包陪伴他至今，皮革變得較軟，泛著一層漂亮的銅綠光。遇到像今天這樣的機會，他會把什麼都裝進包裡。一份透明資料夾裝著兩張寫著關鍵字的紙，他和其他人一樣，需要在開場時致詞五分鐘；另一份透明資料夾放著列印出來的電子郵件，那是品托先生事前寄給他準備會議用的；一本檔案夾裡放著他的歐盟改革方案，只要有機會，他希望能夠呈現給各國與會代表；還有一本筆記本與鉛筆盒。他很好奇其他人鼓脹的背包和登機箱裡到底裝了什麼？

在高腳桌旁，大家先寒暄了一番。喔，您就是艾哈特教授？很榮幸認識您。很高興。非常高興。我是某某某，我是誰誰誰，好的，我的名字是……各式各樣的身分與頭銜。很開心認識您。很高興認識您。有個法國人開口說話，艾哈特學生時期學的法文不足以聽懂對方的法語方言，但後來才發現他講的是英語。艾哈特低頭吃著冷麵沙拉。這時，奧利維亞．品托拍拍手，高聲說道：各位女士、先生，麻煩各位，不好意思，我們會議要開始了。

會議進行得很快。艾哈特教授感覺這裡已不適合他；或者說，他沒有機會向大家介紹事先準備好的訴求。其他人顯得氣味相投，唯有他格格不入。他收到通知，這個新智庫小組一年召開六次會議，一次為期兩天，最後要提交報告給執委會主席，記錄他們的分析結果，以及如何解除危機與鞏固歐盟團結等建言。要在分散於一年之中的短短十二天內，建構出解決歐洲危機的方案，讓阿諾斯．艾哈特十分驚訝。不過，他也把此次邀請視為向歐盟體系注入自己理念的機會。

現在，他們所有人圍坐在馬克斯．康斯塔姆廳。阿諾斯．艾哈特從包裡拿出記錄他初次發言關鍵字的紙張，其他人從背包或登機箱取出的不是筆電就是平板。安東尼奧．奧利維亞．品托笑容爽朗，正處於人生幸福顛峰的他說：再次歡迎各位出席此次會議。忽然，砰的一聲，艾哈特旁邊的女士嚇得頭一縮，另有個男士從座椅上彈起，還有個人腿上的筆電滑了下去。怎麼回事？有隻鳥撞上了窗戶玻璃，嗯，是這樣沒錯——有人聲稱目睹了過程，說有隻黑色的大鳥……大家紛紛躍起，擠到窗戶前。玻璃上果然有片小血跡，還有一根羽毛黏在上面。

阿諾斯．艾哈特骨子裡極度保守，卻將在本次會議上變成悲情的革命家。

艾米利．布侖孚特督察如果沒有被迫休假，絕對抽不出時間去看醫師，或許也就不會試圖破解「阿特拉斯謀殺案」的謎團了。

現在他光著上身，解開褲頭，躺在醫師的診療床上，心情抑鬱不安，恐懼席捲全身，一種令人癱瘓無法動彈的無聲恐懼。深呼吸！呼氣！這種恐懼令他喘不過氣來。稀奇的是，布侖孚特雖然經常面對屍體，卻從來沒想過自己會死。活下來的人永遠是他，況且他的任務是將對死亡負有罪責的人繩之以法，接受公平的制裁。那制裁通常叫做「終身監禁」，即使犯人提前獲釋，生命也像永遠看不到邊際，不知何時才能終結。

驚險萬分的追捕過程、爆發槍戰等等場面只出現在電視上，並不存在於他的工作之中，即使有，也有專人處理。執勤這麼多年，他一次也沒遇過，從未陷入必須面對死亡的恐懼狀態。但是，他現在人在醫師這裡，對方不是病理學家也不是法醫，而是普通的診所醫師，剛為他做檢查，在他身上這裡壓壓，那裡拍拍，此時——

布侖孚特扣上襯衫鈕扣，醫師正在寫轉診單，要他到大醫院進一步釐清症狀，此時——

此時，他忍不住想到死亡。他自己的死亡。這不是虛張聲勢。醫師確實有所懷疑，心裡多少有底，大醫院將會證實他的懷疑或已知之事。致死的疾病。一瞬之間，布侖孚特毫不懷疑看見醫師開具他的死亡證明。他感覺這一刻很不真實，卻又前所未有極端體驗到自己是真實的。就像忽然迷失在濃霧中的人一樣，與世界遙遙脫離，同時又與自己緊密相依。恐慌與求生意志撕扯著身體，他的頭高燒灼熱，胸膛卻濕冷麻木。醫師打著鍵盤，節奏零零落落，眼睛盯著電腦螢幕，眉毛時不時往上揚，敲擊、敲擊、敲擊、停下、按滑鼠、停下、敲擊、敲擊、停下，接著猶如打鼓似地快速敲擊鍵盤，忽又戛然而止，就像接上放大器的心跳衰竭聲。布侖孚特感覺像練習把句子翻譯成剛學到的外語，腦海中一步步冒出種種問題，過程緩慢且沒有把握：該怎麼反應？我，會變成怎麼樣？拿到白紙黑字的診斷結果時，我該如何反應？奮起反抗？我想要反抗嗎？我會崩潰、放棄自己嗎？自我欺騙、讓人欺騙、瘋狂抱持著期望？會自憐自哀？性欲呢，我還有欲望嗎？學習感覺欲望，為那最後的歡愉？我會氣憤嗎？還是變得溫柔？對誰溫柔呢？

醫師清了清嗓子，布侖孚特忍不住笑了。以前，生病曾經像置身天堂那般寧靜美好。轉瞬間，頂多一秒，他腦海浮現自己舒服地蜷縮在柔軟的羽絨被裡，不用去上學，母親溫柔把手放在他滾燙的額頭上，無微不至照顧，泡茶給他喝，還煮了他最愛吃的菜增強他的體力。他打盹，做夢，讀書，從同情與擔憂中，甜蜜體驗到愛。還有，確信自己會恢復健康，一切都會沒事的……。

醫師正在講電話：明天一大早沒辦法嗎？……了解……那下午一點呢？……好的！非常謝謝您！

明天下午一點到歐洲聖米歇爾醫院，醫師說，盡可能空腹。請帶著這份轉診單！釐清病狀，也就是進行必要的檢查，大概需要三天時間。如果超過這個時間，您應該還是可以回家過週末，到時候由主任醫生德呂蒙博士決定。我剛和他通過電話，您在他那兒會受到最好的照顧。

這時，艾米利．布侖孚特身上發生了奇怪的事情：恐懼拯救了他。先是真真實實的感受，最後是想法：解脫。

宣判死亡，或者這樣說，理解人終將一死，驀然間讓他獲得解脫，進而促使他採取行動。他必須完成該做的事情。警察休假時間嚴禁獨自進行調查，但是現在有什麼懲處可讓他害怕呢？知道來日不多，卻不有所作為，這才是他唯一害怕的懲罰，那是最折磨人的死亡。太誇張了嗎？歷史無異是激情和平庸之間的鐘擺運動，凡人一下子被撞往這兒，一下子被撞向另一邊。

布侖孚特督察站起來，俯視醫師，那個眼神曾經是他祖父的眼神。布魯塞爾有條街道就以這位知名的反抗鬥士命名。小時候，他非常害怕祖父這種眼神。當小艾米利輕微發燒、流鼻涕、喉嚨痛，躺在床上喝著母親煮的鼠尾草茶，感覺生病宛如身處天堂般美好時，祖父出現在他面前，居高臨下俯視他說：沒有生病這回事，唯有倒下，才叫做生病。而那時候人已經死了。

母親正好端著茶走進房間，大喊說：你胡說什麼啊？讓孩子安靜休養！為什麼要嚇唬他？布侖孚特收下醫院轉診單，向醫師道過謝後就離開了。他在腦海裡居高臨下看著那個孩子，那個以前的他。那孩子嚇壞了，非常害怕。但他不會。

他現在要起而反抗，一直堅持到倒下為止。法律、自由！

他緩緩走向市中心，還有時間可以消磨。他約了朋友菲力普．高提耶一個小時後見面，就在大廣場購物長廊中的奧根布立克餐廳。

他在大廣場的「紐豪森」巧克力店買了杏仁糖——

我要買這個，請把九片糖裝成一小盒！

九片「渴望」！好的。要包裝成禮物嗎？

是的，麻煩您。

女士收到糖會很開心的。「渴望」是我們店裡最美味的杏仁糖！

哪位女士？這是送給我自己的。

噢。

布侖孚特看著店員，忽然心生同情，也同情起自己。雖然那不過是她想像的購物情況，但他破壞了恬適美好的氣氛。他怎麼如此粗心？他不能再允許自己輕率了。他付完錢，收下包裝精美的禮盒，然後說：我改變主意了。我想把杏仁糖送給一位女士——一位今天笑容融化我心的女士。

說完，把禮盒遞給女店員。

然後轉身跑開。

他心想，只要羞愧感燃燒得比死亡恐懼更熾烈，一切就不會有事的！不會有事嗎？

他抵達奧根布立克餐廳時，只比約定時間提早十五分鐘。他喝著香檳，等待菲力普。菲力普是布魯塞爾警察局電子資料處理中心主任，比他年輕十五歲，即使年齡有差距，仍成為他的摯友。兩人之所以特別契合，在於他們都是皇家安德萊赫特足球俱樂部（RSC Anderlecht）的球迷，從未錯過一次主場比賽，並自稱「披濕圍巾的人」——他們以球迷圍巾擦拭淚水，圍巾從來沒乾過。某次下班一起喝杯啤酒時，兩人發現彼此英雄所見略同。當時足球俱樂部爆出令人吃驚的賄賂醜聞，在歐洲冠軍聯賽準決賽第二回合迎戰諾丁罕森林足球隊之前，賄賂了裁判兩萬七千英鎊。他們都認為醜聞發生後，俱樂部必須釋出象徵重新出發的訊息，即使非常簡單也行。例如稍微改變名字，就足以表明俱樂部從現在開始要重新出發，不再與腐敗和賄賂掛上等號。皇家安德萊赫特足球俱樂部，應該怎麼改名呢？布侖孚特說，去掉R就行了，反正只是表態而已。

為什麼是R？

Le Roi（君王）、la Loi（法律）、la Liberté（自由）！哪一個可以放棄？當然是Le Roi啊！

他們哈哈大笑。沒多久，兩人也發現彼此政治觀點一致，例如都認為比利時的政體、認為這個分裂的國家，不應該束手無策任由國王把持，應透過共和國的共同法律來維護。儘管如此，國王決定在比利時擔任歐盟輪值主席國期間，不任命內閣，以免國內執政聯盟間的爭執妨礙必要的歐盟決策，他們都肯定這是明智的決定。菲力普說，在這個無內閣時期，比利時運作得更順暢。

他們湧入斯托克球場朝聖，拿足球圍巾擦拭淚水，互相取笑。菲力普醉心談論他看過佛朗基．維考特倫踢球，說他們仍然需要這樣一個天才射手。哎呀，你根本一點概念也沒有，艾米利．布倫孚特說，他這個年紀大一點的人，還看過保羅．范希姆斯特上場呢，比起他，維考特倫不過是隻跛腳鴨。

難道以前一切都比現在好？沒有什麼比較好啦，只是不一樣罷了。

是，沒錯！不一樣！但那不正表示確實比較好？以前安德萊赫特是布魯塞爾的猶太區，由於足球俱樂部以及咖啡館和商店林立，所以是布魯塞爾的祕密中心。現在變成了穆斯林區，猶太人都離開了。我認識的人當中，沒人想來這兒喝咖啡，遑論帶女士過來，因為在穆斯林區，女士不允許踏進咖啡館。

你認識犯罪現場鑑識小組的蓋立特．畢爾斯吧？他搬到了安德萊赫特。他說房租更便宜，生活也更便利。而且他是老菸槍，這裡根本沒人鳥什麼禁止吸菸。咖啡館裡有最頂級的咖啡，他若是點起香菸吞雲吐霧，旁邊抽水煙的男人沒人在乎。

就像在莫倫比克一樣。

是的，時代變了。不久，足球俱樂部將放棄這裡的球場，遷入包杜恩國王體育場。俱樂部雖然還是叫做安德萊赫特，卻不在安德萊赫特進行比賽。而你說以前比較好，你現在之所以抱怨，是因為安德萊赫特不再像二十年前一樣。

是的，今日確實也沒那麼糟糕。二比一，贏了魯汶，結果還算令人滿意。

三年前，菲力普請艾米利擔任伴郎。一年後，菲力普當了爸爸，艾米利成為他女兒小喬艾樂的教父，從此從朋友變成家人。

艾米利．布侖乎特喝光杯子裡的香檳，又點了一杯。菲力普正是他現在需要的人：天才資訊專家，而且完全值得信任，是能同舟共濟的忠實好友。他希望如此，不對，他十分篤定。

第二杯香檳送上來，他啜飲了一口，這時菲力普出現在他面前，說：剩下的人生始於香檳，終於藥草茶！怎麼樣？醫師診斷如何？

他們互相擁抱了一下，菲力普坐下，說：我還想知道的是，你證明他有罪了嗎，抓到了沒？

他？什麼？誰呀？

噯，那頭豬啊。你今天沒看報紙嗎？

原來是豬呀。我掌握到一個線索，我們保存了遺傳物質，你明天必須與歐洲刑警組資料庫中所有的豬隻DNA進行比對。

菲力普放聲大笑。你知道的，我隨時為你效勞。

我正想和你談這件事。

他們一邊聊天，一邊吃飯、喝酒。以前的餐點好吃多了。你這麼認為？是的。可是這裡根本沒有改變啊。是的，除了餐點之外。怎麼說？十年前我們就在這裡吃烤羊肉了。是的，吃了十年了，但以前比較可口。吶，也許吧，但除此之外——總之這裡沒有任何改變。或許我應該點烤鱸魚，搭配蘆筍燴飯。冬天吃蘆筍？泰國進口的蘆筍，菜單上寫的。泰國進口的蘆筍，別鬧了！我們來這裡總是吃羊肉，味道還不錯呀。我不知道，吃起來像屍體，我以前從來不覺得羊肉味道像屍體。啊，夠了，你怎麼了？沒事。是的，沒事。

布侖孚特說醫師將他轉診到歐洲醫院，他明天要去檢查。

醫師懷疑什麼嗎？

沒有，他只說要進一步檢查。

看來醫師是保險起見才轉診。這樣也好。做完檢查，你就知道是否有問題了。所以我現在應該不必擔心了。

也許吧，或許你是對的。至少，我沒有失去戰力。

什麼意思？

你知道他們把阿特拉斯案抽走，要我休假嗎？

知道。

你知道是什麼原因嗎？

我以為你會告訴我。

我自己也不清楚。

你也不清楚？他們沒有向你解釋嗎？

沒有。

我還需要來一杯。

聽著，菲力普，與阿特拉斯有關的資料全都消失了。我親自去過現場，鑑識小組也到過現場，最初的問話也是我做的，但是一切都不見了，檔案、報告、文件，全部消失得無影無蹤，沒有謀殺案，彷彿我親驗見過的屍體也不曾存在過。打開辦公室的電腦，所有資料也被刪除，就像人間蒸發似的。我的電腦被駭了。不過，也許不只是我的電腦，而是整個辦公室都遭駭客入侵。現在檢察官也來參一腳。我想要知道為什麼？

我懂。

你必須幫我忙。

服務生來把餐桌整理乾淨。菲力普彈了下手指，指著艾米利方才盤子所在之處，說：屍體不見了！

別開玩笑了！抱歉先前說了那些話。現在講正經事：這件案子蒸發了，如果有人能追本溯源，查出來龍去脈，又是誰做的，那人非你莫屬。你是首席電腦科學家，掌管布魯塞爾警察局整個電子資料處理系統。你必須要找出這個漏洞。

我該拿什麼理由呢？沒有充分理由，我無法在部門裡進行這類調查，更何況還違反了檢察官的指示。

你知道檢察官下了什麼指示？不知道？那就是了。你不需要說明理由，只要去做就行了。如何進入中央儲存庫，要經過多少道安全防護措施，要跑多少文件流程，才能稍微有點進展，現在向你解釋這些太複雜了。

你不需要公事公辦，我的問題不在於你認為能否取得批准，而是你能不能去做。

那是違法的。

聽好了，菲力普，謀殺是公訴罪，是檢察機關基於職責必須主動追究的罪行。一旦檢察機關沒有履行義務，反而隱匿謀殺，那麼違反法律的是國家；而採取非法手段想要偵破案件的人，才是法律捍衛者。如果你能幫我查清真相，我們就是遵守法律的人。

好吧。我先從你那邊進入系統，把你的密碼給我。如果事跡敗露，就說是你休假時弄了自己的電腦，可以嗎？

沒問題。

再來個巧克力慕斯？

當然。有什麼必要在今天改變我們的習慣呢？喬艾樂最近怎麼樣？

瑪竇克知道自己不可能不著痕跡隱匿無蹤。他們應該知道他沒有搭上飛往伊斯坦堡的班機，一定也料到雖然取消他飛往華沙的機票，但他絕對會想方設法回波蘭。在最短時間內查出他在克拉科夫班機的旅客名單上，對他們來說易如反掌。等他抵達克拉科夫，可以預測他們應該只落後他一步。

他在接受成為基督戰士的基礎訓練時就學到：千萬不要企圖不留下任何痕跡，因為那是天方夜譚；不要嘗試抹去你的蹤跡，因為追蹤者發現你試圖消滅蹤跡，會更確定自己找對了方向。既然免不了留下痕跡，乾脆製造更多痕跡吧！大量的痕跡、矛盾衝突的痕跡！在他們分析痕跡時，你就能領先他們一大步。等他們放棄追蹤錯誤的線索再回頭，你已經拉大差距了。

他當然知道他們清楚他知道。但無法改變的是，他們仍舊必須追查他製造的線索，不管他們這麼做是多疑使然還是頭腦簡單。

他算了一下，他需要三天才能查出在布魯塞爾出了什麼差錯，為什麼他們要違反原本計畫，將他送往伊斯坦堡。領先三天時間，不難辦到，他駕輕就熟。接下來就要考慮下一步了。

一抵達克拉科夫機場，他立刻前往詢問台，請人廣播他的名字：瑪竇伊茲．歐斯維基先生，請至克拉科夫帕斯圖札克快捷巴士公司櫃檯。歐斯維基先生，您的司機，在帕斯圖札克快捷巴士櫃檯等候您！

他知道廣播呼叫的人名會保留四十八小時。接著，他走到巡迴巴士服務櫃檯，他在布魯塞爾機場透過電子郵件預定了進城的轉運服務。如果他們駭進他的電子信箱，現在就查到了兩個線索。他使用信用卡付費，這是第三個線索。他搭車前往盧比茲街上的歐洲飯店。

明天中午他們應該就會查出他到了克拉科夫，這點反正也不可能隱藏得住。再隔一天，將會知道他下榻在哪家旅館。自動把地址洩漏給對方，能夠引誘他們走錯路，白忙一場，為自己爭取三天的時間：他在旅館辦理入住，並請櫃檯小姐幫他查詢隔天第一班開往華沙的火車時刻。她在電腦裡查詢資料，看了一下，搖搖頭說：您真的要搭第一班火車嗎？開車時間是四點五十二分——

太早了！

下一班是五點四十一分，抵達時間是——

請您再查下一班車！

那是六點三十一分出發的火車，接下來是七點四十七分，然後——

六點三十一分那班！幾點抵達？

八點五十四分。七點四十七分出發的火車，抵達時間是十點。

那太晚了。八點五十四分抵達剛好。請您再說一次，是六點……？

六點三十一分，從克拉科夫火車站出發。

很完美。可以請您上網幫我買車票，並且列印出來嗎？這是我的信用卡，同時也一併支付房錢。這樣明天一大早就可省下時間了。

櫃檯小姐以波蘭文說：很高興為您服務，歐斯維基先生。

瑪寶克把背包拿到房間，用旅館提供的信紙寫了封信，和信用卡一起放進信封，寫上地址後封好，然後離開旅館。明天下午，他們會掌握到六條彼此相符的合理線索，推論出他到了克拉科夫，隔天一大早又立刻繼續前往華沙。不過，他其實會留在克拉科夫。等到他們發現之前，他有的是時間。

他信步走向斯塔洛維希納街，他知道在那些不太老實的商店中，有一家二手手機店。那家店果然還在。他買了一個簡單老舊的諾基亞手機和一張一百茲羅提的預付卡。瑪賓克看著年輕小伙子用折彎的釘書針撬開手機，裝進預付卡。他打量著他，像在觀察飼育箱裡一頭可憎卻又引人憐憫的動物。小伙子散發出求救或者嘶吼要人關注的氣息，同時卻又展現出抗拒與輕蔑。他髮型古怪，頭兩邊剃光，頂上濃密的藍黑色頭髮抓高抓蓬，用髮膠固定成一綹一綹的，十分有型。他穿了件紅T恤，胸前圖案比著一根大中指。右手臂有紋身，上方是個捕狼器，底下跪著一個身上纏著鐵鍊的裸女。比這個幼稚展現權力的刺青還有趣的是左手腕。毫無疑問，這個小伙子經常自我傷害。只見左手腕一排紅色痕跡，是多多少少已經結痂的割痕，大概是拿刮鬍刀劃的。瑪賓克在神學院就熟悉這種狀況。他知道腦內啡大量分泌時減緩疼痛的感覺；但是，唯有加諸痛苦於己身，拿刮鬍刀劃在體表皮膚上，轉移靈魂的痛楚時，才會得到那種爆炸的感受。腦內啡和腎上腺素，就是這麼回事。聽說女人在經歷生產的壓力與痛苦時，會出現這種感受。那是上帝的安排。手臂和肚子上的割痕和傷口，在神學院裡十分常見。有時候他人出手幫忙，連背部也會有。生殖器上雖也有，但是難得出現。

小伙子用力推壓組裝在一起的手機零件，最後喀擦一大聲，手機嚙合成形。他按了幾個鍵，看著手機螢幕，然後以波蘭語說：裝好了。

瑪竇克也回以波蘭語「謝謝」，付了八十茲羅提的手機費用和一百茲羅提的預付卡錢。接著，他猶豫了一會兒，假裝忽然想起什麼似的，若有所思看著錢包，說：我還有個問題，也許你能幫我！他拿出一張一百歐元的紙鈔，放在小伙子面前的櫃檯上，手壓在鈔票上面。

你碰巧有認識的人要開車去華沙嗎？

小伙子看著瑪竇克放在紙鈔上的手。

我要打聽一下。什麼事？要搭便車嗎？

不是，有封信，他可以幫忙帶過去。

瑪竇克又在櫃檯上放一張百元鈔。

您為什麼不去郵局？

郵局半小時前就關門了。這封信很急。

我想，我兄弟打算明天去華沙，他認識了那兒一個女孩。我得問一下。

瑪竇克另外放上五十歐元紙鈔。

這封信最晚十點要送到。

比原訂時間提早出發，他應該無所謂。

他必須一大早就出門，最遲六點半。

他還需要錢加油。

他不是本來就打算去看女朋友嗎？

瑪竇克抽回放在紙鈔上的手，掏出夾克內袋裡的信，放在鈔票上。

我明早十點過來。如果我到時候收到簡訊——他揚起諾基亞手機——證實信已經送達，會再給你一筆同樣的金額。這樣他就有充足的油錢，再過去二十趟帶女友出遊都沒問題。如果他們的愛情能持續那麼久的話。

她很忠心。

很好，忠心永遠是好的。地址就寫在信封上。

瑪竇克走了出去。

他沿著斯塔洛維希納街，慢慢晃到市中心，走到中央集市廣場。每次來到這座城市，造訪這處建造於中世紀的寬闊廣場，其華美莊嚴，總令他怦然心動。巨大的方形廣場，圍繞著許多雄偉建築，只有聖母聖殿打破嚴謹的對稱關係。聖母聖殿正面建有兩座塔樓，彷彿比廣場其他建築正面還向前凸了一步。教堂位置是斜的，大膽、驕傲，鶴立雞群。兩座塔樓高低不一，理由流傳在古老的傳說中。瑪竇克當然熟悉緣由，但他認為這些傳說體現的是異教徒的狂妄無禮。他認為之所以打破對稱與和諧，毫無懸念只有一個理由：在建築上帝聖殿時，人類不允許建造出完美之物，惟有上帝與祂的創世計畫才是完美的。人類的雙手不可能創造出完美事物，堪與上帝的完美比擬；也不可以相信，要求完美，是對上帝最高的崇敬。

聖母聖殿斜向廣場，象徵性妨礙在此做生意的人。她拔地而起，想要摘下天上繁星，一塔樓低矮，另一塔樓較為靠近天空，表達人類不斷增強卻失敗於完美的企圖。瑪竇克認為這座教堂確切表達了人類與上帝的關係，寓意深遠，與巴黎聖母院截然不同。一年前，瑪竇克在巴黎出任務，他自然想參觀聖母院這座大教堂，站在聖母院前，自然也震懾於她的氣勢。但是——怎麼？那一刻，他明白了。這種自視甚高、基本上是過度膨脹的狹隘心思，相信把幾何規則放大到龐然規模，就可以反映宇宙的神聖和諧，激怒了他，他覺得那是瀆神。這或許是離經叛道的哲學家阿伯拉與教堂司鐸的姪女哀綠綺思，在聖母院聖壇上淫亂苟且時，上帝卻只是在一旁冷漠旁觀的原因了。瑪竇克聽見有個導遊在聖母院聖壇前，向一群莫名發笑的英國遊客講述故事：這裡，各位女士先生，就發生在這座聖壇上。年輕的經院哲學家皮耶爾・阿伯拉，就在這裡奪走他一生摯愛，教堂司鐸的姪女哀綠綺思的童貞。故事不斷被敘述，不斷被讚頌，阿伯拉與哀綠綺思，這裡是他們愛的聖壇！瑪竇克認為教宗閹割阿伯拉的決定，完全正確且公道，甚至可說過於寬容了。但是，即使就如導遊所述，處罰確實執行，瑪竇克心想，也扭轉不了這座虛榮空洞的殿堂遭到褻瀆且永遠無法抹滅此汙點的局面。他當時深刻體會到這一點。克拉科夫這座聖母聖殿完全不同。他目光沿著大教堂往上看，現在傍晚七點，每逢整點，塔樓上會有小號手吹奏〈中斷的號角聲〉，這首曲子警示敵人步步進逼。不過，號角聲最後會乍然中止。為了紀念一二四一年韃靼人進攻時，被箭射穿喉嚨的小號手，

〈中斷的號角聲〉就中斷在他倒下前最後使力吹出的那個音。

瑪竇克的目光沿著東邊塔樓慢慢往上搜尋，某扇窗戶旁一定站著小號手，但他沒看見。這時，號角聲中斷了。

他沒有走進聖母聖殿，因為他無法在無數拍照旅客製造的喧譁吵鬧中禱告。他轉身走開，橫越廣場，經過他百看不厭的紡織會館，但他心知肚明不能看得太仔細。紡織會館中那些布行，大門古色古香，販賣著早期布行古色古香樣貌的明信片，當時這些布行尚未販售明信片與廉價紀念品。餐廳招牌打著「傳統波蘭菜」，但他們所維護的傳統不外乎是快速打發走客人。大教堂旁，以前是家大型國立書店，現在成了快時尚 Zara 的旗艦店。前身是布行的商店裡，遊客買得到克拉科夫猶太人時期的紀念品、老照片海報、猶太克列茲莫音樂光碟，但也有納粹《衝鋒報》風格的低俗猶太人漫畫，例如手裡拿著錢包或金幣的貪婪猶太人木雕。

他離開廣場，轉進葛羅茲娜街，他以前很喜歡在街角買口味香甜的波蘭米麵包，現在這裡的店家叫做「優質漢堡」。他沿著葛羅茲娜街一路到底，走了又走，轉進史特朵絲卡路，繼續向前。節奏有致的步伐，平穩均勻的呼吸，現在變成了他的祈禱，一直往前，走到寶琳絲卡街。他知道那兒有家餐廳，叫做「亞當的廚房」，他想吃點東西。「亞當的廚房」有城裡最美味的酸菜燉肉。即使這道雜燴有上百種多少都算正規的不同食譜，但對瑪竇克來說，還是只有距離遊客雜遝的巷弄僅有兩個街角的這裡，口味最為道地。酸菜燉肉絕對不能剛煮好就端上桌給客人享用，要好幾天不斷加熱，味道才真正上乘。「亞當的廚房」酸菜燉肉的鍋子，至少要在爐灶上放一個星期，酸菜才能完全吸收五花肉的油脂，辣紅椒的味道才會充分展開，肉丁煮得軟爛。但是，這些詞話，只不過是嗡嗡低吟；歌頌亞當家酸菜燉肉的詩歌韻文，只不過偶爾浮現，胃才真正懂得酸菜燉肉的味道。

瑪竇克默默進餐，當然是因為他只有一個人。不過，即使單獨吃飯，他也彷彿遵守進食時不可說話的禁令，始終默不作聲。他垂下頭，喃喃低語，快速進行餐前禱告，然後開始進食。但是，這一晚，他思緒紛雜，腦子裡嗡嗡嘈雜。他聽見母親的聲音。他曾以為自己備受寵愛與呵護，沒想到母親為了保護他，反而把他送到地下組織的地牢，那兒不復有笑容慈愛的母親，也不見讓人幸福的氤氳菜香，他對她的信任就此被破壞殆盡。面前的酸菜燉肉熱氣蒸騰，他隱約聽見自己與母親一起吃飯，享用酸菜燉肉或者高麗菜肉捲時，滔滔不絕講著在別處偶然聽到的英雄事蹟，他講得興奮激動，母親則是微笑聽著，說：別忘了吃飯呀！當時他完全不知道她裙子底下藏了武器，那是父親生前使用過的手槍。父親在哪裡？只要被母親呵護在懷裡，就完全無需理解那個問題；但後來，她鬆開雙臂，將他交到被稱為父親的聖徒手裡。轉眼間，他有了弟兄，一起住在地牢裡。經過多年苦行，他踏出了地牢，成為基督戰士，保衛他從未到過的祖國。誰到過那個祖國？祖父沒去過，父親也沒有——而就在他想從後門、想從被母親猛然甩上的那道門進入時，卻被驅逐在外。他也聽見神學院院長的聲音。院長臉上的笑容就像這盤酸菜燉肉，彷彿滴得出油，他貼心解釋說：瑪竇伊茲，親愛的瑪竇克，你不會被任命為神父，而是基督戰士。瑪竇克十分順從，始終很聽話，一開始源於他相信世界，後來是因為被灌輸了順從的意義與智慧。而今，陷阱就在他眼前，他不知道原因何在，但是毫不懷疑他們給他設了個陷阱。他聽見母親的聲音，聽見院長的聲音，他聽見模糊不清、難以理解的聲音，來自他不認識的人，這些人像評論棋盤上的棋子似地討論著他。他用拉丁文大喊：安靜！繼而又喊了一次：安靜！他無聲喊著，在他的腦袋裡聲嘶力竭大喊。他想要安靜吃飯。他嘆了一聲，深吸口氣，直起上身，看向站在「禁止吸菸」告示牌旁邊吞雲吐霧的女服務生。

他步行回旅館，在房間做了些重力訓練，便躺下睡覺了。

他隔天清晨六點離開旅館時，大門前已停著幾輛觀光巴士：「參觀奧斯威辛。價格實惠！」

他走到卡齊米日區，在魯賓斯坦餐館吃了豐盛的早餐後，打電話給神學院的老友沃伊切克。沃伊切克當年在波茲南的弟兄當中，拿到泥瓦匠使徒西門的名字，現在是奧古斯丁修道院神父，隸屬於克拉科夫聖卡塔琳娜教會。瑪竇克知道他的行程，修院彌撒一定剛結束，他現在到九點第三時課之前都有空。

瑪竇伊茲，我的弟兄！你在克拉科夫嗎？你過得怎麼樣？

是的，我在克拉科夫，過得很好。我十分想念以前一起聊天，一邊在修道院的花園裡漫步。我們必須談一談。

啊，那些花園，我們把花園租出去做停車場了，令人傷感。不過卻是不錯的收入，修繕教堂需要耗費大筆資金。好的，我們談談。下午三點做完第九時課之後？

我帶著背包。

歡迎你光臨。

瑪竇克左右張望，沒人看向這邊。他稍微挽起袖子，拿餐巾把刀擦乾淨，輕輕在左手腕劃一刀。該死的刀太鈍，典型的餐刀。他微傾刀身，刀刃劃過皮膚，接著加強力道又劃一次，終於割開一小道皮膚，血湧了出來。他閉上雙眼，把刀放到一旁。

九點半，他手機收到了訊息：「很樂意轉達你的問候！」

看來華沙的湯瑪斯弟兄收到信了。湯瑪斯會拿著他的信用卡付錢吃午餐，去波托茨基路上大行李箱商店，拿信用卡買行李箱，再到火車站一樣使用信用卡支付開往布達佩斯的火車票。他們最後都會查出這些過程。湯瑪斯辦完事後，再剪掉信用卡丟掉。瑪竇克估計，等他們查清種種痕跡，他應該領先了七十二小時。

他起身去廁所，開冷水沖手腕，感覺手腕麻痺後才停止，然後離開餐館。他到斯塔洛維希納街的手機行，小伙子仍穿著前一天那件T恤。瑪竇克把錢放在櫃檯上。

今天陽光普照，在這個季節暖得有點不尋常。

他在城裡閒晃，沿著約瑟法街走，路上有許多旅行團跟著舉高的牌子和旗子走，他左轉到聖體街，來到基督聖體聖殿，這是離開猶太區後第一座天主教教堂。他走進教堂，晨間彌撒顯然才剛結束，信徒紛紛從長凳上起身，往出口移動。瑪竇克佇立不動，宛如洶湧波濤中一塊岩石，人流從他左右往外湧動。最後，他轉過身，跟著他們一起走出教堂，彷彿是人群的一分子。他回到約瑟法街。有棟建築的大門開著，從年久失修、堆滿垃圾袋的門口過道，看得見隱藏在後的美麗中庭。一名遊客站在大門口，拿起智慧手機拍照。一位外國女導遊以英文說：「請走這邊！」有個女生也說著英文：「……是個完美的藏身處！」一個男人笑道：「妳逃不掉的。」旅行團繼續移向聖卡塔琳娜教堂，路旁各家柵欄門後有花園，花園中有停車場。一個年輕人邁步奔向一名女子，兩人相擁，而後手牽手繼續閒逛，沿著修道院隱蔽、沉默的立面，經過廣場；廣場上有座千禧年聖壇，由七座比真人還高的巨大青銅像組成，有聖徒與教士。一名德國女人站在前面，說：「那個，你看，這座雕像是波蘭教宗吧！」一個男人說：「沒錯，沃伊蒂瓦！」另一個人說：「不是，那是聖斯坦尼洛斯（Św.

Stanisław, 1030-1079）。」幾名教士這時快步走過，轉進奧古斯帝斯卡路，後面來了兩名提著沉重袋子的女子，彷彿跟隨著那些教士，一轉眼，他們已經消失在轉角。旅行團已經往前走了，千禧雕像死氣沉沉的眼睛望著空蕩蕩的廣場。

歐盟身處成立以來最嚴重的危機，正面臨解體的威脅。多年來，伏羅里安・蘇斯曼秉持堅定的信念投入這個計畫，當然也願意扛起責任。承擔責任，不要怨天尤人——這是他父親生前的信條。要創立企業，就要承擔風險。如何評估與計算風險，才算負責任呢？伏羅里安仍清楚記得，有次晚餐後，父母一臉嚴肅坐在餐桌旁，針對貸款投資企業化屠宰場可能帶來的機會與風險，再三斟酌。債務可能壓垮他們，但若怯於邁出這一步，將意味他們農場或許就此衰落。只有附帶風險的機會，沒有「安全無虞」的機會。父母當時反覆計算，提出反對意見，但立刻又提出根據，推翻異議。他們把疑慮放在天平一端，另一端放上希望，不對，是以疑慮代替疑慮。伏羅里安在一旁仔細聆聽，難得父母沒有趕他上床，也許父親認為該讓未來的農場繼承人好好了解這一切。馬丁躺在沙發上看書看到睡著，媽媽把他抱上床。不，沒有那麼溫柔，是把他推上床的。

《神祇、墳墓與學者》（*Götter, Gräber und Gelehrte*）。伏羅里安竟還記得當年弟弟反覆閱讀的那本書的書名，不由得感到驚訝，甚至是感動。而他，伏羅里安只是坐在一旁聆聽父母討論他們能負什麼責任，又必須負哪些責任。當年，在那些個漫長的夜晚。

伏羅里安慢慢開著車，他有的是時間，只要在傍晚抵達布達佩斯就行。現在剛過正午，距離奧匈邊界的尼克斯多夫已不到二十公里。他彷彿恍恍惚惚開著車，定速巡航系統已經開啟，收音機流瀉出輕柔的音樂，是地區電台播放的流行歌曲，但中途一直插播廣告：「我真希望自己是隻松露豬。」一個聒噪的聲音說。另一個洪亮的聲音回覆說：「別胡說了，小豬，你不認為我們的馬鈴薯更好吃嗎？是的，農夫，嚄嚄。你就做我的馬鈴薯豬吧。那表示我很特別嗎？沒錯，當然。」

伏羅里安關掉收音機。

當年，小養豬戶的父親把幾乎沒有獲益的農場，擴建成大型養殖場和屠宰場，同時也決定投身利益團體。沒多久，他便任職於專業協會和奧地利農場經營者協會。他說，我們不能枯等他們為我們做事，自己必須採取行動。然而，父親可以參與討論，發表意見，卻無力改善產業條件，遑論阻止價格崩跌。於是他擴大生產規模，彌補日漸減少的收益，以免虧本。雖然持續投入資金，會提高債務負擔，但是營業額也相對增加了。父親在各個團體中的地位因此水漲船高，可是情緒卻越來越暴躁。伏羅里安納悶，父親靜下來的時候是否問過自己，有沒有辦法回到當初那個必要性與自由相互平衡，滿足感和安全感能夠回報努力和勤奮的時刻？八成沒有。只有去程，沒有回頭路。就像他正行駛的高速公路一樣，如果在車道上有什麼東西迎面飛來，只可能是幽魂、是危險。

伏羅里安忽然被迫套上父親的鞋子，承擔責任。但他發現父親的鞋太小。對於擁有強勢父親的兒子來說，這點並不尋常。不過，接手後他很快明白，為了拯救父親建立的事業，他需要更大的鞋，而且一下子就要大好幾號。奧地利加入歐盟，長久以來，國內利益團體並未理解自己正落入陷阱當中。他們捍衛的國內市場，只存在於老舊官員的腦中；他們在資助體系中安然愜意，但這個體系非但沒有促成公平價格，反而因為官僚行政越漸耗時繁瑣，導致他們更加依賴救濟。中期而言，救濟並非長久之計。加入歐盟時協議的過渡條款失效後，奧地利也沒有應對計畫。他想起在維也納舉行的聯邦工商會會議，會中討論豬隻生產相關策略。當時他還年輕，信心仍嫌不足，父親的鞋穿得咬腳。他提出問題時，官員的回應充滿敵意，讓他大吃一驚，尤其是那些沒落世界的先生們，那些亞特蘭提斯的伯爵們。彷彿他提出的不是問題，而是在質問他們的作為。

他雖然天真，卻明白了最重要的事：他需要尺寸更大的鞋。歐洲環境已不同以往，僅與國內利益團體合作，是無法往前邁進的。當時他已經投入歐洲養豬業者協會，現在已經當了一年的主席。

一輛警車閃著藍光、警笛大鳴，快速超越他的車，緊接著又一輛呼嘯而去，最後衝過去的是一輛救護車。

養豬業者協會每年選在一座歐洲城市舉行為期三天的全體大會，期間推選主席，或者是批准現任主席連任。會議中，與會代表交換經驗，討論歐洲指導方針與各國特殊條款之間的矛盾，製作給各政府和執委會的要求清單，參觀當地養豬企業。每年都會擬定會議主題，今年是「歐洲豬肉產品出口貿易」。

今年由匈牙利代表處發出年度會議邀請，但養豬業者協會內部卻因此掀起軒然大波，在會議籌畫期間，即已引發集體抗議，其中有法規因素，也有政治因素。根據養豬業者協會章程，邀約國的一名代表可以成為聯合會理事。但是，匈牙利如今在政治上受到多方譴責，因為歐洲養豬業者在東歐劇變後投資匈牙利、參與當地的豬隻生產企業，匈牙利政府卻無情沒收了他們的財產，對歐盟執委會多次敦促她針對違反歐盟法律做出回應，並限期撤除此一違法行為的要求置若罔聞。聯合會內部成立了一個小組，大聲疾呼抵制匈牙利，參與者主要是德國與荷蘭，他們要求年度會議轉到其他城市舉行，建議移往馬德里，因為西班牙的塞拉諾豬和伊比利豬十分受歡迎。但是，以奧地利、義大利和羅馬尼亞為首的一方，卻堅持必須在匈牙利舉行會議，以藉此明確傳達養豬業者協會決心親自捍衛會員在匈牙利的利益。

天空下起雨來。伏羅里安・蘇斯曼看著導航螢幕：距離邊界只剩下十公里。又是一陣警笛聲，又有一輛救護車呼嘯駛過。

伏羅里安擔任主席期間，努力防止養豬業者協會分崩離析，在各個陣營之間尋求妥協，忙得不可開交。但這妥協根基脆弱，只不過是各國的意向聲明，之後仍將在會議上進行討論。不過，至少是妥協了，而且會議按照計畫在布達佩斯召開。身為主辦方的匈牙利代表，也表示會在提交給匈牙利政府的抗議照會上簽字。接下來，就看他們是否真的遵守承諾。匈牙利大型養豬業者受益於企業的再國有化；但另一方面，他們目前面臨資本不足的窘境，匈牙利曼加利察豬的出口將近下降百分之二十五。而這正是本年度的會議主題。

伏羅里安・蘇斯曼不擔心此次不再被選任為主席。無論如何，他達成了這次普遍受到認可的臨時性妥協。到目前為止，也沒有出現對手和他競爭主席一職。

又是警笛聲和警示藍光。藍光在後照鏡中閃爍不停，在髒得有點模糊的擋風玻璃上跳動。他打開風扇，兩輛警車疾駛掠過。

他有信心再度蟬聯主席，但懷疑自己是否願意連任。他已不再天真。現在的他，反而逐漸變成他曾經鄙視的實用主義者，只做可行之事，而非貫徹必要之事。他正駛向深淵，雖然可以踩下煞車，方向盤卻轉動不了。

事實上，苦無方法解決歐洲養豬業者協會的分崩離析，至少他看不見任何妙方良藥。在此次布達佩斯召開的會議上，一方面將聯合匈牙利共同對抗歐盟執委會，因為執委會沒有能力或沒有意願與中國洽談提高豬隻出口額度；同時又要聯合執委會對抗匈牙利，因為匈牙利違反了歐盟法規。

一旦歐洲養豬業者協會四分五裂，擔任主席承擔責任還有什麼意義？什麼都不願意做，卻說我要承擔責任，不是十分荒謬嗎？承擔什麼責任？實則不過是利益團體一名經驗豐富的傀儡罷了。人基於共同利益組成團體，後來卻又在團體內製造無情的利益爭鬥，導致共通點最終煙消雲散。

這時，他看見前面高速公路上有人。徒步的人！就在高速公路上！他們朝他快步走來！行走的幽靈！男男女女、老老少少。他們弓著背，臉埋在雨衣的兜帽下，或者頭套著塑膠袋；有些人肩上或頭上披著毯子，有些人提著袋子，有些人拖著行李。雨刷規律來回刷著擋風玻璃，像是一雙要抹去眼前景象的手。導航冷不防發出警告：「請盡快掉頭！請盡快掉頭！」簡直是瘋了！他行駛在高速公路上，導航卻要他掉頭，還有人朝他走來。他打開警示燈，車子龜速前進。這時又看見藍光，警車停在路肩，警察正揮舞著螢光棒。他停下車。越來越多人從灰濛濛的雨幕走進車燈前。許許多多的人，數十名，甚至是數百名。

在他一生中，確切地說是在他的餘生中，大衛·德·符林德從不知道，刻意表現的和善，能使事情更順暢，或者對他有所幫助，甚至是拯救他。他也不期待受到和善的對待。謙恭有禮，理所當然應如此。謙恭有禮是文明的表現，是得體的行為，這點他堅持要做到，也希望堅持下去。但是，為什麼當他說「很高興」的時候，非要表現出由衷開心的樣子不可呢？

他必須真正心有所感，才能夠流露感受。愛，這種無私的情感，能夠展露人性最美好的一面；還有感謝，真摯且至關重要的感激之情，甚至能取代對神失去的信仰。他也學會隱藏感情；他無法擺脫恐懼或空虛等感受，但可以收拾起來。他同樣學會敏銳而多疑，這種性格就像夜視鏡一樣不引人注意卻能洞悉一切。但是和善，尤其是對陌生人突然興起的和善，對他而言不過是性格演員的蹩腳演出，怪異得宛如一隻刻意露出和善目光的玻璃眼睛。

他離開套房時，有位男士正在打開隔壁房門。午安，符林德以荷蘭語打招呼，禮貌地點了個頭。您好，那位男士回以法語，同時往他走近兩步，天花板落下的燈光正好映照在他雪白的頭髮上，銀光燦爛宛如聖輝。他又說：您好啊，先生。

符林德再度點了個頭，本想快速離去，卻驚訝得無法將目光從在光照下閃爍光輝的男士身上移開。他只多望了一眼，卻已足夠了。對方身上的雨衣有雲紋效果，稍微一動，就在淺綠和米白之間幻化閃耀，他的臉龐彷彿剛抹上乳液般發亮。

先生，您好，請容我介紹一下自己，男士說。接著自我介紹是羅曼．布朗厄爾，一邊把手伸了過來。他容光煥發，彷彿這是他人生最開心的時刻。

符林德虛應故事與他握手，報上自己的名字，以荷蘭語說「很開心認識您」，隨後又改以法語說了一次。但這禮尚往來的寒暄，眼看要變成惱人的友善對話。

噢，您會說法語。

他應該說：可惜說得不好，然後道聲歉離開。可是他卻以法語說了：是的，先生。很多法蘭德斯人的法語說得差強人意，符林德卻能說一口流利法語，原因在於當年他逃離遣送火車後，在維萊拉維爾一個瓦隆人家庭躲了兩年，十四歲到十六歲，一直躲到戰爭即將結束前被人舉報為止。當時法語成了他的第二母語，那是養父母說的話，就存在意義而言，對他來說是愛的語言。現在卻被這個陌生人說得浮誇而噁心——這人剛才說他叫什麼名字？——他誇張說著「真的很高興」，接連又說了一次「真的很高興」，真幸運啊，然後連珠炮似地說：他是新來的鄰居，今天才剛搬進來，馬上就能認識鄰居真是太好了，他希望和鄰居和睦相處；不過，今天這樣的開始再好不過了，他真幸運，因為符林德先生會說法語；他發現這裡有人只說法蘭德斯語，甚至有些工作人員也是；漢森之家養老院竟有工作人員完全不熟練法語，讓他惶惶不安，不知所措；就像今天向他介紹養老院規定的指導員，一位名叫戈德莉芙的女士，名字很難念——戈德莉芙。

是的，先生，您認識她嗎？總之，他聽不懂她說了什麼。但是幸好還可以另有安排，所以他現在的指導員是約瑟芬女士——

真幸運！

布朗厄爾先生的雨衣不斷變換著顏色。

是的，先生，她人非常和善，樂於助人，不過——他露出淘氣的表情，並且豎起食指

——不可以稱呼她約瑟芬護理師。確實也應如此，這裡畢竟不是醫院，雖然她頭上戴了頂護理師帽。您認識她嗎？

符林德點頭。

總之，有符林德先生這樣一位親切的鄰居，他開心得無法自抑。符林德先生在此很久了嗎？務必要請您談談您的經驗，給點建議，務必如此。也許一起用餐時，或者之後一起喝酒的時候。

符林德沒有勇氣欣然接受這個建議，無法開心說當然、沒有問題、非常樂意。他苦思著一個不給自己找麻煩的回答，同時又無法專心思索，因為這名男士的臉讓他想起了某人，但他不知道是誰。布朗厄爾先生往前邁了一小步，踏出天花板燈的直接光源，頭髮與臉龐轉眼間不再煥發閃耀，變得有點灰白。布朗厄爾先生說：我攔住您了！（他真說了法語的「攔住」嗎？）請您見諒，我不再攔您了！回頭見！

符林德走進餐廳，發現沒有空桌可容他一個人獨坐，便打算轉身離開，去鄉村餐館。他已經拿到了餐館的優惠券。但是，約瑟芬女士阻斷了他的行動。只聽她說：我們所有人都來了。嗓門之大，把他嚇了一跳。他被推到一張桌旁，桌旁已坐著教授，那個約瑟芬女士所喊的「我們」都已經認識的教授，不是嗎，符林德先生？當時因為魚刺發生了小小不幸，不是嗎？不過今天沒有危險，只有美味可口的蔬菜燉雞。教授，可以安排您已認識的符林德先生與您同桌嗎？

教授問他是否安好，住得舒不舒服，有沒有親友會來看他？符林德禮貌而簡短地回答教授——他剛說他叫什麼名字？——想要開啟對話的問題。接著，一陣安靜，大家默默享用前菜茴香柳橙沙拉。符林德暗自思索，若再詢問一次教授的名字，是否不禮貌？那等於承認他忘記教授的名字，而教授方才卻能直接說出他的名字。他覺得還是應該再詢問一次，而非吃力掩飾自己的粗心，最後反而顯得尷尬。

教授完全不以為忤，開心地報上自己的名字，蓋立特·雷森布林克，接著拿出皮夾，掏出一張名片後，把盤子推到一旁，將名片放在面前，自我介紹是魯汶大學教授。不知何時，他手裡多了一枝原子筆，劃掉名片上的「天主教魯汶大學」。他之前是政治史研究中心主任，已經退休了，又把名片上的相關字行劃掉。他說，他的研究領域是民族主義的歷史，尤其是比利時與荷蘭在二戰時期與納粹勾結的歷史。他現在又要劃掉什麼？電子郵件信箱與電話，這些現在都不能用了，他說。

他一邊說請，一邊把名片推到符林德前面。就在此時，忽然傳來砰的一聲。原來是布朗厄爾先生進餐廳關門時甩得太猛，發出了巨響。符林德抬頭望去。羅曼·布朗厄爾舉起雙手，說：抱歉，各位女士、先生。說完左右張望，瞥見了符林德，興沖沖地趕忙過來。

我可否加入你們？他以法語問道，接著又說：這麼快就能接續我們的談話，真是太棒了。

他坐下來，朝雷森布林克教授點頭致意。那不是一般的點頭，簡直可說是坐著鞠躬。他說：我是所謂的新人，請容我自我介紹，我叫——

他開始滔滔不絕，符林德驀然感覺說不出的疲憊。服務生來收前菜的盤子，發出哐啷碰撞，接著端上蔬菜燉雞，又是一陣哐啷，再哐啷，隨後陡然一陣安靜——雷森布林克教授說，很抱歉他不會講法語。

噢！布朗厄爾先生不會講荷蘭語。

符林德一直很喜歡蔬菜燉雞，至少沒有抱怨過，有時候端上來的就只有蔬菜燉雞，學生餐廳偶爾也提供蔬菜燉雞，他總是有什麼吃什麼。若是到一般餐廳點雞吃，紅酒燉雞自然是他的首選。不過，如果只有蔬菜燉雞，他也不會挑剔，就點蔬菜燉雞，而且心懷感激。他看著雞肉，接著又抬眼往上看，雷森布林克教授與布朗厄爾先生正看著他。感到失望嗎？有點不知所措？但那都與蔬菜燉雞無關，雖然符林德覺得這道菜味道有點奇怪。裡頭放了什麼他沒吃過的香料？還是腐爛的氣味？

您得幫幫我，符林德先生！這位先生不會講法語，您可以好心翻譯一下嗎？

符林德點頭。

布朗厄爾又對雷森布林克點了個頭，說：我叫羅曼·布朗厄爾——

他叫做羅曼・布朗厄爾——

教授以荷蘭語說：我了解了——

他是記者，直到前一陣子還為《晚訊報》寫稿……他已退休十年，但目前仍是自由作家，偶爾寫點評論。人就是沒辦法輕易放手，各位肯定知道怎麼回事，我們無法一夜之間便與原先的生活道別。他自然沒有收到重要的邀稿，但只要還允許他寫，便已心懷感激；何況寫文章很有意思，例如撰寫幽靈豬的故事。各位應該知道這頭豬……但無所謂——他忽然頓住不語，頭偏了一下，意思是請符林德幫忙為雷森布林克教授翻譯。

好的，符林德說，他說他是一名記者，已經退休。

但他仍在寫稿，寫豬的故事。

布朗厄爾吃驚地看著他，猶豫半晌。符林德說，這樣就可以了。布朗厄爾繼續說：如果他有座酒廠，就會熱情投入釀酒工作；若有棟花園洋房，或許就剪剪玫瑰、讀讀書。但他只有一間公寓，位於伊克塞爾的漂亮大公寓，但在那兒能做什麼呢？妻子去世後，一切讓他覺得又憋又悶，即使住在寬敞的公寓裡，也感覺狹隘窒息。更遑論有什麼日常生活，他根本無法正常過日子，整天只不過是拖著腳步，在四面牆之間來來去去。他也沒有辦法再打理——

什麼？

打理生活，事情多到他負擔不了，同時卻又似乎不夠多，各位先生能否理解？總之，那已經不是他的生活了——

教授以荷蘭語問道：他說了什麼？

符林德做了個深呼吸，把布朗厄爾的話複述一遍。他看見教授面露驚訝，便補充說那是可以理解的，布朗厄爾先生在妻子過世後——

是的，先生，布朗厄爾說，但是您剛才——我以為——

就在此時，符林德感覺胸膛一陣鬱悶，喘不過氣來，接著渾身發燙，一陣強烈的羞恥感猛然襲來。他終於明白原來他——

他並沒有翻譯布朗厄爾先生講的法語，而是以法語複述一遍罷了。

他低下頭，看著盤子裡的雞肉塊，接著起身快步衝出餐廳，門關上時發出砰的一聲。

第七章

知道人終將一死，怎能不相信未來？

天氣越來越熱，在這個季節裡，暖得不太尋常。不管是在走廊、員工餐廳或者電梯前面，只要一碰面，大家就會拿地球暖化打趣。

在布魯塞爾的我們明顯是這種發展趨勢的贏家！

我們又要飽受批評，說是賦予布魯塞爾官員的特權！

氣候會變暖，你們得感謝我，我只使用止汗噴霧劑。

發表氣候規範，只是讓我們自食其果！

反正也不會有人遵守。你們等著瞧，布魯塞爾很快就會長出棕櫚樹了！

但這裡是方舟，而不是氣候政策總署。事實上，沒人會嘲笑這種閒聊的老套笑話。因為這座陰雨綿綿的城市，在原本應是涼颼颼的季節裡，卻連日豔陽高照。陽光映照在人們容光煥發的臉龐上，照得他們雙眼炯炯晶亮；陽光也在窗玻璃上斑斕燦耀，在往來車輛的車身上閃閃發亮。

馬丁．蘇斯曼和薛諾普羅談完後，修潤週年大慶計畫的草案，她針對內容寫下了幾點注意事項。現在他必須就相關內容進行改寫與修潤，才能做為內部機構協商的基礎。但這是下一步，他答應在週末前提交最後草案。不過，還有些問題懸而未決，至少還有一個重大問題沒有得到回覆。他必須盡快找熟悉相關事務的柏胡米釐清。他去柏胡米辦公室找他，問他要不要一起吃午飯。

天氣這麼好，我們可以慢慢走到喬丹廣場，例如到艾斯普立特餐館，搞不好有開放戶外座位。

好主意！要我打電話預約嗎？

好，麻煩了，我去拿外套！

拖拉機行駛在約瑟夫二世街上。

是農夫示威遊行嗎？

什麼？

馬丁喊道：農夫示威遊行？

柏胡米聳聳肩。

滿滿一長排的拖拉機。有些拖拉車後面掛著拖車，上面站了些人，嘴裡喊著什麼，但聲音被引擎、喇叭和口哨聲淹沒。

路旁幾條巷口被橫放的警車擋住。

馬丁和柏胡米往舒曼圓環走，周遭太嘈雜，沒辦法邊走邊聊。他們看見阿基米德街和勾騰貝爾大道也有好幾輛拖拉機噗噗駛來，那是載著糞肥的拖拉機。車與車之間，走著一些手執乾草叉和鐮刀的人。場面散發著危險，但是抗議者穿著民族服裝展現出憤怒，同時又讓人感覺宛如時空錯置。舒曼圓環、執委會大樓和理事會大樓之間、律法街，一路全都停著拖拉機。糞肥從車上卸下，拉開橫幅標語，空氣中瀰漫著柴油味，滾滾廢氣黑煙在陽光下飄揚。一名年輕女子站在拖車上，光著上身，手中揮舞著三色旗。馬丁停下腳步觀看，幾名警察揮手要他繼續前進。警方分別以法語和荷蘭語說著：「請往前走、請往前走。」引導行人穿越隔離柵欄。他們來到傅華薩路，這裡安靜多了，不過他們仍舊沉默不語，一直走到喬丹廣場。

在酒館裡，說得確切點，是在酒館前面，因為他們的確有露天座位可坐。馬丁和柏胡米點起菸，看了一眼菜單，點了今日推薦特餐，蔬菜燉海鮮，搭配白酒和水。柏胡米吐了個煙圈，說：好像在度假，對吧？想到要回家，我就擔心。

回家？什麼意思？

我星期五要回布拉格一趟，星期六我妹結婚。服務生送上酒，柏胡米啜了一口，說：很可怕，因為她要嫁給克維托斯拉夫．漢卡。這個名字你可能不熟，但在布拉格幾乎人盡皆知，而且是聲名狼藉。他是一個，該怎麼用英語說呢，我們捷克語是「krikloun」，對了，惡棍。他是我們捷克直接民主黎明黨的議員，極端偏激，直接民主黎明黨是個民族主義政黨，當然也是激進的歐盟反對者。你說，我在歐盟執委會工作，妹夫卻努力要摧毀歐盟，是不是很荒謬？

真的嗎？別告訴我你是伴郎。

不是，當然不是，我妹還是有點敏感度的。至少還有。她顯然沒想過要找我當伴郎。她把戀情告訴我時，被我狠狠罵了一頓。我還是先從電視上知道的。我有時候會在網路上看捷克新聞，在一則慈善活動的報導影片中，我看見了他。慈善活動耶！那些殺人犯竟然為可憐的罪犯舉辦慈善活動！我在報導中看見這位議員大人，旁白說：在他美麗的新女友陪伴下——你猜我看到了什麼！我妹妹！我立刻打電話質問她。她只說了一句：你們男人啊！

你們男人？

是的，她認為政治立場分歧，是男人的怪癖。女人主管愛情，男人則負責愚蠢的戰鬥。

你妹妹？

這時候餐點送上桌，柏胡米拿湯匙在菜裡挖來鏟去，好似想把最底下的菜給翻上來。他搖了搖頭說：你能想像這場婚禮嗎？想像喜宴的場面？那會變成布拉格的法西斯聚會，克維托斯拉夫還把照片版權賣給閃電——

賣給誰？

《閃電報》，一家報社，八卦報紙。

閃電？那顯然與啟蒙背道而馳。

柏胡米露出痛苦的表情。

換作是我，我不會去，馬丁說。

她是我妹啊。何況我媽還說，如果我不回去，就死給我看。

要是我就不會去，馬丁又說了一次。他十分驚訝。他喜歡柏胡米這個人，也自認了解他，卻沒想到這個瀟灑自在的同事、這個剛才還愉快迎向陽光不停眨眼的人，竟然面對這種生死攸關的問題。他還以為他——

柏胡米說了幾句話，馬丁只聽懂他說什麼戰前時期。他真的講了戰前時期？馬丁的手機這時響起，他接起電話說：等下打給你，我正在開會。然後問柏胡米：不好意思，你剛才說了什麼？

柏胡米舀著蔬菜燉海鮮吃，忽地把盤子推開說：我其實不喜歡這樣！

什麼？

我不是歷史學家，他說，但是我覺得那情況就是歷史，不管怎樣，就是以前的事，你懂嗎？石器時代。而石器時代這一章叫做戰前時期：激進的政治對立貫穿整個家族，這個是法西斯分子，那個是共產黨員，諸如此類。難道我在學校還不夠留神嗎？總之，就我記憶所及，是這樣講的：以前在黑暗時代，政治仇恨橫貫整個家族。那是什麼樣可怕的夢魘啊？為什麼到了今天、到了現在，黑暗時代會降臨我家？對了，我父親不會參加婚禮。

你母親不會因此想輕生嗎？

才不是，正好相反。如果我父親自殺了，她才大快人心。他們分居了，而且還鬧上法院。

馬丁本來因為週年大慶計畫，有重要事情要和柏胡米商談，但他打算往後推延，回到辦公室再說。現在，他感覺有責任要讓柏胡米開心起來，沒想到竟是由他取悅他！他舉起杯子說：我有辦法安慰你，想想范宏畢吧！

柏胡米一臉困惑看著他。

你想想看：范宏畢是歐盟理事會主席，也就是說，他是歐盟一位主席，但他的妹妹是比利時毛主義工人黨主席，弟弟是比利時民族主義者議員，強硬的法蘭德斯分裂主義者。我在報紙上看到，這一家人一年只聚會一次——一起過聖誕節！

柏胡米剛喝了口酒，瞬間噗哧笑了出來：過聖誕節！歐洲理事會主席！民族主義者！毛主義分子！

而且他們一起唱〈平安夜〉！

〈平安夜〉！哈哈哈！真的嗎？

對啊，據說是這樣。我在報上讀到的，《早報》上的文章。

柏胡米笑著說：我們再喝一杯吧！

他們走回辦公室，示威遊行已經結束。他們經過舒曼圓環，穿行在隔離柵欄和一堆堆糞肥之間，清潔人員正把糞肥鏟到市立清潔車上，惡臭撲鼻。太陽露出燦爛的笑臉。

返回辦公室路上，柏胡米一言不發，若有所思。在電梯裡，他說：我要取消星期五的班機，不去參加婚禮了。我不想和克維托斯拉夫．漢卡出現在同一張照片上，照片還刊登在《閃電報》上。

你母親怎麼辦？

我會告訴她：聖誕節回去。

然後他在馬丁手臂上打了一拳，賊笑說：平安夜！

半小時後，馬丁、柏胡米和卡珊德拉坐在會議室裡，更新週年大慶計畫的籌備進度。針對馬丁的提案，薛諾普羅在意見中寫道，必須查清楚還有多少納粹大屠殺的受害者在世。有沒有集中營倖存者這類統一名錄？多少倖存者住在歐洲？多少人在以色列、美國或其他地方？是否存在一個倖存者代表性組織，能夠在籌畫此次活動上，成為我們的合作夥伴？

必須釐清上述情況，才能決定是否真能把大屠殺倖存者全數邀請到布魯塞爾，或是至少邀請一個真正具有代表性的團體。

情況出乎我們意料，柏胡米說。我們之前當然也期待會有大屠殺倖存者的中央名錄，但什麼也沒找到。

卡珊德拉說：沒有一個組織或機構回覆我們發出的詢問信，例如以色列猶太大屠殺紀念館，他們完全沒有任何回音。經過再三詢問，才終於有人回覆，但回了也等於沒回，這裡，請看：這封郵件已轉給負責的同仁。接著又是好幾天沒消息。我再度寫信過去，請求告知負責同仁的名字與電子郵件地址，以便我直接與對方聯絡。沒有回音，到現在還是石沉大海。我們又嘗試聯繫洛杉磯的維森塔爾中心，一樣沒有結果。再次詢問後，收到的答覆是：維森塔爾中心的職責，並非彙編猶太人大屠殺受害者的文獻；他們只有尚在人世的納粹戰犯名單，全已公布在網站首頁；他們並沒有大屠殺倖存者的名錄，建議我們向以色列猶太大屠殺紀念館尋求協助。我們把這封信轉寄給以色列猶太大屠殺紀念館，再次請求他們提供協助，一樣音信杳無。我們寫信給所有的紀念館，奧斯威辛、貝爾根－貝爾森、布亨瓦德、毛特豪森等等，只有毛特豪森來了回覆。

毛特豪森寫了什麼？

這裡：他們只有毛特豪森集中營倖存者的名單，但也不完整，因為一九四五年五月集中營解放後，情勢一片混亂。當時倖存者紛紛立刻離開集中營，尋求不同行政機關與組織的幫助，取得身分文件，因此無法統一收集他們的資料。而毛特豪森擁有的不完整個人資料當中，實際更新的數據只有一小部分，何況也不見得正確。留下地址的人，每年都受邀參加解放紀念活動。一旦多年沒有回覆邀請，若不是過世，就可能搬家了。毛特豪森集中營紀念館的館長，建議我們詢問以色列猶太大屠殺紀念館——真令人意外！或者求教史蒂芬・史匹柏的猶太浩劫基金會。這是很有意思的提點！他們隨信還附上毛特豪森誓詞內文，提醒我們——也就是執委會，《羅馬條約》就是以他們的誓詞為依據制定的。館長寫道，等等，在這裡：「別再重蹈奧斯威辛覆轍」這標語大有問題，因為這句話把一座集中營置於首要之位，等於將集中營進行排名。反觀毛特豪森的口號，雖然世人已不再熟悉，卻具有普世價值，因此成為歐洲一體化計畫的濫觴。

馬丁點頭。這就是為什麼我們要——他頓了一下，然後說：我們使用奧斯威辛作為代稱，但基本上館長了解我們的想法。妳寫信給史匹柏的基金會了嗎？

寫了。

沒有回覆？

有的，但是簡單扼要。他們手中的倖存者名單，只有那些願意在攝影機前見證自己生命經歷的人。不過，他們不知道有多少浩劫受難者尚在人世，甚至不清楚接受訪問的時代見證者還有多少人活著。參加錄製的人，都是主動報名聯繫的。基金會的檔案全都對外公開。若我們需要更詳細的資訊，應該聯絡——

以色列猶太大屠殺紀念館。

沒錯。換句話說，我們目前仍一無所獲。

這情形真的很奇怪，馬丁說，簡直可說荒謬不合理。納粹把遞送到集中營的人全都編列成冊，記錄下姓名、個人資料、出生日期、職業、最後的地址，連續為每人編號，不停不歇計算人數，工工整整劃掉名單上的被害者姓名。但是，解放後，所有紀錄反而憑空消失——

納粹官僚體系！

所有官僚體制不都這樣？應該要將他們編列成冊，才能——

不是，柏胡米說。許多人不希望或者沒辦法再回到當初將他們驅逐或者遞送到集中營的國家，沒人願意名列在「流離失所者」清單上。初步診療他們後，能離開的，就讓他們離開了。

這我無法相信，馬丁說。以色列猶太大屠殺紀念館建立了集中營受害者名單，卻沒有興趣也製作倖存者名單？我沒辦法相信。一定有這份名單，只是顯然有人希望保密。

拜託，馬丁，卡珊德拉說，沒有什麼陰謀論啦。搞陰謀有什麼意義呢？我們無法知悉倖存者數目，理由很多。他們在解放後前往某地時之所以沒有留下地址，是因為他們哪來地址啊？等他們在某個地方重建生活後，也不會想要給以前的集中營寫信，通知集中營可在哪裡找到他們。拜託，馬丁，你要了解，集中營倖存者又不是什麼校友耶！好，有些人主動聯絡紀念館，願意成為見證人，講述他們的經歷；有些會來參加解放紀念活動；有些在幾十年後帶著兒孫出席，那表示他們贏了希特勒。但是，也有人不想和集中營有任何瓜葛；有些人雖然是倖存者，但解放沒多久便去世，成為戰後一般死亡案件；也不乏有人感覺羞愧，不希望再被編入卡片索引中；還有人則是選擇默不作聲，因為他們發現沒人要聽他們的故事。就連在以色列，也沒人願意聆聽逃離屠宰場的狼狽猶太人說話。這樣該怎麼將倖存者記錄成冊呢？

我們的問題在於，薛諾普羅想要的名單並不存在，柏胡米說。探究為什麼沒有名單，實在毫無意義。要解決問題很簡單。週年大慶的重點究竟是什麼？是歐盟執委會的論述。你說歐盟執委會的成立，是為了防止大屠殺的歷史重演，由我們保障和平與法治。好，但是要讓人信服，並不需要尚在人世的完整受害者名單啊。你難道想讓他們聚集在律法街上，一一唱名嗎？

夠了！拜託安靜！

有人認識大屠殺的倖存者，卡珊德拉說，我們可以把這些人列表，看看有誰能在我們的慶祝活動上傳達訊息——

你們詢問過歐盟統計局嗎？

為什麼要詢問他們？

拜託，柏胡米，馬丁說。我們設有歐洲統計機構，他們無所不知，裡頭什麼統計數據都有。他們知道歐洲今天下了多少顆雞蛋，應該也知道歐洲還有多少大屠殺受害者仍舊活著。卡珊德拉，麻煩妳洽詢統計局，有了答覆後，我們再繼續討論。

卡珊德拉在筆記本寫下「歐洲統計局」，然後看著馬丁說：不是我要多嘴，但是你為什麼偏偏現在想要那些被編成號碼者的統計數據，一定要個數字呢？

她解開長袖襯衫的袖口，拉高袖子，拿中性筆在手腕寫下 171185，然後把手臂伸過去給馬丁看。

什麼——？這是什麼？

我的出生日期，卡珊德拉說。

馬丁一般工作到七點或七點半下班，不過這天四點半就離開辦公室。他不覺得不好意思，因為已沒有急事需要處理，接下來一個小時的例行事務或許會積著，不過隔天再解決就行。家裡沒有食物可吃，他也不餓。他決定搭地鐵之前，先到阿基米德街上的喬伊斯酒吧喝一杯。路上有坦克車行駛著。他再往前走一段，來到查理曼大街，這裡和律法街上也都有軍車往來，塗上綠色漆與棕色漆的鋼板，彷彿吞沒了夕陽餘暉。士兵在路上巡邏，警察指揮汽車掉頭，指示行人穿越隔離柵欄進入地鐵站的狹窄通道，理事會大樓前的直接出口已被封鎖。

看到這景象，馬丁想起曾經看過的電影《Z》或《失蹤》（*Missing*），或是電視播放的紀錄片。他很少看電視，但半夜睡不著拿著遙控器轉來轉去的時候，最後就會停在歷史紀錄片。比起故事，他更喜歡歷史，歷史片尤其吸引他，不論是早期的每週新聞影片，還是被發掘後運用於紀錄片的業餘影片。影片中，旁白的洪亮聲音，耐人尋味講述一個沒落時代。此時，好幾個畫面浮現在他的腦海：布拉格之春受到鎮壓後，坦克進駐溫塞斯拉斯廣場；皮諾契特發動政變，坦克車隊行駛在智利聖地牙哥街道上；軍政府成員政變，在雅典街道上展現軍力。這些閃動的影片，來自業餘者拍攝的超八毫米影片與古老電視新聞的黑白影片。馬丁覺得這些歷史材料正投射在他眼前的街道，創造出虛擬實境，而他手中缺少遊戲機操控器。坦克車像龐大的金龜子，在空無一車的街道上移動。少數幾個路人緊貼著房子和柵欄行走，最後被地鐵出入口吞沒。

馬丁沒有被眼前的景象震懾，他想起目前正在舉行歐洲國家領袖與政府首長高峰會，因此採取了相應的保安措施。他走進喬伊斯酒吧，吧檯旁的人高談闊論，一身西裝，領帶鬆開。現在正是酒吧的歡樂時光優惠時段。

回家途中，他在聖凱薩琳街角商店又買了一手朱皮樂啤酒。

晚安。（荷蘭語）

晚安，先生。（法語）

再見！（法語）

再見。（荷蘭語）

回到家，他脫掉緊得很不舒服的褲子。他胖了。為此他看不起自己，但也沒有下定決心減肥。在布魯塞爾，不是以年來計算時間，而是公斤數。他穿著襯衫和內褲，點了支菸，站在敞開的窗邊吞雲吐霧。抽完後，在擺著舊書的壁爐前的扶手椅坐下，點亮蠟燭。為什麼？因為蠟燭正好就在旁邊。他喝著啤酒，看著昆蟲從開啟的窗戶紛紛飛進房間，尋找著燭光，然後撲進火裡，燃燒至死。

對他來說，這證明了上帝並不存在，證明上帝造物沒有意義，所以也就沒有所謂的上帝創造世界。因為創造一個只在夜間活躍，卻在黑暗中尋找光亮，然後把自己燒死的物種，究竟有什麼意義？這些動物有什麼用處？對於堅持與期望的大自然和諧，有什麼樣的貢獻？牠們很有可能事先增加數量，大量繁殖像牠們一樣在亮晃晃的白日裡處於昏睡狀態的後代，等到夜幕降臨，傾巢而出，尋找因睡過頭而錯失的亮光，由於一種怪誕的死亡衝動，立刻結束自己的生命。夜幕中，開啟死亡的飛行。牠們黏在玻璃上，玻璃另一邊就是光源，彷彿玻璃能夠提供營養。牠們成群繞著電燈和路燈飛舞，彷彿靠得離光這麼近，眼睛也不會被灼瞎。一旦發現燭火或其他明火，就等於發現了自己的使命，立即一頭栽進死亡，亦即栽進牠們來時的黑暗。

布侖孚特督察當機立斷，提前在舒曼地鐵站下車，而不是搭到梅羅德地鐵站。在兩處地鐵站之間，坐落著五十週年紀念公園，一般稱為「銀禧公園」，在這明媚燦爛的一天，他想在公園裡愜意走走。剛才在地鐵上，一陣冰冷的恐懼襲來。他害怕被塞進醫院檢查儀器的圓筒裡，心情不由得沉重起來，於是要自己上來走路，散散心。他因為緊張，太早出門，所以現在時間還早。

尤斯圖斯．利普休斯的出入口被封鎖，他隨著人潮移往貝雷蒙特出入口。由於往地面出口的手扶梯停止運轉，所以這裡擠成一團。大家於是繞道走樓梯，但在樓梯上常常要停下來退到一旁，讓路給往下走的人。同時，又被背後往上走的人推擠著，還不時撞到手提行李箱和背包。布倫孚特把小旅行袋揣緊在身前，上方出入口傳來喊叫聲、刺耳的哨聲，有一些本來往上走的人這時掉頭回返，越來越多人從上面往下走。布倫孚特不清楚發生什麼事，但也只能隨波逐流，跟著人潮回到月台。這時有班地鐵進站，布倫孚特上車，搭到下一站梅羅德。

露台酒館就位於塞爾特大道的地鐵出入口旁邊。他想在這裡喝杯啤酒，消磨一下時間。酒館生意興隆，不過他還是找到一張空桌。雖然酒館緊鄰繁忙喧鬧的大街，但是置身植物綠籬後，布倫孚特感覺猶如置身寧靜的綠洲。寧靜。得以在寧靜中思考。什麼？思考什麼？他應該為人生做出決定。他激昂地想著：人生的抉擇。就在此時，他感覺自己再也無力做出決定。雖然他接受停職已一段時間——不是正式停職，但是，從人生中被停職，還是感覺十分「突然」。真奇怪，「突然」究竟能持續多久？

他也納悶做出人生抉擇有什麼意義，難道僅是因為腦海裡出現這個詞？他甚至不知道——

服務生過來，布倫孚特點了啤酒。

還要點什麼吃的嗎？

他婉拒了，只要啤酒就行了。

——他甚至不知道自己還有多少時間。

服務生端來啤酒，同時也把帳單和一張紙條放在桌上，紙條寫著：「此桌已訂位，十二點三十分。」服務生請布倫孚特先付款。十二點三十分，只剩十分鐘了。顯然服務生希望盡快空出桌子，以免還有客人想要進來用餐。

一直以來，布侖孚特始終受人敬畏，光是魁梧高大的身形，就自顯威儀。但他現在看著服務生，卻感覺自己渺小又臃腫。

他起身，深吸口氣，挺起胸膛。你應該馬上告訴我，這張桌子已經有人預約了！我沒有興趣一下子就把啤酒灌進肚子裡！你在我點了啤酒之後，在我面前啪地放下「訂位」紙條，我覺得十分惡劣，而且侮辱人。再見了！

但是……先生！您不可以……請等一下！您不可以掉頭就走！必須付清啤酒錢。

為什麼？我一口也沒喝。

那我必須要報警了。

這裡，這是我證件！我這就來了！

噢，真抱歉，督察先生！您當然可以坐在這張桌旁，想坐多久就坐多久，我會另外把預約的客人安排到別處，督察先生！

我沒有興致了！

這只是短暫的幻想，幼稚得讓他更覺得丟臉。他實際上付了錢，說：沒問題，我十分鐘後反正也要走了。我還有約，而且——

而且什麼？他反而還多給了許多小費。

他發呆了幾分鐘，直楞楞注視著啤酒。他怎麼能忘記……？他起身離開，啤酒一口也沒動。

布侖孚特穿越塞爾特大道，沿著林思特路往北走。他忘記門號，但仍一直走下去，心想即使不記得門號，也應該認得出醫院來。

但他沒有認出醫院。過了一陣子，才明白自己已經走得太遠，於是趕緊回頭。他的確沒有太早到醫院，反而差點遲到。他冒汗了。可想而知，等下辦理住院以及醫師初次問診時，應該會留下不好的印象。

在那裡！他終於看見了！歐洲醫院的外觀宛如新哥德式天主教堂，難怪他會錯過。誰會預期醫院長得像具有歷史意義的教堂？

他走進醫院，轉眼間彷彿置身在太空站。眼前盡是白色的塑膠表面、鋁銀色、藍色燈光，地板上還有五顏六色的光條，指引人前往不同的科別。在這裡行走或者坐著的人，竟然不是無重力飄浮在空中，讓布侖孚特十分驚訝。話說回來，這裡卻也是一般的醫院大廳，容易清潔刷洗，閃耀著典型的醫院光澤。之所以感覺像科幻電影場景，純粹是因為進入醫院時，是從外觀像哥德教堂的入口進來的。

布侖孚特站在指示牌前，第一個注意到的是「精神科」，接著才看見「內科」。他沿著指引系統的藍色光條前進。

掛號、辦理住院、分配房間、初診時向醫師說明自己以往的病歷。德呂蒙醫師解釋有必要進行哪些檢查，所有檢查應可在兩天內完成，他會適切安排檢查流程。他相信，之後就能確診布侖孚特的病況。他問布侖孚特是否空腹？布侖孚特回覆是的。他今天完全沒有進食，一滴水也沒喝。非常好，主任醫師說，這樣我們馬上就能抽血。由安妮護理師幫您抽血，她等下到病房找您。我會安排您事後吃點東西，補充體力。

抽完血後，護理師端來茶、鬆餅和一些草莓，並問布侖孚特晚餐想吃什麼。

我看了您的病歷表，您還沒有——她看著他說：還沒有改成特殊飲食，所以吃的還是一般食物。您可以選肉或者素食。

布侖孚特望著盤子上的鬆餅和三顆草莓，說：麻煩妳，我兩種都要。

什麼？兩種？

我在想，葷食應該有配菜吧？

葷食是茄汁肉丸。

配菜是？

馬鈴薯泥和紅蘿蔔。

這就是了，都是素的。所以我要肉丸，這樣我葷素都有了。

布侖孚特很害怕，這一生從未如此恐懼過。可是，他內心又隱隱在抗拒，迫使他裝出不在乎的樣子。床上擺著他的睡衣，像個沒有身軀的屍體；旁邊鉤子上鬆垮垮掛著晨袍，那就是他消失後的樣子。他沒有換衣服，也沒有躺到床上。護理師出去了。他吃了一個鬆餅，喝了口茶，忽然笑了，因為他發現自己正屏著氣息，傾聽四下動靜。接著，他打開房門，左右偷覷了一番，看看是否有什麼危險。他離開房間，搭電梯到大廳，想去餐廳喝杯啤酒。

醫院餐廳沒有啤酒。他穿越新哥德風格的房屋立面，步出太空世界，加入沒有想到死亡的人潮，走了幾步，最後找到一家咖啡廳，點了啤酒。

小杯的嗎，先生？

請給我大杯的。

他坐的位置剛好看得見一家藥房。

他額頭冒汗，於是拿手帕擦拭汗珠。是發燒嗎？沒有，只是天氣太熱。陽光穿透兩頂遮陽傘，熱呼呼曬在他的後腦勺和背部。他把椅子往旁邊挪一點，脫掉西裝外套。

這時他的手機響了，是菲力普。

我有話要說，但不能在電話上講，菲力普說，情勢尚未明朗，不過發現了幾點很有意思的——該怎麼說比較好？徵兆。我不確定是不是該繼續往下挖，因為風險很大。我們必須談一談。明天能見面嗎？

我在醫院，布侖孚特說。你知道我得做全身檢查，明天安排了一系列的檢查，可是——

你感覺怎麼樣？醫師怎麼說？

就像你說的：有意思的徵兆，但是情勢尚未明朗。你明天傍晚行嗎？

傍晚六點半或七點都可以。

好，那你來歐洲醫院找我，在林思特路上。如果你搭地鐵來，就在梅羅德站下車。

好的，明天見。

布侖孚特住進雙人病房。幸運的是，另外一張床空著，所以他晚上還能打幾個電話，不怕打擾病友或者被迫出去講電話。電視掛在餐桌上方的牆面，他可以隨心所欲打開或者關掉，不需要取得他人同意。他收看晚間新聞，正在播放警察局長的採訪。局長駁斥大眾對於警察辦事不力的指責，他說如果不知道豬下次會在何時、何地發動攻擊，要抓到牠幾乎不太可能。他真說了「發動攻擊」？布侖孚特心生納悶。這時，一名女記者恰好就詢問局長：他所謂的「發動攻擊」是什麼意思？局長說他的意思是豬忽然出現，導致路人惶惶不安。布侖孚特煩躁地關掉電視。房間裡只有他一人，他想關就關。他也無須在極度惶恐的夜晚壓抑恐懼，可盡情在床上翻來覆去、反覆起床、到浴室喝水、上廁所、沖馬桶，沖水聲大到把他嚇了一跳。他走回床鋪不小心撞到床緣時，也可以任意咒罵；打鼾、放屁，完全不需要緊張兮兮注意禮儀。

可是，這種不幸中的小確幸卻在隔天破滅了。他一大早被帶去照心電圖，回到房間時，發現空床上已有個男人靠在立高的床頭上。他弱不禁風，蒼白得幾近透明，稀疏的金髮規規矩矩分向兩旁，身上穿著細條紋睡衣！深藍色絲綢睡衣，點綴著細緻的橘色條紋。他雙腳盤起，腿上放著筆電。

「心室性期外收縮」一詞還在布侖孚特腦子裡跳動，像被包裹在棉花裡似地包裹在心臟科醫師安慰的話語裡。現在還有這個男人在他的房間裡！對方快活地打著招呼，好似發現自己不再孤單一人而異常興奮。布侖孚特也打了招呼，然後站在兩床之間，又朝那人點了個頭。這時，他看見對方睡衣上繡著徽章，是一條淺藍色的蛇——那是什麼……？那個男人朝布侖孚特伸出手，說：我是莫里斯．紀羅聶茲。

很高興認識你。布侖孚特也說出自己的名字，同時向他鞠躬。但其實布侖孚特只是稍微彎下身，想要看清楚徽章上的圖案。那條蛇是個獨具風格的S，一旁是索爾維（Solvay）字樣，下面是布魯塞爾經濟學院。布侖孚特看得瞠目結舌。他自己有安德萊赫特的圍巾和T

卹；教女喬艾樂受洗時，他因為好玩，在球迷商店買了安德萊赫特足球俱樂部代表色的嬰兒褲裝送她。但他從來沒見過、也沒聽過，有人會穿著大學的粉絲睡衣。

紀羅聶茲先生自然而然想要交流一下彼此的疾病史，但布侖孚特簡單說他只是來做檢查，純粹是預防措施。

吶，格羅聶茲說，他們會找出問題的。他們一定會找出毛病。五十歲之後，你不用懷疑，他們肯定找出什麼的。如果醫師在五十歲以上的男人身上查不出問題，我就會問自己，這些人究竟學了什麼？那時就得轉院了。不過別擔心，您在此會受到妥善的照顧，歐洲醫院是頂級醫院，他們總能找到病症。我的問題是脾。是不是很罕見？偏偏是脾。您一定好奇為什麼我說很罕見？請您告訴我，脾是做什麼的？它的任務為何？您看！您也不知道。您問朋友、熟人，問問街上路人，一定沒人知道。但是肝臟呢？人人皆知！心臟呢？那當然！肺、腎呢？即使沒學過醫，也知道這些內臟在做什麼、功能為何。但是脾呢？您說說看，脾的任務究竟為何？您看吧，這就是奇特的地方了！脾過著隱居的生活。如果沒有脾，我們熟悉且認為至關重要的其他器官，全都無法運轉。脾控制其他器官，掌握所有狀況，不斷監督它們。脾防止其他器官生病，清除血液中的有害物質，儲存白血球，在必要時加以分配，可以說就像派出干預部隊一樣。心臟不會發現肝有問題，反之亦然；不管肺功能是否受到損害，腎臟依然努力工作。但是，脾能察覺一切，並且做出反應。而脾所做的事情，其他器官也都知道。脾是偉大的溝通者，同時也是沒人重視的情報人員。為什麼沒人重視脾？為什麼沒人了解脾在做什麼？那是因為脾通常不引人注意。脾這種器官很少出毛病，而是解決其他器官的問題，盡量防止其他器官生病，但本身很少生病。您知道我在想什麼嗎？我在想，心身醫學真的有值得重視的地方。這是我的猜想。不管您飲食攝取有多健康，延伸來說，只要您一直把食物吞下肚，胃早晚生病。您理解我的意思嗎？

嗯，這是一般常識。

您看，我的問題就出在脾。這絕非偶然。我在工作上就是脾。前一陣子，我發覺自己做不下去了，沒辦法再認可自己的職務，而且——

您的工作是……什麼？我的意思是，脾不是種工作。布侖孚特咕噥了一聲。

我在歐盟執委會工作，紀羅聶茲說，在經濟與金融事務總署，負責聯絡事宜。也就是說，我是不同機構之間所謂的溝通者，隱身在幕後。我必須統合、協調各人單獨負責的事項，編輯整理，撰寫成我們執委對外發表的談話內容。因此，請您想像一下，有個生物，他的肺因為長期吸菸而嚴重受創，酒精過量損害了肝，胃則受到食品中的化學物質傷害，而您應該要幫他們去除毒素；還有，要寫篇文稿，交給嘴巴宣布，說明只要付出最大的努力，確保生物運作更加良好，例如為了免除剪指甲而截斷所有手指，生物就能處於最佳狀態。這樣的工作我做不下去了，布侖孚特先生。我三年前開始出現困難，無法再正常工作。當時我辦公桌上放著韋柏斯特大學、普茨茅斯大學與維也納經濟大學合作執行的研究——請您等一下！

他敲著筆電鍵盤！這裡！我把研究內容存起來了。〈財政緊縮對自殺率的影響〉，這是一份長期研究，調查在希臘、愛爾蘭、葡萄牙與西班牙等國實行撙節計畫，與這些國家自殺率發展趨勢有什麼樣關聯性。那真的太可怕了。我不想拿統計數據和數字讓您感到無聊，只舉幾個例子，例如：希臘開始實行撙節計畫時，第一年的自殺率上升了百分之一．四。數字很小，聽起來不多，但是拜託，那都是人命啊。第三年，自殺曲線戲劇性陡升，我們得到的數字足以說明這是場瘟疫。自殺案件中，百分之九十一．二是六十歲以上的人，他們的退休金與健保遭到削減，甚至是完全被刪除了。第四年，自殺統計中，四十歲以上的人口比重增加了，主要是單身的長期失業者。第五年，下降的失業人數相當於當年自殺案件，約有百分之〇．八的些微差異。但現在情勢顛倒了，請稍等——他又敲了幾下鍵盤——這裡，愛爾蘭。我們執委最喜歡的例子。愛爾蘭的經濟又開始成長！優等生！但是這份研究顯示：之前急遽激增的自殺率並未下降。經濟雖然蓬勃發展，卻仍未達到先前被破壞的社會安全網標準。您理解嗎？

男人纖細的鼻翼歙張。

我必須承認，讀到這些內容的時候，我滿心忿忿不平。我為執委撰寫執委會週三會議的報告，我清楚記得第一句話是：「我們都是凶手。」還列舉幾點執委必須提出的建議，讓執委會能夠實踐保護歐洲公民的職責。我送了副本給總署長，畢竟他負責各成員國的經濟事務。總而言之，自那時開始，我身體就出了毛病。有問題的是脾，它無法再排毒——

就在此時，護理師走了進來。布侖孚特先生嗎？我帶您去照超音波。

布侖孚特說了聲不好意思，就隨護理師出了病房。他簡直受不了這個滔滔不絕的演講稿撰寫人，但他也不得不承認：這個人很有可能成為他的戰友。

艾哈特教授先前在旅館房間不小心跌倒，撞到暖氣機，手腕上瘀青一塊，現在已變成一大片深藍，看起來像刺青失敗的歐洲地圖。

「檢討小組」會議結束後，艾哈特回拒與其他人共進晚餐的邀請，迫不及待搭上地鐵，返回聖凱薩琳。現在他正坐在梵谷餐酒館的露天座位上。餐酒館位於教堂旁，他從地鐵站走回旅館的路上，發現冰櫃上展示的生蠔、龍蝦和螃蟹，不由自主找了張桌子坐下，想讓自己好好放鬆，享受一下。經歷過之前會議上的屈辱騷動後，他想安撫一下自己，做為一種反抗。

日近黃昏，但依然炎熱，艾哈特教授脫掉西裝，掛在椅背上。這時，他看見手臂上無心造成的刺青，嚇了一跳，用手指頭輕輕觸碰，低聲發出呻吟。不過，他並非感到疼痛而嘆，至少不是局部疼痛的關係，而是因為絕望，因為靈魂受到了煎熬。

他在會議上的行為，和許多年前當教授時遇到的反權威學生如出一轍。比起大部分同事，他能發掘學生的才華，認真看待他們的熱情與理想，與學生互動較好。但是他也明白，自己的行為很不得體。他是教授，卻沒有教授的架子。可以說他是不受傳統拘束的教授嗎？在非傳統事物成為當道主流才會受到認可的這個時代，無法這麼界定。他的行為不過是愚蠢、是胡鬧。在智庫會議上，他應該盡量不發言。簡單發表聲明，慢慢測試水溫，圓滑應對才是上策。但他按捺著性子傾聽的內容，實在愚不可及，令人難以置信。但那又如何？人還是可平心靜氣，實事求是回答愚蠢的問題。例如有位專家提出一個假設，他說打個比方，我們的問題叫做肥胖，對付肥胖最好的方法，就是攝取更多食物，強迫身體排出更多排泄物，排泄物增加，就會導致體重下降。其實大可不必咆哮怒斥那個專家是白癡，採取其他的方法，應該會更簡單一點。真的嗎？並非如此。毛骨悚然的是，會議一開始便達成共識，要採取當初導致危機的方法來解決歐洲的危機。了無新意。各種策略為什麼沒有效果？一定是因為未堅持不懈、貫徹到底！那就堅持不懈，繼續執行！了無新意！各種決策只是使問題更加惡化？那只是暫時的！繼續努力，不要鬆懈！了無新意！他簡直瀕臨崩潰。

他點了十二顆生蠔、半隻龍蝦，佐以一杯夏布利白酒。

先生，我們的夏布利白酒是整瓶販售的。我們自釀的葡萄酒是蘇維翁葡萄品種，可以單點一杯。

那就給我一瓶夏布利吧。

他的手指不時輕撫著那片瘀青。

生蠔送了上來，他一個接一個吸溜著，並問自己，為什麼他認為自己能享受這個，吃生蠔？生蠔的味道不會讓他想起以前的幸福時光，因此吃生蠔不會讓他開心。龍蝦最大的好處是肉不多，他沒有耐心吃螯。其實他不餓，只是想要享受一下。半瓶酒已經灌進他肚子裡了。廣場上，一名男子正彈手風琴，演奏德國三〇年代的流行歌曲。艾哈特熟悉這些歌，父母有這張唱片。在加了檸檬片的溫水碗裡稍微洗洗手之前，他舔了舔手指。他確實有所享受了。

最精彩的是，會議上以英語激烈辯論時，一名德國經濟學家卻以德語對艾哈特說：「請您克制一下！」克制一下！在這場蠢得無以復加的討論中，需要克制的人竟是他。有位希臘金融專家，鉅細靡遺描述希臘出現財政赤字的緣由，他引用一位避居牛津的權威人士說法，表示若不大刀闊斧削減希臘社會福利，不可能消除財政赤字。立刻贊同他的看法的，偏偏是位義大利政治學家，他還提醒大家應恪守財政穩定規範。他邊說話，邊比手畫腳，伸出兩手食指畫著8字形，彷彿是兒童合唱團的指揮。法國哲學家——一開始發現哲學家也受邀參加智庫會議，艾哈特還覺得很有意思——堅持應加強德法軸心的作用，就連羅馬尼亞同僚也贊成這個訴求。只有兩名德國人彼此對於德國在歐盟行使領導權時，應該「更加自信」抑或「更加謙卑」這一點上無法取得共識，稍微有點意見分歧。會議進行的狀況差不多如此。艾哈特問自己，這些人究竟怎麼了？經過多年的專業學習、競爭教授席位、身居責任重大的位置後，他們知道的只有一件事：將已實踐多年的經驗，表述成未來政策所需之物。艾哈特打斷別人的話，大喊道：為了這個，根本無需什麼智庫，只需要八卦報紙！

艾哈特就這麼開始與人你來我往，直到一名出了阿亨大學經濟學院同事圈就名不見經傳的德國人，以德語對他喊道：「請您克制一下！」

劍橋大學文化學系的英國教授說，基督教是歐洲共同的根基，但今日不管是在社會政治層面或個人行為上，我們都在丟失這種唯一的共通性。

這時，艾哈特教授一躍而起——

不用，他說，不用甜點，然後喝光瓶裡的酒，付錢離開。他早有心理準備，卻沒料到竟如此荒謬乖張。他認識來自不同國家的同行，與其保持密切聯繫，進行討論總是有所斬獲。還有許多倡議團體、基金會、非政府組織，可以說他們全都熟悉歐洲情勢，他常與這些組織書信往來，追蹤他們的部落格。但是，廣大群眾能接收到的訊息實在少之又少。「新協定」智庫能直接與歐盟執委會主席聯繫，非常接近核心權力，因此他寄予厚望。然而，接近權力核心的，顯然不過是個泡泡，就像肥皂泡一樣空洞無物，可是又無法摧毀：再怎麼拿針刺，也戳不破，反而彈旋得更高。他腳底絆了一下，差點跌倒，好不容易穩住身子。可惡的布魯塞爾地磚。人們坐在露天咖啡座上，瞇著眼欣賞夕陽餘暉。街頭雜耍藝人拿著四顆、六顆、八顆球丟向空中，竟能丟八顆！手風琴手正在演奏〈男孩啊，快回來〉，艾哈特在他的帽子裡丟了個硬幣！遊客拿著自拍棒在教堂前自拍。艾哈特穿過廣場，但沒有繼續往前走回旅館，而是拐進聖凱薩琳娜路。他漫無目的，偶爾望望櫥窗，卻始終只看見自己戴著黑框大眼鏡的臉龐，灰白的頭髮彷彿觸電似地直直豎起。他走到魚市街，看見轉角有家咖啡館，卡夫卡咖啡館，覺得店名巧富深意，於是走進去，點了杯葡萄酒。他已經有點醉了。他喜歡喝一杯，但通常是在開心慶祝的時候，而不是借酒澆愁。先前點夏布利酒，是因為他學到吃生蠔一般都配這酒。他妻子很了解這類事情。他的小特魯德。如果她還在世，他一定打電話給她，她會說：你明天必須圓融一點。你胸懷願景啊。不要罵人！試著向他們解釋你的願景就行了。

他付了錢，繼續往下走，橫越林蔭大道，左手邊有家門面精美的老店，看似是一間古雅的珠寶店。他朝店家走去。為什麼？他不需要首飾，特魯德已經過世，何況她也不在乎珠寶首飾。是商店門面的關係，門上方招牌寫著：「神祕身體」。他看向櫥窗，陳列著各式各樣的針與末端鑲著小寶石的筆桿、形形色色的圖畫——那是什麼？最後他才看明白：原來這裡幫人穿孔與刺青。

他走了進去。一名年輕人坐在空蕩蕩的碩大辦公桌後面，抬起頭來。這種桌子想像中應該只會出現在總統辦公室。

艾哈特告訴年輕人他想刺青。他感覺眼前的場景猶如快速變換的夢境，一下虛幻不實，一下生動鮮活。他以為刺青師會全身上下布滿紋身，但這個年輕人卻沒有半個刺青，至少看不見。

您想要——

是的，艾哈特說，脫掉西裝，把手臂伸向年輕人：我想在這裡刺上十二個五角星，想要遮——就刺在這片紫藍色上。

這是瘀青。

沒錯。

要我在這裡刺上星星？

是的，麻煩你。

為什麼要這麼做？

這片看起來不像是歐洲嗎？

什麼？

你看！這裡是伊比利半島，前面突出的地方清清楚楚是個靴子，不是嗎？

義大利嗎？

是的。還有散開的這裡是希臘，一眼就看得出來。

好的，想像力很豐富。但是比例不對，那是……不對，那不是歐洲，只是失真的圖像。

不管如何，這最後會痊癒——至少我盼望如此。

我看這片血瘀就像是歐洲，現在我想加上星星，需要多少費用？

不，這生意我不做。這裡血管受損，微血管已經爆開，我不能插針進去，這狀況我無法處理。我不會碰您的瘀青。反正瘀青幾個星期後就消失。如果刺上星星，到時候手臂上就剩下星星，而您刺青的理由卻消失了。

所以你不為消失中的歐洲刺上星星？

抱歉囉，這事我不做。

方舟裡，沒人料想到週年大慶計畫竟會在執委會裡掀起軒然大波。正如暴風雨前總會出現鬼魅般的恐怖寧靜，執委會的風暴也是如此宣示它的到來。

首先，歐盟統計局十分配合，提供了數據。對方的回覆鉅細靡遺，附上各種數字。但是，毫無幫助。

這些跑龍套的（Statisten）！柏胡米聳了聳肩，以德語對馬丁說。

你想說的是統計學家（Statistiker）吧！

是的。

統計局的回覆裡沒有附上數據表格、公式與圖示，馬丁瞠目結舌，特地還把資料看了三遍，接著又對著回信愣視了一個鐘頭。馬丁心想，統計局負責人所寫的內容大致是，以統計為基礎進行的推算中，個體屬於干擾因子。因此，這份答覆可以如此解讀：上帝將所有與人有關的可用統計數據，都變成了廢紙，其意圖深不可測。

回覆表示：我們知道當今歐洲有多少九十歲以上的男女居住人口，也知道隨著年紀增加，男女之間的餘命差異逐步縮小。根據平均統計數字，九十歲女性的餘命還有四年，男性仍有三·七五年。一九四五年大屠殺倖存者的數字，只能大略估算，也沒有數據能顯示男女比例。不過，若認為男女的預期壽命，反正隨著年紀增長會逐漸縮小差距，且估算大屠殺倖存者的餘命時，不考慮性別差異，只求盡可能查明至今仍然健在的人數，這樣的嘗試注定失敗，因為不同國家的預期壽命不盡相同，也不清楚倖存者分布在各國的情形。倖存者生活在德國、波蘭、俄羅斯、以色列或者美國，都會影響估算結果。此外，還要考慮他們生活富裕與否，抑或在貧窮線以下求生存。二〇〇五年，以色列一名人口統計學家估算（請看注釋），百分之四十的大屠殺倖存者，生活在貧窮線邊緣或者低於貧窮線。這些人無疑處境最為悽慘，不由得會假設他們應該早已不在人世。然而，無法證明假設是否正確，因為另有統計數字顯示結果正好相反：年輕時經歷過長期飢餓的人，壽命較長，比起從未面對過這種生理適應壓力的人，晚年即使有所匱乏，身體狀況也能調整得更好。不過，除了大屠殺倖存者之外，受過戰爭殘害或者生活在占領區的人，絕大部分都曾經飽受大饑荒之苦。因此沒有一個公式，可純粹計算仍健在的大屠殺倖存者的餘命與可能數量。

統計局負責人又回到一開始提到的九十歲長者的餘命問題。他寫道：「如果我們假設，目前仍在世的大屠殺倖存者當中，年齡最輕的人出生於一九二九年——因為年滿十六歲才會關入集中營，低於十六歲以下，全部立刻送進毒氣室——那麼根據餘命統計，我們僅能掌握一定存在特定數量的倖存者。不過，即使我們知道確切數字，也無法斷定這項統計是否適用於他們；換句話說，他們是否符合統計學上的平均值。倖存者肯定都超過九十歲，理論上平均餘命還有三．七五年到四年。但是這些我們不清楚數量的倖存者，很有可能一年內百分之百全數死亡，但也不排除百分之百的人依然健在。兩者都在波動範圍內。」接下來的這句話宛如印成粗黑的文字，在他眼前跳動：「**那已經不再是統計學，而是命運了！**」

馬丁把歐盟統計局的回覆加上自己的意見，轉發給薛諾普羅。他建議，無論是盡可能邀集大屠殺全數倖存者（只要能掌握數目），或者邀請一小群具有代表性的人（如不同國家的代表），還是只要找一位示範性的人物做為週年大慶的活動焦點，這個問題都暫且先擱置。首要之務在於取得以下共識：應將週年大慶視為一個機會，向歐洲大眾展現執委會不僅是「歐盟各協定的守護者」（如同執委會官網所寫），還守護了更加輝煌、更加廣博的誓言，亦即防止奧斯威辛之類的歐洲文明斷裂再次重演。執委會必須將這種「永恆的附加條款」做為核心思想傳遞給大眾，馬丁寫道，因為它不只讓執委會成為抽象的「管理機關」，也能變成「道德機構」。邀請納粹大屠殺最後的見證人列席，可使大眾對於執委會的工作產生必要的情感聯繫。執委會之所以形象低落，歸根究柢在於被視為單純的經濟共同體，而越來越多人不接受執委會提出的經濟政策。我們應該引用尚・莫內的話，不斷強調執委會的基本理念：「我們所有的努力，都是從歷史經驗學到的教訓：亦即民族主義觸發了種族主義與戰爭，造成奧斯威辛這個極端的後果。」

有鑑於此，第一任執委會主席，德國籍的華爾特・哈爾斯坦，在奧斯威辛發表他的就任演說；後來的執委會主席賈克・迪羅斯與羅曼諾・普羅迪也都繼承此一理念。而新任執委會主席，也在一月二十七日奧斯威辛集中營解放紀念活動發表演說，聲明「加強各成員國經濟交流，目的並非單純追求經濟成長」，而是「促使歐洲一體化計畫具有更加深刻的意涵，亦即：未來要避免國家專斷獨行，阻止民族主義抬頭。民族主義會導致仇恨、攻擊他國，造成歐洲分裂，種族主義興起，最後出現奧斯威辛集中營。」

馬丁在給薛諾普羅的電子郵件最後寫道，強烈建議不要從歐盟撥出預算舉辦週年大慶，而是以執委會的預算支付。這樣一來，就不需要經過理事會和議會表決（可以預見，協商過程將會曠日耗時，最後妥協的結果也不會有任何建設性），提升的形象最終也將有益於全體執委會。

薛諾普羅向阿金森女士報告，請她同意直接由執委會撥出預算舉辦週年大慶。不過，阿金森女士最近心裡另有擔憂。幾天前，社交媒體上出現流言蜚語，指稱執委會收受國際大藥廠遊說人士的賄賂，計畫頒布同類療法的禁令。一天之內，一百五十萬封抗議郵件從歐洲各地湧進，幾乎癱瘓執委會的伺服器。德國《圖片報》以斗大醒目的標題刊登這個假消息，雖然標題最後加上了問號：「布魯塞爾官員喪失理智了嗎？」連英國《太陽報》、奧地利《皇冠日報》、捷克《閃電報》、西班牙《你好》雜誌，甚至是《國家報》，以及法國的《法國晚報》與《解放報》（即使不是頭版頭條），也都紛紛跟進。這些怒吼咆哮的報導，最後匯聚成一道呼籲，向執委會抗議跨國大企業及其安排在執委會裡的說客。阿金森女士絕望地坐在辦公桌後面，柔嫩修長的手指冰冷發青。她把手指又揑、又壓、又揉，同時思考如何有效阻擋這齣鬧劇。只有《新蘇黎世報》刊登了官方的闢謠啟事，結果在社交媒體上引發新一波的狗屎風暴，因為無人不知這些大藥廠總部就設在瑞士。阿金森十分納悶，這些媒體說不上是反資本主義的引戰性報紙，為何見獵心喜，呼籲要對抗跨國大集團，尤其藉機痛毆歐盟執委會？執委會本就反對跨國大集團的權力不受限制。前不久，執委會不是才處罰微軟和亞馬遜數十億罰款嗎？

阿金森女士是學有專精的經濟學家，而非溝通專家，儘管那現在也屬於她的工作職責。她走馬上任的目的，就是要改善執委會的形象。她當初計畫採取主動攻勢，卻一路落於守勢。執委會主席因為同類療法這件事把她找了過去，問她是否有什麼計畫能夠阻止執委會聲譽受損，更加有效傳遞執委會的績效？

當然，沒有問題。

計畫什麼時候見效？

現在還說不定。

說得謹慎一點，唯有實現預期的成效，並且很快通過檢驗，他才會把一項計畫稱之為計畫。

是的，長官。

她揉捏著雙手。現在她沒有心思推進菲妮雅．薛諾普羅的想法，不過很感謝她積極投入。在中期與長期階段，她將能提供幫助。她回信寫道：「我同意由執委會撥出預算——不過，請提交詳細的成本支出，列舉必要的資源與人力。請著手進行吧！」

薛諾普羅通知馬丁可以開始進行了，請他明天之前提出跨部會協商的「備忘錄」，列舉所需的預算數額、執行時間表、必要資源，包括人力與其他總署的協助。

然後，她在辦公桌的文件底下、茶几與書架，尋找那本已經三個星期沒有繼續閱讀的書，主席最愛的那本書。主席辦公室終於和她約了時間。來得正是時候，她手邊剛好有東西可以展示：週年大慶計畫。藉由這個計畫，她能讓文化總署這朵執委會裡的壁花，成為公眾關注的焦點。主席應該明白，能夠辦成這等大事的人，應該在執委會獲得更重要的職位。最好能把她調到貿易總署，和伏里智一起工作。但話說回來，和這個男人密切共事好嗎？這個她——什麼？即使只是想到「愛」這個字，她都覺得害羞。她有種感覺，連他也需要先學習克服某種職業距離。最近一起在義大利餐廳共進晚餐時，他和善有禮，就像對待投緣的熟人或者敬重的同事一般。但他們後來上床，他竟然在纏綿後哭了。她擦掉他臉上的眼淚，他說那是汗，但她確定那是幸福與感動的淚水。

終於找到小說了。她清楚要和主席談什麼，不過，讀點他最愛的小說，在心情上多點準備，絕對沒有壞處。

她把書頁翻來翻去，最後從某個地方開始讀起。在讀到「有次，她請人找來化妝師，在她臉上嘗試不同的妝容，為她將來躺在棺木裡時，哭泣的愛人前來憑弔的那一刻預做準備。」卻嚇得停了下來。令她驚恐的是，此刻她就看見自己躺在棺木裡，妝容精緻完美，面帶微笑。在進入永生之際，唯有想起愛人時，臉上才會綻放那樣的笑容。而伏里智……。

第八章

惹上麻煩，美好的麻煩。

藍色警示燈在聖殤周圍閃爍，上空盤旋著救援直升機。越來越多人湧過來，男女老幼都有。有些人驚恐地呆立原地張望，但是多數人拔腿就跑，衝向一排伸出手臂、橫擋在高速公路車道上的警察。停下來，站住！警察試圖阻攔群眾，封鎖高速公路，讓救援直升機能夠降落。但是不斷增加的人潮大量湧來，從他們和打橫停放的警車旁邊跑過去。這些人不了解現場狀況，沒有看見傷者，認為撞成爛鐵的車子並不要緊。他們腦子裡只想到警察要攔下他們，把他們遣送回去。也許他們以為救援直升機是警用直升機或軍用直升機，是奧地利邊境軍隊無濟於事的恐嚇姿態。那阻擋不了他們，他們越過奧地利和匈牙利邊界，已經走到這裡了，接著要繼續前往德國，誰也阻擋不了。

記者也趕到現場，攝影、拍照，造成妨礙。混亂之中，一幅聖母憐子的聖殤景象即將迅速傳遍世界：一身黑衣的女子，裹著頭巾，坐在行李箱上，腿上橫躺著一名穿著西裝的男士。雨落在她臉上猶如淚水。她的右手撐著他的頭，左手往上伸，仰起頭眺望天空。照片上看起來，裹著頭巾的女子彷彿正絕望地控訴天空。其實她看的是直升機。

剛才，女子迅速察覺到必須盡快固定這名男子的身體。

先前，她拖著行李走著，忽聽見砰的一聲撞擊巨響，像是爆炸聲。還沒理解怎麼回事，就看見前面的人四散跑開，紛紛跳到兩旁，放聲尖叫。忽然之間，撞爛的車映入她眼簾，一個痛苦呻吟的男子就掛在毀壞的車子上。

那人是伏羅里安·蘇斯曼。

之前，他看見人群走在高速公路上迎面而來，警車閃著藍光、鳴著警笛從他一旁駛過，在前面一段距離外停下。他的車速如人步行，最後乾脆煞車，把車停住。他打開警示燈，看見一個警察揮舞發光棒朝他走來。就在離他差不多還有二十公尺時，警察忽然大聲叫喊。那聲喊叫異常得讓伏羅里安在那個剎那卻成永恆的瞬間，只看得見喊叫。他透過被雨打濕的擋風玻璃，看見警察張大的嘴宛如放大的特寫鏡頭，扭曲得十分怪異。就在此時，警察猛地跳向一旁。

爆炸巨響、猛烈撞擊、車身板金尖厲刺耳的斷裂聲、輪胎的爆炸聲，伏羅里安事後完全想不起來。他只記得在非常短的時間裡，愕然感覺自己彷彿被塞在狹窄膠囊裡的犯人，被某種不明的驚人力量甩來甩去。比起震驚和疼痛，他更感到錯愕。他被車子夾住，看見自己沿著逐漸模糊的影像滑過，宛如不連貫的電影，怪異的是，完全沒有聲音。

醫院裡，他短暫恢復知覺，急救人員正拿把大剪刀剪開他的衣服。他睜開眼睛，剪刀沿著他上半身剪開馬球衫，彷彿被人開膛破肚。有張臉出現在他眼前，說：您聽見我的話嗎？您聽得懂我說的話嗎？

他提到豬，講了豬的事情，但是不容易理解。他隨後又失去知覺了。

一名來自奧地利布爾根蘭的計程車司機，這一天多次飛車趕往邊界小鎮尼克斯多夫，將難民送到維也納火車西站，讓他們搭火車前往慕尼黑。這是賺快錢的好生意，可憐的難民願意爽快支付三倍的車費，所以他急著想載送下一批人。他被自己的匆忙、貪婪與急切蒙蔽了眼，沒有看見前方交通停滯不動，就這麼猛烈撞上伏羅里安的車，完全沒有煞車。

那名女子是伏羅里安的救命恩人。她在兒子幫助下，小心翼翼將伏羅里安抬出車子殘骸，讓他躺在自己腿上，扶住他的頭。伏羅里安雖然傷了椎骨，但受到妥善的搶救，身體固定不動，脊髓才免於受損，否則可能終身癱瘓。馬丁拿著刊登聖殤照片的報紙來醫院時，他才知道車禍始末。「你上了封面啦！」

拜這張照片所賜，原本擔心穆斯林蜂擁而來的基督教歐洲國家，在短暫的歷史瞬間受到了感動。這名拯救伏羅里安的穆斯林女子，成了一位聖母。

如果伏羅里安沒有遭遇這起車禍，情勢會有什麼不同？或許馬丁・蘇斯曼就能留在布魯塞爾，阻止或至少圍堵週年大慶計畫引發的騷動，而非立刻飛奔維也納照顧哥哥。就這樣，馬丁在維也納照料伏羅里安時，布魯塞爾的歐盟執委會爆發爭論，衝突越演越烈，根本找不到合理的解決之道，甚至連達成妥協都不可能。而誰是始作俑者？是誰想出這個荒謬的主意？阿金森女士？薛諾普羅？是馬丁。

然而：如果只是善盡職責，誰會有罪？什麼是職責？是維護規章制度、既定流程？還是捍衛屬於自己職責或感覺有義務履行的利益？上方大齒輪和下方小齒輪之間，一切都會被磨碎。即使在碾磨過程中喀嚓、嘎扎聲不斷，引發不安和慌亂，但到頭來依然什麼事也沒發生。在馬丁出發前往維也納之前，他和薛諾普羅信心滿滿，認為週年大慶計畫將順利展開。他們把風雨前的寧靜視為沒有異議、視為默認。由於有來自「高層」的鼓舞和保護，所以他們感覺受到肯定與庇護。

薛諾普羅終於收到執委會主席的回覆，約好了時間，就訂在她鑑於週年大慶計畫召開的跨部會磋商會議前兩天。事實上，接見薛諾普羅的並非主席本人，而是他的內閣幕僚長。光是如此，那便已是種嘉獎，表示認可她的工作表現，對她這個人感到好奇。一般而言，薛諾普羅這個職等的官員，頂多受到內閣某位官員約見。能享有這樣的特權，或許是伏里智多次插手，強烈推薦她擔任更高、更光榮的職務？可是，她的期望不是更高，希望能和主席本人見面嗎？不正因為如此，她才精心準備，研究他的生平、嗜好與怪癖，甚至還讀了他最愛的小說？但是，當她提出與主席見面（「哪方面的事情呢？」「我們會努力促成的！」）的期望，卻一再遭到敷衍。直到伏里智透露實情，她才恍然大悟：和主席約見面，其實就是和他一名屬下見面！尤其妳又來自文化總署，更是如此了。

他笑了起來。

妳想想，他說，主席其實根本不存在。賈克．迪羅斯卸任後，就沒有主席，只有傀儡罷了，線操縱在他的內閣手中。主席開口說的每一個字，都是他的腹語師說的；他的一切決策，早就決定好了；他簽名的時候，是被人抓著手寫的。妳有沒有在電視上看見主席一次與各國領袖會面時，一會兒忽然輕扯這人的領帶，一會兒又輕輕碰了那人一下？那是他唯一並非預先準備的自主行為，也就是他在權力機制中的個人特色。被許多線操縱的他，對別人又扯又碰，以默劇形式表現嘲諷，彷彿他才是操線的傀儡師。這是他的諷刺把戲。伏里智說，所以妳可以和主席約時間，但別期待會和傀儡見到面。

因此，薛諾普羅坐在了執委會主席的幕僚長羅莫洛．斯托奇面前。她上維基百科查了一下，他的全名是羅莫洛．奧古斯托．馬西莫．斯托奇，來自義大利一個古老的貴族，是該家族最後一代子孫，他膝下無子。歐盟各機構流傳著他和他破格行徑的軼聞，稱呼他為「花狗」。薛諾普羅驚訝發現，這個綽號從字面理解也完全沒有問題。斯托奇一身藍西裝、黃色口袋巾、紅背心，背心既凸顯他的肚子，卻也有收縮的效果。他不胖，只是有點圓滾滾，看得出不是禁欲主義者，背心的鮮紅色尤其強調這點。很不尋常的是，他這個權力層級一般都由「校友」占據，譬如法國國立行政學院之類的菁英學校受過幹部培訓的畢業生。他們身材修長，穿著不太昂貴的低調西裝，在各個層面都吃苦耐勞，例如能夠連續好幾個小時、好幾夜進行磋商；似乎不太需要飲食，甚至也不用太多睡眠；寥寥幾句話、幾個動作便可應付各種狀況。他們避免讓同理心的甜美給自己的靈魂包以糖衣；也不需要大眾，拒絕外在的光環，在權力的內部進行新陳代謝對他們便已足夠。在他們生活與工作中，沒有什麼裝飾，一切既清楚又不顯眼。薛諾普羅在評斷這類男人上非常專業，這點她學過，不僅在菁英學校裡受過訓練，從職場生涯也累積了經驗。眼前的巴洛克風格義大利伯爵，凸著紅色小肚腩對著她，講話時像歌劇指揮似地比手畫腳，手指上的印章戒指在她眼前跳動。那並不荒謬，反而令人敬畏與欽佩，一般對於他這個職位的人不可能有其他的想像。薛諾普羅只是困惑於他獨特的風格，不知道如何應對。他不僅熟稔義大利語、德語、英語與法語，與她見面時，一開口就好玩地舔了舔嘴唇，吐出古希臘語。薛諾普羅不知所措看著他，他道歉說：可惜他的現代希臘語說得零零落落，應該會讓她聽得很痛苦；他老是忘記，對希臘人來說，古希臘語就像斯瓦希里語一樣陌生。

他用希臘語說：「太初有道。」接著，又了補一句：「但這個道是錯的。」他哈哈大笑，然後用法語說：我很抱歉。

薛諾普羅被他突如其來的爽朗笑聲嚇得氣短。見面前，她才查詢了斯托奇伯爵生平，希望先有掌握，以便在協商中盡速給出正確的反應，免得手足無措。但是她現在才明白，自己所聽聞、所閱讀到的資訊，真正代表了什麼，但已經太遲了。神聖羅馬帝國皇帝腓特烈二世時期，斯托奇家族已晉升貴族世家，他們與奧地利、德國、捷克上層貴族不是親戚就是姻親關係。羅莫洛．斯托奇的祖父是戰犯，曾擔任義大利第九軍團旗下部隊的指揮官，一九四一年和四二年在蒙地內哥羅大規模槍殺平民。不過，一九六四年，羅莫洛的父親以外交學院畢業生的身分，成為義大利談判小組中最年輕的成員，代表義大利政府參與歐洲共同體合併條約的籌備，歐盟部長理事會與歐盟執委會便是根據此條約設立。他的奧地利叔公尼可拉斯．克芬許勒伯爵，是狂熱的納粹分子，一九四五年一月還當上卡林西亞邦的納粹黨副手，五月初潛逃到西班牙，成為西班牙祕密警察的「顧問」，領取佛朗哥將軍的薪餉，生活無憂無虞，直到一九六七年過世。孀婆瑪麗昂，來自鐵必制家族，改嫁給德國反抗鬥士烏里希．赫塞，日後成為漢諾威社會民主黨當地政治家，也是納粹受害者協會祕書。

輝煌的家族歷史，或許就是羅莫洛・斯托奇身上會出現「歐洲，就是我！」這句名言的原因。

這樣的家族史自然引人入勝，但是薛諾普羅卻也覺得神祕莫測。她完全不知道這一切竟能持續產生影響，形塑一個人的生平。她有一張全家福，有了攝影之後，人們才對祖先有些粗淺了解，但除了名字之外，其他所知不多。基本上，祖先的生活大致應該和她父母差不多，一樣互相扶持、彼此幫助，而且受困於他們的環境。肯定是這樣，因為沒有關於他們的故事訴說著，他們也沒有留下故事。只偶爾出現例外情況，例如追求永恆不朽愛情的寇斯塔司伯伯；還有，後來和家族徹底決裂的人，那就是她自己，她把一切都拋到了身後。薛諾普羅在維基百科閱讀羅莫洛・斯托奇的介紹，對這個男人的出身和家族歷史並沒有留下特別深刻的印象，她覺得那不過是華麗的門面堆砌。斯托奇是執委會主席幕僚長，維基百科卻寫得彷彿他的職業是貴族後代，實在荒謬。真正讓她吃驚且佩服的是另一個資訊：羅莫洛・斯托奇在一九八〇年奧運拿過擊劍獎牌：軍刀個人銅牌。

你知道這件事嗎？她問過伏里智。

知道，他說，我聽說過。那年奧運在莫斯科舉辦。由於蘇聯軍隊入侵阿富汗，據說許多國家，我不知道有多少個，杯葛那次比賽。有幾位世界頂級的擊劍選手沒有參加，所以斯托奇占了很大的好處。

不過他取得了參賽資格，而且努力迎戰，最後贏得獎牌。是的，他的確辦到了。但妳知道有意思的是什麼嗎？奎諾有次談到斯托奇時告訴我：雖然義大利沒有杯葛那次的比賽，但也不是舉著自己國旗入場，而是白底五色環的奧運會旗；頒獎給義大利選手時，播放的是〈歡樂頌〉，不是他們的國歌。當時斯托奇家族對於義大利奧委會的決定具有不容忽視的影響力。

薛諾普羅看著斯托奇，他手上的印章戒指在她眼前舞動。她腦子裡對於這個凸著紅色小腹的男子只有一個念頭：奧運擊劍獎牌！她不熟悉這項運動。為什麼要熟悉？斯托奇贏得軍刀項目的獎牌，不是花劍。如果薛諾普羅了解兩者的差別，現在也就更能掌握兩人對話的走向了。

她原本預期他會開門見山，直接進入正題，畢竟這類男人時間不多。她以為他會直截了當問她，能為她做什麼，對她考量的事情表現出興趣或者假裝有興趣；而她必須精準且迅速表達自己的訴求，讓他慢慢「感興趣」。不過，出乎她意料的是，他竟說：您知道我感興趣的是什麼嗎？我很希望聽聽您的意見。您對於布基尼禁令有什麼看法？您是位女性，我真的很希望了解您的看法。由尼斯市長這類男性權力，決定女性該穿什麼，說得精確一點，就這個案例而言，應該是決定她們該脫掉什麼，您的看法為何？女性游泳時必須脫掉衣服，這是我們基督教文化？是嗎？您如何看待這件事？您難以想像我們收到多少詢問，要執委會必須對此表明態度。

薛諾普羅啞口無言。

斯托奇輕輕笑了。我要求有點過分了，他說。我個人的看法是，布基尼可以保護女人免於罹患皮膚癌。

薛諾普羅不清楚，斯托奇是否認真期待她——

不過，要求禁止布基尼的呼聲越來越高，他說。我們可以基於何種根據採取行動呢？反對宗教狂熱主義與正統信仰嗎？沒有任何準則規定我們有義務這麼做。幸好沒有。我們在歐洲可以關掉燈、關閉店。一旦禁止布基尼，之後我們也應該禁止中東的卡夫坦長袍和猶太的史垂莫——

史什麼？

史垂莫帽，那是正統猶太教徒配戴的圓形大裘毛帽。

但那還是有差別的。薛諾普羅的說話聲幾乎低得聽不見。

當然有差別。相似的事物之間，皆是同中有異；而彼此有差異的事情，卻又異中有同！我告訴您：我們之後還必須禁止商務西裝。在這棟大樓裡，我被那些身穿商務西裝的男士給包圍了。就像制服似的，全都一個樣子，簡直令人心生恐懼。相信我，這些堅持穿上商務西裝的男人，某種程度也是正統信仰的狂熱主義者。您是否認為，應該脫掉他們的西裝？

薛諾普羅六神無主瞪視著斯托奇，他哈哈大笑，靠回椅背上，大大伸展雙手。接著，他又俯身向前，臉上雖仍掛著微笑，但已明顯轉換成認真的好奇，說：不過，我不想偷走您寶貴的時間。請直接告訴我，我能為您做什麼？

斯托奇說不想偷走她的時間，不僅導致整個情境諷刺性翻轉，套句擊劍的術語，還是經典的劃圓轉移攻擊。薛諾普羅無法撥擋他的攻勢，因為她連什麼是「撥擋」都不清楚。她想像不到擊劍能影響一個人到什麼樣的程度。因此，即使她凡事預先做好周詳計畫，這次卻對斯托奇根本毫無防備。預先制止對方的明確意圖、閃躲、佯攻，使出一連串假動作，劃圓轉移、假刺、假劈，最後忽然來個弓步出劍，出其不意一劍擊中；對方尚未明白怎麼回事，比賽已經結束，雙方握手致意，彼此表達欽佩與最高敬意。等薛諾普羅回過神來，已經有個實習生領著她走到電梯，陪同她下樓到貝雷蒙特大樓大廳。她走出戶外，踏進亮燦刺眼的陽光下，渾渾噩噩走回約瑟夫二世街上的辦公室。現在怎麼辦？

他出人意表以古希臘語為談話開場，已讓她滿頭問號，接下來又轉換成法語，更是令她措手不及。儘管她對自己的法語沒什麼信心，也只能以法語對談。其實她寧可使用他們兩人都拿手的英語。斯托奇一定知道這點，他想必百分之百事先了解狀況。以法語交談，斯托奇比她怡然自在、優雅瀟灑，更能隨心所欲操控擊劍雙方的距離。關於布基尼，他是認真的嗎？他不可能是認真的，那只是巧妙的偽裝。她先前錯愕得失去了警覺，無法集中心神。現在走回辦公室的路上，也仍沒有把握方才的談話會產生什麼樣結果。但是她不斷告訴自己，最後表現得還不錯。她反覆在腦子裡重新詮釋對話中的關鍵時刻，彷彿播放電影片段般倒帶、再次播放，直到徹底相信自己取得了勝利。雖然表現得不如人意，但終究還是勝利了！

她很清楚，他知道她是為了轉調到其他總署，才登門求見。也正因如此，才遲遲無法約成，因為事情不是這樣運作的。若非伏里智插手幫忙，她不可能獲得約見。談話中，她沒有切入正題，反而介紹週年大慶計畫。她認為這是非常高明的策略。她陳述自己希望展現執委會的重要性和功績，改善執委會在歐洲大眾心目中的形象；並說明是她構思了這個計畫，發想出核心概念，也有能力付諸執行。這樣一來，之後自然就能看出她在執委會中值得託付更重要的職務，根本無需清楚說明來意。她現在只需要執委會主席的同意與正式支持。一旦他聲明週年大慶是他心所願，接下來就沒有回頭路了，所有人都必須同心協力完成任務。薛諾普羅把馬丁的提案報告交給斯托奇，扼要說明核心思想，尤其強調週年大慶考量的是執委會，而非「歐盟」，目的在於消除執委會脫離現實、官僚機構的負面形象，將其定位在記取歷史教訓與人權的守護者。因此，只從執委會撥出預算執行計畫這件事至關重要，而這自然需要主席全力支持。此計畫必然符合執委會主席的利益，特別是現今執委會正面臨嚴重的形象問題。她想像在週年大慶開幕活動上，主席發表演說，闡明活動主旨，而且——

好的，斯托奇說，好的。我想這麼做並沒有過度膨脹自己的職權範圍，我——抱歉？

他笑著說，我想無需詢問主席的看法，馬上就可以回覆您：主席非常支持這個計畫，也願意在開幕時發表演說。我會請人把我們的談話整理成紀錄，載明批准計畫執行。您今天就能收到紀錄。

這就是薛諾普羅所謂的勝利，她得到想要的東西了。回到約瑟夫二世街七十號，先進入員工餐廳拿杯咖啡時，她這樣告訴自己。她拿著咖啡朝中庭一張桌子走去，桌邊已坐了兩位蠑螈，她也就著桌子坐下。就在此時，她忽然對斯托奇伯爵產生一種親切的同情感，沒錯，應該要禁止商務西裝。她問他們有沒有香菸，現在可以破例來支菸。蠑螈嚇得猛地往後縮，彷彿她問的是砒霜或鴉片。這時，柏胡米和馬丁端著咖啡走進中庭，薛諾普羅招手要他們過去，說：好消息！從現在開始，週年大慶成了主席的願望了。你們誰有菸可以給我一支？

她心裡隱隱有股不安，但努力壓抑住。斯托奇最後針對後續計畫講的那兩、三句話，是她想要壓抑的部分：啊，對了，我會負責想辦法讓各個成員國參與計畫。

各個成員國？所以包括歐盟理事會？薛諾普羅問道。為什麼？我們不是才同意週年大慶計畫由執委會單獨籌辦嗎？

是的，這點毫無疑問。但是，執委會是由成員國組成的。

當然了。

這時，薛諾普羅仍然不夠機警。這句「當然了」，掀開了她的防護罩，她沒有注意到劍劈下來，自己已被淘汰出局。因為這句「當然了」，她勢必要與歐盟理事會和歐洲議會等組織周旋，而馬丁之前還很有道理建議別讓這些組織涉入。現在要齊心完成目標將是天方夜譚，情勢發展勢必紊亂糾結，各方利益取代共同利益。不過短短幾天，原本汲汲爭取曝光率的她，已恨不得沒人看見自己，想辦法把一切都轉嫁給馬丁。但馬丁那時早就前往洛倫茨．博勒醫院，坐在他兄長的病床旁了。

不過，在此之前，仍舊召開了跨部會協商會議，會議進行得十分順利。大部分的總署對會議視若無睹。對於想在執委會內部推動計畫的人而言，普遍顯現的冷淡，反而讓人鬆一口氣，無需因為各式各樣的意見與反對意見、成效不彰的建議與吹毛求疵的批評焦頭爛額，立刻就能往前推進，實現沒有轉圜餘地的事實。所有部門都收到通知了。

通訊總署自然派人出席了會議，畢竟這個計畫源自於阿金森女士，薛諾普羅也經常和她接觸。內政總署（移民暨國土事務）有位女士代表參加。由於大屠殺紀念活動本就屬於此總署工作範圍，他們在人脈和權限上可以提供協助，應能有效率促進計畫進行。貿易總署來了一個年輕人，是伏里智特別安排的，顯然希望了解薛諾普羅的計畫內容。年輕人只是記下一些筆記，偶爾點點頭。令人意外的是，司法總署（司法暨消費者）也有人出席。原來這名在司法總署負責與教育暨文化總署（文化）合作事宜的官員，是大屠殺法國倖存者的孫子。馬丁立刻對他感興趣，詢問他祖父母是否安在？可惜已不在人世了。三十年前過世的。

農業總署沒人來嗎？會議一開始，馬丁嘲諷問道。

農業總署是擁有最多預算的部門，彷彿國中之國，推行利益導向的強硬政策，但是人人皆知他們對有利於其他總署的事務沒有什麼興趣。通訊總署代表打趣說：這些農夫要等到事情遭人遺忘，荒草蔓生時，才會出來負責。

會議中，非但沒人反對舉辦大型活動提升執委會的形象，也無人質疑讓奧斯威辛倖存者成為執委會週年大慶活動的核心思想。主席希望舉辦週年大慶的消息已經傳開，也經過他本人證實，所以馬丁的提案毫無異議通過，只稍微討論了幾個實際問題和組織環節：時間表、資金、資源，還有人力。不到一個半小時，會議便結束。一切似乎確實步上了軌道。

星期五下午。回家途中，馬丁・蘇斯曼在舊市場街的起司店買了長棍麵包、桑塞爾白酒和一小份起司拼盤。店員是個年輕人，樂在其中切著起司，也包裝得很貼心，對自家商品一樣饞得快流口水。他還說服馬丁買下無花果芥末醬，那產自瑞士提契諾，是新產品。您一定不會相信，這比勃艮第的無花果芥末還要美味，他邊說邊亢奮地親吻自己的手指。山羊起司一定要搭配無花果芥末，我要說的話，您想必都知道，不過這一次，您務必要買堤契諾的無花果芥末醬。

好，那我就買堤契諾產的，馬丁說。他從來沒買過無花果芥末醬。

回到家，馬丁把起司裝盤，和芥末一起放到桌子上。起司配芥末？他剁下一塊長棍麵包，嘗起來像海綿。天熱得要人窒息，馬丁脫掉鞋子和長褲，打開窗戶。白酒沒有冰過，他把酒放進冰櫃，再從冰箱拿出一瓶朱皮樂啤酒，倚在敞開的窗邊，俯視下方廣場。他直接就著瓶子喝啤酒，一邊吞雲吐霧，眺望窗外下方人來人往。香菸落下菸灰，盤子上的起司融化，漫流開來。

映入馬丁眼簾的景象，讓他想起還不會識字前就一再翻閱的心愛繪本，書名是《城市》，那是一本大開本的找找書，厚銅板紙彩色裝訂，裡面畫得密密麻麻的。母親沒空和他一起看書，他也記不得書是誰送的，但一定是禮物，因為父母從來不買這種書給他。但是，他哥哥伏羅里安傍晚有時候會和他窩在床上，一起看著書，就像他現在俯瞰廣場一樣——

賣花店員在哪裡？

那裡！

警察在哪裡？

那裡！

郵差在哪裡？

那裡！

消防車在哪裡？

那裡！

噴泉在哪裡？

那裡！

蔬菜攤在哪裡？

那裡！

穿著短褲和拿照相機的男人在哪裡？

那裡！

拿著購物袋的女士在哪裡？

那裡！

提著機關槍的軍人在哪裡？

那裡、那裡、那裡、那裡，還有那裡！

這時，他的智慧型手機響了。馬丁看著螢幕，陌生的來電號碼，他還是接了。

他就這樣穿著短褲，手裡拿著啤酒，失魂落魄看著「城市」，得知他的哥哥出了意外躺在醫院裡。

阿諾斯．艾哈特十二歲時，成為瑪利亞希爾夫運動俱樂部的一員，那是當地一家活躍的小型運動協會。就艾哈特記憶所及，加入運動俱樂部是父親的希望，不是他自己的。當初這件事根本沒有討論餘地：艾哈特理所當然要成為俱樂部一員，否則別人會怎麼說？運動用品店老闆的兒子竟然沒有運動神經？當年世界很小，思考跳脫不出在地範疇。如果你住在維也納第六區，絕對知道城區裡大小事，例如誰做了什麼、怎麼做的、為何而做，範圍就從萊姆古崙柏到瑪達倫格崙，往下到古本多夫街，直到維也納左岸大道等區。阿諾斯．艾哈特還記得，他父親有次參加在古本多夫廣場旁的聖埃居德教區禮拜堂舉行的婚禮，結束後他大肆吹捧說：「這是瑪利亞希爾夫有史以來最華美的婚禮！」瑪利亞希爾夫！竟然不是維也納！如果你是瑪利亞希爾夫鎮民，沿著瑪利亞希爾夫街往南走，穿越巴本貝格街，就到了第一區，這時候就「進城」了。之前在卡比斯特蘭巷的卡夫卡咖啡館裡，大家議論紛紛說「艾哈特運動用品店」家的兒子，一天到晚黏著書，從沒看過他打球。所以，阿諾斯成為「俱樂部」的一員。他還必須選個「部門」。體操不用考慮，那是女生玩的。器械體操他完全不熟，在學校他就害怕體操課，在單槓上旋轉，他一次也做不到。但是他覺得瑪利亞希爾夫運動俱樂部的體操老師很有趣，討人喜歡。他是一九五六年從匈牙利來的難民，叫做亞諾斯．哥爾蓋，自稱「體操之父亞諾斯」。他帶著迷人的匈牙利口音歡迎阿諾斯：「在練體操的地方，你可以靜靜待著沒人來煩你，因為壞人不會來玩雙槓！」但是，他才不要，不要雙槓、不要鞍馬、不要單槓！瑪利亞希爾夫運動俱樂部以拳擊聞名，三個量級都產過奧地利冠軍。拳擊教練東尼．馬歇特掐著阿諾斯的手臂，聲音沙啞對他說著費解的話，看人的眼神輕蔑不屑，更讓阿諾斯堅信拳擊不是運動，而是瘋子的行徑。他準備報名足球，規則他懂，學校裡也討論足球，所以與同學討論時，他會更有威信。而且他認為不需要在球場上努力表現自己，只要稍微跟著跑一跑就可以了，因為總是會有別人想要控制球。

球。

一天，大家冒著傾盆大雨在丹澤爾草地進行一場泥巴戰，足球教練賀拉克在訓練結束後，要阿諾斯把協會的足球帶回家。當時使用的還是手工縫製的皮球，是所謂「真正的」的皮球，屬於貴重物品。這顆球也讓俱樂部的成員有別於那些在公園踢球的街頭男孩，那些孩子踢的是「拼布球」、廉價塑膠球或品質稍好的氣球。

阿諾斯要負責照料球，也就是說，負責清洗乾淨被爛泥、糞便和大雨虐待的球，拿防水油幫皮革上的裂痕「打蠟」，等皮革又有了「脂肪」後，再拿軟布擦拭打亮，「亮得像要覲見皇帝時要穿的鞋」。

阿諾斯獨自笑了。他心想，其實當時他學到了自己還無法理解的道理：即使是平庸至極的事件，歷史也仍舊不屈不饒持續發揮影響。

或許賀拉克教練一時興起教育熱情，以為交給阿諾斯一項任務，阿諾斯對俱樂部就能更投入，更有向心力。或許賀拉克教練注意到，阿諾斯沒有興趣再來俱樂部飽受訓練折磨，比賽還只能坐冷板凳，但是他又得當父親的活廣告：只有他穿著可替換鞋釘的最新款釘鞋，而這種鞋在「艾哈特運動用品店」買得到。

阿諾斯把球帶回家，禮拜天與奧塔克林隊比賽時，要再把球帶過去。這是本賽季最重要的一場比賽，因為他們與奧塔克林隊之間有種特殊的競爭關係：瑪利亞希爾夫人當時蔑稱奧塔克林人是「巴伐利亞人」，甚至是「日耳曼人」。事情其來有自，但已沒什麼人清楚緣由了。據說位於維也納近郊的奧塔克林，最早由巴伐利亞移民建立。不知怎地，這個傳說與廣為流傳的「狂妄蠢人」仇恨融合在一起。狂妄蠢人指的是德國人，因為德國人理所當然要為戰爭、戰後與占領時期的種種不幸負責。這種觀點既荒謬又沒有意義，卻導致激動的情緒更加升溫。反正內城區與環行大道另一側的外城區之間，早就因為由來已久的競爭關係而有嫌隙了。

奧塔克林隊來了，但是瑪利亞希爾夫隊卻沒有球。

球躺在阿諾斯房間衣櫃旁邊的陰暗角落。阿諾斯沒有現身比賽。當他決定不再去俱樂部後，就忘了那顆球，因此沒有把球拿回去。

可以想見，星期一在卡比斯特蘭巷的卡夫卡咖啡館，會怎麼樣議論紛紛。父親艾哈特為了平息這場騷動，捐給俱樂部一顆嶄新簇亮的「真正」足球和全隊都有份的運動服。然後，他把兒子指責一番，告訴他做人的道理。

阿諾斯．艾哈特坐在布魯塞爾墓園長椅上，頭往後仰，閉上雙眼，面露微笑。為什麼現在會想起這些呢？

可靠，他父親說，是人一生最重要的事。你盡可隨心所欲，但是讓人信任，必須成為你人生的金科玉律。你必須有信於兩種人，一種是你愛的人，一種是你需要的人。

我不愛賀拉克教練，阿諾斯說。

父親不發一語看著他。

而且也不需要他。

你確定嗎？你確定永遠不需要他嗎？也不需要俱樂部任何一個隊友？

阿諾斯不吭一聲看著父親。

所以？你懂了嗎？把我剛才說的話重複一遍。

我必須讓人信任。

讓誰信任？

我愛的人和我需要的人。

不，兒子，我們已經更進一步了。再來一次：讓誰信任？

阿諾斯沉默不語看著父親。

你必須永遠值得信任，這是基本的。無庸置疑要讓那些你愛的人信任，但是，你也要讓所有人認為你可以依靠，因為你不知道自己可能需要誰，誰又可能傷害你。所以？

我必須永遠讓人信任。

一旦承諾的事情，你必須怎麼做？

遵守承諾。

一旦接下任務，你必須怎麼做？

把任務，把任務——

完成，對。

如果別人對你有所期待，你卻沒有立刻說明自己做不到，也沒有充分的理由解釋為什麼無能為力，那你必須怎麼做？

阿諾斯看著父親。

沒錯：去做就對了！我不希望自己在卡夫卡咖啡館被人指責，說我沒有把自己兒子教好，懂嗎？

好的，父親。

阿諾斯．艾哈特坐在布魯塞爾墓園長椅上等待著，望著一座墳墓。為什麼會想起這一切？他不由得心生感慨，又覺得好笑。

之前，他因為又要飛往布魯塞爾，參加第二次「歐洲新協定」智庫會議，整個人心浮氣躁。訂機票時，他煩躁不已；打包行李時，他煩躁不已；搭計程車前往機場時，他也煩躁不已。在飛機上，他氣自己氣得不可自抑；在阿特拉斯旅館辦理入住時，對櫃檯輕聲細語的年輕女士大噴怒火，因為所有一切都讓他心煩意亂。那種態度傲慢拉著行李箱走在布魯塞爾街頭；那種自以為舉足輕重趕赴會場；那種以空洞無物的話語，回答空洞無物的見解；那種將空洞的思想，喃喃轉變成巴比倫式信口開河的艱澀術語，他覺得全都毫無意義，看不見任何希望，不過是浪費時間。他想要把球滾到角落，就此遺忘。

但是他答應參加會議。他是團隊的一分子。此外，他甚至樂意在第二次諮詢會議開幕上發表主要演說。他接下這份任務，球目前在他手上，因此他來到布魯塞爾。因為，他是可靠的人。

他微微一笑。

他必須如此。可靠這東西已經深入他骨髓，一步步帶他前行走到今日，從瑪利亞希爾夫到全世界，最後回到自己身上。不過，他在第一次智庫會議感受到的失望是什麼呢？那種無關緊要的蔑視又是什麼？他這個友善之人，也不得不承認，是的，他蔑視小組其他成員。

他能一概而論，說他們全都卑劣可鄙嗎？其間是有差異的，至少卑劣與其效力有等級上的差異。艾哈特教授將智庫成員分成三類：一類是自大的愛慕虛榮者。好吧，基本上人人都愛慕虛榮，某種意義也包括他在內，所以必須定義得更為明確。也就是說，這類人是不折不扣的愛慕虛榮者。對他們來說，智庫之所以重要，是因為他們身為其中一員。智庫的意義也僅止於讓參與其中的他們感覺到自己的重要性，並得以向他人展現。艾哈特了解這類型的人，知道他們在家裡、大學或者其他任職的機構當中，如何喃喃宣示自己的重要性：「親愛的同事，明天我得飛一趟布魯塞爾，你知道的，我是執委會主席顧問團的成員！」這是他們的萬靈丹，因為具有成員身分，對他們目前職場能產生影響，賦予他們自豪感，得以無需再聽取他人意見，而是可選擇是否聆聽。當他們滿口華麗詞藻，表達能參與決定是何等幸福時，很容易受到激勵——被自己所激勵。他們不具有獨特的見解，他人的思想若非被他們這類人無數次交叉引用，且放入註解中以示認證的話，他們是無法理解也無法認同的。純粹的愛慕虛榮者大致無害。真的無害嗎？在這類團體中，一旦要進行決議、做出決定，可以和他們一起形成多數。

第二類是理想主義者。不過，人人或多或少不都是理想主義者嗎？他也不例外。只不過大家的理想不同。例如，有人在講求績效的社會中努力取得成就。對這種人而言，理想就是收入比其他人高出許多，但是他的理想，這時就牴觸了另一個人要求公平分配的理想。這些都是陳腔濫調，艾哈特在經濟系大一上學期就討論過了。基本上，唯有不因理想而受益的人，才配稱做理想主義者，亦即純粹的理想主義者。理想主義者一開始會結成同盟，反對愛慕虛榮者，但往往因為某種觀點、某種細節牴觸他們無私的理想，在無法讓步的情況下，導致同盟瓦解。他們無私無我，「為了能夠照鏡子」一時直視自己，一定要擁有只專屬自己的東西——那就是他們自己。但涉及表決或者做出決定時，他們忽然又沒有那麼強硬了。他們關心的是，能否透過同意較小的弊端以阻止更大的弊端。然而，純粹的理想主義者，多半無法形成決定性的多數，因為人數太少。純粹的愛慕虛榮者卻足以形成多數。引人注意的是，理想主義者通常與愛慕虛榮者投相同票。對他們來說，比起明確良知無法認同的不確定未知，相較之下，顯而易見的熟悉之物危險性較低，也沒有那麼邪惡。愚蠢的文字遊戲，不確定的未知——明確的良知，艾哈特心想，暗地向自己道歉。話說回來，也沒有那麼糟糕。他笑了。至少這種騙術效率驚人：使用圖表和統計數字，以方格和箭頭呈現明確和實際的東西；談到如何使其具體成真，又是一堆方格和箭頭，簡報紙上一頁又一頁填滿方格和箭頭，用不同顏色的馬克筆畫著。光是把簡報架上的紙張翻到後面，那動作就顯得大器，充滿活力！在新一頁的簡報紙上又出現新的方格，以箭頭連結……只不過，世界不是這樣運轉的，其他世界也一樣，後世肯定亦然。但是，對於理想主義者，只要給他們一個小方格就夠了。把他們的一個理想填進方格，從小方格拉出幾個箭頭，往上指向主席，另外從下方畫幾個箭頭往上到小方格，同時大聲宣布：需求是由下往上驅動，而非由上往下。紛亂的箭頭和連接線編織成一張網，困住了理想主義者。

這時，第三類的人笑了。看見理想主義者只阻擋了最糟的狀況，第三類人會意地笑了，就像愛慕虛榮者一樣，但更加了然於心，且笑到最後、笑得最久。他們是遊說人士。然而，當中還有所差異。阿諾斯．艾哈特教授本身不也是個說客嗎？一種思想的說客？就他的觀點而言，即使是為大眾謀福利，不也是某種特定利益的說客？不過，智庫小組中的遊說人士沒有這樣的想法，他們無法想像存在此類思想。大眾、大眾的利益，是他們要販售的物品；販售與購買，就是他們的世界。他們或許認為唯一的公眾利益正存在於此。他們在這類顧問團中，不是代表跨國大企業，而是大企業旗下的基金會。不可低估他們推動、贊助和支持的一切，甚至不應挑剔他們僅為文化做出辯護，事實上，那在某方面確實取得了巨大的社會利潤，艾哈特教授不想抹滅這點。他不單是個經驗豐富的經濟學家，也擅長為自己的大學取得第三方資金。但讓他惱火、且對智庫小組心灰意冷的是，這些說客總藉機將討論操控在自己手中，而且往往千篇一律呼籲「我們需要更多的成長！」後結束討論。不管討論的內容為何，問題最後總會導向：我們該如何創造更多成長？有一次艾哈特受不了了，插嘴說：趾甲內生，就是一個成長的問題！但對方只是聽得一頭霧水。他們認為，大眾對歐盟各個組織失去信心，就是成長不振的結果，導致危險的右翼民粹主義趁機崛起——很明顯，若是經濟成長，右翼民粹主義就不會抬頭。那麼要如何促進經濟成長呢？當然是推動經濟更加自由化。並非由歐盟制定共同規則，而是各成員國應盡可能撤銷繁複的法規。這樣一來，雖然無法形成真正的聯盟，卻能促進經濟成長，這才是對歐盟最有益處的。現在已經非常清楚了，「歐洲新協定」智庫小組，將會提交一份報告給執委會主席，做出以下的建議：我們必須致力於更多的經濟成長。屆時，執委會主席將禮貌表達謝意，稱讚小組的重要工作成果，但一頁也不會翻閱就把報告晾在一旁。他沒有必要閱讀報告，就能在下次的主題演說或者採訪說：我們必須創造更多經濟成長！

艾哈特清楚，這些遊說人士不一定是犬儒主義者，並非全部都是。他們真心相信自己說的話，一是他們只學過這個，二是學會了以此賺錢。他們的呼籲是有人付錢的，在其他方面他們要不賺得較少，就是完全沒有收入。無論如何，那畢竟是種經驗。不能苛責人追求富裕成功，也無需苛責人汲汲營營於財富，但若被收買，那就不行了。客觀而言，他們就是如此。他們收錢捍衛成規，對於不符合成規的見解一無所知。談到未來時，他們談的其實是盡可能將現在順利延伸下去，而非真正的未來。他們沒有理解這一點，因為他們相信未來是由不斷實現的趨勢所構成。上次會議，有名遊說人士說：當前趨勢發展明顯朝縱橫交錯，我們必須確保自己有能力適應這樣的潮流。艾哈特回說：全歐洲在二〇年代末期明顯朝法西斯主義發展，適應這樣的趨勢是對的嗎？難道抗拒這樣的發展是錯誤的？

愛慕虛榮者頓時不知所措，遊說人士幸災樂禍笑著。愚蠢的是，只有理想主義者點頭附和，但最後還是畫清界線，因為他們無法理解艾哈特後來闡述的幾點細節。

沒錯，艾哈特很天真。他最近幾年出版的著作，讓他得以受邀進入這個圈子。但是他高估了整體狀況。他原本真心相信，在猶如執委會主席接待室的顧問團裡持續與人合作，能夠慢慢影響政治菁英，進而推動改革，共同制定合適的計畫，拯救歐盟。那麼接下來，球就到了歐洲政治領袖手中。

但是，事情發展並非如此。他很快就明白了這點。

不過，就算他無法忍受這一切，看不到希望，也依然會發表主題演說，因為已答應在先。他承諾過要做個可靠的人。何況他虧欠他的老師阿曼德．莫恩斯，眼前就是莫恩斯長眠的墳墓。他約莫中午抵達布魯塞爾，要發表主題演說的會議在傍晚六點召開。為了消磨時間，他決定再訪布魯塞爾墓園，為老師掃墓。他正是引用這位老師的話，為演講開場：「二十世紀本應是段過渡期，由十九世紀的國民經濟轉變到二十一世紀的人類經濟。但這一進程遭到殘酷可怖的罪惡阻止，以至於後來渴望重新甦醒，而且更加迫切。然而，只有少數政治菁英意識到這一點。他們的後繼者很快便不再理解民族主義的犯罪能量，以及從此一歷史經驗嘗到的後果。」

決定退出俱樂部後，他完全改寫了報告。看不出有什麼理由花費一年的時間，耐著性子努力嘗試離開冷板凳，上場比賽。他不可能有機會上場。癡心妄想參與比賽，同時改變規則，是他的錯。那是天方夜譚。他絕對無法說服這個圈子裡的任何一個人，機會十分渺茫。那就像日復一日耐心操作重複的工作，同時告訴同事你對所謂有意義的工作的想法，是無法停止流水線的運轉一樣。因此，他會履行責任，完成主題演講。不過，他也很清楚自己會因此離開這個俱樂部。他寫了一篇對與會者來說完全不合理的激進文章，勢將掀起軒然大波。現在球在他手上了，他會可靠地幫球好好上油潤滑。

您也和死者交談嗎？

艾哈特教授抬起頭，面前站了一位老人，濃黑的眉毛下有一雙淺藍色眼睛，兩者形成奇特的對比，使得老人散發出明亮又陰鬱的特質。他的頭髮稀疏，卻依舊黝黑，彷彿有人拿墨汁在他彎圓的腦殼上畫了幾筆。身上的西裝質地講究，但顯得有點大，而且天氣這麼炎熱，穿那西裝也太厚了。老人說的是法蘭德斯語，艾哈特教授不會這種語言，所以聽不懂。他也知道，自以為會說德語就多少聽得懂法蘭德斯語，很容易出錯。他要用英語回覆聽不懂嗎？

這時，他想起了法蘭德斯語的「聽不懂」要怎麼說，但還沒來得及開口，老人又以法語把剛才那句話重複了一次。艾哈特的法語說得很糟。他在巴黎第一大學擔任過一年的客座講師，但是以英語授課。那段時間雖努力學法語，不過他很快明白，最好的方法就是坦承自己這語言說得不好。

不過，他知道怎麼以法語說「死者不會回答」。

艾哈特知道，說外語的問題在於，如果不能熟稔得像第二母語，一般就只能說出會說的話，而不是想說的。其間的差異，猶如介於世界邊際之間的無人地帶。他其實想要說的是：「在生者提問之前，死者早已給出答案。」但他的法語不到那種程度。

老人笑了，問道能否坐下？

沒問題，請坐。

符林德坐了下來，說：這裡長椅太少了！從這裡到烈士陵園——他伸長手往前一指——只有這把長椅。

符林德上氣不接下氣，深呼吸了好幾次，走路已讓他倍感吃力。其實他原本打算下午待在房裡，拉下百葉窗，等待惱人的酷熱散去。但在昏暗的房間裡，沒多久就失去了時間感。

他不知道自己枯坐思索了多久，覺得有點口渴。

他打開冰箱，拿出筆記本。

就是那本他寫下倖存者名字的筆記本，名字是他慢慢想起來的。多年來，他曾與這些人偶有聯繫，或者偶爾聽聞或讀到他們的消息。上面有九個名字，五個已被劃掉。他吃驚地看著名單，這時，又想起還得再劃掉一個名字：古斯塔夫．亞庫柏維奇。奧斯威辛集中營解放後，亞庫柏維奇在布魯塞爾和巴黎研讀法律，後來成為重要的人權律師，即使過去幾年早已退休，仍為將被遣送回國的難民四處奔走。符林德在報紙上讀到他過世的新聞。他尋找原子筆。隨後，他拉起百葉窗，訝然看見墓園躺在耀眼的陽光下，樹冠綠得鮮亮，碎石路白得耀眼，石碑顯得銀灰，一切似乎閃閃發亮。

於是他決定出門走走。

阿諾斯．艾哈特感覺在他身旁坐下的老人需要交談，想要找人說說話。所以他坐在氣喘吁吁的老人旁邊，什麼話都沒說，感到十分不自在。烈士陵園？這話是什麼意思？這座墓園前方，八成有一區埋葬著世界大戰的死難者。他應該怎麼回話？他思索著恰當的措詞，最後終於開口：是的，沒錯，長椅很少。您來看親友嗎？他們在戰爭中——他不知道法語的「陣亡」是什麼，「陣亡」用法語要怎麼說？當然，他可以直接說「死亡」，「死亡」這個詞他知道——但是老人卻說話了：不是的，我只是來散步。墓園是我們的活動場所。

我們？

我住在那裡的養老院，漢森之家。就是這樣。

這時，有個男人走過。艾哈特一時衝動，竟想和他打招呼。他覺得對方很眼熟，以為自己認識他。在哪裡見過呢？他是誰？對了，他想起來了，是那個大肚腩督察。他第一次來布魯塞爾時，這人在旅館問過他話。督察大步流星往前走，沒有看他們一眼。他的肚子變小了一點，艾哈特心想。

艾哈特教授看了一眼手錶，該離開了，必須先回旅館梳洗一番，再驅車前往參加會議。

布侖孚特督察感到呼吸困難，於是放緩腳步。身上的襯衫被汗水濕透，黏在肚子和背部。他脫掉西裝，之前低估了這段走到將士陣亡公墓的林蔭大道的距離。在二戰陣亡的軍人公墓區，有一座二戰受難者的「槍決之牆」紀念碑，不容易錯過。紀念碑對面有張長椅，菲力普和他約在那裡。布侖孚特遲到了，菲力普在電話中還再三提醒他要準時，因為還有一個人會來，而那人沒有什麼時間。

是誰？

你到時候就知道了。我不能在電話上說。

是關於——？

對，沒錯！

為什麼約在那裡？

是……我朋友的希望，那裡不會受到干擾，來墓園的人幾乎不會走過去。戰爭結束紀念日那天才會有政治家出現，而紀念日已經過了。到時候那裡只有我們和一些枯萎的紀念花圈。

布侖孚特看了看手錶，已經遲到十五分鐘了。他開始跑起來。他以外人的眼光打量自己，發現自己那種說走不是、說跑也不是的慌張姿態，給人留下非常難堪的印象。他又放慢腳步，拿汗濕的手帕擦掉臉上的汗水。天氣為什麼這麼熱？這裡是布魯塞爾，又不是剛果！他眼前終於出現那些刻著白色十字架的方形碑牌。就在那兒！肯定就是菲力普說的紀念碑。

他清楚看見前方的紀念碑，但走著、走著，卻感覺距離沒有縮短。簡直是場惡夢。

菲力普到醫院來看他已經過了好幾個星期。當時菲力普告訴他透過各種管道查詢的阿特拉斯案進展說得確切一點，是關於阿特拉斯案件消失的進展。

我們的資訊科技部門真不賴，菲力普說明，有些事我們可以做，而我對於合法性的界線，拿捏得相當自由。不過，你別忘了，我們是布魯塞爾警察，並未擁有最先進的技術。這整件事因為各種保密層級的網絡而困難重重——該怎麼向你解釋呢？這麼說好了：例如有份情報，應該說，有份針對某一情報的線索，就說法國情報局好了，法國希望特別對這個線索保密，那麼，我們的國家安全局或許可以獲悉訊息，但怎麼樣也絕不會是我們警方。若有人嘗試駭入，自然會觸發警報。現在你想像一下，如果他們發現駭客攻擊竟然來自警方，會怎麼樣？更別說還有歐洲刑警組織。歐盟各成員國的警方人員本需共同合作，交換情報。但問題在於，這類情報交換根本無法順利運作。每個國家理所當然想要掌握其他國家大大小小的事，卻不願意拿出情報。若要他們交換情報，就會搬出本國憲法——很遺憾，非常遺憾，國家憲法不允許他們這樣做。換句話說，什麼事都動不了，情報變得像乾草堆裡的針。一定有人知道針藏在何處，但誰曉得那個知道針藏在何處的人又在哪裡呢？也就是說，我們面前有兩堆乾草。不對，是好幾百堆乾草，每兩堆乾草裡藏著一根我們要找的針。不過，一旦找到了針，就表示找到了保險箱，我們感興趣的東西就存放在箱裡。現在，我們必須撬開保險箱。但即使成功撬開保險箱，首先映入眼簾的，也會是另一個新的保險箱，而且密碼更加複雜。你懂吧？我現在舉個具體實例：恐攻事件發生時，在保險箱緊閉門後的各個安全級別與所有層面，都握有應該足以阻止恐攻的情報，但是這些情報卻未整合利用。這種事我們從報紙上偶有所聞，屆時歐洲某國就會有內政部長下台。但是，那改變不了整個體制。相反的，如果已掌握本可阻止恐攻的相關情報，過程中卻出了差錯，那麼情報部門絕不會願意醜事見報，案子最後也就會憑空消失。有個人死在旅館房間，與導致三十人喪生的機場恐攻爆炸案不同。前者可以掩飾，也必須掩飾。情報單位不願意案件展開偵查，讓大眾討論一名警察為何在旅館房間殺死一名觀光客。這就又回到我們的阿特拉斯案。我雖然無法證明，但是百分之百相信這案件和情報單位有關。安全局嗎？不是。但也不是情報暨安全總署。這事牽涉更廣，複雜多了。我們已經開始還原你的硬碟。只要曾經儲存在電腦裡，就算後來遭到刪除，一樣可以還原，除非不是從電腦刪除資料，而是從中央處理器著手。好的，情況大致如此。總之，這就是我們採取的方式。你不只要找到弱點，還要從那個弱點侵入另一個系統，而且還不能讓人追蹤到你的攻擊。只要是在比利時的系統中活動，事情相對容易。畢竟我算熟悉這個系統，也了解同事的思考模式和行事風格，知道他們會在何處省錢省事，在什麼樣的限制和阻礙下工作。重點來了，典型的比利時風格就是：保安警察的確在文件加密、防範外部攻擊的安全與防禦措施上投資大量心力，卻忘了保護垃圾桶。統一刪除的文件毫無疑問會進入一個中央垃圾桶。他們也許在某處做了安全備份，那個地方我自然無法進去。但是，說得簡單一點，被刪除的資料也會出現在垃圾桶裡。既然是垃圾桶，我當然可以大翻特翻了。他們認為外部攻擊者的目標是他們的祕密資訊，卻想像不到有人會去翻他們的垃圾桶，是不是很奇怪？總之，我們就是這樣摸索著前進的。某個地方一定有破口，可讓我們取得更多訊息，不僅是被刪除和被隱藏的，還包括幕後主使者和下手動機。別這麼看我，我馬上就會告訴你——但那只是我的想法，畢竟我什麼事情也證明不了。我們的確找到了一個破口。我們不可能駭進情報單位的電腦，那就像有人拿牙籤試圖撬開保險箱一樣。不過，一旦正確分析所有的情況證據，便能識破他們建造的網絡。進去後，發現隱身其中的是北約組織。是的，北約組織——但等一下！現在來了：這個系統確實有個弱點，那就是天主教波茲南總教區的電腦。沒錯，波茲南。什麼叫做那是什麼？那是波蘭最古老的羅馬天主教主教管區。有些情報單位的訊息會在此彙整，但是從這裡傳送給北約組織和協力情報單位的訊息規模更大。你看！你知道，幫我的人是艾明．德．波爾。我和艾明進入之後，我們不知所措，面面相覷。後來艾明不由得大笑。他說，真是瘋了，快點輸入密碼！是一個詞，只是一個詞。我說，是的，但是哪一個呢？我們必須想辦法破解鑰匙圈。他放聲大笑，說，你不懂嗎？他們輸入的詞一定非常簡單，輸入「猶大」（Judas）看看，那個詞對天主教神父一定意義不凡。但不是「猶大」。艾明說，等一下，也許波蘭語的猶大不是這樣拼寫的。他開啟翻譯軟體，找到波蘭語的猶大是「Judasz」。可是，也不是這個。艾明從冰箱拿出啤酒，我們正喝著時，他忽然說：當然了！一定不可能是猶大。他們並不希望洩漏訊息，而是想要知道一切。他在翻譯軟體裡輸入文字，然後把那個波蘭詞輸入密碼欄——門就這樣開啟了！那個詞是「Bozeoko」，也就是上帝之眼。

上帝之眼？

是的。

天主教教會？

天主教波茲南總教區，是的。

艾米利．布侖孚特呻吟一聲。

怎麼了？菲力普問道。

我的脾在作怪，布侖孚特說。

掩飾阿特拉斯旅館謀殺案，非但不是一個比利時檢察官所為，甚至還牽扯出北約組織，對艾米利．布侖孚特來說，這案子規模真的「太大」。他對菲力普說，我們忘記這件案子吧。菲力普卻回答他沒有辦法忘記，但也不會再繼續採取行動。

我們別碰這案子了，艾米利說。

對，我們不要再碰了。你什麼時候出院？下星期日下午三點，安德萊赫特俱樂部與布魯日有比賽。

我們必須在場助陣。

我們會到場助陣！

接下來幾個星期，艾米利・布侖孚特專心照顧自己的健康。也就是說，抽菸時，他會良心不安；杜威啤酒和心愛的粉紅酒一杯接一杯，也只是例外情況，摩斯比發酵啤酒他則已完全放棄；吃東西時，也會切掉明顯的脂肪，推到盤邊。他久久瞪著牡蠣薯條，滿心懷疑，最後才「淺嘗一下」，吃掉醫生規定分量的三分之二，因為牡蠣其實只不過是蛋白質。他也比以前更常走路。然而，三個星期之後，他又故態復萌，回復以前的習性，把解放感與感受到的食欲視為康復徵兆。他又返回警察局上班，取回警徽、工作用電腦與一堆行政事務。報告比死者還多，但布侖孚特督察怡然淡定，覺得這一切純屬正常。麥格雷特過來辦公室看看他，想在天南地北的聊天中，測試布侖孚特是否真的忘記阿特拉斯謀殺案。但是，要如何在不提醒某人的情況下，確認他是否忘記了某事？布侖孚特覺得麥格雷特天真得好笑。麥格雷特一定確信他又是以前那個布侖孚特了。是的，他不會再碰這個案子了。

但是，他仍然無法完全放手。

只不過，北約組織對他來說太棘手了。不管再怎麼謹慎，他也不知道要怎麼朝此追查下去。目前他手中只有死者的名字，或者該說死者的三個名字，因為在旅館房間發現他有三本不同的護照。當他受命調查此案時，立刻把三個名字寫在線圈筆記本上，筆記本還在，不可能被刪除掉。還有一個問題也糾纏不去，天主教教會，或者說天主教管區，與此案有何關係？三個名字這條線已經斷了，警方資料庫裡沒有這些名字，也沒有登記在歐洲任何一個戶政事務所。三本護照很有可能都是偽造的。他走到了死巷，破案機率也掉入死胡同。波茲南教區涉入多少？在他整理的筆記中，他不斷寫下梵蒂岡的縮寫VAT，一個天主教教區與情報單位聯手合作，他無法想像梵蒂岡毫不知情。但他只能抱持懷疑。所以當他清楚告訴菲力普，尤其是麥格雷特他不再插手這件案子時，並沒有說謊。他只是瞪著筆記本上空蕩蕩的小方格，彷彿看著無法破解的複雜數獨。

因此，菲力普忽然因為這件事約他到墓園見面，他著實非常詫異。顯然菲力普仍舊默默進行調查，而今釣到一條魚了。

布侖孚特大汗淋漓，上氣不接下氣趕到槍決之牆，四下尋找那張長椅，菲力普和「他的朋友」應該要在長椅上等他。但是沒看見長椅，「獻給日耳曼暴行受難者」巨大的紀念碑前方也沒有。也許在後面，在另一邊？還是在側旁？難道菲力普說的是另一座紀念碑？他望向無數白色十字架林立的草地。他以前並非沒看過將士陣亡公墓，卻是第一次感到驚訝，因為他竟然覺得這裡的景致十分優美。他佇立原地，深深呼吸。這片綠樹環繞的巨大方形場地，立著整齊劃一的白色十字架，美得令人驚嘆。在看過死者或後代子孫想要超越他人的形形色色墳丘、墓板、墓碑、墓室、陵墓、祈禱室；看過各式各樣哭泣的裸體小男孩、哭泣的天使、哭泣的母親雕像，有花崗岩、大理石、青銅和不鏽鋼等材質；看過林林總總的攀緣與蔓生植物；經歷安息之地一望無際草地上的所有騷動之後，終於在這裡找到安靜。視覺上的絕對寧靜。他覺得那是種極端美學意義上的華美，彷彿墓園這一區是藝術家精心設計的裝置藝術，他專注於靜謐的形式語言，不被任何意義所束縛。在這片嚴格根據相同距離、相同行列設立的十字架區域，往左一步或往右一步，視角、線條、對角線和定線都截然不同。他覺得定線巧富深意。定線雖然變換不一，但透視來看，卻永遠指向同一個方向，指向永恆。永恆無所不在，猶如最終擺脫了意涵與指涉。出於對命運的敬意，每個具體命運被抹去，放棄個別生命獨特又不可挽回的想法，為紀念犧牲者獻祭。這裡只有形式、對稱與和諧，融合成一幅雅致的美學圖畫。在死亡裡，絲毫沒有反抗。布侖孚特嚇呆了，因為他這個汗流浹背、氣喘吁吁、全身發臭的生物，竟然覺得眼前景象很美。不是很好，但是很美。

但是，菲力普在哪裡？布侖孚特站在紀念碑前，左右張望。這時，他看見有頭豬忽然從樹籬衝出來，開始在白色十字架之間挖掘。那頭豬！豬鼻子一再往土裡頂，對著土又挖又鑽，毫不停歇，豬蹄刨來刨去，豬背衝撞十字架，十字架隨即歪斜一邊，豬繼續又刨又掘，十字架慢慢往旁邊傾倒。在職場生涯中，布侖孚特督察從未與持槍攜械的人正面對決，只在模擬練習時，接受過相關訓練。如今他面對一頭豬，卻感受到他不熟悉的恐懼與無助。他不知道該怎麼辦。腦子裡的念頭告訴他朝豬靠近，彷彿他有能力逮捕牠似的。真是可笑！但本能告訴他要逃跑。他？逃跑？從豬面前逃開？無論布侖孚特這一刻做了什麼，或許是往前邁進一兩步，也可能後退了幾步，抑或兩者都有，猶豫不決一會兒前、一會兒後，他自己事後都說不上來。那頭豬猛然抬起頭，發出悽厲慘叫，接著爆發獸性的力量，毫不遲疑直衝對角，穿越和諧對稱的草地，跑開了。布侖孚特發出呻吟，發現自己竟跌坐在地上。他摔在碎石路上，一手攥著汗濕的手帕，另一手插入碎石裡，手掌擦傷，刺痛從尾股直竄背脊。一陣風從墓地上方吹拂而過。

回到旅館房間，艾哈特教授沖了個澡，換上乾淨襯衫，外搭淺藍色亞麻西裝。他看著鏡子裡的自己：歐洲藍！他在心裡笑了一下。純屬巧合！他決定不打領帶。

他從公事包拿出裝著演講主旨重點的文件夾，扣鎖旁出現裂痕，他記著回去後要塗點皮革油。床旁邊有張扶手椅，其實只是座椅托架，沒有鋪墊子，只蓋著一層納帕牛皮。艾哈特在椅子上坐下，雙腳擱在床上，但椅子坐得很不舒服又侷促。他吃力地從半蛋形的椅子上起身，到床鋪坐下。出發前往會場前，他想把演講稿再檢閱一遍。講稿是以英文寫成的。他許多年前在倫敦政經學院和芝加哥大學擔任客座講師，英文能力非常出色，不過他仍舊請一名英文教授朋友幫他看過。

你真的要發表這篇演講？

是的。

真希望我也在場。

艾哈特根據預計發表的速度，低聲念著講稿，同時按下智慧手機裡的計時器。十七分，多了兩分鐘。無所謂。重點不在於兩分鐘，而是關乎他的人生。這樣說太矯情。他問自己怎麼了？感覺自己已被潮流拋在後頭。他坐在床緣，講稿放在腿上，凝視著房間黯淡的棕色壁紙。他現在為何會想起外來字，那些他曾經不熟悉的字？他心緒激動，想起小時候在書中讀到不懂的字詞時，要母親解釋給他聽：耽溺的、執拗的、提神飲料、需要、自以為、持續良久——

媽媽，這句話我不懂：他見到瘦弱的駑馬，感覺良久不去。

但你應當知道什麼是駑馬吧?!也就是拉馬車的馬。

是的，我知道。但是：感覺良久不去，是說馬走得很慢，需要很久才能把馬車拉到某個地方嗎？

不是，意思是：他為馬兒感到難過，同情牠們。

媽媽講完後，他仍然坐了很久，感到很震驚，沒想到良久不去竟和遺憾或同情有關。

艾哈特教授猛然振作精神，出發前往會場。

第九章

終點，是現在的延伸——而我們自己是過去的前提。

夏爾．羅日耶廣場旁的喜來登大飯店，一個監視器拍到了豬，畫面不長，看得見豬慢吞吞走進畫面，昂然抬頭，彷彿悠哉閒晃，嗅聞初夏的空氣。有個路人嚇得跳到一旁，其他人驚愕佇立原地，有些人拿出手機拍下那頭豬，但轉眼間，豬已經消失在畫面外了。影片被上傳到 YouTube，名為「動物大會代表大駕光臨」，上傳者署名辛內克，也許是借用布魯塞爾大遊行的名稱或尿尿小狗的名字。喜來登大飯店內部展開調查，尋找能夠進入監視器儲存資料庫的保全人員裡，誰是這個辛內克。旅館經理擔心，喜來登旅館大門口有豬亂跑的影片若是流傳在外，有損旅館形象。但是，他擔憂的事情並未發生，反而為旅館做了一次宣傳。影片被分享到臉書，短短時間內，就超過三萬人按讚。《都市日報》終於有豬的照片可以刊登，後來還陸續收到其他照片，來自魯汶街上的家樂福、布拉班大道上的郵局，以及科騰貝赫路上的奧地利大使館。但照片不是解析度不高，就是模糊不清，使得才剛成為《都市日報》固定專欄的作家庫特・范德冠特教授，沒辦法篤定究竟從頭到尾只有一頭豬，還是多頭不同的豬。他心想，若是一群豬，肯定引發群眾不安；但倘若只有一頭豬漫步在布魯塞爾，他們則會受到感動，喚起心中童稚的動物愛，使那東西變成傳說。庫特・范德冠特可不想討人厭，因此不打算反抗集體需求。因此，第一支影片在YouTube發布五天後，他就在《都市日報》發起活動：「布魯塞爾有頭豬！要叫牠什麼名字？」歡迎來函編輯部提供建議，三個星期後截止。這段時間，庫特教授推出「豬的普遍隱喻」系列打發空檔：他在每日更新的專欄中，呈現豬這種象徵所涵蓋的範圍，善與惡、幸福與厄運、感性的愛、蔑視與深仇大恨，以及情欲與卑劣。豬作為象徵，是唯一涵蓋人類情感與意識型態世界觀的動物，從幸福豬到髒豬，從「帶來好運的豬」到「罵人的下流豬」都有。他甚至大膽插足政治領域，大肆談論「猶太豬」和「納粹豬」，以及豬在宗教中的禁忌，還有廣受歡迎的粉紅佩佩豬和三隻小豬。專欄引起熱烈回響，插圖尤其受到歡迎：逗人喜愛的小豬照片；模仿舊式的漫畫，將皇帝、將軍、總統畫成豬的樣貌；複製以豬為藝術表現的繪畫（湯米・溫格爾一幅豬媽媽念童話給小豬聽的圖畫：「很久、很久以前，有個屠夫……」獲得特別多的按讚數）；豬造型的小塑像和小擺設，有存錢筒豬、廚師豬、被追獵的豬和獵人豬；以及各式各樣日常用品的照片。庫特自己都非常驚訝，幾乎每種日常用品到最後都會推出豬造型，涵蓋大啤酒杯、鹽罐、室內拖鞋、帽子，甚至是烤麵包機……。

編輯部召集知名人士組成評審團，從投稿中先整理出一份入圍名單，再確定最終名單，最後評選出獲獎者。評審團成員有民謠歌手巴霍德．格巴里爾、女演員珊德拉．瓦雷、比利時甲級聯賽足球員和射門王賈普．穆爾德、前布魯塞爾市長遺孀丹妮拉．寇利爾、因創作穆罕默德漫畫而受到警方保護的漫畫家羅傑．拉法吉、作家暨布魯塞爾編年史家吉爾特．范．伊斯騰丹、「金豬」餐廳的米其林二星大主廚金吉姆、以給豬紋身聞名的藝術家溫．德爾維。評審團主席與發言人自然是大學教授庫特．范德冠特。

羅莫洛．斯托奇不是容易情緒波動的人。別人感到意外的事情，頂多引發他嘲諷的心情。他對任何事情都不陌生，畢竟有什麼能讓他驚愕的？他閱歷豐富，即使未曾親身經歷，也會有來自家人和祖輩的經驗傳承。此外，他也博覽群書。在他耕耘的職場裡，他認得每一片碎屑、石頭與雜草。所以當菲妮雅．薛諾普羅忽然引用主席心愛的小說，假裝不經意但明顯是早就計畫好的，他也只是不動聲色微微一笑。顯然她為了準備這次會面，多少有點神經質。但是這點唬不了他。他知道人為了達到目的，會挖空心思，只是她這虛晃一招落空了。她當真以為他會向主席報告，說：對了，主席先生，薛諾普羅女士最喜愛的書和主席您一樣？她真以為這樣做是加分？

他在富蘭克林咖啡館前的露天座位坐下，咖啡館就在富蘭克林路和阿基米德路轉角，他坐在阿基米德路這頭，也就是背陽處。一來天氣十分炎熱，而他也想要抽支小雪茄，一邊等待歐盟理事會主席的禮賓司司長阿提拉・希德庫提。他必須先私下和對方談談薛諾普羅女士的事以及她的週年大慶計畫。

這時，有頭龐然大豬站在他面前。原來是有人穿著全身粉紅色的豬玩偶裝，豬蹄拿著棍子，棍上釘了面牌子。豬玩偶把牌子靠著牆上，在旁邊的桌子落坐，拿下豬頭，露出大汗淋漓、熱到滿臉通紅的男人面孔，一頭金髮被汗濕透。男人年紀和斯托奇不相上下，拿毛茸茸的粉紅袖子擦了好幾次臉，然後對正好把斯托奇咖啡送上桌的服務生說道：請給我一杯啤酒！

您感到驚訝嗎？我能理解，他轉頭對斯托奇說。請別看不起我，我已經失業好幾個月了。這把年紀找工作不容易。我最後不得不乾脆拿著「任何工作都願意做！」的牌子，站在林蔭大道的證券交易所門口，然後就得到這份工作了。穿著豬玩偶服裝，舉著牌子在歐盟機構區到處走。他說，打廣告，又擦掉臉上的汗。

斯托奇轉過來，讀著牌子上的文字：

范坎彭肉鋪

優等肉品！

頂級香腸！

訂購前：

請注意，我們換了新號碼。

許多人看到牌子後都笑了。有人問我，我怎麼做得來？難道沒人想得到，人一旦陷入困境，什麼都可以做嗎？您以為這種大熱天穿著這樣的服裝，難道是好玩？

斯托奇拿出錢包，服務生端來那男人的啤酒，笑著問他：還要點什麼嗎？也許來點玉米？

斯托奇往桌上丟了張五歐元紙鈔後離開，走到街道對面，傳訊息給阿提拉：不要約富蘭克林見了！我在凱蒂．奧榭酒吧，查理曼大街。

他穿著內褲和襪子，站在小陽台上，仔細刷著西裝。天氣炎熱乾燥，墓園碎石路灰塵漫天，在死者行列中每走一步，就會揚起塵土，沾到褲管，最後也黏在西裝布料上。符林德在穿著上十分慎重，自集中營解放後返回正常生活，就十分重視上等質料縫製的西服。身為老師，雖然收入並不優渥，卻也足夠給自己量身訂製幾件西裝，無須穿著賣場衣架上的衣服。他刷著西裝，想起了麵包。為什麼他會想到麵包？他小心翼翼刷著，耐心十足。這把衣刷他非常滿意，四十年前在「華特．威特」買的，那是家「日常用品」專賣店，就在林蔭大道上。威特先生親自向他推薦這把梳子。符林德先生，這把衣刷品質優良，會比您還長壽喔；

德國馬鬃毛製造的最佳衣刷，馬鬃毛還是手工嵌入刷頭的！

符林德愣了一下。「德國——什麼？馬鬃毛？」接著他發現，自己毫不抗拒就接受日常用品的品質比昨日的駭人幽靈更重要，所以他買了這把壽命比他還久的無辜德國衣刷，或許製作這把衣刷的雙手也是無辜的。他刷著西裝，房間裡響起電話聲，他聽到了，但覺得不是自己的。鈴聲很陌生，他也沒有在等電話。據說從集中營與滅絕營生存下來的人，餘生不會丟掉任何一塊麵包。最近報紙又出現相關新聞。著名的人權律師古斯塔夫．亞庫柏維奇過世後，他的女兒接受《早報》採訪時說：我們小時候經常吃硬麵包，必須等舊麵包吃完後，才會有新鮮的麵包。父親沒有辦法丟掉麵包，他就是辦不到。符林德刷著西裝。古斯塔夫，噢，古斯塔夫！電話又響了。古斯塔夫喜歡上等西裝與餐廳剛出爐的新鮮法式長棍麵包。不要穿破損的衣服，要品質好的厚布料；不要買商店衣架上的服裝，條紋衣更不用考慮，不要帽子，不要把頭遮起來！待過集中營和滅絕營的人都懂什麼叫做不要帽子，那代表死亡。因此之後才會叫做活著，才有自由。要穿上等布料，不要讓腦袋被束縛。符林德熟練地刷著。他穿著內褲站在陽台上，一條褲腳搭在左手臂上，右手規律刷著布料，宛如小提琴手似地沉溺在動作裡。電話再度響起。他有四套訂製西裝。冬季的兩套是粗呢質料，一套是人形紋哈里斯西裝，一套是稍軟的多尼戈爾芝麻呢；春秋兩個過渡季節，有一套深藍色初剪羊毛西裝，一套更輕便卻也保暖的深灰色馬海毛西裝。他沒有夏季西裝。一生中，他受凍的時間太多，對他來說，夏季也只是種過渡時期。大熱天對他沒有影響，而灰色馬海毛西裝非常輕，也就是他正在清刷的這一套。這西裝他穿多久了？許多年了，一定已經很多年了。

就在此時，他感覺到有隻手緊緊抓住他的手臂，猛然用力一拉，他手中的衣刷差點掉到地上。您在這裡做什麼啊？約瑟芬女士喊道。您不可以光著身子站在陽台上，不是嗎，符林德先生？

他看著她。她仍舊沒放手，拉大嗓門說：我們就現在進去把衣服穿上吧？

他沒有重聽，但沒有辦法馬上聽懂她在說什麼，因為她喊得太大聲。

您沒有聽見電話聲嗎？她吼著說。我們現在好好進房間吧，請您進來，那裡，您看，您的襯衫就躺在那兒，我們現在把衣服穿上吧！但這衣服也太濕了，您應該流了很多汗，不是嗎？那我們得找件乾淨的，不是嗎？我們拿件乾淨的衣服。

她猛地打開他的櫃子，看了一下，手伸進去。符林德說：不可以！他不希望這樣，他不允許有人隨便打開他的窄櫃，碰他的東西——卻已聽得她說：這裡有件漂亮的襯衫，漂亮的白襯衫，我們穿上吧！

約瑟芬女士拿走他一直握在手中的衣刷，放在小茶几上，西裝褲從符林德手臂滑落地上。她幫他穿衣服，再次看見他手臂上的數字刺青，急忙把那隻手套進袖子裡。她本想說：「要聽話！」但最後還是什麼也沒說。

她撿起地上的褲子，遞給他，不發一語。他穿上西裝褲，一語不發。他扣上襯衫鈕扣，繫好皮帶。她環顧一圈，看見鞋子擺在床邊，他沿著她的目光望去，走到床邊，坐下來，把腳套進鞋子裡。他看著她，她也看著他，然後他彎下身子綁鞋帶。他起身，又看著她。她點點頭。

約瑟芬女士是經驗豐富的養老院主管，職場生涯將近二十年，看過許多人與事。職業訓練期間，也修過心理學，兩年前才結束最後一堂進修課程。因此當她聽見自己忽然開口問道：「奧斯威辛？」時，比誰都驚訝。

他點頭。

他想要起身，但是站不起來，所以仍坐在床上。

她心想，反正問到這個地步了，乾脆再更進一步：那是什麼樣的狀況？您想聊聊嗎？

她感覺到一種窒息的恐懼，自己竟開口提出這個問題。

符林德坐在床上看著她，然後說：我們撐過了點名，我們撐過了點名。就是這樣。

約瑟芬女士離開房間後，符林德仍在床上坐了一會兒，然後才站起來，走過房間，東張西望，終於看見了衣刷。

他慢慢脫下衣服，拿起衣刷，把一隻褲腳搭在左手臂上，全身光溜溜站在陽台上，開始刷起褲子。

斯托奇幕僚長當然知道，執委會主席不可能反對一項能提升執委會形象與聲望的倡議。因此，他馬上擔保主席會支持菲妮雅．薛諾普羅，全然授權她進行。但斯托奇同時也知道，這個奇特計畫可能引發的問題，絕對多於帶來的益處。此一週年大慶的理念既荒謬又愚蠢，即使提出充分理由闡述，一如薛諾普羅女士所證明的，從政治層面來看就是不恰當。因此，全然授權其實是虛招。這是在官場打滾多年的羅莫洛．斯托奇最愛的伎倆：若想扼殺一個想法，首要之務是先贊同，承諾給予全力支持。接著，每個人就會因開心而放鬆警戒。這招絕妙高明之處在於，你最後甚至不必親自使出關鍵的一擊。有個劍客常講的笑話：如果有辦法讓對手剖腹自殺，你便無須再出手攻擊，只要注意別讓他發出死前最後一聲時倒在你懷裡即可。這招用在菲妮雅．薛諾普羅一樣奏效：她被他的認同沖昏了頭，自然不會多加留心便同意他的提議，將執委會這項計畫，通知創立執委會的各國代表。她有什麼理由反對呢？同時，他當下也已起身，暗示談話結束。事後她也不能說他在她背後捅刀，相反的，這是公開公正的正面交鋒。現在他只要小心別讓她跌在自己懷裡，讓她的血髒汙了背心。這一切，只要和他的朋友，理事會主席的禮賓司司長阿提拉談個話就能辦成。

這次的談話情境顯得荒唐古怪：貝雷蒙特大樓後面的愛爾蘭凱蒂．奧榭酒吧裡，兩名位高權重的官員在一張因啤酒濺灑而黏呼呼的桌旁喝著冰茶，四周客人喝著健力士啤酒、玩射飛鏢，吆喝聲、吼叫聲不絕於耳。

酒吧裡這麼吵雜，至少我們不必擔心隔牆有耳，阿提拉．希德庫提說著匈牙利口音的英語，迷人的匈牙利腔。

斯托奇露出微笑。他和阿提拉講話十分投機，多年來始終如此。經過兩人詳細協調後共同解決的問題不計其數。執委會與理事會之間發生摩擦（這種情況時有所聞），或執委會主席對理事會主席有所求時（這種情況也不在少數），斯托奇寧可找希德庫提談，也不願意面對理事會主席的幕僚長——瑞典來的強硬派路德教徒拉斯．艾克洛夫——這人覺得義大利巴洛克伯爵陰險邪惡。斯托奇有次提到艾克洛夫時口氣異常輕蔑：和一個凡事自以為高尚、任何妥協都感覺背叛自己道德的人產生爭議時，是沒有辦法達成協議的！接著，他又諷笑補充說：因此很難引誘艾克洛夫放鬆警戒，因為他這個人就是層層掩護組成的，他本身就是警戒掩體。如果能繞到後面一探究竟，會發現什麼都沒有，只有消散的氣味，那就是傲慢自負消亡的味道。

南北矛盾正好體現在這兩個男人身上，兩人工作地點分居布魯塞爾律法街南北兩端。我們匈牙利人夾在這種矛盾之間被碾碎了！希德庫提說。

希德庫提看著玩飛鏢的人，一臉擔憂，他們的位置近得讓人不舒服。這裡的飛鏢都射得很低，他說。

一個玩飛鏢的人和他打了招呼，希德庫提點頭回應，把座椅往旁邊挪一點。這時，另一個玩家舉起啤酒杯致意，向希德庫提和斯托奇敬酒。

來吧，我們坐到那邊去，斯托奇說，他們都是英國人，英國脫歐者。自從脫歐談判開始後，有些人就成天喝啤酒、射飛鏢等著回家鄉。我比較喜歡這些人，而非那些英國脫歐尚未定案之前仍繼續上班的英國人，他們所謂的工作只不過是在辛勤妨礙我們的工作。

你是為這事請我來的？你和我們那邊的官員有問題嗎？

不是，斯托奇說，然後告訴他週年大慶計畫。

希德庫提聽了立刻明白，這項計畫必須否決才行。原因不在於執委會不顧歐盟其他組織反對，或是打算將他們排除在外，決定單獨行事。那樣做，當然也會引起很大的問題。但是，癥結主要在於週年大慶的理念：請出大屠殺倖存者，要他們以自身經歷和命運證明民族主義是人類歷史上最嚴重的犯罪，終而導致奧斯威辛集中營的出現；因此，努力消弭民族主義，是執委會的道德義務。從「別再重蹈奧斯威辛覆轍」，推導出「消弭民族主義，進而消弭國家存在」的要求，將其作為歐盟的道德要求與政治責任，推銷給歐洲大眾，這一點，歐洲國家領袖與政府首長絕對不會接受。

我們有各路高手，希德庫提說，有辦法呼風喚雨，讓執委會孤立無援，無法得到任何幫助。

我知道，斯托奇說，所以才告訴你這件事。

「別再重蹈奧斯威辛覆轍」，這是好的，而且正確。

沒錯。

你們可以在每次的紀念演說中提及。

是的，提醒大家不要忘記。千萬不要忘記，這點必須一再重申。

正是。但這並非政治綱領。

道德從來就不是政治綱領。

況且道德有時還會製造衝突。

正是。理事會不可能接受消弭民族國家這件事。那代表戰爭，對抗執委會的戰爭，將會引發全球反抗歐洲的暴亂。

正是如此。

所以？

我了解你的意思。我們會讓這項計畫尚未見光，就先胎死腹中。

斯托奇知道自己絕對可以信賴他的老友阿提拉。

阿提拉・希德庫提攬下整個工作。工作其實不多，簽個名、打個電話，基本上不過是動動手指。就這樣，一顆球受到撞擊，接著撞向下一顆球，以此類推，固有動力因而產生，很快就沒人摸得清楚引發動力的源頭。但這股動力會持續傳遞能量，直到最後一顆球滾入虛空，滾出界外，滾入黑洞。就是這麼一回事。阿提拉．希德庫提的工作不過如此。到最後，引發一切的始作俑者，充其量也只是眾多球的其中一顆，任務就是撞向另一顆球。基本上他也是顆彈珠或者只是個顆粒，最終消失無形；他也是原子，是驚人政治能量的可裂核。

僅僅隔天，匈牙利外交部長便已致電他「敬愛的同事與親愛的老友」，也就是奧地利外交部長，通知他，執委會托詞舉辦週年大慶活動，實則想推動一項程序，意圖廢除歐洲國家。

匈牙利外交部長問道，親愛的老友，如果歐盟頒布命令，主張奧地利不是國家，你知道那代表了什麼？不能說他這話說得假正經，因為國家對他來說真的是神聖之所。只不過，那指的是他自己的國家，是匈牙利。至於奧地利是否真為民族國家，抑或是歷史進程中的意外，因其狂妄自大而被合理修剪成一個混血兒組成的國家，他都不在乎。儘管像他常講的那樣，「私底下」他傾向是後者。但是，當他想要教訓鄰國的民族主義，「稍微搔一下他們的懶鳥」時——正如同他對自己的總理所言——他知道有個盟友可以並肩作戰。

約莫八百六十億的神經元開始交流，數千個細胞在千分之一秒間進行複雜的電子處理程序，化學訊息履行職責，突觸發揮作用。總而言之，簡單一句話：奧地利外交部長正在思考。不過眨個幾下眼睛，他便已權衡選擇，做出最終決定。選項一，暫且按兵不動，等待執委會向大眾公布計畫，再出面捍衛奧地利，登上擂台對抗「歐盟」。這時，突觸因為狂喜而發熱，但那是什麼？突觸竟又開始閃耀紅光。他對歐洲難民政策的態度，已經大大滿足反歐盟人士，再貿然往前一步，就會踏入徹底拒絕歐盟理念的範疇（反正理念最後模糊不清也是好事），那麼將可能導致「經濟」紊亂，也會留下他與右翼流氓黨派掛鉤的印象。那個政黨堅持「奧地利優先」的民族主義，得到的支持越來越多。他想當老大，不想當副手；他想要受人歡迎，卻又不想沾染民粹主義的氣味。所以情勢十分清楚：當國家與民族主義基本上成為大型公眾議題時，形勢將對他不利。因此選項二是：他必須阻止這項計畫。如果他能阻止針對民族國家與捍衛國家的原則性討論，那麼在任何一個實質問題上，他就能代表奧地利利益，代表國家選民的利益，同時也代表了歐洲人——這樣一來，他就是老大了。

他謝過親愛的朋友匈牙利同事之後，立刻召集屬下分配任務。大家接到任務後，急忙離開他的辦公室，唯有新聞發言人留下來，還清了清喉嚨。他提醒外交部長，還有一份問卷調查需要完成。

哪份問卷？

《瑪當娜》女性雜誌。我們上星期在雜誌社拍攝了一組照片。

啊，對。那你就把問題填一填了。

部長，我需要與您一起把問題走一遍，因為都是比較私人的問題，例如：最喜歡的書。

你有什麼建議？

我們的政治家一般公認是《沒有個性的人》，這是奧地利的傳統。不能選擇比這本書遜色的作品。選擇仍在人世的作家作品更是禁忌，一般人不喜歡活著的作家。

好吧，我們遵循奧地利的優良傳統，就選《沒有個性的人》。就我所知，至少以前的外交部長克賴斯基也喜歡這本書。

還有前總理西諾瓦茲、以前的社會民主黨黨員克利馬，還有另一位前總理古森鮑爾。

難道只有社會民主黨人嗎？

不是，還有人民黨的前外交部長莫克、科爾與莫特雷爾。

那麼我不能選一本比這遜色的書。

接下來的問題是：在文學中，最喜歡哪一個人物？

這本女性雜誌是怎麼回事？工作人員都是念德國文學出身的嗎？

不是，部長，只有這兩個問題與文學有關，之後就是音樂和飲食了。

好吧。最喜歡的人物啊，《沒有個性的人》裡的主角叫什麼名字？

烏里希，但我不建議推薦這個人物。他就像書名一樣，是個沒有個性的人。此外，我上網搜尋了一下，他還有亂倫的問題。我建議阿恩海姆。

那是誰？

這人符合您的形象，部長。他被稱為「偉人」，是名政治家與知識分子，而且有段真摯的柏拉圖戀情。

真的？

在《沒有個性的人》書裡是這樣的。

太棒了！

隔天，波蘭政府指示執委會各內閣裡的波蘭官員，扼殺執委會這次有違波蘭民族自豪感的「運動」，尤其特別知會通訊總署，說明奧斯威辛集中營是德國的犯罪行為，因此單純是德國的問題；並誠摯歡迎德意志聯邦共和國，拆除波蘭土地上的德國滅絕營，遷至德國作為博物館展覽。總而言之，德國占領軍在波蘭土地所犯罪行的記憶文化，絕不適合作為經濟共同體的道德天篷。

歐盟理事會主席收到奧地利外交部長一份照會，當中毫不含糊明確表達奧地利共和國贊成與反對的理由：他們支持歐盟執委會的倡議，然而無法同意計畫的形式。奧地利外交部以奧地利聯邦政府之名，毫無保留認同歐盟執委會的倡議：「讓歐洲大眾更了解歐盟」。然而，一個讓數千名奧地利人送命的波蘭集中營，竟理當成為質疑奧地利存在的理由，這在奧地利絕對行不通。

捷克共和國在歐盟常設代表處的大使，遞交外交抗議書，措詞更加強硬：捷克政府不允許歐盟推動這項所謂與歷史和解的活動計畫，致使捷克再一次消失在世界版圖上。捷克共和國絕不授權計畫進行，此類授權也不可能存在於世。

幾個小時後，斯洛伐克常設代表處也提交類似的抗議書。

阿提拉．希德庫提一臉微笑。這些小國認為自己國家的——什麼？認同？尊嚴？還是生存權利呢？——受到質疑，果不其然最快表達抗議。真沒讓人失望，他可以大加利用。現在最大、最關鍵的問題是，德國會有什麼反應？法國呢？英國雖然還在場內，但其實已經退出比賽。希德庫提認為，英國很有可能指示她在歐盟組織裡的官員支持計畫，並且敦促歐盟公開宣布，以便對內作為內政所用，趁機證明脫歐的必要性。希德庫提心想，可以善用英國施壓方舟與通訊總署，在公開宣布之前，不顧一切把計畫阻擋下來。

拉斯．艾克洛夫走進希德庫提辦公室時，竭力克制著自己。行為舉止隨時隨地務必得體，這件事已經深植在他心中。就算他想衝進希德庫提辦公室，對他大喊：「這件狗屎是怎麼回事？」也只是一時的衝動。他不允許自己無法控制情緒，說出傷害人或侮辱人的髒話。

絕對不行。某些成員國的外交部與大使館紛紛遞送奇怪的抗議書至主席內閣，他當然懷疑是希德庫提在幕後主使。這個眼神狡猾、雙下巴上一臉假笑的匈牙利輕騎兵，不可能置身事外。雖然無法證明，但是他始終懷疑希德庫提喜愛挑起事端，事後再憑藉提出解決之道，在理事會主席面前彰顯自己的重要性。而他艾克洛夫這個幕僚長每次都被排除在外。他做了個深呼吸，走進希德庫提辦公室，說：我有個小問題，相信你能夠幫我忙。

希德庫提說他能幫忙。

執委會裡有個特別積極的人自以為了不起，希德庫提向他解釋說。不過，我和主席談過了，現在暫且按兵不動，事情自然而然會胎死腹中。

拉斯．艾克洛夫不是會乾等事情自行「胎死腹中」的人。這個禮賓司司長又在咬文嚼字，令人厭煩。艾克洛夫實事求是，不會放棄追究真相。這種個性，第一個遭殃的人是阿金森女士。

希德庫提笑了。一切都如他事前所料。

熱愛自由與真相的人，會忘記怎麼去愛。這是祖父曾經說過的話。艾米利．布侖孚特當年還是小學生，聽到這話，大吃一驚，不是很明白為什麼。這句話他思考了很久，如同絞盡腦汁猜一個令他惶惶不安的謎語，也因此牢牢記在腦海裡。布侖孚特眼前浮現祖父的身影，看見他說話，最後吐出了這個句子。小艾米利誤解了那張滿是皺紋的苦悶臉龐，以為是令人生畏的自負與無情。如果他當時認得這些詞彙，就會這樣形容。祖父講的或許是反抗時期的事情，除了這些不會有別的。祖父說，猜疑，極度的猜疑，能保障生命安全，這不是好方法，卻是唯一的機會。盡量不與親近之人分享想法，不要信任所愛的人，才能多少保護自己和他們。那些了不起的英勇男人與女人，都是被朋友、手足、父輩，甚至是自己的孩子、自己心愛的人所出賣。愛，不是自由的空間，提供不了保護。

祖父過世很久後，布侖孚特才慢慢開始理解這句話。那時他已成為警察，原則上對任何事都保持懷疑，不相信別人對他講的話，認為一切表象都不過是企圖掩蓋真相；任何快速且坦誠的說明，他都暫且視為是為了掩飾真正的企圖。不過，他發誓絕不要接受這種職業上的畸形，進入他的私人生活，影響他和所愛之人的關係。

當然，人不是每天都會想到這類決心。但布侖孚特這時卻有理由想起，而且相當自豪自己其實做得非常好：他溫柔愛著身邊親近的人，毫無猜忌；他熱愛自由，毫不恐懼；他熱愛真理，堅信不移，無論那是對待所愛之人的坦誠，還是經過深究、調查後找出的結果，甚至是——有何不可呢？——自由派媒體的權利。

但是，他也不得不承認這一切或許不對勁了，而這個想法讓他心驚又困惑。他愛過嗎？真是如此？難道他不必承認他現在是不得不說自己愛過嗎？

他再也不能愛得毫無保留了。轉眼間他已經荒廢了愛。那是真的嗎？

剛才墓園的經歷，令他大為震撼。一開始，豬並未讓他混亂困惑、驚嚇不已。不是的，而是遇見豬之後，他穿著破掉的褲子，忍著背部疼痛與手掌擦傷，花了整整半個小時仍然找不到菲力普，更別說他那位指定約在這個地方的「朋友」。後來，他找到一張長椅，坐了下來，打了好幾次電話給菲力普，都直接轉到語音信箱。接著又走來一名老者，在他旁邊坐下，說：您也在和死者講話嗎？

這一切恐怖得叫人害怕，布侖孚特倉皇逃走，這次是真的用跑的。他往北跑過長長的林蔭大道，跑過父親的墳墓，上氣不接下氣跑到出口，回到車上。他腰側傳來一陣錐心刺骨的疼痛，碩大的問號彷彿一把鐮刀，砍進他的靈魂網絡，那是比擦傷還要深刻的疼痛。等到回家泡在浴缸裡，他才有辦法給這種痛取一個名稱。讓他痛入骨髓的，是忽然襲來的深深猜疑，說得清楚一點，就是信任感消失。

身為警察，即使是職業上的不信任感，也仍奠基於基本的信任感，亦即對於法治國家的信任。有權有勢的人陷入醜聞時，沒錯，確實經常出現政治干預的現象，但基本上那只是小兒科，或許妨礙了司法的運轉，長遠來看，卻撼動不了法律，遑論謀殺之類非告訴乃論的公訴罪。不過，他不得不承認，遭到遮掩的阿特拉斯謀殺案，動搖了他的信任。現在問題是要怎麼處理：像祖父一樣？還是像菲力普那樣？而最讓他痛心的是，他已不再信任菲力普，他最好的朋友、他教女喬艾樂的父親。在他眼裡，菲力普忽然顯得行跡鬼祟，他所說的一切，關於北約組織、關於梵蒂岡，既混亂又模糊，這些可怕的故事想必是意圖令他立刻收手；然後，菲力普又忽然說有了新消息，不清楚是哪些，屆時會有消息人士在墓園解釋給他聽。然而不僅是他，那位神祕消息人士也一樣沒有現身，連電話也忽然聯絡不上他了。

布侖孚特輕輕推著水面上漂蕩在兩膝之間的塑膠鴨，問自己，菲力普的任務是不是先說服他追究下去毫無意義，且會招來危險，接著再編造出消息人士的事，檢驗他是否真的收手抑或仍舊好奇探詢下去？

泡澡讓人神清氣爽，雖然無法減緩身體的疼痛，卻能放鬆精神。他感覺現在終於能清晰思考，但是腦海裡的事情令他不安。他興起水浪，鴨子漠然在水面上舞蕩，撞到他的肚子，轉個身往後，在他兩膝間游得搖搖晃晃。他踢了鴨一下，鴨子蹦翻幾下，又在水裡繼續擺盪。

布侖孚特不喜歡檢察官，尊敬是有的，但同時也看不起他。這個人盲目認同國家，把有權有勢的人與國家混為一談，因此為了所謂國家的利益，甚至不惜觸犯國家所保障的法律（當然，只在特殊狀況下）。不過，為了想了解檢察官，難道一定要喜歡他？不必。只要這人出現，明顯關乎特定利益，而這類利益顯而易見，這一點千真萬確。這個真理不需要任何信任關係，也不需要愛。哎，菲力普！布侖孚特一掌往水面擊下。我信任你。但你是否騙了我呢？

水變涼了。布侖孚特自問，整件事會不會只是不幸的巧合，而他產生了嚴重的誤解？也許他的猜疑錯得離譜，菲力普仍是他所愛、所信任的忠誠朋友。

但是，猜疑在他心裡滋長，逐漸根深柢固，任何決心已都無法將之驅趕了。

鴨子本來是洗髮精的瓶子，「保證不會刺激流淚」的兒童洗髮精。他從小就喜歡這個洗髮精鴨子，洗髮精用完後，總會把瓶子留下來。就算後來搬了好幾次家，環境改變，也沒有扔掉。鴨子屁股有個螺旋蓋，從這裡倒出洗髮精。

布侖法特兩隻腳把鴨子壓進水裡，兩腳一縮回，鴨子就蹦地往上飄，浮出水面搖搖晃晃游著。

鴨子沉下不去，永遠只會往上。這點讓人信任。布侖孚特打開旋轉蓋，把鴨子往下壓，水開始灌進去。他兩手擺在浴缸邊上，叉開雙腿，看著鴨子慢慢沉入水底。

艾哈特教授差點又遲到了。他一樣搭地鐵，在舒曼站下車，但是尤斯圖斯．利普休斯出口被封鎖，只好從貝雷蒙特出站。但出來後，他非但走到了律法街另一邊，也跑到街道南側，來到貝雷蒙特大樓所在的奇怪凹地。他沿著凹地四周的圍牆來到街上後，發現要橫越律法街是不可能的。人行道沿路設置了拒馬，後面停著軍用車輛。憲兵不耐煩揮著手，要地鐵站上來的人繼續往前走。繼續走！不要停留！

我必須過去，艾哈特說，我要到——

請您繼續走！往前走！

他其實最好往北走到舒曼圓環，再從圓環走到尤斯圖斯．利普休斯街。但是艾哈特誤解憲兵的手勢，以為自己應該走另外一個方向，而那是他上次迷路的南邊。他大步快走，雙臂擺動，右手還提著舊書包，因為走得很趕，書包一直打到膝蓋或膝窩。他必須走到馬爾貝克，從那裡可以過馬路。下次地鐵不要搭到舒曼站，他心想，在馬爾貝克站就要下車。如果還有下次的話。十分鐘後，他就要發表主旨演說，發表完或許就沒有下次了。他原路折返，走到尤斯圖斯．利普休斯大樓，在臨時鐵柵欄和膠合板之間尋找可通行的窄縫，窄縫後就有通道前往舉行會議的皇宮飯店。從上次至今，這裡一切自然此一時彼一時，唯一不變的是依然混亂。他向左轉，然後又向右走了幾步，眼前只看到各式柵欄。他後面是軍用車輛，面前攔著拒馬，感覺自己像被囚住或是走投無路的動物。他上氣不接下氣，把公事包緊拽在胸前，包裡裝著他的演講稿，基本上講的是自由，是解放。至少，是一次自我解放的演講。

艾哈特當然是最後一位抵達會場，算不上遲到太久，但畢竟還是遲到了。現在我們人都到齊了，品托先生歡欣鼓舞說。開始之前，您要先來杯咖啡嗎？還是開水？

好的，麻煩了，艾哈特說。他環顧四周，到處與人打招呼，他人也紛紛回禮。每個人都完美無瑕，鞋子上沒有沾染一絲街道上的灰塵——他們知道其他路嗎？不必穿越建築工地的路？沒人的褲子和外套皺巴巴，襯衫上也沒有半點汗漬。他們怎麼抵達會場的？外面潮濕悶熱，就算沒像他一樣繞過封鎖，即使只是慢慢走，也會出汗啊。

品托先生問道：您準備好了嗎，教授？

艾哈特教授準備好了，一直如此。他的人生隨時隨地做好了準備。時移世易，從永恆中剝落的，終究本就是鬆動之物。他喝光咖啡，點點頭。

第一次受邀參加會議，得以在學術論壇中進行報告時，他仍是年輕稚嫩的大學助教，為了會議特地購置一套新西裝。論壇在提羅爾阿爾卑斯山上的阿爾帕赫舉行，全球經濟界菁英、不同領域的著名學者、出類拔萃的藝術家，每年都會前來此地參與交流。此次邀請，是他的教授史奈德博士促成，想要藉此提拔他，或者說讓他保持學術熱情，畢竟艾哈寫過幾篇論文，卻都是以史奈德教授的名義發表的。艾哈特受到推崇，感覺受寵若驚。但後來他才明白，自己對於榮譽的期待，竟誘使他的行為順從得可笑：原來他並非受邀公開發表專題演講，只不過是要他在某一工作小組中進行簡短報告，最後他也接受了。重要的是，他即將出席阿爾帕赫，只要做好準備，就能接觸舉世聞名的權貴人士。他希望盡量給人留下深刻印象，因此準備了嶄新的西裝，他的第一套三件式西裝，還有新鞋，甚至還在尚未穿過的新鞋上抹了皮革油，擦得晶晶亮亮。就這樣，他置身在一個供應咖啡和起司點心的會場，新鞋咬腳，新西裝穿得他不自在，感覺穿上西裝的那個人已經不是自己。

他觀察著卡爾．波普爵士，看他如何睥睨卑躬屈膝的奧地利政客與官員。忽然間，那批人猛地直起身子，向走進會場的美國國務卿簇擁而去，鞠躬哈腰，把身子彎得更低，以便捧起雙手，接他掉落的雪茄菸灰。

這時，艾哈特看見了他：阿曼德．莫恩斯。

艾哈特的第一個會議，卻是阿曼德．莫恩斯的最後一個，幾個星期後，他便與世長辭。老師與學生唯一的會面，艾哈特當時甚至可能使用了「上帝與門徒」這樣的形容。但他們的對話內容偏偏是服裝。

艾哈特未曾料到，這位大名鼎鼎的人士竟然如此不修邊幅，下半身的燈芯絨褲穿到變形，灰色毛衣胸前有片汙漬（是咖啡嗎？），外面套著廉價的藍色尼龍夾克。

艾哈特走過去自我介紹，向這名備受尊崇的學者表達敬意。

莫恩斯年事已高，體弱多病，人生已到盡頭。艾哈特頓時後悔和他攀談。他很想與莫恩斯討論他的著作《國家經濟的終結與後國家共和國的經濟制度》，但是一站到他面前，立刻明白不可能進行討論。他臉色泛黃，臉龐布滿褐斑，眼油多，嘴唇沾滿唾沫。就在此時，有個學生拿著莫恩斯的書，請他簽名。看見莫恩斯花了許久時間才巍巍顫顫寫下名字，令艾哈特不忍直視。艾哈特不記得自己後來說了什麼，只知道莫恩斯沒有回應他的話，而是說：這裡的人看起來都像經過偽裝。

艾哈特：您說什麼？

您沒看見嗎？人人西裝筆挺，在維也納、巴黎和牛津全都這樣穿戴——他說起話來很吃力——這些，這些服裝，在這裡，在瑞士石松與阿爾卑斯山名勝美景之前，就像化妝舞會的服飾！看起來就像經過偽裝！而其他那些人穿著洛登大衣與傳統服飾，因為這裡是提洛爾；他們以為要穿著傳統短上衣，就因為這裡是提洛爾！這些人像來參加化裝舞會似的！您看！全都是偽裝者，來參加一場學術嘉年華！

艾哈特不知道該回應什麼，最後他說：我們不應該偽裝自己！

阿曼德．莫恩斯聲量大得嚇人，粗暴喊了一聲：不行！

回到維也納，阿諾斯．艾哈特寫在紙條上寫下：

「不行！」

阿曼德．莫恩斯

……然後用大頭針釘在書桌前的牆上。他知道這舉動很幼稚，同時卻又不是如此。那是種電流脈衝。「不行！」從來不會錯。從來不會嗎？不會！

他扣好皺巴巴的西裝，遮住襯衫上的汗漬，跟著品托先生走進他要發表演說的會場。

卡珊德拉．梅爾庫里騎著自行車前往辦公室，像多數時候，這天在阿倫貝格街也遇見了柏胡米。卡珊德拉情緒亢奮，毛毛躁躁，巴不得快點說出週末的經歷。她非常自豪自己的發現，結果相當驚人，而且事關重要。不過，她一開口，說的卻是：你怎麼了？發生什麼事情了？

平日嘻嘻哈哈、淘氣膽大的自行車手柏胡米，現在反而靜靜踩著踏板，板著臉眉頭緊鎖，汽車占用自行車道時，也沒有從包裡拿出他的「你擋路了！」貼紙。每次他曲行繞過汽車貼上貼紙時，她總是替他擔心；但他現在不做這個動作，更令她感到不安。

你說啊！到底怎麼回事？

我週末回家了，布拉格的家。

他們這時要繞過一輛停在外線道的汽車，卡珊德拉不得不退到柏胡米後面，因為左邊有輛公車正好呼嘯而過。接著她又趕上柏胡米。柏胡米默不作聲。

所以你回布拉格了。去看家人嗎？嘿！到底發生什麼事了？

柏胡米講了句法語：理性在家庭裡是死去的！

柏胡米！

沒有什麼特別的，一切都在預料之中。或者應該說：我現在很意外自己竟然感到驚訝。我回父母家。哎！父母就是父母。我也想見見我妹，所以和她約在薩維瑟尼赫餐廳，像以前一樣，吃紫甘藍烤鴨。她卻不要！

你妹妹不想和你見面？

她不想去餐廳，只有我們兩個見面。她要我去她家。

那不錯啊。

才不是。她明知道我喜歡薩維瑟尼赫的烤鴨，而且我們每次都約那兒！我們在那家餐廳見面、吃飯，天南地北無所不聊，新的消息、祕密、傳聞！不，我不想去她家，她前不久才結婚，而——

你認識她先生嗎？所以是他們兩人邀請你的？

她說：你竟然沒來參加我們的婚禮！我當然知道理由。現在你來我家，與我先生握手言和。我烤鴨給你吃。但你要和我先生握手言和，就在我家。

那問題是什麼？

停在他們前面的汽車忽然打開車門。

柏胡米猛然煞車，差點往前栽了個跟頭。卡珊德拉猛然將自行車往左扯，又立刻往右拉，差點被一輛貨車撞到。她煞車停住，跳下車，心臟跳得厲害，猛烈撞擊著胸腔和太陽穴。柏胡米從自行車下來，對著沒有查看逕自打開車門的車主怒吼，那個人不斷道歉。柏胡米推著自行車走過那輛汽車，來到卡珊德拉身邊後，將車推倒在地，往停在一旁的汽車引擎蓋上一坐，哭了起來。

卡珊德拉在他身旁坐下，摟住他的肩頭，說：沒有事、沒有事了，又一次順利化解了。

一點也不順利！

剛才的汽車車主臉色蒼白呆立原地，卡珊德拉揮揮手，要他趕快離開。

一點也不順利，柏胡米又說了一次，用手背揉揉眼睛。我去了，去我妹妹家。她希望我和她先生握手言和，但是他拒絕與我握手。他，拜託，拒絕我伸出的手，對我的手視而不見。那張肥胖自滿的臉，只是看著我，雙手叉在口袋裡，對我說了一句話！

什麼？

他說：你這個白痴！

不！不會吧！

他就是這樣說！他說我被大財團收買，為了布魯塞爾的豐厚薪水，出賣捷克共和國的國家利益，說我是民族的害蟲，諸如此類。就在他家玄關的掛衣鉤旁邊。

那你說了什麼？做了什麼？

柏胡米放聲大笑，吸吸鼻子，說：我做了什麼？我抽回手，對我妹妹說：如果我們一直站在這裡討論，鴨子就要焦了。而她說：沒有什麼鴨子，只有要澄清的事情。

卡珊德拉抱著他，把他的頭擁在懷裡輕輕撫摸著。好笑的是，她摸的其實是他的自行車頭盔。

這時，忽然有個男人站在他們面前，怒氣沖沖朝他們大吼。是他們屁股下引擎蓋的車主。柏胡米抬起頭，從側肩包裡拿出一張貼紙，從容不迫撕掉背紙，站起來，啪地把標籤黏到對方額頭上。那人踉踉蹌蹌往後退。柏胡米立起自行車，對卡珊德拉說：走吧！我們要上班了！

卡珊德拉目瞪口呆，隨即一溜煙騎上自行車。他們奮力踩著踏板，不發一語。騎到藝術大道，柏胡米才開口說：我妹妹小我五歲。她念書時，我還幫她寫功課。沒人說她笨或懶惰，她是家裡的公主。現在她幫一個法西斯分子生了小孩，家裡也沒人因此感到氣憤。她先生對親友和善親切，唱起民謠嗓音優美，某種程度其實也算長得不錯，收入豐厚，而且不是共產主義者。這在今天對我們很重要。

卡珊德拉不知道該說什麼。他們抵達後，鎖好車，走向電梯時，她才說：我也有些週末的事情想說。

電梯前站著兩名蠑螈，他們過分殷勤打著招呼。電梯門開了，一位蠑螈說：四樓，對嗎？

卡珊德拉說沒錯，蠑螈按了四和五，和氣問道：週末過得愉快嗎？

週末爛透了，柏胡米說。

卡珊德拉一陣興奮，忽然生起頑皮的瘋狂興致，說出連自己都意外的話：沒錯，今天星期一到目前為止也爛透了！

噢！

電梯往上升，非常緩慢，在這種情況下，慢得令人抑鬱。柏胡米說：連電梯也爛透了。

卡珊德拉在內心裡咯咯笑。

到了四樓，柏胡米和卡珊德拉走出電梯。蠑螈說，祝你們有愉快的一天！

你們也一樣！

柏胡米哈哈大笑，卡珊德拉說：我很開心你又能笑了。現在我想把週末發生的事情告訴你和薛諾普羅。很重要的事，你一定會嚇一跳。

菲尼雅．薛諾普羅早已坐在辦公桌後面，拿著員工餐廳端來的咖啡。又是熱得讓人鬱悶的一天，窗戶敞開，才早上八點，空氣已經暖呼呼。可是菲尼雅．薛諾普羅似乎有點發抖，雙手握著杯子，彷彿想要取暖。不過，那可能只是種習慣。她並不冷，冷的頂多是靈魂。她有種宿醉後的難受，不是身體上的，而是道德方面。她昨晚在伏里智家度過的，一開始無法開口告訴他，她……後來還是提出建議，很晚才說的，但時機大概不對了……可是他……他睡著了，而她——她兩手抱著咖啡杯，感到很羞愧，因為她後來——拿枕頭捂住他的臉……她只想看看他是否還會亢奮，還是說蛋白質退掉後，男人就亢奮不起來了？他手腳亂揮，把她打走，大吼大叫。她眼淚頓時撲簌簌留下……好了，他把她擁入懷裡，然後……。

卡珊德拉進入辦公室，她為什麼這麼愉快？

我們得談一談，妳有空嗎？很重要，有關週年大慶計畫。啊，妳有咖啡，好主意，我也去拿一杯，順便告訴柏胡米一聲。十分鐘後過來妳這裡，方便嗎？

妳有香菸嗎？

沒有，我不抽菸。妳若是想抽，我們最好去柏胡米辦公室。他把上面那個東西，我該怎麼說……總之，在他那邊抽菸，警報器不會響。

十五分鐘後，他們坐在柏胡米辦公室裡，卡珊德拉幫大家端了咖啡。薛諾普羅初次當著他人的面接連抽了三支菸。卡珊德拉開始敘述在梅赫倫參觀多辛軍營大屠殺暨人權紀念博物館的經歷。

卡珊德拉喜歡週末時搭乘火車出遊，就像她常掛在嘴上的，享受著「從布魯塞爾出發，一切近在咫尺」的行程。她的歐洲，無需一個半小時，就能抵達巴黎，兩個半小時就到倫敦，到阿姆斯特丹或科隆也不超過兩個小時。有時候她星期天一大早出發，傍晚回來；有時候星期六就出門，外宿一夜。她參觀博物館、藝廊，與朋友在小酒館相聚，在精品店買點漂亮的小東西犒賞自己。上週末，她沒有搭乘大力士高速列車，而是上了區間車前往梅赫倫。梅赫倫距離布魯塞爾大約三十公里，車程不到半個小時。

她在《晚訊報》上讀到古斯塔夫．亞庫柏維奇的訃聞，他是布魯塞爾著名律師，就她所知，也在歐洲人權法院的歷史中扮演重要角色。這個男人是傳奇人物，一直到最近以將近九十歲高齡過世前，都十分活躍。不過，引起卡珊德拉好奇的，是訃聞的作者：「楊恩．聶本察，梅赫倫多辛軍營大屠殺暨人權紀念博物館文獻中心研究員。」納粹占領期間，多辛軍營是黨衛隊在比利時的集運地，猶太人、吉普賽人和反抗分子，從此地被送往奧斯威辛集中營。卡珊德拉有次聽說軍營現在改建成博物館，但她不清楚那裡也設有研究單位，有系統地整理將人運送到奧斯威辛集中營的歷史。她寫了一封電子郵件給楊恩．聶本察，立刻收到回信：他很樂意星期天與她碰面，帶她參觀展覽，盡其所能回答問題。

卡珊德拉本就是個積極的官員，認為這應該能幫助週年大慶計畫，所以立刻前往梅赫倫，與楊恩．聶本察見面。她倒是沒想到要算加班費，或是等到上級「同意出差」，且會「結算加班費」後，才動身前往梅赫倫。她做此事純粹出於興趣。對她來說，這是週日出遊，還能額外認識新事物，學到點東西，如果後來證實對週年大慶計畫有所幫助，那就更好了。

楊恩．聶本察也是個積極的研究人員，如果歐盟執委會裡有人注意到他的工作內容，並且專程前來，就算星期日「不是他的工作日」，自然也會恭候差遣。現在越來越難引起大眾關注這個研究單位的工作，並取得相關經費。這名女性官員的熱情讓他十分感動，他也立刻上網查詢她的職責範圍，還有照片。

您不必道謝，兩人見面後，楊恩．聶本察說。雖然我使用的是艾格特．雷德的辦公桌，不代表我是個沒有靈魂的公務員。那是誰？他是德國在比利時的軍政府行政首長，安排三萬多名猶太人押送到奧斯威辛集中營，戰後被判刑十二年，最後被前總理康拉德．艾德諾赦免。他只是坐在辦公桌後處理公事，不需為猶太人遭到屠殺負責；他只是在上班時間伏案將這些人列成清單，以便同仁井然有序將他們送上屠宰場；他顯然不是偏激的人，從來不超時工作。艾格特．雷德被赦免後，還拿到了德意志聯邦共和國的公務員退休金。而我今日坐在他的辦公桌後面，處理這些清單。

楊恩．聶本察英俊瀟灑，差不多是卡珊德拉的年紀，體型也和她類似：並不瘦。卡珊德拉不信任削瘦的人，覺得他們有禁欲主義的傾向，有稜有角，生活毫無樂趣。不過，楊恩也不是個胖子。卡珊德拉覺得胖子比較隨便，缺乏吸引力，也不懂得自制。不過也不能一概而論，所以應該是說，卡珊德拉懷疑大部分或者說至少有許多胖子，過於放縱自己。楊恩就是個男人，高碩的大塊頭，但有點柔軟，她覺得應該就是他把自己描述成「有點太圓滾滾」的意思。她被他那雙棕眼和黑色卷髮給迷住了。

為什麼妳認為我們會對妳的愛情故事有興趣？薛諾普羅問道。

柏胡米的辦公室只有兩張椅子，一張是辦公椅，一張是訪客用椅。柏胡米把他的辦公椅讓給薛諾普羅，但薛諾普羅寧可站著。她面露不耐，居高臨下看著坐在訪客椅上的卡珊德拉。卡珊德拉從椅上彈了起來說：你們難道不懂嗎？我說得很清楚了呀！他們——有名單！就在梅赫倫！那裡完整保存黨衛隊保安局的所有檔案，保安局當時負責運送事務。我們聯絡了全世界，但一切就在我們眼前這裡，搭慢車三十分鐘就能抵達的地方！我現在知道有多少奧斯威辛集中營的倖存者仍在人世，也拿到了他們的名字。

有多少人？

十六位，卡珊德拉說。

六十位？

十六！

十六人？全世界？

只要他們在押送名單上，後來又被登記為倖存者的話，是這樣沒錯。總而言之，只要他們曾經被記錄在冊又為人熟悉——是的。

有他們的聯絡地址嗎？

楊恩說沒有百分之百更新過，有些地址可能不對，因為沒有定期聯絡對方。不過，基本上是有的。

那麼，是什麼樣的——應該怎麼說呢？狀況？我的意思是，他們的健康狀況——我是說，他們能夠出門旅行，並且公開亮相嗎？

有五個人會固定到學校演講或者參與其他時代見證者活動。

五個人？

是的，其中一個情況很特別，叫做大衛．德．符林德，就住在布魯塞爾。楊恩說，如果他對我們的計畫理解正確，這位符林德應該是我們理想的時代見證者。

為什麼？

他不僅是奧斯威辛集中營最後倖存者之一，也是傳奇的第二十班列車唯一仍活著的猶太人。那班開往奧斯威辛集中營的火車，遭到反抗分子襲擊，被攔截下來，停在鐵軌上。反抗分子拿鉗子剪斷運牛車廂門上的鎖鍊，對猶太人大喊，要他們跳下來，趕快逃走。跳下來的人，手裡被塞了五十法郎和一個安全地址。大部分的人害怕一旦逃亡，會被德國人射殺，所以留在火車裡不敢動。反抗分子和德國黨衛隊衛兵一陣短暫交火後，火車又開動了。沒有跳車的人，一抵達奧斯威辛集中營，立刻被送進毒氣室。符林德是其中一位跳下火車的人。

但是，妳剛才不是說他待過奧斯威辛集中營嗎？

第二十班列車逃亡事件發生在一九四三年四月。他逃到村子一處人家，村名如今已不可考，他們收容他，對外宣稱是布魯塞爾來的侄子。他當時非常年輕，精神受創嚴重，因為他的父母沒有跳車。他其實可以在收容他的家庭裡等到戰爭結束，但是他想戰鬥，或許是想拯救父母吧？或是解放歐洲？一九四四年六月，他加入「歐洲自由」反抗組織，成為最年輕的鬥士。該組織以尚－理查．布侖孚特為首，你們也許聽過他的名字，至少你們知道布侖孚特路吧？這個組織具有傳奇色彩，因為行動大膽，也因為政治上與其他反抗組織有所區隔：正如其名，他們是唯一為自由歐洲而戰的組織，而不是為了一個自由的比利時而奮鬥。他們也希望戰勝納粹後，立刻廢除比利時君主制度，建立一個歐洲共和國。布侖孚特和他的同志直到生命最後一刻，仍在對抗西班牙和葡萄牙的法西斯政體，對抗獨裁者佛朗哥和薩拉查。奇怪的是，戰勝國在解放歐洲時，竟然忘了他們這些獨裁者。總而言之，大衛．德．符林德一九四四年八月遭人出賣，被逮捕後，送往到奧斯威辛集中營，但沒有進入毒氣室。他年輕力壯，撐了好幾個月，直到集中營被解放。戰後，他成為老師。但不像許多成為時代見證人的倖存者只是偶爾到學校演講，他當老師是希望教育下一代。他不想當見證者，而是教育者。好的，你們有什麼想法？如果要繼續推進馬丁的想法，而我們也獲得了主席的許可，就必須把這個人作為活動焦點。他有我們需要的一切：法西斯受害者、反抗鬥士、通敵與背叛的受害者、死亡集中營的見證者、以人權為本的後國家主義歐洲的前瞻者，從一個人的過往，一個身為教師的人，導出歷史與教訓。

很好，薛諾普羅說，多麼激勵人心啊。只有一個小問題。

約瑟芬護理師十分擔心符林德。她這個人很公平，對於她口中所有的「被保護人」，不管是喜歡、看不順眼甚或厭惡，不管他們樂於溝通還是乖張固執，友善還是暴躁，她全都盡量一視同仁。約瑟芬認為，他們在養老院裡的一舉一動，背後都有充分的理由。即使他們表現得像在溫泉旅館度假，但是當他們明白，在漢森之家除了逐漸迎向人生終點，沒有其他事情可做時，與個人生平有關的理由就會在這裡清楚顯現。

她照顧的人，全已屆遲暮之年，但是人生尚未抵達終點。這是約瑟芬的經驗，是她深刻的體認。她無時無刻不在想像那意味著什麼。光就這一點而言，所有人都一樣。由於大家都面臨同樣境況，所以她不再區分誰是容易照顧的被保護人，誰是麻煩鬼，誰討人喜歡，誰又令人厭煩。除了必要的溝通外，符林德從未表現出想和她多多交流的需求。他道謝時，聽起來較像是道別，而非表達感激之情。因此，不能說符林德是那種需要給予關愛與特別親切照顧的被保護人。然而，約瑟芬感覺對符林德先生有種特別的責任。是因為他手腕上的數字嗎？她思索著，卻又禁止自己有這種想法。她是公平的人，給予每個人同樣的關注。畢竟生命折磨著每一個人。

所以，她好心拿著兩份報紙，魯莽走進符林德的房間，大喊：您從不下來——

符林德坐在扶手椅上，只穿著一件內褲。

約瑟芬喊道：我已經好幾天沒看您到交誼廳看報紙了。我們還是得看看報紙，不是嗎，符林德先生？還是您不想再知道世界上發生什麼事情了？不行，不行，我們一定要知道狀況，要保持好——奇——心，不是嗎，符林德先生？您最喜歡看哪一份報紙，符林德先生？《晚訊報》還是《早報》？我認為您應該是《早報》的讀者，不是嗎？我們現在應該要訓練腦袋裡小小的灰色細胞，閱讀一下——符林德無動於衷的態度，自然讓約瑟芬心煩意亂。不過，在他生命逐漸燃燒殆盡之前，她仍想鼓勵他保持活力與好奇心，多多與人交流。

符林德收下報紙，瞪視了一會兒，最後才慢慢一頁翻過一頁。忽然間，他整個人埋進報紙裡，直勾勾看著。

要不要一起看篇文章呢？您有興趣——

符林德猛地起身，在房間裡走來走去，東張西望找著東西。約瑟芬護理師目不轉睛看著他，問：您在找什麼？

我的筆記本。您沒讀到報上的死亡新聞嗎？我必須再刪掉筆記本裡的一個名字了。

第十章

當一切只是枉然，即使是最美好的回憶，也無法安慰我們。
我們該如何為此辯解？

艾米利．布侖孚特一絲不掛站在浴室裡，背對著鏡子，轉過頭，想要看看尾骨或骶骨附近有沒有瘀青或擦傷。泡過澡，一開始確實放鬆不少，但在浴缸裡泡得越久，屁股就疼得越厲害，毫無疑問是先前摔倒的後果。

他的頸椎喀啦喀啦響，頭沒有辦法再往後轉到能看見鏡中的屁股。現在除了尾骨疼，脖子也繃得痛。布侖孚特知道，自己的身體不可能像俄羅斯體操女選手那麼柔嫩、那麼靈活有彈性，但是僵硬到這種程度，著實也令他感到沮喪。他的同事尤勒斯．墨伊尼爾「為了不讓身體生鏽」，甚至在警局工作休息時間也勤做瑜伽，會議時間若是過長，休息時還會練習倒立。布侖孚特覺得那樣做很可笑！話說回來，卻也古怪得幾乎又讓人喜歡。但是布侖孚特絕對不會承認這點。尤勒斯或許是對的。布侖孚特相信，若是尤勒斯，一定不費吹灰之力就能把頭扭到後面，輕輕鬆鬆觀察鏡中的背部和臀部，不會感覺緊繃與疼痛。哎，尤勒斯！在我被撤除調查阿特拉斯案的職權、強迫休假的時候，以你這把年紀，你閃躲的身段還真是靈活有彈性啊！你竟能就這樣背過身去，毫無緊繃不適與疼痛！

布侖孚特按摩著脖子，後頸又硬又緊。這時，手機響了。他從浴室衝到剛才脫下衣服的臥室，但是沒看見手機；又跑進客廳，有了！就在書桌上。他拿起手機，頓時楞住。是菲力普。

聽著，布侖孚特說，別在電話上說。我當然希望你向我說明來龍去脈——哪裡？卡夫卡咖啡廳？在哪裡？魚市街嗎？安東尼．丹薩爾街轉角，了解。一個半小時後見？好的。

布侖孚特到了咖啡廳後，還不見菲力普人影。但這不能說明什麼，畢竟他提早了十五分鐘到，不過他心裡隱約不太安穩，覺得菲力普在和他玩遊戲，又會讓他枯坐一場。

枯坐——要怎麼坐？布侖孚特幾乎不能坐，尾骨痛得要命。唯有身體重量放在半邊臀部上，才多少能忍受。不過，這樣坐能堅持多久？他起身，站到吧檯前，尾骨痛得他不斷把重心從一腳換到另一腳，將啤酒一飲而盡後，再點了一杯，接著又加點一杯琴酒。他看了看時間。他不會花半小時或者四十五分鐘，等一個反正不會現身的菲力普。絕對不會。頂多十分鐘。他一口氣喝光琴酒，端著啤酒走出咖啡廳。天氣十分炎熱，他沒有印象春天或者初夏的布魯塞爾曾經這麼熱、這麼悶、這麼無情。柏油路、地磚、屋牆儲存了熱氣，現在全部釋放出來，即使揚起微風，也無法使人解脫，反而像拿棍子把熱浪打到臉上。天際現出一道不自然的奇特光線，太陽即將西下。街道兩旁樓房林立，這裡自然望不見夕陽。布侖孚特抬頭眺望，只看見粉紅夾雜著淡黃的光束，像有毒的清漆一般畫滿天空。

艾米利・布侖孚特是個詩意盎然的人，只是自己不知道，因為他很少看書，遑論讀詩。他當年在學校念過的詩不多，如今只記得一首：夏爾・波特萊爾（Charles Baudelaire）的〈致過路女子〉（À une Passante），因為「一閃……隨即沉入黑夜——瞬間的美女。」這句話異樣打動了他。他成為督察後，當屬下調查進度陷入黑暗期時，他會改寫這句話，以「黑夜深沉……繼而一閃！——逃亡者現形」激勵他們。就他看來，那是他這輩子唯一的詩藝成就。不過，他低估自己了。現在，他被天際那道光深深撼動得悸痛，感覺那是一種隱喻——這毫無疑問就是詩意的行為。斜漫的光線。世間萬物剎那間全浸淫在斜漫的光芒裡，熟悉之物塗上有毒的清漆。他看見了對面街角房屋上的路牌「魚市場」，像魚鱗般閃閃發亮。

他很想沉浸在這樣的光裡，在這樣的氛圍裡，並非這氛圍愜意宜人，喔，不，是的：確實很有情調。風情萬種，情調萬千，是的，是這樣沒錯。那道光，是反映他精神痛苦的光，不過，他忍受不了身體的痛了。他喝光啤酒，正要走進咖啡館付錢，打算回家時，菲力普忽然出現，往他一抱。菲力普為什麼如此開心，為什麼把他抱得這麼緊？

布侖孚特哀叫一聲，掙脫擁抱。菲力普露出擔憂的神情，問道：怎麼了？你哪裡痛嗎？為什麼布侖孚特覺得他朋友的擔憂神情這麼浮誇？菲力普怎麼會以為他會輕信這齣不入流的戲碼？若不是戲碼拙劣，他怎麼可能認為自己的摯友有能力搬演這齣戲？

他火冒三丈，氣得差點想拿腳跺地，好確定不是地面在晃動，或是自己腳底失了依靠而站不穩。他說：當然痛啊，因為他在墓園摔了一跤。在「墓園裡」，是不是聽起來有點耳熟？

他深吸了一口氣，說：我們約在墓園，不是嗎？但你沒有出現。你應該好好解釋一下。天啊，你為什麼跌倒？受傷了嗎？

如果我現在說：因為我根本沒看見你，而是看見鬼了？你覺得如何？

菲力普顯然想說什麼，卻沒有開口，搖了搖頭，然後指著布侖孚特的空酒杯說：進去吧，我們都需要喝一杯。

這個時間，咖啡館一下子就客滿了，已沒有空桌，不過布侖孚特說他反正也坐不住。

我在墓園裡摔了個四腳朝天，就在約定的見面地點。我撞到了尾骨，痛得要命。

他向吧檯後面的酒保說：兩杯啤酒！

我也沒辦法站太久，我們就別拐彎抹角了。發生什麼事情？為什麼你爽約？你那個預計要和我們碰面的神祕朋友，究竟握有什麼消息？在墓園詢問我是不是和死者交談的那個老人，難道就是你朋友嗎？你該不會告訴我，那句話是與他接頭的暗號？為什麼之後打電話找不到你？菲力普，請你解釋一下。而且我誠心拜託你，要解釋得能讓我聽懂。

你不會相信的，菲力普說，但是——

這時，他們的啤酒端了上來。

艾米利．布侖孚特舉起杯子，說：祝健康！我是不會相信的。然後呢？

聽著，菲力普說，一切很容易解釋。但問題在於，事情雖然合情合理，聽起來卻也難以置信。

你會成功讓我相信你的。

我才不信。我從沒見過你這麼疑神疑鬼，你這樣會變得像自己祖父一樣。你得留心，破壞信任感的正是這種疑心病。算了，我現在就把來龍去脈告訴你，簡短扼要，你很快就能回家上床睡覺了。對了，喬艾樂問候你，她問你什麼時候再來看我們。我告訴她，要她再耐心等等，因為你生病了。好的，整件事從我收到一封信開始。我們本來已經決定撒手不管這件事了，你知道我指的是哪一件。這時卻來了一封信。我要特別強調，是真正的信件，並非電子郵件，不是電子訊息。我差點漏掉這封信，因為我每次一清理完家裡信箱，就立刻把信件全部扔進垃圾桶，畢竟平時只有廣告信。總而言之，信裡一個自稱「某人」的人寫道，他們追溯到我這邊來了。

追溯？

是的，當我嘗試深入調查，找出阿特拉斯案為什麼從電腦中消失時，不知怎麼的，闖入了某個系統的外圍，而這個系統——說得謹慎一點——也涉入其中。詳情我並不清楚。總之，有人發現我試圖駭入。如果事態嚴重，那個某人在最短時間內就能找出是我做的，知道我的名字、住所，所有的一切。而這點他們那裡的人都做得到。因此，那個某人寫信給我，也解釋了採取這方式接觸我的理由：蝸牛郵件雖然老舊但是安全，以這種形式寄送的信，是唯一不會被儲存在某處、被他人閱讀、分析，最後用來攻擊你的溝通形式。以前藏匿祕密情報的「死轉手」地點，在今日就是普通不過的家用信箱。好的，你認識實驗室的雷奧‧歐博利吧。他是個不錯的年輕人，熱心助人，而且絕對值得信任，不是嗎？沒錯，我把信交給他化驗，結果信紙是銷售量最高的普通紙張，在廉價商店花四歐元就能買到五百張；從墨水推論可知，使用的印表機是常見的佳能機種，是比利時最為暢銷的印表機。紙張上找不到絲毫DNA或者其他跡證，所以沒有任何能指明寄件人的線索。

好的。信上寫了什麼？

寫我過分莽撞大膽。他說就我的職務來看，這件事不可能和主管商定過，顯然我是單槍匹馬在工作之外進行這件事；說他自己也一樣。

他？從哪裡看出這位某人是個男的？

好問題。我是這麼推測的。

是嗎？接下來呢？

他——我確定他是個男的——寫道他並非是打算毀掉自己人生的吹哨者，但是他認同那些尋找破綻、讓真相得以昭告天下的人。

這是他信裡的說法？

是的。而且他要向我伸出援手。如果我有意和他進一步聯絡，就不要再試圖進入系統，因為他無法保證我觸發的警報還能被壓下多久。之後他會提供我需要的訊息，我若是同意，要我隔天特定時間在谷歌輸入：印第安霍皮族的祈雨舞。

霍皮什麼？你在說什麼啊？簡直荒唐透頂！

不，一點也不荒唐。這個某人顯然能看見我在自己電腦上做了什麼。只要我照著他的要求輸入，在搜尋結果上點擊任一頁面，他就得知我接受了他的建議。這樣做，不會在系統中引起任何注意。

你照著他的話做了？

做了。

我還要再來杯啤酒。

我也是。你知道結果如何嗎？我輸入「印第安霍皮族的祈雨舞」，谷歌立刻推薦我「系統論與新社會運動：風險社會中的認同問題」。

我不懂。

沒什麼好懂的。這是書名，書裡顯然有一章是講述印第安霍皮族人與祈雨舞。總之，隨便什麼原因都可以。然後，我點擊進入頁面。

結果呢？

兩天後，我收到了第二封信。

你怎麼回應他？

我在他預先說定的時間點，從我電腦的谷歌網站輸入關鍵字搜尋。關鍵字不是我的答覆，就是我的問題。他顯然在某個地方監控誰上谷歌搜尋了什麼內容。

你們有多少次——我的意思是，這情況持續了多久？

三個星期？也許是四個星期。

你竟然絕口不提？我們一起觀看安德萊赫特對戰梅赫倫，一起搗著足球毛巾痛哭，哀嘆為什麼梅赫倫竟然二比〇贏了我們？我們還喝了五瓶啤酒，至少五瓶，天南地北無所不聊，你卻隻字未提這件事，完全沒談及這個某人。一定是那個時候，這事一定就出現在那一段時間。

沒錯，但是我想先確認這件事是否可信。對方也可能是個瘋子啊。

不過對方不是瘋子？

不是。應該說，我不知道。他提供有意思且可靠的線索，梵蒂岡與西方情報機構的檔案就從他那裡來的。我讀過內容了，令人瞠目結舌，難以置信，卻又合情合理可以理解，就像完美嵌合在一起的拼圖。聽著，世界上沒有一個情報機構能擁有充足資源、財力與人力，建構一個覆蓋全球的情報網絡，以符合全球化的狀態。因此，他們如今只在熱區安插情報人員。但是，信任他們、提供他們資訊的人是誰呢？只有與這些情報機構所屬政府合作的單位會提供，換句話說，情報人員報告的內容，基本上與駐外使館回報的資訊並無不同。接下來的問題是，下一個熱區在哪裡？當數百萬元投入在約莫三十名情報員的工作上，而這些人身處危險地區幾家附設健身房的旅館裡，明天會發生什麼事？三十人裡面有二十人來自美國中情局，他們擠在一個地方彼此競爭，互找麻煩，其他地方卻沒有安排半個人。美國還是全球最強大的情報機構呢！好的，現在來個簡單的問題：誰連窮鄉僻壤都能派駐情報人員？答案是梵蒂岡。為什麼？任何偏遠的地方都有神父啊。誰能知悉世界每個角落最私密的祕密？神父，尤其是透過懺悔。雖然無法涵蓋一切，仍比設備精良的情報機構能弄到手的資訊還要多上許多倍。我的朋友，這也是為什麼情報機構不計一切要贏得梵蒂岡的厚愛，挖空心思與教會共同合作，交換情報。冷戰時期就是如此，但那現在不是什麼機密了。如今出現了另一個敵人。敵人不再是無神論的共產主義，他的名字叫做伊斯蘭教。

但是……等一下！穆斯林又不會去找神父懺悔，坦白自己發動或者計畫恐怖攻擊啊。一點道理也沒有。

對，當然不會。但是忠誠的基督徒，會把自己注意到的可疑之處告訴神父，例如隔壁的、旁邊大樓或對面房子搬來的新房客，他們拿著望遠鏡靠在窗邊，朝對街房子窗戶張望。好奇是種罪嗎？我們的好奇絕對不是罪。但是，基督徒的懺悔內容，和我們平常報告自己的調查結果沒有兩樣。因此，冷戰時期，情報機構和梵蒂岡建立起來的關係，至今依然存在。

你相信這些話嗎？布侖孚特問道。

菲力普愣了一下，接著大笑。我沒有宗教信仰，我是不相信。但是這事信不信都由你，我只是說出事實。對了，你尾骨如何？

再來杯啤酒和荷蘭琴酒，感覺會好一點。

好，我也要。那位某人給了一條線索，指出教會手下有一支死亡小隊，在情報機構的批准下，幹掉可能的恐怖分子或所謂的散播仇恨者，也就是那些可能採取恐怖行動、但法治國家沒有充分證據得以合法拘捕的人。於是，我們就有了阿特拉斯案。由聖戰士執行任務，情報機構在後提供援助，想方設法讓案件紀錄人間蒸發。某人給我一份清單，是過去一年發生在歐洲的十四起謀殺案，但新聞媒體上完全找不到相關報導。

你查證過了嗎？

查過了。清單上的謀殺案，我一點兒蛛絲馬跡也沒找到。換句話說，要嘛根本沒有發生謀殺案，要嘛就是掩飾的手法十分高明，找不出任何線索。

我們現在踏入陰謀論領域了。

不是，與陰謀論無關。就算你現在搜尋阿特拉斯謀殺案的線索，也什麼都找不到。一點兒端倪也沒有，絕對沒有。但是我們心知肚明，案件確實發生過。我們要做的，並非證明清單上的十四起謀殺案，而是釐清阿特拉斯旅館裡的凶案。那位某人的解釋聽起來他媽的超級合理！乾杯！

布侖孚特隱隱感覺不太對勁。身為警察的經驗告訴他：如果某個傳奇故事讓你覺得哪裡不對，十之八九事有蹊蹺。

我不懂你之前為什麼沒有向我透露這件事，讓我了解來龍去脈，他說。

我有，菲力普說。也就是說，因為我了解你。我知道必須提供你更多線索，而不是單純這樣一個故事，你需要翔實的資料。所以我想要見見那位某人。於是約定的時間一到，我便在電腦裡輸入「見面」的各種不同關鍵字。三天後，信就來了，建議在墓園見面，就像我之前告訴你的那樣。

你終於能和那個幽魂見面了——但你沒有去？

你在說什麼？我去了啊，當然去了。我根本不知道你在哪裡。也許約錯紀念碑，也許時間錯了，誰知道怎麼回事。總而言之，我去了墓園，坐在長椅上等那個某人和你。然後，我的手機響了。我接聽電話，有個聲音說：菲力普．高提耶先生嗎？我回道是的。他問：你坐在我們約定碰面的那張長椅上嗎？我立刻知道來電者是誰，然後說是。他說：請你站起來。我站了起來。他又說：請轉過身，告訴我，你看見了什麼？我覺得很詭異，對他說：我不想玩什麼把戲。他說：不是玩把戲。你看見了什麼？我說：一棵樹！我心想：真是可笑，這是什麼鬼？他問：後面呢？我說：墳墓，將士陣亡公墓，白色十字架！他說：很好。再後面呢？我說：什麼也沒有，只有一大片立著白色十字架的草地。他說：你再往上看。你現在看見了什麼？我說：什麼也沒有，我不知道你想聽到什麼。他說：我想聽你看見了什麼。我說：什麼也沒有，只有樹和天空。他說：樹和天空之間有什麼？墓園後面那邊？我說：兩棟大樓，就像兩大塊巨型艾曼塔起司。他說：沒錯。你知道那是什麼嗎？我說：北約總部？他說：正確，現在你拿到我能給的資訊了。請你繼續抽絲剝繭，或者，就此放棄！再見了，警察先生！

你不僅去了墓園，還接到這通電話？

沒錯。然後我又等你等了四十五分鐘，後來就走了。

可是你為什麼手機關機？我因為找不到你，打了好幾次電話——

我的手機被干擾了，忽然間不能打也不能接電話。等到手機一恢復，我立刻聯絡你，所以我們才會在這裡。

布侖孚特覺得這個故事太高明了，確實引人入勝。他不認為菲力普有辦法編造這樣的故事，但是他半個字也不相信。這件事讓他覺得十分心痛。

我身上痛得厲害，他說。別介意，我得回家休息了。他看菲力普碰都沒碰琴酒，乾脆把酒拿過來，一飲而盡，說：再見，我的朋友！說完，一瘸一跛往外走。他察覺到自己腳步又瘸又拐。他不希望呈現這幅模樣，於是挺直身子，不想讓人看出自己受傷。但他痛得做不到，只好一跛一跛走出卡夫卡咖啡館。他恨不得宣洩大吼。

他們當天就知道瑪竇克沒有前往伊斯坦堡，而是飛到克拉科夫；但是三天後才會得知，他隔天立刻要動身前往華沙不過是一個障眼法。瑪竇克無法證實，不過他推測應該如此。他也清楚，神學院時期的摯友西門神父，若是三天後知道他沒有離開，內心會陷入矛盾掙扎。西門以為瑪竇克又到了需要內省和靜心的時候，所以提供他住宿奧古斯丁修道院。瑪竇克知道西門絕對忠誠，自己能全心信任他；但同時也明白，西門一定無法理解瑪竇克在修道院裡竟是為了躲避教會高層。他們熟悉瑪竇克的人脈，所以西門在第四天無疑會落入他們的瞄準器中。同樣毫無疑問的是，當對朋友忠誠與成為神父時立下的服從誓約產生衝突時，西門會做出什麼樣的抉擇。瑪竇克利用這三天靜思冥想，思考目前的處境，養精蓄銳。現在，該離開修道院了。眼前有兩個可能，一是繼續旅程，投宿不太講究登記證或其他證件的廉價旅館，不使用金融卡和信用卡，盡可能避開公共場所的監視器，絕不開啟筆電。就像一艘潛水艇，隱身不讓人發現。可是，他可能也因此沒機會找出在布魯塞爾的阿特拉斯旅館，究竟出了什麼差錯，他們又打算拿他怎麼辦。身上的現金頂多再撐一個星期。因此，潛伏一個星期，無法改善他的處境，也查不到任何訊息。第二個可能是：大膽進入虎穴！他必須找出怎麼回事，釐清自己究竟身處何種境況。只有一個地方能讓他有所斬獲，那就是波茲南。他們絕對料不到，他在潛伏一段時間後，竟敢直搗權力中心。這樣做風險很大，但是話說回來，若是事跡敗露，他也可以放低姿態，屈從謙恭，表現出自願回鄉的樣子。

臨行時，他擁抱西門，又握了握他的雙手，說：謝謝你，弟兄。上帝保佑你！

西門微笑說：上帝保佑你！同時——祝你前往波茲南一路順風！

瑪竇克不太容易慌亂失措，他時時警戒，處處提防，仔細斟酌各種可能性，自認任何情況都做好萬全準備。他繼承家族的冷血性格，是第四代戰士。但是，他沒有料到西門這句話：「前往波茲南一路順風！」竟重重擊中他，讓他一時頭暈目眩。他做了個深呼吸，放下背包，說：你知道——

西門點了點頭。

——我要去波茲南？但是我沒有告訴你啊。

那裡有人等你。你不需要擔憂。

你知道什麼，西門弟兄？為什麼一個字也沒有透露？

你沒有詢問我。你在祈禱練習時現身，一起禱告、靜默。除了晚餐之外，你會前來用餐，不僅在餐前默禱不發一言，席間也始終靜默不語。此外，你在禮拜室的「聖母慰藉像」前一跪就是好幾個小時。如果有弟兄詢問我，我自然知無不言，不過你並沒有開口。

但是你回答了他人的詢問？

是的。

有人向你打聽我？

西門點頭。

瑪竇克俯首望向地板，然後又緩緩抬起頭，一路看見西門的黑色法袍、黑色皮帶、黑色肩衣、從衣領中冒出的灰色脖子、脖子上從黑色兜帽下探出的灰色臉龐。瑪竇克又垂下目光，注視著自己的雙手，連這雙手也是灰色的。他垂下雙手，兩隻手沒入陰暗前廳黑色地板上方的灰黑色裡。瑪竇克現在直視西門的臉龐，西門唇色紅豔，彷彿被他自己咬得出血。現在我問你，瑪竇克說，你知道些什麼？可以告訴我嗎？

你身負任務，我不知道具體內容。任務出了差錯，我不知道是什麼。但那不是你的錯。有人在等你，你什麼也不必擔心。他們交代，如果你開口問我，要我這麼告訴你。

瑪竇克凝視著西門，點了點頭，然後雙手捧住他的頭，拉向自己，將唇印在他血紅的嘴唇上。鮮豔的血紅，是前廳裡唯一的光亮。前廳在這一刻變成了宇宙，但同時也只是通往外界的一道閘門。

接著，他步出修道院，走向戶外，踏入危機四伏、危險重重的戶外。

在厚實圍牆後的幽靜昏暗中度過了幾天，白日的刺眼光線猶如閃電似地擊中他。

針對週年大慶計畫召開的內部協商，農業總署沒有做出回應，也沒有派員參加會議。該總署內部沒人有興致參與組織週年大慶與紀念儀式，遑論此次活動重心並非是展示歐盟農業政策的成果。尤其通訊總署偏偏授權文化總署籌畫慶祝活動，一個被喬治．莫蘭稱為「乾船塢裡的方舟」的部門，讓農業總署更是興趣缺缺了。農業總署這頭大象心知肚明，沒人真會小題大作，把蚊子說成是大象的。

現在在執委會裡拉幫結派，準備為週年大慶計畫設下陷阱的，正是之前在理事會挑撥離間的農業總署的喬治．莫蘭。

喬治．莫蘭就如同大多數的英國官員，在執委會裡不太受人歡迎。執委會主席甚至親口說過，英國人在這裡只接受唯一具有約束力的規則是：英國人原則上就是個例外。英國人始終遭人質疑，認為他們把倫敦的利益置於歐盟利益之上。這項懷疑在許多例證上是有憑有據的。不過在其他案例上，情況就複雜許多：不管樂意與否，大不列顛及愛爾蘭聯合王國其實原則上就是一個特例。英國王室擁有的財產，例如曼島或海峽群島，法律上不屬於聯合王國。從制定歐洲賦稅政策上來看，那就是個無解的問題，因為法律觸碰不到成員國的避稅天堂。英國女王名義上是大英國協的國家元首，這種情況勢必導致在法律上吹毛求疵，例如針對歐盟與非歐盟國家締結的貿易合約。如果簽訂協議時不考量這種特殊情況，制定特殊規章，那麼澳洲忽然之間就會變成歐洲內部市場的一分子。與英國協商，一開始就不容易。不過，也不乏在布魯塞爾變成了歐洲人的英國人。所以不得不說喬治．莫蘭也有值得贊許之處，他在布魯塞爾這幾年，非但學會幾句法語，也完成幾項重要的歐洲政策。任職農業總署期間，他始終是小型農業經濟的熱血捍衛者與支持者，即使他的動機是希望看見英國農業維持傳統耕作形式，不要遭到大型農工聯合企業與單一耕種的破壞，但這一點恰好也符合歐洲普遍利益。因此，農工團體、國際種子企業與其遊說團體，也無法賄賂出身上流階級的莫蘭。他，或者說他的家族在約克郡東邊擁有龐大地產，出租給許多小型農戶。莫蘭深知他們的成就與困境。捍衛小農利益，對抗極端的農業密集化，是一己私利有助於實現公共利益的經典案例。喬治．莫蘭唯一接受的單一耕種土地是高爾夫球場。

莫蘭是個非常矛盾的人。他知道自己不受歡迎，不過那起初與他在執委會的工作表現關係不大。年輕時，他就經歷同樣的遭遇，中學時如此，就讀牛津大學也不例外。他外表晦氣，乍看長得有點古怪，再怎麼努力，也無法討人喜歡。粉紅色臉龐圓滾滾的，鼻子塌扁，一頭濃密的紅髮，要理成平頭才會服貼，身材短小精幹——小時候，他因為別人取的諸多綽號，在許多夜晚埋首枕頭哭泣。不過，家世背景保護了他免於面對比嘲諷更惡劣的攻擊，卻也導致他驕傲自大——出於一種心理上的防衛——同時展現勃勃野心。他學會透過步步高陞的職位和事業贏得尊敬，儘管他始終掛著嘲弄的笑容，而且心態老派——他認為在有所疑慮的情況下，若不想敬重他，那就應該對他畏懼三分。

如今，令我們不滿的嚴冬／已被布魯塞爾的太陽變成了輝煌的夏日。*

可是太陽已然黯淡。他是國家派遣專家，待在布魯塞爾的時間即將接近尾聲。在混亂不堪的英國脫歐各式協商中，他無意中犯了一個嚴重的錯誤，危及他在國內的聲望。德國人果真與中國締結了一份雙邊貿易協定，為自己的豬隻產品打開中國市場。豬隻！他當初並未認真將這當一回事。他強力阻撓歐盟想方設法與中國簽署共同協定的所有嘗試，希望捍衛聯合王國的特權，卻沒有預見嚴重後果。那個凱－烏魏．伏里格確實說得有道理！倫敦金融市場動盪劇烈，加速重要基金轉移至法蘭克福，而原因竟然是豬！莫蘭六神無主。他完全無法理解中國連豬內臟等都願意進口，具有多麼重大的經濟意義。大饑荒時代，愛爾蘭人花幾便士買豬腳，花好幾個小時熬煮，那不過是悲慘困境中的粗劣食物。在倫敦，肉販會將豬耳朵送給老主顧拿回去餵狗。還有豬頭——嗯，好吧。他在牛津大學布靈頓俱樂部的入會儀式上，曾經把老二塞進死豬的嘴裡。俱樂部是上流社會子弟組成的富貴學生團體，想要加入，就必須那麼做。那是他最後的屈辱，而屈辱感最終被醉意和他人的吆喝沖淡。從此以後，他贏得了認同。豬隻身上可能保有托利黨人的痕跡。是的，哈哈！那些德國人現在笑得多麼暢快啊！他們以里肌肉的價格賣出垃圾，英國卻分不到一杯羹，眼看聯合王國很快就要出局了。

雖然不合情理、毫不理性，但豬隻事件確實是喬治．莫蘭激烈阻礙的根本原因。既然英國遭受損失，至少可以嘲諷一下始作俑者吧。執委會現在任何的執行失敗，都能夠增加英國未來談判的籌碼。執委會打算行銷自己，提升形象——據說是執委會主席大力倡議——就不能讓這個計畫得逞。對英國來說，執委會形象不良是好事。

莫蘭舒服地向後靠在辦公椅上，修磨著指甲。他的指甲怎會忽然斷掉、裂開呢？他銼著指甲，一邊思索原因，時不時吹去掉落在胸前的指甲細粉。

還有那個真優秀的阿金森女士！莫蘭露出微笑。若能藉由挫敗週年大慶計畫，一併損及這個始終套著手籠的冷漠女子，雖然不具有什麼國家層級、甚至是歐洲政策方面的意義，但是在他個人政治奮鬥史上，卻是一筆亮眼的註腳。她不過是靠著婦女保障名額，才拿到這個他曾經應徵過的職位，當初他還是最有希望的人選。喬治．莫蘭絕對不會承認這件事並非他

＊譯註：引用自莎士比亞《理查三世》，「布魯塞爾」原為「約克」（York）。

所謂的「客觀必要做的事情」，但光想到阿金森女士將因此倒台，他便竊喜不已。

如果他對情勢分析正確，那麼接下來該怎麼做，他已了然於心。他打算約其他總署的重量級同事吃飯，最好是上馬丁餐廳，那兒有雅致的花園，能讓抽菸的同事待得開心，比平日更放鬆、更開放。他再適時提供為他們量身訂做的論據，引起他們不安進而反對週年大慶計畫。

莫蘭換把銼刀。粗磨之後，接著要細細銼修。

他的行動一開始應會引發某種自有動力。他必須將流言蜚語、騷動不安等，導向呼籲務必成立理事會工作小組的需求，以徹底討論問題、解決問題。

「解決問題。」就這種表達來看，喬治．莫蘭也是個保守人士。最近幾年，一種令人詫異的語言轉移現象悄悄滲透執委會上下，沒有人察覺，至少沒人加以評論或質疑。以前若說「解決問題」，現在就是「為這個問題提出一個解決方案」；以前若說「決定」，現在則是「做出一項決定」；現在不說「分析某事」，而是「進行一項分析」；以前說「採取預防措施」，現在是「推動預防措施上路」。這類新式的「執委會程序語言」多到可以編成一本字典。在這座巴比倫城裡，某一語言趨勢竟立刻成為各語言的共有知識財富，實在令人吃驚。喬治．莫蘭敏銳度高，所以注意到這種現象。他不是符號學家、詮釋學家或語言學家，卻清楚感覺這種發展是種徵兆，有其意義，象徵執委會的現況，表達出執委會的束手無策以及僵化。「促使某事進行」明顯是不一樣的表達方式，比「做某事」有防禦性。這種表述手法透露出目的不再是關注的焦點，只有途徑與方法才受到重視。這是他所看到的情況。不過，他不接受這種趨勢，仍堅持傳統的「解決問題」，放到週年大慶一事上，意思毫無疑問就是：扼殺計畫，幹掉阿金森女士。

他拿起軟毛指甲刷，刷掉殘餘的細微粉末，再取出辦公桌抽屜裡的透明指甲油，愉快地塗上。他想到阿金森女士冰冷的手套在手籠裡，指甲咬得像狗啃似的，不由興起一絲嘲諷心情。

不到兩個星期，他便在沒引起任何懷疑的情況下，加入眾人的普遍請願，期望成立一個由「文化事務委員會」主導的理事會工作小組。

阿金森女士立刻知道週年大慶計畫已胎死腹中。這項計畫根本也不是她真心想要，不過是文化總署的一項倡議罷了。對外部而言，計畫由薛諾普羅全權負責，薛諾普羅因此還大大炫耀了一番。但是，薛諾普羅自己也不是那麼確定，她覺得若是需要進一步討論計畫，負責的人就是馬丁，畢竟提出計畫的人是他。況且她把規畫事宜全交給他處理。

不過，馬丁人目前不在布魯塞爾。

漢森之家養老院這片地產最初是間墓碑工坊。石匠工坊第四代傳人皮耶．漢森膝下無子，也找不到人願意接手經營。七十三歲時，因為火山矽肺症，不得不屈辱地輾轉在不同養老院與療養機構之間。再也無法工作後，他便立下遺囑，將房屋、工坊車間與土地送給布魯塞爾，可是有條但書，布魯塞爾市或說布魯塞爾大區，必須在這個地方建造一座予人尊嚴的養老院。隨後他便闔上眼睛，撒手人寰。財政短缺的布魯塞爾市收下這筆遺產，過了好幾年，等到歐盟從歐洲區域發展基金與歐洲社會基金中撥出資金，昔日的墓碑工坊才得以翻修並擴建成一座現代的「老年照護專門中心」。當年的車間，如今是餐廳；當時的展示廳，成了養老院圖書館與交誼廳。除此之外，沒有其他東西留存下來，沒有一景一物能讓人想起這地方曾具有的歷史。

幾乎沒有。圖書館的側門（其實是道逃生門）後面，有一處草坪，立著不到十二塊沒有任何雕刻的空白墓碑，是以前工坊留下的展示品。不清楚這些石塊是遭人遺忘，還是刻意留下，讓人藉以憑弔此地歷史。除了管理員胡格先生會在建築物四周除草外，平常不會有人看見這些石塊。

但大衛．德．符林德發現了石塊。他想出門，可是在一樓走出電梯後，他記不起為什麼要出門，一時之間不知所措。他要做什麼？打算上哪兒？總之先出門，他往左轉，而非右轉走到大門，轉眼間，便站在逃生門前。他壓下門上紅色的大橫木，打開了門，墓碑一下子映入眼簾。他目瞪口呆看著石塊，他只不過想要吃點東西，並沒有要走到墓園啊。他發現墓碑上沒有名字，這裡是無名氏墓園嗎？但是，為何就這幾塊墓碑？墓園為什麼這麼小？成千上萬的人被迫送命後，便再也沒有了名字；數百萬人被送上黃泉之前，名字早已遭抹滅，變成了一串數字。但是，那些人多不勝數，反觀這裡——他開始數起石塊，只有二、三、四、五……忽然，有位護理人員抓住他的手。符林德打開逃生門時，觸發了警報。

您在這裡做什麼？您想出去嗎？是嗎？走錯門了。請跟我來，我帶您去——您要去哪裡？

符林德這時清楚說出自己想去吃飯。

去餐廳嗎？

不是！出門去外頭餐館，在那兒——他用食指比著：那一家，在那裡！就在旁邊。

不久後，他坐在鄉村餐館裡，女服務生端來一杯紅酒。符林德心生羞愧。他這時又清醒了，而清醒意味羞愧。他問自己為什麼——

他當然知道原因——

他怒火中燒，不想要這樣——

天氣熱得令人難受，符林德脫掉休閒西裝，捲起袖子，拿手帕擦拭額頭的汗水。餐館裡太吵雜，他無法好好思考。隔壁桌一大家子聒噪不休，小孩子放聲尖叫。他心煩氣躁望去，下一秒卻露出了微笑，純粹是反射動作。只要看見小孩，他便不由自主微笑，或因為開心、體貼，或者單純出於禮貌。

這時，他看見有個小女孩好奇望著他。她大概幾歲呢？也許八歲。他們目光交會。小女孩走到他桌邊。

拜託，別過來！他心想。

好酷喔！她指著刺在符林德手臂上的數字說。是真的嗎？

是真的，他說，然後穿上西裝。

這也很酷喔！她邊說邊把手臂上的刺青貼紙給他看。

那是四個中國字。

但不是真的，她說，我還不能刺青。

妳知道那些字是什麼意思嗎？符林德問。不知道？但是妳很喜歡？對嗎？

他輕輕點著那些字，念道：

第一個字：眾。

第二個字：人。

第三個字：皆。

第四個字：豬。

……我讀錯了，他說。然後又輕點著字。

第一個字：老。

第四個字：默。

阿諾斯．艾哈特教授隨著安東尼奧．奧利維亞．品托進入會議室，看見檢討小組成員半圍著一張椅子坐著，那張椅子是保留給他的。他同時也被筆電、平板半圍著，其他人低垂目光盯著螢幕不放，四下傳來飛快輕敲鍵盤的喀喀聲。

艾哈特先是站著，最後坐了下來。漸漸的，大家把目光落在他身上。

這裡要召開的只是研討會？這樣想就錯了。他將在此面臨處決，結束學術生命。但是，這不正是艾哈特的心願嗎？面對處決，一般會說些什麼？最後的遺言。如今時候到了，他心想。對於發表最後的遺言，他期待已久了。

品托先生向在場人士打招呼時真是歡欣雀躍啊！只有那位牛津教授仍舊飛速敲著筆電鍵盤，看來應該是萬分緊迫的要事，至少他表現出事情十分重要和急迫的樣子。艾哈特微微一笑，說：這位先生，您好了嗎？我們是否可以開始了？

最後的遺言。這個故事要回溯到艾哈特發表第一篇學術論文的時候，文章刊登在維也納大學出版的《經濟研究》季刊上。當年他仍是研究助理。在那篇論文中，他探討了阿曼德・莫恩斯的後國家經濟學理論，並提出幾項新的世界貿易發展統計數據加以佐證。論文出版後，艾哈特洋洋得意寄了一本季刊給阿曼德・莫恩斯，沒想到立刻收到莫恩斯回信，令他大為驚愕。阿諾斯・艾哈特此刻也把莫恩斯的回信帶在身上，並引用其中一段，作為今天演講的部分內容。

艾哈特以阿曼德・莫恩斯的引文為演講開場：「二十世紀，本應是十九世紀的國民經濟，轉變到二十一世紀人類經濟的過渡期。但這一進程遭到殘酷可怖的罪惡阻止，導致後來這種渴望重新回歸，而且更加迫切。然而，只有少數政治菁英意識到這一點。他們的後繼者很快便不再理解民族主義的犯罪能量，以及從此經驗中嘗到的後果。」

有些人在筆電上敲擊著。艾哈特不清楚他們是記錄下引文內容，還是在回信。但他毫不以為忤。他還有十三到十五分鐘，有的是時間，他的時刻尚未到來。

艾哈特言簡意賅闡述第一次世界大戰前的全球經濟發展，援引幾項數據，說明民族主義與法西斯主義導致經濟急遽衰退——才不過五分鐘，他已經看見有人開始覺得無聊了，沒有什麼比提到民族主義與法西斯主義更讓他們興趣缺缺——這是黑暗的一章，記載這一章的帳簿已被闔上，新的帳簿早已打開，如今會計做得超級完美，除了某些懶惰的國家；對這些國家我們責無旁貸，必須涉入採取有力的措施。舊帳簿中的篇章不值得重視，我們是新時代的會計師。

僅舉一個例子，艾哈特說，亦即一九一四年至一九四五年間的經濟停滯：如果未來數年，全球貿易如過去二十年一樣呈現直線發展——我們無法肯定是否如此——那麼二〇二〇年的全球貿易總額，將到達一九一三年的水準。換句話說，我們目前只不過是緩步再次邁向戰前已存在的全球化形勢。

一派胡言！不可能如此！

他們終於醒了！哎，他們若是知道自己沉睡多久就好了！

這位同事，您為何說是「一派胡言」呢？這裡就有確鑿不移的統計資料，艾哈特說。我只是想提醒您有這類資料，沒想到您竟完全毫無所知。

接著艾哈特又引用了三段莫恩斯的話，透過這些摘錄，他從跨國經濟發展，推導出建立各種新民主組織的必要性，這些組織必須取代各國現有的國會。好的，演講內容濃縮得夠短了，但艾哈特時間也已不多，最後他想來個震撼教育。

他做了個深呼吸，接著說：現在，我有些話想說。我引用了幾次阿曼德·莫恩斯的論述，你們也耐心聽完。你們或許心想，好吧，莫恩斯雖不是主流，畢竟還是著名的經濟學家。而各位，敬愛的女士先生，你們也在文章與發言當中引用他人的話，你們引用的人，其觀點都是當今主流。你們並未追求真知灼見，因為你們以為主流觀點就是最後的真理。請等一下！請等等！我並非表示自己知道何謂真理，而是想表達：我們應該要捫心自問何謂真理。我的意思是，當我們以時代精神為依歸，也就是說，以當前少數人的強大利益為依歸，在這些人的帳簿當中，大多數人不過只是折舊品，我們也不一定能更接近真理。總之，我想表達的是：在我最早發表的論文中，探討了阿曼德·莫恩斯的理論。我得意洋洋把這篇論文寄給了他，沒料到他竟然回信了。我想要念一段信中的內容：親愛的艾哈特先生，等等等等等……有了，這裡：您所做的事情，令我受寵若驚，也證明了您的優異才能。您認同我的觀點，引用在文章中，同時遵守一切引用規則。根據學術界的遊戲規則，您首篇發表的論文十分優秀。不過，請您想像一下，如果您今日壽命已盡，這篇論文將會流傳下來。在這種情況下，您還會滿意這篇論文嗎？難道您自己沒有想法、沒有願景，不能遠遠超越您所引用的內容嗎？如果您再也沒有機會表達自己的思想，此篇論文真心是您想與世人分享的嗎？是只有您才說得出口的？那些內容真的應該持續產生影響？我的回答是：**不是！**

艾哈特說，「**不是！**」是以粗體字寫下的。

現在我再告訴您，如果您當真如您信中所言，把自己當作我的學生，那麼您首要之務必須學習的是，在您發表論文、出版書籍時，應該抱持著一個想法：這可能是您最後的遺言。當您下一次發表演說時——請您想像自己知道演講一結束，您即立刻死去——在這種情況下，您會說些什麼？您還有一次機會可說，還有一次，就在生死之交的時刻。您會說什麼呢？我十分肯定，您所說的話絕對與這篇論文內容不一樣。若非如此，您也沒有必要寫作這篇論文了。您了解我的意思嗎？可用以闡揚自我生活、爭取教職並捍衛職位的文句不計其數，最終都會收錄在各種選集和紀念文集當中。我並非說文句都是錯的，甚或不必要，但我們迫切需要的，是最後遺言這類具有存在資格的句子。那些文句不會被束之高閣，而是能喚醒大眾，甚至是喚醒今日尚未出生的人。因此，親愛的艾哈特先生，請您再寄一次文章給我。我渴望知道，您在清楚「這是我最後的說話機會」此一前提下，會寫出些什麼。屆時，我再告訴您，您繼續發表文章是否仍有意義。

艾哈特抬起頭。他沒有說出收到回信後，自己有好幾個星期無法提筆，直到他獲知阿曼德．莫恩斯撒手人寰。他感覺會議室瀰漫著一種奇特氛圍，評斷不出是什麼。安東尼奧．品托喊道：艾哈特教授，謝謝您這麼有趣的——呃，激勵，有人想——

請等一下，艾哈特說，我尚未講完。

抱歉，品托說，所以還有最後的結尾。教授，請吧！

艾哈特說：我試圖表達我們需要新事物，一種後國家的民主制度，以建構一個不再存在國家經濟的世界。但是，這個我會堅持到生命終了的論點，有兩個問題：首先，在場的各位，是國際經濟學專家、無數個智庫與歐盟成員國諮詢小組的一員，然而即使是各位，也無法想像甚而接受這個論點。各位的思考模式，始終脫離不了國家財政預算與國家民主制度的規則，彷彿歐洲共同市場和統一貨幣並不存在，也沒有資金與價值鏈的自由流動。你們由衷相信，採取方法整頓希臘國家財政，亦即一個民族的國家預算，雖然導致他們的健保制度、教育制度與退休制度崩潰，卻能改善歐洲情勢。於是，你們覺得一切就沒問題了。各位知道你們的問題是什麼嗎？你們是箱子裡的貓，甚至無法肯定各位是否存在。各位與你們的理論，只不過是被假設為真實的；有了這種假設，才可進行計算；由於計算是可能的，故又立刻證明這種計算能夠反應真實，其他狀況不可能出現。請稍等，請稍候一下！你們馬上就可以宣洩不滿了，請容我再說幾句。好的，我承認：各位都是專家，對現狀瞭如指掌，沒人比你們更透徹，沒人比你們更加熟悉內情！但是你們對歷史一無所知，對於未來沒有概念，不是嗎？請您等一下，史帝芬尼德教授，我有個問題請教：假設您生活在希臘的奴隸社會時期，有人問您能否想像一個沒有奴隸的世界——您應該會回答：沒辦法，不可能；您會說：奴隸社會是民主制度的先決條件！不是嗎？不、不，馬修斯教授，別著急，麻煩一下。我想像您身處曼徹斯特，生活在曼徹斯特資本主義時代。如果當時有人問您，該怎麼做才能確保曼徹斯特的地位，您大概會說：絕對不可以向工會低頭！工會要求八小時工時，而非十四小時，還禁止童工，甚至要求退休金與傷殘撫卹金。一旦向工會低頭，將會徹底毀損曼徹斯特的商業吸引力——馬修斯教授，現在情況如何呢？曼徹斯特依然存在嗎？還有，莫瑟巴赫先生，您可以省了那一臉傲慢的笑容。您今日捍衛德國利益採取激進主義，若是早生幾年，終將變成紐倫堡大審的被告。而您甚至沒有意識到這一點。不過，請您別顫抖，親愛的莫瑟巴赫，像您這樣的人，總會受到寬恕，因為任何一位鑑定者都看得出來：您不是出於惡意，只是蒙蔽了理智；您是隨波逐流者。而這是你們所有人的問題，你們全都隨波逐流。如果有人這麼說各位，你們會憤憤不平。但若是明日災難降臨或出現審判，你們正是那些會找藉口的人，說自己只是跟著走，只是小卒子罷了。現在我請教各位：你們究竟清不清楚我們在討論什麼？我們在討論歐盟的持續發展。歐盟這個後國家共同體的誕生，源自於對歷史錯誤的深刻認知，但各位現在又將這個歷史錯誤視為「正常」。因為你們認為世界就是這樣運用，人類就是這樣，他們想要清楚定義民族的歸屬；希望分清楚誰是自己人，誰是其他人；想比他人優越；對他人感到懼怕時，就希望擊毀對方。這些情況十分正常，人類本性就是如此，關鍵在於國家預算須符合約定的標準。

謝謝您，非常感謝您，艾哈特先生，安東尼奧．品托說，在座各位是否有問題——

不好意思，品托先生，我尚未說完，請再給我兩分鐘。

艾哈特的書包從腿間滑落，掉到地上，演講稿四散一地，但他早就脫稿演出，自由發揮了。不過，他仍堅決要說出想說的話，也就是他採取極端手法的核心關鍵。請再給我兩分鐘，讓我做個總結，不對，讓我表達我的願景。真的是最後幾句了，可以嗎？好的！我先總結：即使擁有共同的市場，但國家之間若是彼此競爭，就不是真正的聯盟。聯盟中，一旦國家間相互較勁，將會在歐洲政策與國家政策兩方面都造成阻礙。那麼，現在必要之務是什麼？那就是促使聯盟持續發展成社會聯盟、發展成財政聯盟，換句話說，制定框架條件，將集體競爭的歐洲，改造成人人自主平等的歐洲。這就是理念，這就是歐洲一體化計畫創見者的夢想——因為他們親身體驗過。但是，只要違背歷史經驗繼續煽動民族意識，只要民族主義是公民廣泛認同身分的意識型態，上述理想就不可能實現。該如何促使這片大陸的人意識到自己是歐洲公民呢？有許多小措施可行，例如以歐洲護照取代各國護照，一本歐盟護照，其中標示出生地，但無需註明國籍。我相信，光是這樣做，就能喚起使用這本護照長大的世代的意識，而且無需付出任何代價。

艾哈特看見席間的理想主義者雖然仍舊搖頭，但至少開始思索問題。

但這樣還不夠，他又繼續加把勁。我們尤其需要一個強而有力的團結象徵，那必須是具體的共同計畫，能共同努力推廣我們之間的共同之處；我們需要找出人人皆有的東西，將人民連結成歐盟公民。因為，那正是這個共同歐洲的公民所希望擁有與創造的，而不單只是繼承而來的。這是後國家歷史上，最初的、大膽的、有自覺的文化成就，這項成就必須具備政治上的意義與心理方面的象徵力量。我想表達的意思是什麼呢？

艾哈特注意到，有些人看起來正迫切期待他接下來的話。他深深吸了一口氣，說：歐盟必須建立一座首都，必須送給自己一座規畫完整的理想新首都。

史帝芬尼德教授笑道：討論哪座城市可享有歐盟首都的地位，毫無意義。完全了無新意。不應將首都的頭銜送給某座城市，連布魯塞爾也一樣，而是將歐盟機構分設在不同國家的城市中，才是明智的決定。

史帝芬尼德教授，您沒有理解我的意思。我說的不是把首都的頭銜賦予某座城市。我十分清楚，這樣做只會在某些國家進一步激化民族主義，其人民感覺受到外部勢力掌控，因為這座歐盟首都，同時也是另外一個國家的首都。這也是布魯塞爾面臨的問題。雖然我最初也認為布魯塞爾做為歐盟首都，合理又有意義，一來她是一個失敗的民族國家的首都，二來她擁有三種官方語言。但是不行，我認為歐洲必須建立一座新的首都，一座全新的城市，她的誕生是歐盟的成就，不可以是一座古老的帝國首都或是國家首都，因為身處這樣的首都當中，歐盟只不過是次承租人罷了。

您希望在哪裡建造這樣一座城市呢？在哪一處無人區？歐洲大陸的地理中心位置嗎？歐洲最富強的國家連為自己的首都建蓋一座機場都辦不好，您還奢望建造一整座城市？莫瑟巴赫面露一絲微笑，搖著頭說。

某種歐洲風格的巴西利亞？我覺得這個思想實驗很有意思，羅馬尼亞政治學家妲娜·狄妮斯古說。她目前任教於波隆納。

艾哈特說，這座城市當然不能建造在無人之地。歐洲已經沒有無人之地，每一寸土地都有歷史。因此，歐洲首都的地點，其歷史自然應該最符合歐洲團結一體的理念，一段我們歐洲想要克服但同時不容許遺忘的歷史。這個地方，必須令人感覺到歷史、體驗到歷史，即使經歷過那段歷史或者從中倖存的人已全部離開人世。這個地方，應是指引未來歐洲政治的永恆烽火。

艾哈特環顧一圈。有人猜到接下來的話了嗎？妲娜一臉微笑，好奇地看著他；史帝芬尼德故作無聊望向窗外；莫瑟巴赫敲擊著筆電；品托不時看著時間。但是，十秒後，他們全都目瞪口呆看著艾哈特，不知所措。十三秒後，艾哈特這位享有聲譽的榮譽教授、「歐洲新協定」的智庫成員，成為了歷史。

他說：因此，歐盟必須把首都設立在奧斯威辛，必須在奧斯威辛出現歐洲新首都，將之規畫與建造成未來之城，同時也是永不可遺忘之城。「別再重蹈奧斯威辛的覆轍」，是建設歐洲團結一致的基礎，同時也是對於未來的承諾。我們必須創造這樣的未來，建立一處能讓人體驗的實用中心。各位，你們有勇氣思考這個概念嗎？建議執委會主席舉辦建築設計競賽，將奧斯威辛設計並建造成一座歐洲首都，這就是我們召開「檢討小組」的成果。

阿諾斯・艾哈特把行李箱放在阿特拉斯旅館床鋪上，準備打包行李。他臉頰發燙，心想應該是發燒了。剛才的經驗仍讓他心緒澎湃。他拉開窗簾，俯瞰窗外下方的廣場。就像電影中的慢動作似的，他想。廣場上熙來攘往，所有的流動猶如電影的慢動作放映。在炙人的熱氣中，一切的運動都非常緩慢，彷彿共同朝著同一個目標移動，一個盡可能延後抵達的目標。

艾哈特深知歐洲一體化計畫的基礎是：民族主義與種族主義導致奧斯威辛集中營產生，因此絕對不可以重蹈覆轍。這個「絕不可重蹈覆轍！」充分解釋了後續所有作為，成員國將自主權交付給一個超越國家的組織，並共同建構一個跨國經濟網路。這個「絕不可重蹈覆轍！」也解釋了阿曼德・莫恩斯的代表作。身為經濟學家，莫恩斯思考如何透過政治，組織一個後國家經濟制度。艾哈特教授也將自己的生涯投入這項研究。他的一生、他老師的一生、當代歷史、社會和平的保障、歐洲大陸的未來，一切的一切，全奠基於「絕不可重蹈覆轍！」這就是艾哈特的看法。「絕不可重蹈覆轍！」是對永恆的許諾，是堅持永久有效的要求。如今，經歷過慘事絕不可重演的最後一批倖存者，正逐漸離開人世。那麼接下來呢？難道永恆本身也有保存期限嗎？目前有個世代承接下了責任，至少他們在例行紀念演說時感覺自己身負義務，會喃喃警告「絕不可重蹈覆轍」。但是，接下來呢？等到曾經見證歐洲從何種震撼事件中洗心革面的最後一人撒手人寰，奧斯威辛對於生者而言，將像古早前的布匿戰爭一樣深深沉沒。

只要阿諾斯．艾哈特需要一個強而有力的客觀理由，說明自己的痛苦以及毫無抵抗任由痛苦撕扯，他就會從恢宏的政治與歷史哲學範疇切入思考。因為那是人世間的痛苦與哀傷，並沒有方法可對治。

但是，實用主義者知道方法，例如他父親。阿諾斯．艾哈特的父親，一九四二年被徵召進入三一六治安警察大隊，調往波茲南，打著「制服游擊隊」的名號射殺猶太人。父親死後，他在書桌一個塞滿文件的檔案夾裡發現了徵召令。父親在奧地利被併吞前，就已是納粹黨員，後來成為德意志少女聯盟維也納分部、希特勒青年團與體操協會的運動用品與野戰設備供應商，因此他很長一段時間都能以「為戰爭服務」為由，規避徵召入伍。最後不得不歇業時，自然仍免不了被徵召。不過，由於他交遊廣闊，對戰爭貢獻良多，因此未被派駐前線，而是留在大後方成為警察大隊一員。

他父親在戰時待過波茲南？他阿諾斯．艾哈特在店裡庫房出生時，父親正在波蘭當「警察」，槍決猶太人？父親後來竟隻字未提？艾哈特滿心疑惑，久久研究這些文件，最後開口詢問母親。父親過世時，母親已經失智了，幾個月後也隨著父親離開。不過，她還在世時，艾哈特試圖就這事喚起她的記憶，但她只是直瞪著眼，忽而放聲大笑，說：波蘭？然後唱起歌來，唱著 Sto lat, sto lat，唱得鏗鏘有力，臉上洋溢著幸福。艾哈特一個字也聽不懂，他搖晃母親的肩膀大喊：媽！媽！妳唱的是什麼歌？艾哈特雖然不懂歌詞，仍然努力記下，最後記住了 sto lat 與 Jeszcze raz，因為母親反覆唱著。他衝進浴室，根據聽到的音節大概把字寫下來，然後又回到母親身邊，但她已靜靜坐著，彷如陷入夢境中，再也沒說半個字。

隔天，艾哈特把寫下的字，拿去請教斯拉夫語系的同事。她說意思是「百年」和「再一次」，認為艾哈特母親應該是在唱一首古老的波蘭民謠；不過「Sto lat」也是句祝酒詞。這對他有幫助嗎？

沒有。

他母親從哪裡學會波蘭民謠呢？他父親在波茲南做了什麼？為什麼已經喪失記憶的母親，竟還唱起波蘭語的「再一次！再一次！再一次！」呢？

阿諾斯．艾哈特一邊打包行李，一邊沉浸在思緒和回憶裡。他為什麼要打包？後天才要搭機，阿特拉斯旅館房間也預計後天上午退房，費用全付清了。明天還有一場「新協定」智庫座談會。即使他不想參加、不想再現身會場，也不必急著立刻離開，何況他的機票也無法改期。因此，在布魯塞爾再待一天吧。

他在書桌前坐下，打開筆電，想趁著記憶猶新，寫下會議紀錄，總結小組成員的反應與回饋。他把小組成員分成三類，根據分類範圍依序記錄。他先從「愛慕虛榮組」（Eitlen）

開始記錄，但是還沒繼續寫下去，電腦的自動修正就把這個字改成「菁英」（Eliten）。

好吧，他心想，然後闔上了筆電。

瑪竇克搭乘十一點四分的城際列車，從克拉科夫中央車站，前往波茲南中央車站。車程原定五小時二十分，但是對瑪竇克而言，不到三個小時就結束了。火車過了羅茲之後，瑪竇克起身，正打算走去廁所。忽然一陣緊急煞車，把瑪竇克從中間走道甩了出去，先是撞上一處椅臂，接而整個人摔在門上，最後倒落在地。他試圖站起，卻撐不住身體，右手臂不自然彎曲，雙腳也不聽使喚，拉都拉不動，連跪也沒辦法；腹部似乎不太對勁，肚臍後頭彷彿有東西爆開，釋放出一股巨大能量，正沿著五臟六腑一路竄燒上來。他聽見有人嗚咽，一定還有其他人也受傷了。他再度試圖起身，但只稍微抬得起頭，呻吟一聲後，頭又頹軟垂落。有人俯身對他說話，是女子的聲音。那聲音讓他心生信任，安全感油然而升。然後，他閉上了雙眼。他看見一個小男孩一邊放著風箏，一邊跑過原野。其他的孩子追在男孩身後，想要奪下他手中的風箏，但是男孩速度更快。他跑得越快，風箏就飛得越高，風箏線飛速從捲軸鬆開，扎扎實實割傷了他的手掌。忽然間，出現許多男人，手拿槍枝和武器，對著風箏直射。不過那個罩著紅白布的碩大十字架，早已經飄得老高，子彈根本射不到。他的手流著血，血滴落在原野上。風箏越飛越高，直上天際。這時，他看見母親站在一旁，鼓掌大笑。男孩放開手，風箏沒入太陽中。太陽已不再刺眼灼目，而是一團深紅，最後轉而黯淡黑沉。

隔天，全歐洲的報紙都刊登了這起不幸的火車意外。在羅茲到茲蓋日的鐵軌上，有個自殺者撲向開往波茲南的城際列車，導致這段鐵路交通封閉了三個多小時。

這篇新聞很不尋常。一來，這是一起相對小型的區域不幸事件；其次，媒體間有個默契，一般不會報導這類事件，以免引起模仿效應。但這起事故卻見諸報章，甚至還上了歐洲各大新聞媒體，原因很簡單：這名死者——至少作為一個死人——受到了大眾普遍關注。投向火車自殺的人，是八十歲的亞當．戈德法布。

一九四二年開始，在羅茲的猶太人區旁邊，蓋了一處青少年集中營，關著猶太兒童，年紀最小兩歲。亞當．戈德法布是羅茲青少年集中營最後的倖存者。曾經是最後的倖存者。報紙報導說，這名「警告者」的自殺動機不詳。

第十一章

某事一定曾經有所連結，日後才會分崩瓦解。

理事會工作小組第一次會議，主旨：「歐盟執委會週年大慶計畫」。會議舉行的那個下午，比利時與幾家德法媒體正在評論一樁醜聞，始作俑者是布魯塞爾皇家美術博物館舉辦的新展覽。一如轟動的醜聞，這樁也是始於小處。起初，「鐵路側線上的藝術——被遺忘的現代」藝術展開幕式之後，只有當地媒體照例刊登了幾篇乏善可陳的簡短新聞稿。藝術聯展中展出被遺忘的藝術家作品，即使是平常胸有抱負的嚴謹藝評家，也難以評價展示品，不好投訴應該列入展覽的某某藝術家竟遭到遺忘。由於展覽只呈現被遺忘的藝術家，藝評家一旦發現某位沒被策展人收進展出名單的藝術家，很可能就會落入一個陷阱：他努力回想起某位被遺忘的藝術家，只是為了把那人加入遺忘者名單。這就產生了一個錯綜複雜的藝術理論問題：在某個時期十分重要的藝術，後來卻被忘得理所當然，這樣的藝術存在嗎？顯然存在。但是為什麼呢？我們不會忘記那個時期，卻會忘記其特有的藝術典範？哪種被遺忘的藝術可堪稱經典呢？哪位被遺忘的藝術家可做為典範？如果藝評家回想起某位被遺忘的藝術家，這位藝術家符合「遭人遺忘」的判定到什麼程度？如果藝評家只是提醒，別忘記把某位被遺忘的藝術家列入遺忘者名單，這位藝術家怎麼樣才不算被遺忘甚或是被遺忘得更徹底？

有鑑於此，展覽沒有獲得藝評家多大的青睞。一般的看法是：陳列在展覽中的，其實都是最終沒有獲得市場認同的作品。不過，那些也並非是失敗之作。畢竟所有展出的作品，都是皇家美術博物館於一九四五年後大量購入的，在某個特定時期受到的評價與今大不相同，亦即在當時的時代脈絡下，屬於傑出的藝術創作，至少是前途大有可為的年輕藝術家作品。因此，有幾位藝評家不流於俗，多少也開始思索同一個問題：有些事物既然重要，為什麼隨後卻很快遭到遺忘？

策展人湯馬斯．希柏林克，接受《標準報》的訪問時，透露本次展覽的核心概念十分平凡，甚至可說平庸得令人驚訝：皇家美術博物館正在籌備一場盛大的法蘭西斯．培根展，光是其他博物館要求出借作品的保險金，就吞掉絕大部分的預算。因此，有必要舉辦一場不花費成本的展覽，來填補資金缺口，最後決定從自家倉庫搬出館藏作品。於是才發想出這個想法，展示先前大量購入的被遺忘的藝術家作品。他確實認為這個想法引人入勝，值得大眾參與討論。畢竟，我們遺忘了什麼？為何遺忘？在展出的作品中，是否可能呈現一種集體壓抑的願望？種種問題，在在具有重要的基本意義。

這次展覽至此為止，便不再受到媒體關注。

接著，布魯塞爾名聞遐邇的知識分子吉爾特．凡．伊斯坦達爾，在《早報》刊登了一篇尖銳犀利的長文，他近來因「布魯塞爾豬隻命名」委員會成員身分，受到媒體關注。他在壽命只有一天、各方興趣缺缺的藝術辯論中，開啟了新戰線。他的論述重點不是被遺忘的藝術，而是策展人希柏林克策畫的展示形式。展覽名稱是「鐵路側線上的藝術」，在碩大的展示廳中，鋪設了鐵軌，鐵軌終端有道止衝擋，伊斯坦達爾寫道，那應該是要表達「這裡是終點站」。參觀展覽的人被引導到鐵軌左側，大量的藝術作品，包括雕塑、畫作與素描，在鐵軌右側櫛比鱗次或掛或擺。

伊斯坦達爾在他的文章開頭寫著：「在這次發人省思的展覽中，只欠缺一個微小卻相當重要的細節：在展示廳入口上方，應該安上『藝術帶來自由』這句話。」

他詢問，博物館或者策展人是否認為，藝術成與敗之間的關聯，可與奧斯威辛集中營鐵路引道上的選擇做一比較，左是生，右是死。在藝術市場上不受喜愛的作品，堆山積海大量陳列在右側，最後在鐵軌底端被送入死亡。否則該怎麼解釋鐵軌與止衝擋的作用呢？而左側的參觀者，則被告知自己屬於倖存者一方。這樣的作法，非但淡化了奧斯威辛集中營慘案，同時暴露出這種要人不斷關注奧斯威辛的想法有多麼無知與失當。伊斯坦達爾寫著，現在問題是：「將拙劣的藝術作品與猶太人相提並論，或是將藝術市場視為集中營的納粹醫生門格勒之流，哪一種醜聞更加惡劣？總而言之，這次展覽是樁醜聞，但願也是這類醜聞的最後一樁。因為從今而後，法西斯棍棒是紙糊的道具，由自稱藝術家的人形立牌，以拙劣展覽的泡水目錄製作而成。」

這篇文章一針見血。忽然之間，原本不受文藝專欄青睞的展覽，轉眼成了醜聞，占據政治版面與各大社論。

就連比利時中產階級媒體的老前輩，退休十多年的《金融經濟時報》前總編輯湯姆．寇爾曼，也投書《比利時時報》，宣告自己的歸來。他表明，這場展覽犯了罪，因為展覽把非罪行與最嚴重的犯行相提並論。自由世界也有遺忘的自由，自由市場本就不是透過敬拜餘燼來定義的，藝術市場亦同。

這篇與奧斯威辛相關的「敬拜餘燼」陳述，愚昧無物，至少可說是笨拙的，引發了進一步的激烈反應，即使寇爾曼的本意並非如外界詮釋。不過，策展人希柏林克絕對也不像外界的反應與評論所指控，存心企畫了這一切。總而言之，就在理事會工作小組召開會議這天，各大報紙紛紛報導著「奧斯威辛遭到濫用」的議題。

喬治．莫蘭在會議一開始，便要求以下這段談話不列入紀錄。他說：這場無疑與通訊總署的構想相似的展覽，如果列進了週年大慶計畫內，嗯，那麼，那絕對不是我所謂能夠大幅提升執委會形象的活動。

阿金森女士讀著會議紀錄，立刻明白可以把這種形式的計畫……嗯，給忘了。現在有兩種選擇：一是把計畫徹底推給方舟，想辦法讓計畫在他們手中告吹。這樣做應該不會在組織裡引起流言蜚語，因為沒人真期待方舟能做出一番事業。她的同事尚－菲立普．杜彭不久前是怎麼評論方舟的？「我喜歡螢火蟲，確實很美。但在我想工作時，螢火蟲並無法提供充足的亮光！」

或者，她依然堅持藉由週年大慶提升執委會形象的基本想法，但是與方舟提出的內容切割。理事會工作小組有個建議：「為什麼以猶太人為主？為何不是體育呢？」

是的，她心想。有何不可呢？體育使人團結一心，可根據《歐盟運作條約》第一六五（一）條朝此進行，就如會議紀錄所載。體育部也編制在文化暨教育總署底下，她仍可與薛諾普羅女士繼續合作，以執委會主席原則上支持週年大慶計畫為基礎，往下推進工作。畢竟執委會主席的意願就明列在會議紀錄中。不過，執委會想要獨力舉辦活動的方案斷然遭到拒絕，這樣一來，想藉此提升執委會形象的週年大慶計畫也就失去意義了。工作小組僅接受由執委會撥出預算。但是，如果議會和理事會緊迫盯人，在規畫期間不斷發表反對意見，由執委會撥出預算就令人難以接受了。迫使文化總署拋棄自己的主意，執行一個看不出能夠大幅提升特有形象的想法，這樣的苛求有道理嗎？

葛蕾絲・阿金森揉捏著手。布魯塞爾的食物讓她胃口大開，胖了快四公斤。她吃驚的是，手腳血液循環似乎變好了，臉色不再像以前那樣慘白如紙，而是白裡透紅，有如英國女王最喜歡的畫家，湯馬士・勞倫斯爵士畫中的人物。或許也是淺酌香檳，或者——她不想誇大其詞——偶爾飲用普羅賽克氣泡酒的關係。她親身體驗過，只要一小杯酒，小小一杯，頂多兩杯，就能刺激想像力，腦力也更加靈活，並且更為果斷。揉捏手指，只是她的習慣。

她揉捏著手，一邊陷入思索。首先，她必須知道菲妮雅・薛諾普羅對於理事會工作小組的會議紀錄有什麼反應。

是否要給她寫封信，提議見個面，商討該如何遷就目前面臨的異議？胡說八道。沒什麼要遷就的。何況這樣的信，擺明要與方舟所提方案保持明確的距離。

葛蕾絲・阿金森心情鬱悶。她為人正派，也真心欣賞菲妮雅・薛諾普羅的熱誠。正派與公平，對她不是空話，而是深深烙印在心靈的原則，是人走自己道路所應具備的技巧與工具，才能保有尊嚴且堅定追求成功。她捲入了職場生存與人類存活或許取決於不同參數的情境，而她不清楚，是因為文化背景截然不同的人須在此一起工作，還是因為龐大的官僚體制徹底導致了這類矛盾。她曾經在倫敦大學委員會工作，後來成為英國外相的幕僚人員，這兩個地方雖然透明度不高，但是組織精簡。一切事務大抵都在緊閉的門後進行；那些有名的隔音門，既是隱喻，也是現實。反觀在這裡，隨時隨地受到監視，往來信件都要備份與歸檔，累積一段時間後再送到佛羅倫斯，存放在歐盟檔案室，任由歷史學家探查研究。當年在倫敦，外長幕僚室要決定某事，頂多討論三十分鐘，當中包括開場與結尾時的儀式和空話。大家背景相同，出身類似，在同樣的學校求學；講同一種語言，有著能夠辨認出對方的同樣腔調；另一半都來自同樣的社會階層；而且百分之八十或九十的人生平重疊，絕大部分的經歷也是相同的。出現問題？二十分鐘後，這些新教的菁英學校白人畢業生，便達成了共識。局外人在那個圈子裡說話，彷彿就像是自言自語。反觀布魯塞爾這裡呢？大家常常坐在一起，口操不同的語言，有著不同的文化背景，尤其東歐國家來的同事有許多人出身勞工或手工業家庭，擁有的經驗也南轅北轍。葛蕾絲·阿金森習慣二十分鐘內釐清的事情，在這裡卻要花上好幾個小時、好幾天，甚至好幾個星期。

她覺得很有意思。不得不承認，無論當權者是誰，英國菁英圈迅速做出的決定，通常不符合絕大多數英國人民的利益。但是這裡恰好相反。無窮無盡的妥協讓步，耗神費勁，到頭來，已經理不清是怎麼在妥協過程中保留了自身利益，又是在哪個環節。這裡情況更為複雜，但也更加刺激。不過她偶爾不禁思索：人應該採取強硬手段，動用指令權與干預權，以及……。

阿金森女士嚥了口唾沫，對自己的想法大感震驚。總之，別寫信。她覺得留下這種與薛諾普羅女士保持距離的證據，有失公允。一點兒也不公平。她又給自己倒了杯普羅賽克酒，決定直接打電話給菲妮雅・薛諾普羅。

伏里智打電話問她中午是否有空時，菲妮雅・薛諾普羅心想應與計畫被駁回有關。他說這事對她非常重要，有個消息得盡快通知她，他提議在阿基米德街上的佛羅倫提納餐館一起吃個午飯。好的，她說，一小時後餐館見。

菲妮雅不是個天真幼稚的人。不過，她讀著理事會工作小組的會議紀錄，仍不禁自問，自己怎麼還會對這些影響感到驚訝，憑藉多年的經驗，那全都是她早可預見的；為什麼要對那些把戲感到厭惡，那不過是例行公事，她早已熟悉多年了。大家先是普遍同意她的觀點，接著冒出許多個別抗議與修改建議，最後原始想法變得面目全非。

菲妮雅在執委會主席最愛的小說中讀到一個段落，皇帝向愛人許諾，願傾盡眾神賦予他的一切力量，實現人類展翅飛翔的古老夢想。一旦他將奇蹟化為現實，不僅得以鞏固統治地位，亦能激起人類相信自己的能力，進而促使帝國安康富強。皇帝召集當代的哲學家、教士與科學家，集思廣益解決任務。但是，任務很快觸礁，因為這些智者對於該從哪種鳥類身上攫取飛翔的祕密，始終莫衷一是。他們眼睛裡沒有飛翔這件事，只看見了鳥類之間的差異。

最讓菲妮雅始料未及的，是德國人的反應。按照慣例，會議紀錄一開始即是：「普遍同意通訊總署、教育暨文化總署提議之歐盟執委會建立週年慶祝活動，以提升執委會形象（葡萄牙、義大利、德國、法國、匈牙利、保加利亞、斯洛維尼亞、奧地利、芬蘭、英國、荷蘭、克羅埃西亞、拉脫維亞、瑞典、丹麥、愛沙尼亞、捷克、希臘、西班牙、盧森堡）。活動期間，適逢保加利亞擔任輪值主席，因此對此項倡議特別表達高度興趣。」

這就是開端，先是紛紛客套同意，直到有人提出異議：「同意計畫的預算建議，不過成員國（義、德、芬、愛、捷、匈、斯、克、法）要求，此同意事項具有以下義務：一旦費用超支，只能由執委會行政預算中提撥資金，資助計畫活動，不得占用一般預算。理事會和議會或不同意此一作法。然而，成員國（德、義、法、匈、波）無視於此，仍堅持理事會與議會參與籌辦計畫內容。」

真是豈有此理！不過，當菲妮雅讀到反對意見，尤其是德國的看法時，更是張口結舌：「德國質疑以奧斯威辛當作歐洲統一基礎的概念，同時強調不應將歐洲的穆斯林排除在歐洲統一之外（附議者：英、匈、波、奧、克、捷）。」

菲妮雅認為自己也算世故老練，在職場上面對各式各樣的抵制、妨礙與官僚，經驗可謂十分豐富。即使她最近這段時間對未來的職業生涯仍沒個定數，依然有把握能夠預料到可能出現的阻力，做出相應的準備。但是，德國竟提出這樣的反對意見，加上其他附議的國家名單，著實令她啞口無言。她萬萬沒想到，德國竟會擔憂穆斯林的處境，而附議德國的，偏偏是對內政策上捍衛「基督教歐洲」最激烈的國家。匈牙利則表達擔憂，認為此項活動無法得到歐洲絕大多數民眾支持，因為把在猶太人身上犯下的罪行，當作所謂能夠促進認同的活動的焦點，不可能不因而提醒大眾，猶太人正對巴勒斯坦人做出當年發生在自己身上的事情。匈牙利這項異議，贏得來自德、希、西、葡、義等國左派議員的贊同。匈牙利還提醒，他們明年將接任國際猶太大屠殺紀念聯盟主席，早已籌畫一系列紀念活動。接著是義大利：「義大利建議，在羅馬舉行週年慶祝活動，以紀念《羅馬條約》的簽訂。典禮可設於蒙特奇特利歐宮，邀集歐洲議會議長、理事會秘書長、執委會主席、經濟暨社會委員會主席、歐洲中央銀行行長、區域委員會主席——」菲妮雅覺得接下來的附註尤其居心叵測：「——如此一來，他們對於發表聯合慶典聲明便能達成一致的共識（附議者：英、德、匈、希、拉、奧）。」菲妮雅第一次感到納悶，為什麼總有人在決策時對壓根兒不了解的事情發表意見？「以紀念《羅馬條約》的簽訂」——執委會的成立並非發源於《羅馬條約》，而是《巴黎條約》，最後在海牙高峰會中底定了今日的形式。理事會工作小組中，竟無人反對義大利提出在羅馬舉行執委會週年慶祝活動的建議？即使較為了解狀況的法國也一樣？現在的人什麼事都不明瞭了！怎麼能夠忘記那麼多的事情，卻依然可以高談闊論！這樣看來，義大利最後提出的補充建議還挺令人感動的：「緊接著，在羅馬市中心舉辦全民節慶活動。」

波蘭提出的建議：「為什麼以猶太人為主？為何不是體育呢？」在菲妮雅看來是胡鬧，讓人憤慨。她不禁連連搖頭，頗不以為然。這個建議獲得廣泛認同。若是遵照這個提議，週年大慶計畫其實仍舊由他們部門負責，因為方舟也掌管歐洲體育事務。但是比起文化領域，她在體育方面能夠施展的空間有限。相較於成員國各體育協會的民族主義，與各國的民粹主義黨派打交道，不過是小菜一碟。

就在此時，卡珊德拉走進辦公室，報告在戶政事務所查到的大衛・德・符林德最新地址：聖凱薩琳教堂旁的舊穀物市場街。不過，那棟房子不久前拆掉了。

大衛是誰——怎麼回事？

我們討論過這件事。他是我們計畫的理想人選。沒有證據顯示他已經過世，或許住到某家養老院去了，我們會找出來的。

過世？菲妮雅說。她這時感到十分疲累。沒有證據？謝謝妳！

她看了下時間，說：我得出門了，午休時間有個會議！

菲妮雅・薛諾普羅抵達餐館時，伏里智已經到了。他坐在餐館外露天座椅，沐浴在耀眼的陽光下，彷彿街道是舞台，陽光是打在他身上的聚光燈。她遠遠朝他走過去時，腦海浮現了這個想法，同時第一次對於聚光燈（Scheinwerfer）這個詞感到訝異，拆開來看，Schein-

Werfer，意思又是「表象—投射器」！

看不出他是否也看見了她，伏里智臉上戴著反光墨鏡。菲妮雅覺得很可怕，她痛恨反光墨鏡，因為看不見對方的眼睛。這種遮蓋比穆斯林女子的尼卡布和波卡更可怕，罩袍底下至少還看得見眼睛，亦即常說的靈魂之窗。這種墨鏡還讓她想起小時候害怕的人。父親提醒她要提防戴這類眼鏡遮起眼睛的人，他們通常藏有不可告人的陰暗祕密。而誰會有祕密呢？當然就是祕密警察。這也是他們名稱的由來。他們出賣別人，把人送進監獄或當場加以殺害，父親說著，一邊把她緊緊擁入懷中保護她。

就她對伏里智的了解，這副墨鏡應該是在跳蚤市場買的。不過，既然他在這個時候戴起反光墨鏡，大概可以預料這種眼鏡又開始流行了。

他連忙起身迎接她。由於看不見他的眼睛，她第一次清楚看見他的鼻毛，像蜘蛛的腳探出鼻孔。她也同時看見自己在他墨鏡上的身影。她厭惡鼻毛。她刮腋毛、腿毛，修剪陰毛，這個男人卻連露出鼻孔的蠢毛也沒辦法剪掉。

她怎麼了？伏里智這時也問了同樣的問題：妳怎麼了？

覺得很煩——

因為陽光——

——因為週年大慶計畫。

——太刺眼？我們也——

——是的。

——可以進去。我——

——是嗎？

——在餐館裡面和戶外都訂了位，坐哪裡都可以。

他就是這麼體貼。坐在餐館裡，他就會摘下墨鏡，菲妮雅心想。

忘了週年大慶計畫吧！我們等下就談談這事，伏里智邊說，邊扶著餐館的門讓她先進入，從身後打量她曼妙的身材——帶著贏得這位女子的男性驕傲，這種驕傲同時激起他滿心柔情蜜意，因而又被自己感動不已。溫柔的柔情蜜意。這是同義反覆詞嗎？但其中一定有所差異。溫柔的柔情蜜意！就是把手放在孕婦肚子上的感覺——他究竟在想什麼？他什麼也沒想，不是以語言的形式想的。但是，若把他的感受輸入能翻譯成語言的程式，結果大概也會出來這樣的句子。

伏里智頭髮中分得一絲不苟。他身上迂腐與精準的氣味惹得她心煩意亂，現在她看什麼都不順眼。她坐下後，伏里智也摘下墨鏡。菲妮雅探過身，撫弄他的頭髮，把中分線撩亂，然後露出或許有點刻意的燦笑說：好多了！看起來年輕了五歲。

我希望這樣嗎？五年前我可不像現在這麼幸福喔！

這回答讓她啞口無言。這時，老闆娘拿著菜單過來，幫他們點飲料。伏里智要了杯水，菲妮雅點了葡萄酒。

老闆娘開玩笑說，布道用的水、實際飲用的酒，現在你們都有了。菲妮雅禮貌地點點頭。她沒聽懂這句話，老闆娘說的是巴伐利亞方言。她是義大利人，出身米蘭，不過來到布魯塞爾之前，她在慕尼黑經營好幾年餐廳，就在那兒學了德文。所以她知道伏里智是德國人。

老闆娘是為了男人搬來布魯塞爾的。每次提到這個人，她總叫他「小子」，他英俊瀟灑，幾乎可說「俊美」。但後來發現這人「並不牢靠」，簡單說，就是「虛有其表」。伏里智喜歡這家餐館，對餐館歷史如數家珍。

伏里智說起故事：不久前，餐館在宵禁時間播放〈國際歌〉。歌曲一響起，在場幾名客人紛紛感到吃驚。妳知道為什麼嗎？老闆娘說因為她思念家鄉米蘭。

菲妮雅一頭霧水看著他。

伏里智大笑。老闆娘的父親是國際米蘭的狂熱粉絲，他接著說，那是米蘭著名的足球俱樂部。國際米蘭踢入歐洲盃，決賽對上皇家馬德里時，她父親到維也納去了。

去維也納做什麼？

因為決賽在維也納舉行，國際米蘭對決皇家馬德里。一般而言，比賽開始前，應該由奧地利軍樂隊演奏雙方俱樂部隊歌。

為什麼由軍樂隊演奏？

我也不清楚。反正就是這樣。妳認為維也納交響樂團會在足球場上演奏嗎？總而言之，軍樂隊先演奏了皇家馬德里的隊歌，照理接著要演奏國際米蘭隊歌。但是，工作人員誤將〈國際歌〉的樂譜拿給了軍樂隊，而非國際米蘭的俱樂部隊歌。因此，突然間傳來共產主義〈國際歌〉，有幾位義大利球員還真的跟著唱：「起來，全世界受苦的人！」不知道義大利文的版本怎麼唱。皇家馬德里的普斯卡斯．費蘭，可說是當時最偉大的足球員，他是匈牙利人，一九五六年逃離布達佩斯躲避蘇聯坦克。一聽到共產主義〈國際歌〉，他心煩意亂，整場比賽因為錯愕而魂不守舍，原本奪冠呼聲最高的皇家馬德里，最終以一比三輸給了國際米蘭俱樂部。為了紀念這場勝利，她父親在家反覆播放〈國際歌〉，所以她才——

伏里智發現菲妮雅對自己講的故事意興闌珊。但是現在的他，非常高興、非常幸福，心裡滿滿的感受，所以嘴巴說個不停。這時老闆娘端上飲料。他們還沒看菜單，乾脆就點了今日特餐。

總之，伏里智說，我想說的事情，非常重要。聽著，妳的週年大慶計畫——

你看了工作小組的會議紀錄了嗎？

當然看了。

那麼現在還有什麼事情是重要的？

沒有——

那你在說什麼？沒有什麼很重要，又說這事很重要。所以你叫我過來，就為了告訴我這個？她打斷他的話，音量有點大，引起隔壁桌的客人往這邊看了看。

不是這樣，聽我說！我要說的是，妳對計畫已經無可施力，計畫死了。但計畫還會變成執委會殭屍，在幾個部門和權責單位之間遊盪一段時間，最後才被永遠埋葬。妳現在要做的是，與計畫保持距離。讓雪巴人把計畫抬去埋了吧。妳千萬不可以捍衛這個計畫的概念，因為那樣做不會成功。通訊總署希望舉辦週年慶祝活動，執委會主席說他會支持優秀的想法，理事會工作小組說這個想法不好，甚至還提出了不可行的糟糕建議，那些建議不過是開脫責任的藉口，妳懂嗎？若有人仍認為自己可以藉此獲得榮耀，就讓給他吧。但若是有人因此悽慘失敗，那個人不該是妳，好嗎？妳退出這場遊戲，因為妳——重點來了……伏里智正想模仿銅號的聲音導入重點，老闆娘好巧不巧端上生菜沙拉，並祝他們用餐愉快。她說的是巴伐利亞方言，口音很重，聽起來像要他們「繫上安全帶！」

伏里智往下說，因為妳之後就調到別的單位了，例如貿易總署或者移民暨內政總署，未來有不錯的發展。

你在說什麼？

這不是妳要的嗎？我找到實現這件事的方法了。聽好了！妳是賽普勒斯人，對吧？

沒錯，這你知道啊。

妳到布魯塞爾時，賽普勒斯已經是歐盟成員國了嗎？

還不是，我當時是——

妳當時是拿希臘護照進來的。

是的，我是希臘人。

那麼現在呢？希臘人還是賽普勒斯人？

你為何笑成這樣？是在尋我開心嗎？這有什麼好奇怪的：我是希臘籍的賽普勒斯人。

別急，慢慢來，伏里智說，希臘是歐盟成員國，後來賽普勒斯共和國也成為歐盟成員。但是，之前賽普勒斯還不是成員時，妳這個賽普勒斯人是以希臘人的身分進來的。

是的，當時那是我的機會，能以希臘籍賽普勒斯人身分拿到希臘護照——

現在妳擁有一個完全不同的機會了，因為賽普勒斯共和國前陣子成為歐盟成員國。一座小島，甚至還只是半個島，國民不到一百萬，與法蘭克福人口差不多的國家。這點很不尋常，不是嗎？賽普勒斯居民以什麼為生？導遊、潛水教練、種植橄欖的農夫？我不清楚。我只知道一點——

菲妮雅望著他，望著他閃現愉快光芒的雙眼。他逐漸迎向高潮，而她仍無法理解是什麼。她感覺不太舒服，彷彿隱隱受到侮辱，但不清楚是什麼。如果他現在戴上反光墨鏡，她也不會介意了。

微小的賽普勒斯沒有辦法滿足她在歐盟各個層級有權得到的公職份額，無法派遣足夠的人員占據所有崗位。他們符合資格的人才太少。妳現在了解我要說什麼了吧？

這就是你要告訴我的重要事情？

是的。這難道不是很棒嗎？合情合理，又易如反掌。妳去弄一本賽普勒斯共和國的護照，憑妳的資歷，立刻能成為部門主管。

但是，那表示有人得離開。

英國人要離開了，還有其他人也將退休。一個月後，我們貿易總署勢必有個部門要重新分派職務，之後移民暨內政總署也一樣。如今賽普勒斯應得的職位只派遣了一半的官員，如果她能推薦某人——

但是我通過歐盟競試，早就不需要仰賴國家護照了。

那樣更好！賽普勒斯共和國將懂得器重一位經驗豐富且具有終身職務的同胞，把她安置在執委會裡的重要職位上。

而我只需要——一本新護照？

是的，而且妳顯然很快就能拿到。

伏里智喜形於色。他很意外菲妮雅臉上竟毫無興奮的跡象。

繫上安全帶！

他們吃著義大利餃，偶爾寥寥聊著幾句。伏里智心想她需要先消化這個消息，還有一件也要告訴她的重要消息是私事，暫時先緩緩。人的情緒感受很不容易理解，才一化成語言，馬上又變得不確定了。他暗忖，最好先等她對他心存感激之後再說。

午餐後，菲妮雅坐回辦公桌前，開始回覆電子郵件，鍵入既制式又乏味的空話。但是沒多久，她就頓住了。她該怎麼回應伏里智提出的建議呢？眼前電腦螢幕上的畫面忽地消失，浮現出往日回憶，她的手指動也不動擱在鍵盤上。她往後靠向椅背。護照這件事，實在是——她猛地從椅子上一躍而起，打開窗戶。被太陽烤暖的窒悶熱氣，湧進冷氣房裡，勾起她在賽普勒斯度過夏天的童年回憶。當時天空儘管一樣萬里無雲，但看見富裕人家的小孩在陽光明媚的草地上玩耍，被父母擁在懷裡，對她卻不是萬里無雲的時光。她望見自己的影像隱隱約約反射在敞開的窗玻璃上，彷彿鏡中人影是來自遠古的投射。不，才不是這樣，她看見自己的嘴唇變得僵硬，看見唇邊兩旁的皺紋，影子裡的皺紋彷彿拿噴槍噴刷上去的。那是她，也是其他人，那是——她走回辦公桌，拿起電話，打內線給柏胡米：你可以過來我這兒一下嗎？

他立刻現身，薛諾普羅向他要了支菸。

香菸放在我辦公室，我馬上拿來，他說，然後往上看了一眼煙霧偵測器：要我也拿梯子過來，上去把那玩意兒黏起來嗎？

沒有必要，她說，我在窗邊抽。

他回來後，把菸拿給她，說：妳留著，裡頭只剩五支。我辦公室裡還有一包。

謝謝，太好了。你有火嗎？

她倚在窗邊抽菸，看著柏胡米，看得他渾身不自在，彷彿她就依偎在身邊，彷彿要把他整個人看透。是因為週年大慶計畫嗎？他當然知道計畫出了問題，事實上也預期她要找他討論這件事，但是她一個字也沒提起。情況十足詭異。她可是一名剛硬的實用主義者，他從未看過她如此心煩意亂。好，那就這樣，他說，退了一步，正要走出辦公室，卻聽薛諾普羅說：你有護照嗎？

柏胡米訝異地望著她。

我的意思是，你拿什麼護照？

她期待他會說：當然是捷克護照；而她則是點點頭，羨慕他說了「當然」兩個字。但實際聽了答覆後，她好一會兒竟無言以對。他說：我拿的是奧地利護照。妳為什麼問這個？

她注視著他，香菸拿在嘴巴前，但沒有抽半口，只是瞇起雙眼，把夾著菸的手伸到窗外。然後她搖搖頭問：你說你拿的是奧地利護照？

是的，我有本奧地利護照。怎麼了？

這正是我想知道的。你怎麼會有奧地利護照？你不是捷克人嗎？

是的，但是我在奧地利出生。我祖父母在一九六八年，蘇聯坦克鎮壓布拉格之春的時候——妳聽過布拉格之春嗎？

薛諾普羅點頭。

我祖父母就在那個時候逃到奧地利，帶著我父親，那時候他十六歲。十年後，我父親娶了我媽，她父母也同樣是逃到維也納的捷克人。我父母那時已是奧地利公民，所以我出生時自然也具有奧地利國籍。一九八九年十二月，也就是天鵝絨革命之後，我們搬回捷克。共產黨垮台是我雙親那代人的勝利，當時我十歲。二〇〇二年，我通過布魯塞爾的競試。我念的是政治，在布拉格上的大學。但我希望出來看看，所以擁有奧地利護照很方便，因為奧地利是歐盟成員，而捷克還不是。所以我在這裡——他笑了起來——因此，我是個菸槍，身邊總會備著幾包香菸。

薛諾普羅一臉不解看著他。

是這樣的，我小時候總和父母到維也納最為煙霧瀰漫的酒吧亞述爾，那是逃難和流亡的捷克異見者碰面之處。我父母每晚都去，但他們沒錢找保母，所以把我也一起帶著。只要瓦茲拉夫．哈維爾到維也納，他們就會和他花好幾個小時討論時事，或者是和帕維爾．科胡特、卡雷爾・施瓦岑貝格、雅羅斯拉夫・胡特卡等之類名字的人。他們吞雲吐霧，菸不離手，沒有人例外。我就坐在旁邊或在一旁睡覺，在我能自己抽菸之前，早已尼古丁成癮了。

他哈哈大笑，但一看到薛諾普羅的臉色，笑聲陡然止住。

然後呢（And）？薛諾普羅問道。

柏胡米誤解了薛諾普羅的意思，以為她問的是結果（End），於是回答說：還沒有結束呢；或者，也許結束了，至少對我父親而言。哈維爾成了總統，施瓦岑貝格持當上外交部長，科胡特差點拿到諾貝爾獎，起碼他是這麼說的，而胡特卡成為自由歐洲電台的明星，巡迴演出表演他的抗議歌曲，一直到不認識他歌曲的新世代長大成人，才頂著「活傳奇」名號退休。我父親擔任教育部長，卻在宣誓就職那天心臟病發，成為捷克歷史上的「十分鐘教育部長」。

我很遺憾。

謝謝，我也是。

不管怎樣，所以你會講德語，薛諾普羅說。

說得糟透了，柏胡米用德語說。

你說糟透了？

沒錯。

為何這麼說？當你——

因為我回到布拉格後，也就是自十歲以來，就沒說過德語了。在維也納時，雖然我在小學裡說德語，在家卻都說捷克話。現在只剩下聽到捷克語中的德語外來詞時，我會忍不住發笑。譬如「pinktlich」這個捷克詞就是從德語來的，意思是討人厭的、可憎的、典型德國特色的：例如死板迂腐、不懂變通、冷漠遲鈍、無情無義、自以為是、謹守普魯士原則——捷克語中形容這樣的人時，就說他是pinktlich。

他又笑了，但馬上又收斂，因為薛諾普羅面無表情。

我懂了，她說。那麼，護照呢？你的護照從來沒出過問題？

沒啊。怎麼了嗎？什麼樣的問題？我拿的是哪一國護照都無所謂，反正都是歐盟護照。

薛諾普羅把香菸丟到窗外，又從菸盒抽出一支，塞進唇間，把嘴巴嘟向柏胡米。若是忽略掉香菸，看起來就像是要接吻的唇。

他幫她點火，她道謝後便望向窗外。柏胡米認為這是暗示他可以離開的細微訊號。

他說好的，那就這樣。她不發一語，望著窗外。所以他離開了，感覺像走出病理解剖室似的。他可以指認死者嗎？他覺得有點眼熟，可是無法肯定。

薛諾普羅的問題是什麼？她聽到柏胡米的身世後，驚訝得僵住了。這個開朗的柏胡米。但是事情沒有這麼簡單。她被剖開了，分成了兩半。她不理解自己為什麼要這樣。他的故事某種程度上也是她的，但是她的故事又完全不同。她滿心困惑。一開始是這樣的。

她手上的護照一直是歐盟護照，不是國籍證明或者民族證明。那是她的入場券，得以進入歐洲這個享有自由、遷徙自由與居住自由的帝國；那是她的通行證，得以在歐洲走自己的路。**萬歲，萬歲，自由**，在賽普勒斯念小學時，每次響起國歌，她就會慷慨激昂跟著唱：**自由，讓我們向你歡呼！**她從未想過身為希臘籍賽普勒斯人，必須成為賽普勒斯民族主義者，這個念頭對她十分陌生。為什麼出生地比身為人能夠甚而必須擁有的權利還重要？自由，這她能理解。但她從未興起念頭將賽普勒斯置於一切之上。所以到希臘念大學，發現那裡也唱同樣的〈自由頌〉國歌時，她絲毫不感覺驚訝。**萬歲，萬歲，自由**。那對她不是國籍聲明，所以兩個國家竟然擁有同一首國歌，她完全不覺得莫名其妙。這首國歌對她而言就只是自由之歌——而且非常契合她的情況：**你從希臘人神聖的骨頭中勃然茁壯！**

她應該持續勃然前行。怒氣是能量，是生產力。自由的承諾絕非表示：在困境中逐漸凋萎，而思想卻仍然自由！看看屋前那片生長在乾萎小樹林中的橄欖樹吧！它們需要的不多，葉片卻在陽光中如白銀般晶亮閃爍！

如果思想自由，妳的機會、作為與行動也必須一樣是自由的。她十二歲把礦泉水拖到阿芙蘿黛蒂乾涸的浴池旁，賣給來自各地的遊客時，就懂得這個道理。來自世界各地，這是她在學校學到的，那些遊客之所以來賽普勒斯，是因為賽普勒斯距離土耳其、希臘、敘利亞與埃及很近，一直是歐亞非之間的樞紐。賽普勒斯不是國家，這座島是艘小船，飄蕩在歷史的浪濤間，在興起又沒落的國家與帝國的潮汐之間起伏。

拿到希臘護照時，她從未想過這樣做等於背離了自己的出身。希臘護照對她不過是旅行文件，帶她離開那座以鴿子為國徽的島，前往自詡是「和平大計」且能提供她就業機會的歐洲。而現在要她放棄這份護照，換取另外一本功能和承諾沒有不同的護照；要求她身為希臘籍賽普勒斯人，必須就此決定要當希臘人還是賽普勒斯人，簡直是匪夷所思。就為了能在歐洲平步青雲，要她拿自己視為歐洲證件的護照，交換一本聲明國籍的護照。她在執委會工作的時間夠長，知道民族主義者抨擊歐洲更加毫不留情，而這個歐洲，是她用上從困境帶來的所有怒氣，想要從此自由走自己路的地方。她現在忽然想到，或許怒氣無意中是針對限制而生的，氣憤要求一個人需明確表示：我是……賽普勒斯人；或者，希臘人；或是其他國籍的人。說出「你是——」的人，就表示：「要你留在那個地方！」

伏里智的建議徹底顛覆了她的人生。身分不過是一紙文件，換了文件，她就變成另外一個人了嗎？把「自由，讓我們向你歡呼！」唱成「自由，讓我們向你歡呼」，唱成和舊護照國歌一模一樣的新護照國歌，她就變成另外一個人了嗎？是的，因為她把〈自由頌〉與國歌交換，雖然歌詞相同、旋律相同，但意義並不一樣了。她是在賽普勒斯出生的希臘人；在希臘，她是希臘人，於賽普勒斯出生。現在要求她把這種身分看成雙重身分，要她在兩者間做出選擇：妳人格分裂了，決定妳是誰吧！真是匪夷所思！

可怕的是，她心知肚明那種想法不過是自欺欺人，她當然還是會把握機會，換掉護照。她花了兩個小時坦然面對事實。畢竟她這個人很實際，而一切只不過是做出一個實際的決定。她為什麼會有那些顧慮？因為她莫名感覺這樣做，心裡某個部分將就此死去。而誰會樂意死去？從此之後擁有的美好生活前景，不管那是關於神或者事業，也不過是種絕望的撫慰罷了。

她寫電子郵件給阿金森女士，但接著停了下來，決定關掉程式，視窗上這時出現「儲存草稿？」

她真希望生活也像電腦一樣，有「儲存草稿」的選項。她按下「捨棄」，靠在椅背上，心想：就這樣了。

將近下午五點。她又寫了封群組信給同事：「明天上午十一點，週年大慶葬禮會議。」

那時候馬丁．蘇斯曼也來上班了。

她刪除「葬禮」兩字，按下「寄送」。

她關掉電腦，離開辦公室，但是仍不想「回家」。她那間實用的小公寓，充其量不過是附帶衣帽間的臥室。可是她也不想待在這裡，這個自她今天下了決定後，心思便已經離開的工作場所。哪裡可以喝點東西？她猶豫不定。若要的話，就到她住的街上那家「大笑豬」咖啡廳吧。

她沿著約瑟夫二世街往北到馬爾貝克地鐵站，到了月台，望向訊息看板：下一班車六分鐘後抵達。

所以有個人變成了蟲，看來還真有這麼回事。

這個念頭只是一個微小卻典型的徵兆，顯示原本強健壯碩的伏羅里安突然間變了一個人，他受到驚嚇，變得無助、絕望。伏羅里安不是飽讀詩書的讀書人，手不釋卷的永遠是弟弟馬丁。

你又在讀什麼啊？印地安人的故事？

不是。有個男人變成了害蟲，成了一隻甲蟲。

被人施了魔法？

不是，單純就變了，很突然的。他睡覺醒來後，就變成一隻甲蟲了。

那時候他覺得弟弟真是不可思議。怎麼有人會看這種東西，把時間浪費在奇怪的書上？他自己是父親的好兒子，指定的接班人，儘管父親對他不假辭色，仍舊萬般疼愛。他這個預期要繼承家族事業的人，不允許是個懦夫，絕不可柔弱膽怯，耽於空想。父親不會表達內心感受。他表達情感的方式不外是贊許的眼神、點頭，或者笨拙地摟住伏羅里安的肩，手臂微微施力，意思就是：我的好兒子！

馬丁則是母親疼愛的兒子，一個愛做夢的孩子，動不動就哭，書看得多，經常畏畏縮縮，嚇得跑去找「媽咪」。母親雖然呵護他，卻也無法溫柔以待，因為生活將她性格磨得剛硬，農舍擴建成養豬場與屠宰場的債務逼得她夜不成眠，臉部肌肉線條變得冷硬。撐起重擔的人，無法予人溫柔的撫摸。但不表示她拒他於千里之外。儘管她偶爾也生氣自問，他怎麼會成這個樣子。她認為他應該多加磨練，堅強振作，即便是笨拙不靈巧，也該表現出願意承擔勞動的心態。所以後來只要發現他偷看書，就會派他去豬圈工作。但這作法毫無意義，因為當時餵食豬隻已經全部機械化，豬圈還有兩名雇工使用機器清理糞便，馬丁只會礙手礙腳。最後他乾脆跑回廚房幫忙料理，或者就坐在餐桌旁看書。等到父親、哥哥與兩名身上散發臭味的雇工要進來吃飯，才不情不願起身擺放餐具。

變成甲蟲？沒有原因就這樣？也沒有魔法師施咒？蠢斃了！

你還記得我們那時幾歲嗎？伏羅里安問道。十四和十六歲？現在他就像跌得四腳朝天的甲蟲般躺著，變形成一隻無助的甲蟲。突然之間，就這麼簡單。只能等待他人照料，等待輸液減緩疼痛，等待吃飯，等待他人關心。精力許可的話，他會讀點東西，一開始只看報紙，接著連馬丁帶來的書也看。看累了，眼睛酸了，手臂重了，便打個盹，或者陷入沉思，做做白日夢。伏羅里安無助躺著的期間，弟弟接手處理一堆有待解決的事務：與住院醫師聯繫，打電話聯絡伏羅里安追加私人附加險的保險公司，打聽口碑最好的外科醫師，希望他能操刀伏羅里安複雜又危險的背部手術，這人必須是他領域的個中翹楚——

一名魔法師？

不是，就是醫中翹楚罷了，馬丁說。

馬丁把伏羅里安車禍消息通知給工會、奧地利經濟聯盟、伏羅里安的商業夥伴、歐洲養豬業者協會董事會等；並應伏羅里安要求，請歐洲養豬業者協會提供布達佩斯會議報告；隨時與不得不暫時接手企業經營的嫂嫂瑪蓮娜保持聯絡；還聘請擅長處理交通違規與事故損失的律師，委託他代表哥哥，與此椿嚴重車禍的肇事計程車司機的保險公司交涉，提起民事訴訟，執行賠償與慰撫金的權利。

伏羅里安這段時間不是閱讀，就是瞪著天花板發呆。他和馬丁的角色產生驚人的交換，一切就在忽然之間發生，沒有什麼魔法師插手。

伏羅里安背部置入一片鈦板、十二根螺絲，固定住脊柱。脊髓沒有受傷，排除了癱瘓的危險。大家紛紛恭喜伏羅里安這不幸中的大幸。

伏羅里安躺在床上，做著白日夢，偶爾嘆口氣或痛得呻吟。當弟弟低聲對他說話，輕輕拍拭他額頭上的汗珠，握著他的手時，他臉上會露出笑容。

父親過世時，年紀和他現在一樣，伏羅里安說。我當時還年輕，但是……如果我死了，孩子怎麼辦？伊莉莎白七歲，保羅五歲，那實在……。

我在父親……的年紀發生這種事，是不是很不尋常？但是，你知道不尋常的是什麼嗎？我從未想過死亡這事，連站在父親尚未掩蓋的墳前也沒有。鏟一把土往下撒——沒錯，我是受到了驚嚇。但是，我思索的不是死亡，而是自己。死亡對於活著的人來說，永遠是別人的事。

他陷入沉思。

如果我現在死了，就沒有辦法和人告別了，他說，就像父親當年沒有與我們告別那樣。

他沉默了一會兒，接著又說：能與人告別是不是好一點？還是說會更難受？

他深深思索著。

如果我現在癱瘓動不了，你能幫我結束生命嗎？真癱瘓的話，我一定會不想活了。我能夠仰賴你嗎？我想我是可以仰賴你的。

不行，馬丁說。

馬丁請了之前尚未休過的有薪假，也盡量爭取照護假，最後還用掉了留職停薪的機會。春天來臨，暖空氣從敞開的窗湧進，也捎入第一波的花粉。病房裡暖氣開得太熱，因為根據節氣，天氣原本應該是冷一點的。暖氣是根據節氣設定，而非實際的天氣。伏羅里安掀開被子，打了個噴嚏，痛得唉唷一聲。噴嚏引發的震動，總讓背部疼痛不已。他熱得冒汗，繼而又被窗戶湧進的氣流冷得發抖。馬丁不得不又幫他蓋好被子，但伏羅里安又熱得掀開，還發起脾氣。那是他這隻仰躺的甲蟲唯一能做得精力充沛的事。

馬丁在維也納留了一間小公寓，在第二區，這樣他偶爾回維也納停留幾天時，還有個落腳的地方。不過，那地方不能稱為家，只是個下榻處，有個迷你廚房，他只用來煮過咖啡。除了放開瓶器的抽屜，其他抽屜從來沒打開過，果醬一次次放到發霉，奶油放到過期。一個有床、有桌子的房間，還有八個大搬家紙箱。他因為要前往布魯塞爾，搬出以前的公寓後，就把箱子放在這裡。他已經不記得箱子裡面裝了些什麼。他的家。他還有個房間可用，在父母家養殖場，和豬一起，距離維也納三個小時，那也不能算個家。他在哪裡能做什麼？

有時候他從醫院回來，會到街角的「迎向勝利」餐館享用正宗的燉牛肉，星期五則品嘗味道鮮美的魚。有次他親眼見到一個維也納人帶了德國人來用餐，德國人一看見店名，驚慌失措激動問道：迎向勝利？希望這裡不是納粹餐廳！

服務生正好經過，聽見這話後，手肘撐在桌上，彎下身子說：老兄！工人階級的勝利！懂嗎？

馬丁忍俊不禁。那彷彿是歷史幽魂打的招呼，是考古挖掘現場出土的盆盆罐罐。服務生後來經過他身邊時，對他說：那只是個玩笑話！你懂的！我們叫做「迎向勝利」，是因為餐館在亞斯伯恩戰役後開設的，那時候奧地利打敗了拿破崙！

再深挖一層，又是一個盆罐。

星期六，他到卡米里特市場吃早餐，遇見昔日大學同窗菲力克斯。他沒有認出對方，但對方認出了他。不過他撒謊說：太好了！竟然又見面了！他們一起喝咖啡、聊天，馬丁甚至大肆抒發感性。想當年，當年的日子呀！你還記得那個時候嗎？是的，那個時候。燦亮的陽光刺得他們不停眨眼，喝完咖啡後，繼而喝起了酒。忽然間，多愁善感變成了泫然欲泣。馬丁對他訴說著——為什麼偏偏對他說？為什麼向一個托詞是昔日老友的陌生人訴說？或許正是因為這個理由！馬丁告訴他自己很危險，心情鬱悶，為憂鬱症所苦——

憂鬱症？少來了，菲力克斯話中有種病態的喜悅。告訴我一件事就好：你睡前會刷牙嗎？

馬丁不知所措看著他。當然會，他說。

菲力克斯笑了起來。那你沒有憂鬱症。只要會刷牙，就不會感到憂鬱，頂多是沮喪罷了，他說。我知道自己在說什麼！只見他捲起袖子，露出動脈上的傷疤。

什麼時候的事？

那不重要，菲力克斯說。總之，當時的我沒有在刷牙！

伏羅里安的狀況有所好轉，雖然緩慢，但至少逐漸康復。他不想再看什麼書，而是回歸生活。罕見的是，他也同時開始與自己的生命和解。

他獲知在布達佩斯舉行的歐洲養豬業者年度大會，推選出了新主席。這其實是意料中的事。他開車途中遭逢車禍，無法參加會議，也沒辦法告知歐洲養豬業者協會他缺席的理由，無怪乎他們誤解他沒有出席的原因，以為他無心職位，連正式交接職務也沒有興趣。所以推選新主席這件事，他完全能夠理解，不以為忤。但是，新主席是匈牙利人卻讓他憂心忡忡，甚至感到憤怒。那個愚蠢卑鄙的巴拉茲．吉約西，是名激進的民族主義者，他到目前為止對這個歐洲組織的投入與協力合作，全是為他個人的大型曼加利察豬隻養殖場爭取利益。他企圖把歐洲養豬業者協會濫用成遊說者，以便將「匈牙利曼加利察豬」註冊為受到商標法保護的原產地標誌，打算一腳踢開奧地利與德國曼加利察豬的養殖業者。此外，吉約西也一再因為反猶太言論而引人注意。對他來說，歐盟是全球猶太人用來破壞歐洲國家的陰謀，他把猶太人叫做「宿主群」。他要求歐盟提供法律保護匈牙利種豬，同時卻又拒絕歐盟；自己經營養豬業，卻把他的死敵猶太人叫做豬，種種行徑不僅矛盾荒謬，看在伏羅里安眼裡，更是詆毀歐盟名譽，造成危險。因此，他原本打算提案開除吉約西，把他趕出歐洲養豬業者協會。但現在，這個人偏偏當上了歐洲養豬業者協會主席。這怎麼可能？

布達佩斯這次會議上，匈牙利養豬業者與屠宰業者的數量自然特別多。據說吉約西還請遊覽車一車車把幾十名代表送來參加會議。他的競爭對手是西班牙人，某個叫做胡安．安東尼歐．西門聶茲的，伏羅里安並不認識。吉約西之所以能當選，問題顯然在於德國與荷蘭選舉時棄權，而其他小國代表全力支持匈牙利，票數上因而足以贏過法國人、義大利人和西班牙人。

伏羅里安事後得知德國和荷蘭棄權的原因：德國和中國達成雙邊貿易協定，已經準備進行簽約，荷蘭也一樣。歐洲養豬業者協會以及由誰來當主席此一問題，對他們來說——

——他媽的無所謂！伏羅里安大喊。現在那對他們來說，請恕我無禮，他媽的無所謂！

伏羅里安瞪著天花板，動也不動躺著，但是馬丁感覺他體內有頭野獸正咆哮著衝撞圍欄。

幾天後，嘉博爾．薩波捎來一封信，他是伏羅里安唯一往來的匈牙利同事。馬丁念出信的內容。匈牙利養豬業者正與中國進行雙邊協商，代表團在巴拉茲．吉約西帶領下，已經抵達北京。「你想像一下那個場景：中國舉辦宴會接待代表團。席間自然要敬酒，於是巴拉茲舉起酒杯，說道自己非常高興，感到十分榮幸，祝福兩國的友好關係，諸如此類。接著，他又說：『中國政府是匈牙利的典範，她明確果斷，代表人民利益、促進人民福祉。例如當年在天安門廣場上對付國家敵人的決心，尤其令人欽佩。』此番話引起中國人極度震怒，他們沒有預料會提到天安門廣場大屠殺，更沒興趣談論這個話題。在接下來的協商中，雙方還不如輪流念出布達佩斯和北京的電話簿算了。回程班機上，巴拉茲就被撤除代表團團長與匈牙利養豬業者利益團體主席的職務。」

伏羅里安露出微笑，然後又盯著天花板，陷入沉思。馬丁握住他的手，但他把手抽了回來。

馬丁忽然覺得被哥哥榨乾了，彷彿被吸血鬼吸光了血。難道那表示一切又和以前一樣了嗎？或者是幾乎一樣？伏羅里安已偶爾能夠側身躺著，或者下床走個幾步。

我得回布魯塞爾了。

我永遠不會忘記你為我做了什麼。

我下週一就搭飛機回去。週末我會幫你轉院到復健醫院。

謝謝。

到時候你要做什麼？等你出院以後？

你也看到了啊。

什麼？

我能做什麼？什麼也動不了，只能停工。

我的意思是，你出院後要做什麼？

我不是說了嘛。歐盟會補貼停工歇業的養豬業者，不再餵養的豬都能拿到補助。我決定解雇員工，待在我的小窩裡往外看著養豬場緩緩凋零。未來某天，你的繼任者可以把它挖出來，自行評斷。這段期間，我則是領取停業補助。

你不是當真吧！

我說真的。我要把資金投入德國，參與大型飼料場，或許是通內斯肉聯集團。在養豬業者協會時，我與他們交情不錯。憑藉我的經驗與專業，我在那兒能發揮點功用。或者也可能不行。總之，我要停工了。你能預見未來嗎？

沒辦法。

你什麼也看不見？

看不見。

我也一樣，再也無法預見未來了。

飛往布魯塞爾的所謂「睡衣班機」（星期一上午七點），果然毫無意外客滿。在維也納度週末的歐盟官員與歐洲議會成員，全預定了這班飛機返回工作崗位；另外還有奧地利的遊說人士與利益團體代表，他們上午要赴約，傍晚或隔天再飛回維也納；十之八九還有個熱心的老師帶領一班學生上機，參與「歐洲青年訪問歐洲議會」贊助活動。馬丁訂到了下午一個機位，運氣不錯，否則他可能因為睡過頭而錯過早上的班機，甚至連中午的班機也趕不上。他快到凌晨四點都還沒睡著，腦袋一直轉個不停。前一天下午，他把哥哥送到克洛斯特新堡一家復健醫院，然後到塔布街的希臘商店買了三罐神話啤酒、一點起司和一瓶德拉馬白酒，還在土耳其店買了麵包。

他邊吃邊喝，同時望著搬家紙箱，想像著下次回父母家探望哥哥和家人，家裡一頭豬也沒有時，會是什麼景況。豬圈、大型餵食場、屠宰設備顯得空蕩蕩的，全已停工不用；白色磁磚不再血跡斑斑，即使有霍夫先生拿水管沖洗，也不會再度恢復亮白，而是一片灰白，覆滿乾掉的灰塵。而霍夫先生提早退休，所有員工遭到解雇。大自然入侵停工的養殖場，有常春藤、蕨類、攀緣植物，豬隻遺留下來的糞便開始長出雜草，那是養殖場停工前的最後一批豬……窗戶破裂，清冷豬圈裡，水管被嚴寒凍得爆開；牆面上隙縫斑斑，隨風飄來的種子落在縫裡，發芽生根，各式各樣的植物侵蝕灰泥，裂開牆壁，為老鼠、田鼠、刺蝟、螞蟻、蜘蛛、雨燕、黃蜂、野貓創造一處棲地。馬丁喝著第三罐神話啤酒，眼前浮現飼養場的天花板坍塌傾頹，飼養場就矗立在他們住家前面，住家是老農莊最初的居住區，後來又擴建了兩次。馬丁開了瓶葡萄酒，問自己，他們真的會站在窗邊或者坐在屋前長凳，眼睜睜看著雜草和野生植物的根，以及各種動物的爪子，伸進日益沒落的家族歷史？一旦養殖場灰飛煙滅，他哥哥還能領取停業補助多久？

他應該上床睡覺了。他刷著牙，對自己笑了笑：這個是好徵兆。但是不好的徵兆是，刷完牙後，他又坐到桌旁，想要再抽支菸，喝杯葡萄酒。他思索布魯塞爾等著自己的是什麼。他當然收到了群組信，得知週年大慶計畫遇到了麻煩；也收過理事會工作小組的會議紀錄，飛快瀏覽後，沒有特別當真。薛諾普羅明顯想要繼續推動計畫，至少她沒有捎來「停手！」的訊息，這對他來說尤其關鍵。有幾個夜晚，他坐在電腦前，增補計畫內容，構思進一步的想法。他雖然休假中，但希望銷假上班時，能夠提出一些建議。至少下午在醫院陪伴哥哥回家後，有幾個夜晚他不知道還能做什麼。

他腦海中反覆斟酌著一個念頭：既然打算推出奧斯威辛集中營的倖存者，以見證歐洲和平大計的理念以及歐盟執委會的歷史任務，那麼請出執委會創建時期的官員，請他們講述當年承接任務時，秉持著什麼樣的理念、企圖與期待，也是合情合理，有其意義的。馬丁深信，第一代官員會比現在的官僚菁英更清楚箇中情況與運作。馬丁・蘇斯曼心想，這就像老虎鉗的兩個鉗嘴，一邊是滅絕營的倖存者，可使人想起那句誓言：絕不再重蹈民族主義與種族主義覆轍；另一邊是歐盟執委會創始世代的代表，提醒世人：他們的目標，正是發展一個克服民族主義的超國家機構，最後目的是消除國家界線。

他曾因此寫了封電子郵件給卡珊德拉，問她：妳有什麼看法？

卡珊德拉：我會研究一下。

一個星期之後，卡珊德拉回信：執委會的創始世代：一、死亡。二、失智。三、沒有失智，但是無法出遠門。你還想繼續推進這個想法嗎？或許播放第三種狀況者的影片訊息？

馬丁喝光德拉馬白酒，仍感覺沒有辦法上床睡覺。他在廚房找到了一瓶義式白蘭地。不要喝，他心想，但最後還是開了酒。從小廚房回到桌旁只有三步的距離，他已經走得有點踉踉蹌蹌了。

或許應該從完全不同的方向籌備週年大慶計畫，他心想。不顧一切放手去做，毫不妥協。如果失智與死亡妨礙某人提供訊息，無法提醒眾人當年創建的真正初衷，以及堅持至今的目標為何，那麼失智者和亡者就必須現身負起責任，為其作證。難道他們不會因此激起震驚與恐懼，或許是產生淨化效果嗎？甚至還能使人有所理解。一個失智的社會，忽然間明白自己曾經想要成為的樣貌；一個病入膏肓的大陸，忽然間憶起曾經保證痊癒卻被她停用而後遺忘的藥物。該怎麼做？怎麼樣才能成功演完這齣戲？找演員嗎？必須聘請演員，以執委會創立之初的官員身分亮相，不要找成功扮演各種角色而備受讚譽的知名明星，那樣的演員僅僅是自己，只不過是以另外一種角色現身，他們是對一切漠不關心的多元明星。不行，需要的是年老的演員，他們是偉大的理想主義者，卻從未成為明星，雖然演技精湛，卻沒有大紅大紫。他們的經驗形塑了自己與演藝生涯，但是對於後來世代而言卻毫無意義。在後代人的眼裡，名氣重於真理，真理之言是名氣的基礎，而名氣是營利的前提，並非是意義與重要性的明燈。如果明日將這些失敗的演員迎上舞台，他們根本無需表演，本身就符合過世創始成員想要呈現的形象：堅若磐石尊重年輕時的理想，對於失敗與遭到遺忘感到心灰意冷，渴望被人重新看見與記憶，理念的莊嚴崇高比掩埋著他們的卵石還要華美。難道沒有頭腦靈光、還能背台詞的八、九十歲的失敗演員嗎？他們絕對是歐洲創建時期最真實的代表。

馬丁喝光漱口杯裡的燒酒。

他腦海裡宛如電影畫面似地浮現著死者的行軍行列，在大螢幕上，他們從四面八方穿越大街小巷，走向貝雷蒙特大樓，那是歷史受到排擠的證明，是歐洲一體化計畫創建者的烽火。然後是一副棺木。要怎麼樣的棺木？誰要躺在裡面？是最後一名猶太人，最後一名從死亡集中營存活的猶太人。因為命運捉弄，他碰巧在執委會五十週年當天過世！於是在週年大慶中，舉辦了一場盛大的遊行，一場隆重的葬禮，比國葬更加莊嚴，一場超越國家的歐盟葬禮，執委會主席在棺木前重申：不再重蹈民族主義、種族主義覆轍，不讓奧斯威辛的憾事再度重演！在最後一名時代見證者死亡後，進而延長了永恆，超越了完結，歷史也不再只是重複擺動、令人陷入愚鈍恍惚狀態的鐘擺。在馬丁的內心電影中，現在烏雲籠罩，天空一陣劇烈湧動，就如日全蝕般異常，烏雲遮蔽太陽，擋住了所有陽光，快得令人屏息，一切快動作播放——電影在此停頓，因為馬丁停留在「快動作」這個詞上。他抽著菸，凝望出神，思索著「快動作」。接著，烏雲繼續急速移動，天色越來越暗，颳起一陣狂風，吹走人們頭上的帽子，他看見帽子在空中飛旋，越來越暗，接著……。

他昏了過去，不是睡著了。馬丁在凌晨四點左右陷入昏厥。

他搭計程車到機場，在車上差點睡著。他在飛行途中一直打盹，像吃聰明豆一樣猛吞阿斯匹林。抵達布魯塞爾機場後，他在一樓搭公車到歐洲區，然後再走幾步路到馬爾貝克地鐵站，因為貝雷蒙特那個出入口又封了。他現在只想回家。他從未如此真摯將布魯塞爾的公寓當成自己的家。在地鐵月台上，他看著電子看板：還有四分鐘。

艾哈特教授十一點必須在阿特拉斯旅館辦理退房，但現在還太早，無須即刻前往機場。他拖著行李，緩緩穿越舊穀物市場。行李在石板路面上又彈又跳，彷彿布魯塞爾想把它甩掉似的。他要怎麼消磨時間？吃飯？是可以，但他早餐吃得晚，現在還不餓。他走向聖凱薩琳地鐵站方向。要做什麼？天氣熱得令人難受，他開始冒汗。他在報紙上讀到「被遺忘的現代」展覽，以及展覽引起的激烈爭辯。或許他應該看看這個展覽？他猶豫不決，無法決定。

當他走到聖凱薩琳教堂時，當機立斷走了進去。他還有時間，教堂裡會涼爽一點。他經常路過這座教堂，但只進來過一次，那是他抵達布魯塞爾的第一晚，當時是為了躲避突如其來的陣雨。聖凱薩琳教堂其實比較像主教座堂，或許這教堂是藝術史與文化史方面的古蹟。

他一走進教堂，就問自己進來做什麼？一排排的座椅上，零星坐著幾個祈禱的人，遊客高舉著手機或平板電腦拍照，閃光燈此起彼落，側祭壇前許願燭的燭光在一旁顫抖著。他在維也納從未上過教堂，有什麼必要來布魯塞爾參觀教堂呢？他十二歲時，曾經和同學到聖史蒂芬大教堂，但並非做禮拜，而是校外教學的鄉土課程。十五歲時，祖母聽見死神來敲門，臨終前成為信徒，他也陪祖母參加過一次聖誕子夜彌撒。但那也是她塞給他二十先令後他才去的。從此以後，他沒再踏進教堂一步。他很欣慰自己沒有被培育成宗教信徒。儘管他很久以後，非常非常久以後，才明白父母是堅實的納粹黨員，所以反對教會干預政治，不過他也仍然認同他們與生俱來的無神論主張。

他走進教堂左側，這時，有個身穿黑西裝、繫著羅馬領的男士向他攀談。

您也喜歡嗎？他說著法語。

什麼？

黑色聖母像啊！

艾哈特循著男子的目光，望向聖母雕像。

奇蹟啊！您當然也看到了吧？

您指的是什麼？她的臉嗎？因為是黑色的？

不是。請您看看她的手。您看見了嗎？大拇指斷了。宗教改革期間，新教徒蹂躪教堂，將這座雕像丟進前面運河，撞斷了大拇指。您看到裂口了嗎？請您現在數一數她的手指！怎麼樣！您看見了吧？五根手指！天主教教徒救起聖母像，運回教堂重新立起。雖然她一根手指被撞斷，卻又有了五根手指！簡直是奇蹟！您看見了嗎？

男子滿面燦爛笑容，在胸前畫著十字。

艾哈特說，有沒有可能她本來就有六根手指？

黑色西裝男子看了他一眼，轉身走開。

艾哈特教授離開教堂，繼續走向地鐵站。他打算搭地鐵到中央火車站，再轉乘火車到機場。但是這樣一來，他到機場的時間會太早，為了消磨時間，就只能在免稅商店無精打采晃來晃去，最後吞下難吃的三明治，喝杯啤酒，由於無事可做，就再點一杯，然後又到處亂走，喝杯咖啡，找個地方坐著候機。最後，因為時間幾乎沒怎麼流逝，他會再去買比利時巧克力，因為大家來比利時都會帶巧克力回去。不過他沒有可以送東西的對象，或者不想送人。以前小特魯德喜歡吃巧克力，他時不時會買綁上藍色流蘇裝飾的妙卡巧克力捲，一開始為了約會買的，後來從大學回家，學校轉角格里帕策街上那家由老凱薩先生經營的「凱薩糖果店」還在時，他也會買點送她聊表心意。他當時只不過是助教，但老凱薩先生會說：「向您夫人獻上我的問候，教授先生。」一小特魯德開心，他就高興。他自己不是很愛吃巧克力，那麼他現在買巧克力做什麼？上次他在布魯塞爾為了打發時間，買了一盒紐豪斯巧克力，放在家裡廚房好幾個星期都沒動，現在應該還躺在某個地方。他沒有在中央火車站下車，而是繼續搭到馬爾貝克地鐵站。在馬爾貝克地鐵站附近，他知道有一家義大利餐廳，一次開完「新協定」會議後，他來過一次。那家餐廳討人喜歡，簡約不花俏，食物美味可口，就算不餓，也能夠好好享用一番。他果然找到了那家托斯卡納農場餐廳。等待上菜和用餐喝酒時間，他思考著自己的未來。至少他打算嘗試思索一下。那並不容易。他唯一篤定的是，在立即到來的未來，他現在吃下肚、喝下肚的所有食物，會進行代謝作用，並在他回到維也納後排泄出來。他提醒自己少想這些乏味的事情。那並不容易。食物非常好吃，但無人與他分享這美味佳餚，只有他一人享用，他感覺像浪費。葡萄酒溫醇滑順。他思索著自己的未來。他認為自己可以好好思索死後是否還有來生。當然有，他心想，那叫做長存於後世記憶之中。他死後能留下持續產生影響的東西嗎？他是否有遺產能持續發揮作用？一份遺囑嗎？他想自己或許還有時間寫一本書。有沒有辦法籌畫一本書，把書寫成遺囑，並定義成後世確實能夠繼承的遺產？也許是自傳？或許他應該寫一本自傳，記錄他的經歷與想法，這樣至少未來才有機會提醒後人什麼曾經存在，而且尚未解決仍持續悶燒著。在阿曼德．莫恩斯的自傳中，他讀到：「歷史不只是敘述過去發生的事件，同時也不斷分析為何無法出現更加明智之事。」他一定要把這個當作他自傳的格言，他心想，然後點了一杯濃縮咖啡，並且買單。他想要寫一本自傳，但並非敘述他簡樸的一生，而是沒有經歷過的人生。他那個時代未曾經歷過的事情。時間不多了。他必須前往機場了。他付了一整瓶酒的錢。

他緊張起來，因為他忽略了時間。

他應該到舒曼圓環搭公車到機場嗎？還是回地鐵站，搭三站地鐵到中央火車站，再轉乘火車到機場？他想火車會比公車快些。他拖著又彈又跳的行李直奔馬爾貝克地鐵站，跌跌撞撞走下手扶梯，卻發現手扶梯無法運轉，但已經太遲了。他來到月台上，緊張地看著電子看板：還有兩分鐘。

大衛．德．符林德聽見：「別走！」他兩手摀住耳朵，但是頭腦裡的聲音卻更加震耳欲聾，這聲「別走！」彷彿在他兩個太陽穴之間來回碰撞，「別走！」的回聲陣陣響起，他知道現在該走了。立刻離開。不要再考慮，只須下定決心。立刻走出這裡離開。

他連房門也沒有關上。他一路上沒有遇到任何人，樓梯間、門廳、餐廳那邊、圖書館前面，四下一片靜謐，不見人影。午餐過後，養老院大部分人不是小睡片刻，就是外出散步，沿著奇樹街走到垂柳縷縷的小溪畔餵鳥，或者走到墓園的長椅坐一會兒，歇歇腳，再回去喝茶。護理師們正聚在員工休息室裡喝咖啡，聊聊彼此遇到的麻煩與問題人物。

符林德離開宛如無人世界的漢森之家，或者，宛如一節載滿死者的火車車廂。「你會害慘我們的！」那是他聽到的最後話語。他必須離開，盡快離開。但是要去哪裡？

他沒有時間權衡利弊，立刻就做出決定。離開！掙脫這裡出去！

他走向墓園，但沒有進去。他手中有個地址，必須到那裡去。

當年跳下火車時，有個年輕人在他手裡塞了一個信封，裡面有張紙條寫著安全地址，還有五十法郎。事情發生得很快。一陣射擊之後，火車又重新啟動。但是在他眼裡，車輪滾動得非常緩慢，牲畜車廂敞開的拉門像個黑洞，裡面有他的雙親和弟弟，眼前的景象彷彿一公分、一公分移動著。槍聲、腳步雜遝聲與喘息聲，還有鐵與鐵撞擊的哐噹聲，聲音越來越快。忽地，他猛然被撞。年輕人推了他一下，指著剛才塞進他手裡的信封，大喊：快跑！去找裡面那個地址！火車逐漸加速，裡面蜷縮著他家人的那個黑洞才剛過去，緊接又駛過另一個黑洞，然後又是一個。他轉過身，看著在田野上狂奔的人。大概有多少，一百個嗎？四處零星有人倒下或撲地，被子彈射中背部。他飛撲在地，沿著鐵軌旁的斜坡滾下，直挺挺躺著不動，黨衛隊士兵從火車上射擊逃離火車的人，直到火車駛離才停止。這時，他終於爬地而起，拔腿跑開。

之前撲倒在田野上的人，有些現在也站了起來。他跑過躺在地上已無法再站起來的人。他跑進黑夜裡，手裡有個地址。

他不知道路。這時，駛來一輛公車，停在墓園大門前面。

四號公車——符林德不知道這班車。但他上了車，公車繼續前進，將他帶離。他拋下了一切。父母和弟弟一抵達奧斯威辛集中營，立刻被送進毒氣室。就算沒有跳下火車，就算和他們待在一起，他一樣都救不了他們。況且也沒有時間討論要不要跳車。跳了會怎麼樣，不跳又會發生什麼事？他跳了，他活了下來。他的父親，一個小小的會計，懦弱纖細，黑色眼睛透出憂傷，對世界僅有的貢獻，是嚴厲無情的正確性以及對借貸監督的信任。他刻意表現的自豪，實際上是反抗時代，反抗那些更強大、更懂應變的人露出的嘲諷與傲慢的笑容。即使在自家無外人注視的私密空間裡，他也搬演著嚴守絕對正確性的戲碼，彷彿國王與政府官員正睜大眼看著，並且頻頻點頭贊許。而他的母親，一想起她，她那哀傷的目光便浮現眼前。他們兩人都有那種憂傷的眼睛，不是因為他們看見即將到來之事，而是因為他們相信一切都不會改變。他們不會擔憂，而是習慣處在憂懼之中，認為那就是他們的生命——而非死亡道路上的鋪路石。符林德只聽見他們吼過一次，甚至可說是咆哮：「別走！」如果他當初留下，就會和他們一樣被送進毒氣室。他沒有救他們，而且也救不了。那是種罪嗎？

他手裡有個地址。

陌生人教會他懂得自豪、具備抵抗力。他們愛他如子。他最後被出賣時，時間已不足以折磨一個年輕力壯的人勞動致死。他運氣好；運氣也不好，卻是不幸中的大幸；不幸，然後又是不幸中的大幸。

他找不到地址。他坐在公車裡，發現口袋是空的。他必須想起來，必須找到路，重新認出路來。他呻吟一聲。他必須想起來。但是，腦海裡只有一個黑洞。他望向車窗外，外頭掠過的景物，勾不起他一絲記憶。沒有路標，沒有任何東西能連結他以往的經驗。眼前只有建築物的外牆。

現在什麼也沒有了。車門開啟、關上，公車又顛簸駛過各色建築外牆。車門開了又關、關了又開。就是這樣。

車廂的門忽地被拉開。一個聲音喊著：出來！快跳出來！

公車門開了。站住！你會害慘我們的！

符林德跳下公車，差點跌倒。公車站有個男人扶住了他。

快跑！去找那個地址——

符林德四下張望，看見行人匆匆往前走，他便跟在他們後面。他在哪裡？在一個黑洞前面。那麼一會兒，他認出了這個地方：馬爾貝克地鐵站。他有點印象。什麼印象？他走進地鐵站，沿著樓梯往下。他想必又認出路了。他走到月台，心想就是這裡了。

還有一分鐘。

有個男人帶著手提包。一名女子在手機上打著字。一個男人拖著行李箱。列車駛進月台，停下。車門開啟。他看見眼前敞開的車門裡，一名母親牽著孩子。孩子掙開母親的手，從車廂跳了出來。

這時，炸彈爆炸了。

約瑟芬女士和漢森之家的管理員胡果先生，一起整理大衛・德・符林德的房間，發現了一張列出人名的紙。

胡果先生把三件襯衫丟進搬家紙箱，說：他的東西不多。

約瑟芬女士點了點頭。清單上所有人名都被劃掉了。

東西很多的人非常少，胡果說。我在這裡工作八年，每次看到人走到生命盡頭，竟只留下這麼少的物品，就覺得非常驚訝。

是啊，約瑟芬說。她坐下來，訝然看著那張紙。在被劃掉名字的清單最後，符林德加上了自己的名字。

他的手帕很漂亮，有花押字，胡果說，然後把手帕丟進紙箱。

只有大衛．德．符林德自己的名字沒有劃掉。

他的西裝也非常高級！品質真的一流。遊民中心的人一定會很開心。不過，如果穿著這些西裝行乞，一定一毛錢也討不到。他高舉著符林德的粗花呢西裝說，沒人會幫助穿這種西裝的人。

約瑟芬真希望他能閉嘴。她不發一語。面前的小茶几上躺著一枝原子筆。她拿起筆，姿勢像拿著一把刀。

他生前到底是做什麼的？胡果先生問。是某種有名的人嗎？政治家還是高官？我的意思是，因為他的葬禮是由執委會籌備的。

紀念一個時代逝去的安靜葬禮，約瑟芬心想。

我找不到一般常見的東西，胡果先生說，沒有相簿、年曆、日記等等，太奇怪了。他什麼都沒有，連通常每個人都會有的相簿一本也沒有，他說，然後把鞋楦丟進紙箱。

約瑟芬問自己該怎麼處理這張人名清單。丟進紙箱？還是廢紙簍？應該把大衛．德．符林德的名字也劃掉嗎？他希望如此嗎？所以才把這張紙放在茶几上，旁邊還擺了原子筆？讓她可以——

胡果先生把牙刷、牙膏、指甲剪、除臭劑和刮鬍刀全丟進塑膠袋，再把塑膠袋放入紙箱。箱子裝不滿的，他說。

凶殘可怕的死法，約瑟芬心想。符林德偏偏在攻擊中——話說回來，什麼叫做偏偏是他？每個人都一樣。所有在錯誤時間出現的人……所有的人……二十人死亡，一百三十個人重傷。

她摺起人名清單，放進白色工作袍的口袋裡，拍了拍口袋，心想：只要他的名字沒劃掉，只要……。

全部就這些了，胡果先生說。

尾聲

《都市日報》編輯部早已預期動保人士會提出抗議。庫特．范德寇特在系列文章開始前，就警告過編輯部。但總編輯當時只是笑說：極端分子的抗議，只會強化讀者與報紙的連結。

令人驚訝的是，抗議竟來得這麼晚，好幾個星期後才出現。還是在《晚訊報》刊登一篇文章，攻擊《都市日報》及這家免費報紙聳動的新聞宣傳手法之後。

那是篇處處嘲諷挖苦的文章。《晚訊報》推測那隻在布魯塞爾橫衝直撞的豬，大有可能並不存在，監視器的模糊畫面也全是偽造的。《都市日報》的系列文章，只不過是免費報紙運作模式的最新實例，亦即利用虛構的故事製造騷動。這篇文章配了一張照片，是在坎本肉鋪拍的，展示剖成兩半的豬掛在肉鉤上，底下圖說寫著：「布魯塞爾豬的下場？」

文章還附上一段「比利時動物救助協會」會長米歇爾．莫羅的採訪，他將《都市日報》的行動，稱為「繼比利時連續殺人犯馬克．杜特斯以來的最大醜聞」。他認為，報紙為了宣傳，竟濫用一頭在都市裡四處亂跑的豬，而不是去拯救牠——如果豬真的存在——實在是厚顏無恥。都市街道不是豬隻的天然生活空間；面對柏油、人群和車輛帶來的挑戰，豬會持續感到壓力，那情況或許比被飼養在養殖場的格籠裡更令豬覺得痛苦。他呼籲「權責單位」應釐清真相，調查豬是否「真的存在」；若豬確實存在，有關單位應依法捕捉，送給獸醫檢查，之後送去農場，按照適合牠的方法飼養。莫羅說：「身為動保人士，我在使用動物隱喻時格外謹慎。不過，在此發生的事情，真的只能使用豬狗不如的骯髒事來形容。」

現在，就連《晚訊報》也引來了狗屎風暴，數十名讀者投書或者貼文，抗議報紙竟將虐待動物與馬克．杜特斯虐殺兒童的案件相提並論。臉書上，不到幾個小時就有數百人對米歇爾．莫羅的訪問按下憤怒的表情符號。

《晚訊報》對於《都市日報》的攻擊反噬己身，短短時間內反倒給自己招致麻煩。不過，《都市日報》編輯部面臨另一個更大的問題，必須在引起大眾注意之前趕緊解決：那就是「布魯塞爾豬隻命名」活動已經徹底失控。讀者可以上網提供建議，也可以給他人的命名建議按讚；同時，隨著每次的命名與點擊，排名會根據命名次數與點讚次數定期更新，委員會再依據排名確定入圍名單。一開始，英文的「豬小姐」、法文的「豬豬」、德文的「聰明小豬」等名稱，都是不難猜到的建議。

與布魯塞爾有關的只有「小便豬」（十七個讚），也許再加上凱薩琳（二十一個讚），因為第一次有人看見豬，就是在聖凱薩琳教堂前面。不過，後來發生了不可思議的事情。有個名稱被提到幾百次，有好幾千個點讚數，成為排名第一的命名建議：穆罕默德。那可能是有組織的行動。編輯部注意到這個現象後，立刻刪除網頁。多名委員退出委員會，不想參與攻擊穆斯林同胞的活動。

我們停止活動，總編輯說，忍耐一陣子，不用多久，大眾就會忘了這件事。對了，庫特，他對范德寇特說，您有沒有注意到，已經兩個星期沒有新的豬隻照片進來了？也沒有目擊豬隻的消息。豬就這樣不見了，消失得無影無蹤。

未完待續。

小說精選

首都

2023年3月初版
定價：新臺幣520元

著　者	Robert Menasse
譯　者	管中琪
叢書主編	黃榮慶
校　對	吳美滿
內文排版	張靜怡
封面設計	木木 Lin

出版者	聯經出版事業股份有限公司
地址	新北市汐止區大同路一段369號1樓
叢書編輯電話	(02)86925588轉5307
台北聯經書房	台北市新生南路三段94號
電話	(02)23620308
郵政劃撥帳戶第	0100559-3號
郵撥電話	(02)23620308
印刷者	文聯彩色製版印刷有限公司
總經銷	聯合發行股份有限公司
發行所	新北市新店區寶橋路235巷6弄6號2樓
電話	(02)29178022

副總編輯	陳逸華
總編輯	涂豐恩
總經理	陳芝宇
社長	羅國俊
發行人	林載爵

行政院新聞局出版事業登記證局版臺業字第0130號

本書如有缺頁，破損，倒裝請寄回台北聯經書房更換。　ISBN 978-957-08-6750-3 (平裝)
聯經網址：www.linkingbooks.com.tw
電子信箱：linking@udngroup.com

感謝歌德學院(台北)德國文化中心 協助
歌德學院(台北)德國文化中心是德國歌德學院(Goethe-Institut)在台灣的代表機構，五十餘年來致力於德語教學、德國圖書資訊及藝術文化的推廣與交流，不定期與台灣、德國的藝文工作者攜手合作，介紹德國當代的藝文活動。

歌德學院(台北)德國文化中心
Goethe-Institut Taipei
地址：100028 臺北市和平西路一段 20 號 11/12 樓
電話：02-2365 7294
傳真：02-2368 7542
網址：http://www.goethe.de/taipei

國家圖書館出版品預行編目資料

首都/ Robert Menasse著．管中琪譯．初版．新北市．
聯經．2023年3月．440面．14.8×21公分（小說精選）
譯自：Die Hauptstadt
ISBN 978-957-08-6750-3（平裝）

882.257　　112000226